dtv

Reihe Hanser

Das REICH jenseits des MEERES
GRÜNGRUND
Felsenburg
Waldsee
Einsamer Felsen
Hallarklippen
Mitthalls Ader
FORTMARK
Spartacus
MELLRIKS FELSEN
Rubinschloss
NEBELHEIDE
SPARTA
Hillefluss
Westpassage
Schummerwaldbrücke
Faxes Wachposten
SCHUMMERWALD
Hillefluss
Nordtor
HILDE
Südtor
Hyrn
Hafen
Blütenfelder
Dunkelfinster
Südliche Klippen

HAUS des TODES
Wachposten
Nördliche Ebene
HARPYRIEN
Sturmsee
DREIFELSGIPFEL
HRESAGEBIRGE
Gipfelpfad
Gletscherseen
Steilfall
Karos Haus
Destille
Smaragdschloss
Skrim
Rosenfelder
Ruine
Große Landstraße
Dunkelquell
Ostpassage

Das lässt sich Sasja nicht gefallen, dass der Tod kommt und seine Mama einfach entführt. Er schnappt sich ein Ruderboot und fährt dem Tod hinterher, folgt ihm in sein Reich jenseits des Meeres. Sein Plan, den Tod zu überlisten und seine Mama wieder nach Hause zurückzubringen, ist verwegen. Doch er findet auch Freunde: den gutmütigen Trine Tvefot, die mutige Prinzessin von Sparta und Höder von Harpyrien. Gemeinsam machen sie sich auf eine lange, gefährliche und abenteuerliche Reise. Schließlich steht Sasja tatsächlich dem Tod gegenüber und erlebt eine Überraschung ...

Frida Nilsson, geboren 1979, schreibt seit 2004 äußerst erfolgreich Kinderbücher. 2014 wurde sie mit dem Astrid-Lindgren-Preis für ihr Gesamtwerk ausgezeichnet. Ihre Bücher wurden in viele Sprachen übersetzt und sind vielfach ausgezeichnet worden. Sie war mehrfach für den Deutschen Jugendliteraturpreis nominiert, und erhielt 2019 den James-Krüss-Preis für internationale Kinder- und Jugendliteratur. »Sasja und das Reich jenseits des Meeres« wurde mit dem Luchs des Jahres 2020 der ZEIT und Radio Bremen ausgezeichnet. In der *Reihe Hanser* ist bereits »Siri und die Eismeerpiraten« erschienen.

Torben Kuhlmann, geboren 1982, studierte Illustration und Kommunikationsdesign an der HAW Hamburg. Seit 2014 arbeitet er als freier Illustrator und Autor. Seine Bücher wurden mit vielen Preisen ausgezeichnet.

Frida Nilsson

Sasja und das Reich jenseits des Meeres

Aus dem Schwedischen von
Friederike Buchinger

Mit Bildern von
Torben Kuhlmann

dtv

Ausführliche Informationen über
unsere Autorinnen und Autoren und ihre Bücher
finden Sie unter www.dtv.de

Wir danken dem Swedish Arts Council
für die Förderung der Übersetzung ins Deutsche.

MIX
Papier aus verantwortungsvollen Quellen
FSC® C019821
FSC www.fsc.org

2021 dtv Verlagsgesellschaft mbH & Co. KG,
München

Titel der Originalausgabe: Det tunna svärdet
(Natur och Kultur, Stockholm)
Published in agreement with Koja Agency

Umschlagillustration: Torben Kuhlmann
Satz: Fotosatz Amann, Memmingen
Druck und Bindung: Druckerei C.H.Beck, Nördlingen
Printed in Germany · ISBN 978-3-423-62738-2

Der Tod

Heute trug Papa mich das ganze Stück, vom Strand bis zu der kleinen Insel. Ich saß auf seinen Schultern und klammerte mich an seinen Haaren fest, um nicht runterzufallen. Die Sonne sprühte ihren weißen Glitzer über das Meer und an der allertiefsten Stelle reichte das Wasser Papa fast bis zum Kinn. Er sagte, der schlickige Boden würde sich wie Vanillecreme zwischen den Zehen anfühlen.

Als wir angekommen waren, setzte er mich auf dem warmen Sand ab.

»Wollen wir eine Runde um die Insel drehen?«, fragte er.

Ich nickte und nahm seine Hand.

Von hier aus sah unser Badestrand so klein aus. Ich konnte unsere Sachen sehen, die Papa auf der alten Bank abgelegt hatte, und als wir ein Stück gegangen waren, sah ich die Bootsanleger, die wie knorrige, graue Zungen aus dem Schilf ragten.

Papa holte tief Luft und lachte. Vielleicht war er glücklich? Ja, in diesem Augenblick war er wohl wirklich glücklich – und ich auch! Ich konnte nichts dafür. Es war schön, unserem stillen, dunklen Haus für eine Weile entkommen zu sein, schön, hier mit ihm herumzulaufen und an nichts anderes zu denken als an das Meer, den Himmel und die Sonne.

Plötzlich hörten wir ein heiseres, abgehacktes Rufen. Es war ein Seeadler. Er war aus der hohen Kiefer aufgeflogen, die in der Mitte der Insel in den Himmel ragte. Papa hielt sich schützend die Hand über die Augen.

»Schau, Sasja!«, sagte er. »Er hat ein Nest in den Zweigen.«

Ich reckte den Hals und entdeckte den großen Adlerhorst. Er sah aus wie ein braunes, verworrenes Wollknäuel. Papa sagte, dass der Seeadler bestimmt Junge hatte und wir besser an den Strand zurückgehen sollten.

»Noch nicht«, sagte ich. »Bitte, können wir nicht noch ein bisschen bleiben?«

Aber Papa fand, wir sollten trotzdem gehen, denn der Seeadler hatte natürlich Angst vor uns und würde seine Brut vielleicht im Stich lassen, wenn wir blieben. Aber da hob ich zwei braune Federn vom Boden auf, streckte meine Arme aus und rief dem Vogel zu:

»Schau mich an! Ich kann auch fliegen! Ich bin nicht gefährlich!«

Und dann rannte ich mit den Federn in den Händen hin und her, schnell wie der Wind, und Papa lachte und sagte, ich würde bestimmt gleich abheben. Und der Seeadler hielt mich wohl wirklich für einen Vogel, denn es dauerte gar nicht lange, und er hörte auf, Angst zu haben, und kehrte in seinen Horst zurück. Dort hockte er dann und sah mir zu, wie ich herumflatterte, und ja, es war herrlich, noch nicht wieder gehen zu müssen.

Papa setzte sich hin, kniff die Augen zu und blickte aufs Wasser. Das Schilf wiegte sich sacht im Wind. Als ich genug vom Fliegen hatte, rannte ich zu ihm und kletterte auf seinen Schoß. Ich legte meine Stirn an seine behaarte Brust. So blieb ich eine Weile sitzen und dann sagte ich:

»Jetzt können wir gehen.«

Papa nickte. Er stand auf, hob mich hoch und setzte mich auf seine Schultern. Dann wateten wir in das glitzernde Wasser.

Zurück am Strand zogen wir unsere Badehosen aus. Papa fing plötzlich an, sich zu beeilen. Vielleicht dachte er genau wie ich, dass wir zu lange fort gewesen waren. Dass es nicht richtig war, sich einfach so einen Augenblick zu stehlen, um für einen Moment glücklich zu sein. Er strich mir über die Haare.

»Bist du bereit?«

»Mm.«

Der Asphalt war trocken und staubig, aber am Straßenrand blühten unendlich viele Sommerblumen: Kornblumen, roter Klee und Butterblumen. Im Hintergrund erstreckte sich der Kalkberg. Er sah aus wie der struppige Rücken eines Riesen. Papa hatte unsere nassen Badehosen in der Hand. Das Wasser hinterließ eine schmale, gepunktete Spur, wo wir gegangen waren. Keiner sagte ein Wort. Ich konnte unser Haus auf dem Hügel schon sehen, konnte sehen, dass das Fenster, hinter dem Semilla im Bett lag, einen Spaltbreit offen stand.

Als wir an Kajs Hof vorbeikamen, hörten wir lautes Geschrei. Es waren sechs von Kajs Schweinen. Sie hatten den Zaun ihres Pferchs umgerissen und waren auf den Acker gelaufen, um Kartoffeln zu fressen. Kaj lief ihnen stolpernd hinterher, um sie zurückzutreiben. Er schlug mit einem Stock nach ihnen und fluchte laut, aber die Schweine quiekten nur und ergriffen die Flucht. Das sah lustig aus. Wir mussten lachen, aber wir lachten natürlich so, dass Kaj es nicht hörte.

Papa drückte mir die Badehosen in die Hand. Eigentlich wollte er am liebsten so schnell wie möglich nach Hause, aber hier musste er ganz einfach helfen. Kaj war nett. Jedes Jahr an Weihnachten brachte er uns einen großen Schinken, den wir behalten durften, ohne dafür zu bezahlen.

»Ich bin gleich wieder da«, sagte Papa und rannte los.

Ich blieb stehen und sah den beiden dabei zu, wie sie über den Acker jagten. Es war keine leichte Aufgabe, die Schweine zurückzutreiben, Kartoffeln schmecken schließlich ziemlich gut. Eine Sau versuchte sogar, auf die Straße zu flüchten, aber ich versperrte ihr schnell den Weg und sagte:

»Hör mal, hier kannst du nicht bleiben! Hier fahren Autos. Los, zurück zu Kaj mit dir.«

Sie starrte mich aus ihren hübschen blauen Augen an. Ihre Schnauze glänzte. Dann grunzte sie und rannte zurück auf den Acker. Kaj konnte sie schnell einfangen.

Als alle sechs wieder im Pferch waren, setzte Kaj seine Kappe ab und wischte sich den Schweiß von der Stirn. Er ging zu Papa, um sich bei ihm zu bedanken, und dann senkte er die Stimme und sagte noch irgendetwas anderes. Papa murmelte eine Antwort. Er schaute ein paarmal in meine Richtung. Natürlich redeten die beiden über *sie.*

Als sie sich voneinander verabschiedet hatten, stapfte Papa mit großen Schritten über den aufgewühlten Acker. Er nahm mir die Badehosen ab. Kaj winkte mir zu und ich winkte zurück. Dann gingen wir den Hügel hoch nach Hause.

Unser Haus war ja eigentlich gar nicht dunkel. Es war gelb und groß und schön und die Fenster sahen aus wie grüne Augen. Eine Hecke aus Flieder und Liguster umsäumte den Garten, auf der ganzen Wiese verstreut wuchsen Apfelbäume, Birnbäume und Pflaumenbäume, und zwei hohe Ahornbäume standen links und rechts vom Gartentor.

Die Hunde lagen im Schatten und schliefen. Sie hoben die Köpfe, als Papa das Tor öffnete, aber nur Ninni sprang auf, um uns zu begrüßen.

»Ich gehe rein«, sagte er, ohne sie zu beachten. Er nahm sich nicht einmal die Zeit, die Badehosen aufzuhängen, sondern warf sie einfach zusammengeknüllt auf die Treppe.

Als die Tür hinter ihm zugefallen war, setzte ich mich neben Ninni ins Gras. Wir hatten vier braunschwarze Hunde mit kurzen Beinen und langen Ohren. Die Haut in ihren Gesichtern sah aus wie in Falten gelegter Samt. Wenn sie anfingen zu bellen, sagte

Papa immer, sie würden klingen wie vier gut gestimmte Kirchenglocken, die zum Gottesdienst riefen.

Ich vergrub meine Nase in Ninnis Fell. Ich wollte auch ins Haus, aber zugleich wollte ich am liebsten für immer draußen bleiben. Vorhin auf der Insel war es so schön gewesen – so schön, alles zu vergessen, was traurig war, mit Papa in der Sonne zu sitzen und zu lachen. Ninni schob ihre Nase in mein Ohr und schnaubte leise. Da drückte ich sie an mich und flüsterte:

»Findest du den Tod auch dumm?«

Sie schaute mich fragend an. Ihre Augen waren gerötet, die Unterlider hingen nach unten.

»Wieso darf er sich einfach holen, wen er will?«, fuhr ich fort. »Wieso muss er nicht vorher um Erlaubnis fragen?«

Ninni schleckte mir über die Wange. Mehr konnte sie nicht tun, um mir zu antworten. Der Sommerwind streifte durch die Kronen der Ahornbäume und das Laub tanzte wie abertausend kleine grüne Kleider.

Natürlich konnte der Tod nicht nach Lust und Laune jeden mitnehmen. Aber manche, die konnte er sich einfach holen. Solche, die ins Wasser fielen und nicht schwimmen konnten. Solche, die im Wald giftige Beeren aßen. Und solche, die krank wurden, wie Semilla.

Vor ein paar Monaten war es passiert. Damals hieß sie noch nicht Semilla, sondern hatte noch ihren alten Namen: Mama. Mama, so hieß sie. Eines Tages hatte sie plötzlich gesagt, sie würde sich so schrecklich kraftlos fühlen. Sie konnte ganz normale Sachen nicht mehr machen, mit dem Fahrrad einkaufen fahren zum Beispiel oder den Wäschekorb die Treppe hochtragen. Sie konnte fast gar nichts mehr. Papa meinte, sie solle sich untersuchen lassen. Es sei bestimmt nichts Schlimmes, vielleicht müsse sie nur einfach mehr Fleisch essen oder öfter spazieren gehen, sagte er – aber es wäre doch besser, einen Arzt draufschauen zu lassen. Und dann brachte er sie in die Stadt. Ich durfte so lange bei Palmgren bleiben und mit seinen Zinnfiguren spielen. Sie blieben den ganzen Tag beim Arzt, und als sie nach Hause kamen, da waren sie ganz blass und komisch und ich wusste sofort, dass etwas nicht stimmte. Wenig später saßen wir in der Küche und tranken Kakao, und da, als ich gerade einen Schluck von der heißen Schokolade getrunken hatte, nahm sie meine Hand und erklärte mir, dass sie krank sei und sterben werde. In ihrem Körper war ein Knoten gewachsen, den man nicht entfernen konnte. Der Arzt hatte gesagt, er wäre zu groß.

Seit diesem Moment hatte sie ihren neuen Namen. Denn als ich wusste, dass sie sterben würde, da konnte ich nicht mehr Mama zu ihr sagen. Es tat zu weh. Ich weiß nicht, woher der Name kam, aber ich sagte ihn einfach, sagte, dass sie von nun an Semilla hieß. Und Semilla sagte, dass ihr der Name gefiel.

Manchmal versuchte ich, mir vorzustellen, wie es vor der Krankheit gewesen war. Aber seltsamerweise konnte ich mich nicht daran erinnern. Fast so, als hätte es nie eine Zeit davor gegeben. Was hatte ich damals gemacht? War ich immerzu fröhlich gewesen? Hatte ich von morgens bis abends gelacht und gesungen? Ich wusste es nicht mehr. Ich wusste nur, dass es anders gewesen war als jetzt. Jetzt ging ich mit Papa schwimmen oder wir lasen Bücher. Er dachte sich immer wieder etwas Neues aus, damit es nicht die ganze Zeit so still und ruhig war. Und wir sagten uns, dass wir sie nie vergessen würden. Dass wir uns an sie erinnern und jeden Tag von ihr sprechen würden. Dass sie auf diese Weise immer bei uns sein würde. Solche Sachen sagten wir.

»Sasja?«

Papa stand in der Tür. Er klang ein bisschen heiser. Hatte er geweint?

»Kommst du?«, fragte er.

Ich nickte, ließ Ninni los und ging zum Haus. Als ich im Flur meine Sandalen auszog, sagte Papa:

»Geh hoch zu ihr, ja?«

Da breitete sich ein eisiges Gefühl in meinem Körper aus und ich sah ihn an.

»Ist es so weit?«, fragte ich.

Er schüttelte den Kopf.

»Nein«, sagte er.

Ich stellte die Sandalen ins Schuhregal und stieg die steile, weiße Treppe hoch.

»Sasja?«, sagte Papa, als ich auf halber Höhe war.

»Ja?«

Er zögerte einen Moment.

»Vielleicht bald«, sagte er mit dünner Stimme.

Ich nickte und ging weiter. Bald. Bald kam der Tod.

Fliegen

Bald kommt eine Zeit, in der das alles noch hier sein wird, dachte ich, als ich die letzten Stufen nach oben ging. Das weiße Geländer, die knarrende Treppe, der Staub in den Ritzen, die Trockenblumen an der Wand. Und ich und Papa. Aber sie nicht. *Sie nicht.* Bald kommt so eine Zeit.

Von der Treppe aus kam man in unsere Glasveranda. Dort standen zwei Sofas, ein Tisch und ein paar Palmen und andere Pflanzen. Für mich war diese Glasveranda der schrecklichste Ort im ganzen Haus. Aber das lag nur daran, dass dort immer so viele Fliegen waren. Lebende, aber vor allem jede Menge tote. Sie lagen überall auf den Fensterbänken und dem Boden. Nun könnte man vielleicht meinen, dass man sich vor Fliegen wirklich nicht fürchten muss, aber ich hatte trotzdem Angst vor ihnen. Ein paar Tage nachdem ich erfahren hatte, dass der Tod kommen würde, da hatte ich nämlich von Fliegen *geträumt*. Von unglaublich vielen, Hunderten oder vielleicht Tausenden Fliegen. Im Traum setzten sie sich auf meine Beine, auf meine Arme und meinen Bauch, landeten in meinem Gesicht, auf meinem Mund und meinen Augen. Ich wollte weglaufen, rannte, so schnell ich konnte, aber sie ließen sich nicht abschütteln. Ich spürte ihre haarigen Körper, die auf meiner Haut kitzelten, spürte, wie sie ihre Zungen ausstreckten und an mir leckten. Da fing ich an zu schreien, ich schrie und schrie und wachte erst auf, als Papa mich schüttelte.

»Sasja!«, sagte er. »Sasja, Sasja, ich bin bei dir!«

Ich weinte furchtbar und er hielt mich im Arm, und während er mich festhielt, streichelte er meinen Rücken.

»Ich lasse dich nicht allein.«

Er dachte natürlich, ich hätte von Semilla geträumt. Davon, dass sie sterben würde, und dass ich deshalb so geschrien hatte. Und aus irgendeinem Grund konnte ich ihm nicht erzählen, wie es wirklich war. Dass ich in Wahrheit nur von Fliegen geträumt hatte. Vielleicht hatte ich Angst, dass er es nicht verstehen würde. Dass er enttäuscht von mir sein würde, weil ich nur wegen ein paar Fliegen so einen Zirkus gemacht hatte.

Wie auch immer, es war, als hätte dieser Albtraum beschlossen zu bleiben. Ich träumte wieder und wieder dasselbe und schon bald waren Fliegen das Schrecklichste, was ich mir vorstellen konnte. Seitdem huschte ich auf dem Weg zu Semillas Zimmer immer ganz schnell an den Fenstern der Glasveranda vorbei und auch jetzt wollte ich schon losrennen.

Aber dann blieb ich stehen. Da war ein Geräusch. Ein leises Surren, so verzweifelt, wie ich es noch nie gehört hatte. Ich drehte mich um. Eine einsame Fliege flog immer wieder gegen die Fensterscheibe. Warf sich gegen das Glas. Tapp, tapp, tapp machte es dabei.

Ich weiß nicht, warum ich plötzlich das Gefühl hatte, ihr helfen zu müssen. Ich mochte diese Fliege genauso wenig wie alle anderen.

Und trotzdem tat sie mir leid. Sie schien es furchtbar eilig zu haben, und so beharrlich, wie sie versuchte, nach draußen zu gelangen, würde sie sich am Ende noch den Kopf einschlagen. Ich ging vorsichtig näher, dachte, dass ich vielleicht ... dass ich mich vielleicht trauen würde, diesem kläglichen kleinen Ding das Fenster aufzumachen.

Da plötzlich schoss die Fliege auf mich zu. Sie prallte gegen meine Wange und ich schnappte nach Luft, schlug mit den Armen um mich.

»Lass mich!«, rief ich.

Die Fliege setzte sich wieder auf die Fensterscheibe. Sie erinnerte mich an einen Hund, der vor der Tür steht und erwartungsvoll mit dem Schwanz wedelt, weil er gleich einen Spaziergang machen darf.

»Vergiss es«, knurrte ich. Dann drehte ich mich um und lief weg.

Als ich in Semillas Zimmer kam, atmete ich erst einmal durch. Semilla lag ganz still in ihrem Bett. Die hellbraunen Haare ausgebreitet auf dem Kissen. Ihre Augenlider glänzten. Sie sah aus, als würde sie schlafen, aber als sie mich hörte, da lächelte sie. Sie machte die Augen auf.

»Hallo«, flüsterte sie.

Es war nur noch so wenig von ihr übrig, eine Hülle aus Seidenpapier, durchsichtig und dünn. Es schien fast so, als hätte sie aufgehört, Luft zu holen, als würde sie einfach direkt durch dieses Papier atmen.

Ich kletterte zu ihr auf das Bett, kuschelte mich an sie. Auf dem Nachttisch stand eine gelbe Blechdose. Der Arzt hatte gesagt, dass Semilla großes Glück im Unglück hatte, weil sie nicht unter Schmerzen litt, aber sie bekam ein paar Tabletten zur Stärkung. Um den Appetit anzuregen und solche Sachen. Mühsam drehte sie den Kopf und vergrub ihre Nase in meinen Haaren.

»Du riechst wie mein Junge«, sagte sie.

Dann sagten wir beide lange nichts mehr. Ein kühler Windhauch kam durch den offenen Fensterspalt.

»Wie ist das, wenn man tot ist?«, fragte ich.

Semilla schluckte mit ihrem trockenen Mund.

»Im Reich des Todes …«, sagte sie, »ist es wie hier, nur anders.«

Ich setzte mich auf. Ich weiß nicht, warum ich gefragt hatte. Ich hatte nicht einmal geahnt, dass sie etwas über das Reich des Todes wusste. Aber Semilla hatte so selbstverständlich geantwortet, dass mir sofort klar war, dass es noch mehr zu fragen gab.

»Wie kommt man dorthin?«, fragte ich.

»Die Reise … ist kurz und leicht«, sagte Semilla. »Plötzlich ist man da.«

Ich war mir nicht sicher, wie sie das gemeint hatte, versuchte, es zu verstehen.

»Fährt man über das Meer?«, fragte ich.

Sie lächelte wieder.

»Ja, auf einem großen, prächtigen Schiff. Prächtiger als alle Schiffe, die du je gesehen hast.«

»Erzähl mir mehr über dieses Reich!«, sagte ich.

Sie dachte einen Moment nach.

»Manche Menschen glauben, dass man nach dem Tod etwas anderes wird«, sagte sie.

»Was denn?«

»Dass man kein Mensch mehr ist. Dass der Tod einen in etwas Neues verwandelt.«

»Und in was?«, fragte ich.

»Das weiß ich nicht, Sasja«, sagte Semilla und sah mit einem Mal so müde aus.

»Doch, sag es mir! Bitte, sag mir, was man wird, Semilla!«

Sie legte ihre kalte, klamme Hand auf meine.

»Stell dir einfach etwas Schönes vor«, flüsterte sie.

Ich legte mich wieder hin, schaute nach oben, an die weiß gestrichene Holzdecke. Etwas Schönes? Was sollte das sein?

Ein Seeadler vielleicht? Ja, denk doch, Semilla würde ein Vogel werden, ein Seeadler, wie der, den Papa und ich heute auf der Insel gesehen hatten! Seeadler waren wirklich schön, fand ich, und es war bestimmt herrlich, so fliegen zu können, hoch über den Wolken, mit Flügeln, so breit wie eine Tür!

Aber was, wenn sie kein Seeadler werden würde, sondern ein Schwein? Eins wie das, das mich vorhin auf Kajs Acker angeblinzelt hatte? Ja, Schweine waren auch schön, dachte ich da, auf ihre Weise! Und Schweineaugen, solche blauen, neugierigen, die sahen ja fast aus wie Menschenaugen. Ich lächelte, als ich mir Semilla vorstellte, verwandelt in ein rundes, nettes Schweinchen, das leise grunzend in der Erde nach Kartoffeln wühlte.

Oder, dachte ich, würde sie vielleicht ein Hund werden? Einer wie Ninni? Oh, es würde so gut zu ihr passen, eine Ninni zu sein. So samtweich und lieb, mit diesen hängenden, traurigen Augen. Mit einer langen, rauen Zunge, die einen tröstend ableckte, einem Bellen, das klang wie eine riesige Kirchenglocke.

Ja, wirklich, es gab viel Schönes hier auf dieser Welt. Aber wie auch immer es ausgehen würde – bevor der Tod Semilla verwandeln konnte, würde er sich mehr als einmal ratlos am Kopf kratzen, so viel war sicher. Denn das Allerschönste, das war ja Semilla selbst und wer würde so etwas Schönes verändern wollen? Nein, er würde es nicht leicht mit ihr haben, der Tod.

Plötzlich hörte ich ein Surren. Ein kleiner Punkt flog durch den Türspalt und landete auf der Fensterscheibe. Es war die verzweifelte Fliege von eben. Ich schauderte und drückte mich fester an Semilla. Sie musste wohl bemerkt haben, wie ich die Fliege anstarrte.

»Stört sie dich?«, fragte sie.

»Ja«, sagte ich.

»Warum denn?«

»Weil ... ich sie nicht mag. Ich mag überhaupt keine Fliegen. Sie machen mir Angst.«

Semilla sah aus, als wollte sie noch etwas sagen, aber dann ließ sie es doch. Wahrscheinlich war sie müde geworden. Wollte sich vielleicht ihre Kräfte aufheben, um über das andere zu reden. Das, was bald kommen würde.

»Bist du bereit für den Abschied?«, fragte sie.

Ich wusste nicht, was ich darauf antworten sollte. War ich bereit? Auf gewisse Weise hatte ich mich ja schon verabschiedet. Die Zeit, in der sie Mama gewesen war, die war vorbei. Jetzt war eine andere Zeit, eine Zeit mit Semilla, eine Zeit des Wartens auf den Tod.

»Ich glaube schon«, sagte ich.

Ich streckte die Hand aus und streichelte ihre Haare und ihre Haut, fühlte all das, von dem ich wusste, dass ich es jetzt sammeln und sorgsam aufbewahren musste.

»Bist *du* bereit?«, fragte ich.

»Ja, natürlich«, antwortete sie und lächelte. Aber ich konnte sehen, dass sie mit diesem Lächeln kämpfte, dass es nicht echt war – und schon im nächsten Augenblick fing sie an zu weinen. Ich fasste sie an den Schultern.

»Was ist denn?«, fragte ich.

Sie konnte nichts sagen, nur weinen.

»Hast du Angst?«, fragte ich.

»Ja.«

»Aber du hast doch gesagt, du wärst bereit!«, rief ich und schüttelte sie fast, denn ich wollte dieses Weinen wegschütteln, wollte es nicht sehen. »Stimmt das denn nicht, Semilla? Bist du gar nicht bereit?«

»Ich …«, flüsterte sie und schluckte, unterdrückte das Schluchzen, »bin bereit, dorthin zu gehen. Aber ich bin nicht bereit, euch zu verlassen.«

Sie nahm meine Hand. Plötzlich war sie stark, ihr Griff war fest und ihr Blick hellwach.

»Ich liebe dich und deinen Papa so sehr, dass es sich anfühlt wie ein Gesetz. Verstehst du? Ein Gesetz, das über allem steht.«

Ich nickte, aber nein, eigentlich verstand ich es nicht so richtig.

»Sasja«, sagte sie leise. »Glaubst du, man kann den Tod überlisten?«

Da spürte ich, wie mein Herz einen Satz machte und mit einem Mal schneller schlug.

»Ja!«, sagte ich.

»Glaubst du das wirklich?«, fragte Semilla und hielt meine Hand noch immer fest umklammert. Da war noch mehr in diesem wachen Blick. Vielleicht Flehen? »Glaubst du, das geht?«

»Ja!«, sagte ich. »Ja, ja!«

Semilla ließ los. Sie sank in ihr Kissen zurück, erschöpft.

»Ich kümmere mich darum«, sagte ich und streichelte ihr über die feuchte Stirn. »Ich lasse mir etwas einfallen und überliste den Tod. Das verspreche ich dir, Semilla.«

Sie hatte die Augen geschlossen, und fast ohne die Lippen zu bewegen, flüsterte sie:

»Das ist gut, Sasja. Zeig es ihm.«

Ein kurzes Surren lenkte mich ab und ich schaute zum Fenster. Die Fliege hatte endlich einen Weg nach draußen gefunden.

Die Überfahrt

Aber oh, es war schwer, sich etwas einfallen zu lassen. Etwas, um den Tod zu überlisten. Es vergingen ein paar Tage und Semilla war schwach, so schrecklich müde und schwach. Papa sagte, ich solle sie nicht so oft stören. »Das ist zu viel für sie«, sagte er.

Aber eines Nachts, als ich in meinem Bett lag und grübelte, da konnte ich nicht mehr anders, ich musste einfach mit ihr reden. Mir graute so sehr vor allem, dass ich mit meinen Überlegungen gar nicht weiterkam – und ich dachte, vielleicht, ganz vielleicht würde sie es schaffen, mir zu helfen. Ja, wenn wir nur zusammen darüber nachdachten, dann würde uns bestimmt eine gute Idee kommen.

Ich schlug die Decke zurück und stand auf. Die Vorhänge waren zugezogen, aber durch einen Spalt fiel Mondlicht ins Zimmer, ein langes, silberweißes Band an der Wand. Die Puppen, Autos und

Teddys, alle sahen aus wie graue Zeichnungen und gar nicht wie richtige Spielsachen.

Die Schatten der Zimmerpalmen hatten den Wintergarten in einen Dschungel verwandelt. Ich huschte über den knarrenden Boden, und als ich an der Treppe vorbeikam, da glaubte ich, einen kühlen Windhauch von unten zu spüren. Aber das war sicher nur Einbildung, dachte ich.

Die Tür zu Semillas Zimmer war nur angelehnt. Ich schob sie auf und schlüpfte hinein. Papa saß auf einem Stuhl am Bett. In der letzten Zeit hatte er jede Nacht dort gesessen. Wie festgeklebt. Er wolle ihr Gesellschaft leisten, hatte er gesagt. Jetzt war er eingeschlafen. Mit dem Kinn auf der Brust. Seine Hand lag auf Semillas Bett. Aber Semilla war nicht da.

Mein erster Gedanke war, dass sie vielleicht aufgestanden war, um etwas zu trinken, aber das hätte sie ja gar nicht geschafft. Nein, wenn sie nicht mehr im Bett war, dann musste sie jemand fortgetragen haben.

Ich machte auf dem Absatz kehrt. Ich rannte zurück in den Wintergarten und da spürte ich es wieder. Das, was keine Einbildung gewesen war, sondern echt. Ein kühler Hauch von Nachtluft!

Hastig lief ich die Treppe hinunter – und irgendwie hatte ich es da wohl schon verstanden. Ja, eigentlich wusste ich schon, was passiert war. Aber trotzdem schlug mir das Herz bis zum Hals, als ich es sah. Die Haustür stand offen. Es war also wirklich wahr. Der Tod war gekommen und hatte Semilla geholt. Und er hatte noch nicht einmal die Tür hinter sich zugemacht.

Mit einem Mal bekam ich Angst. Nein, ich war wie gelähmt vor Entsetzen. Er durfte sie nicht holen! Sie gehörte ihm nicht, sie gehörte Papa und mir! Es stimmte nicht! Ich war gar nicht bereit, sie gehen zu lassen. Ich war nie bereit gewesen, ich hatte es mir nur eingeredet. Ja, jetzt wusste ich, dass ich ohne sie nicht leben konnte.

Ich rannte nach draußen, barfuß die kalte Steintreppe hinunter. Am Gartenweg brannten die Lampen, warfen gelbe Kreise auf den Kies. Die Hunde hatten die Gelegenheit genutzt und waren aus dem Haus gelaufen. Ninni fraß Stachelbeeren vom Stachelbeerstrauch. Sie wedelte mit dem Schwanz, als sie mich sah, aber ich rannte weiter, durchs Gartentor und auf die Straße. Wenn das Schiff des Todes wirklich so groß war, dann musste es an Palmgrens Bootssteg anlegen, denn das war der einzige Steg weit und breit, wo das Wasser tiefer als zwei Meter war.

Wolken zogen am Himmel über dem Kalkberg vorüber, schön und schaurig zugleich. Ab und zu tauchte die glänzende Mondscheibe auf, dann versteckte sie sich wieder. Als die Straße sich teilte, lief ich nach rechts zum Hafen. Es war nicht mehr weit. Tau bedeckte den Boden und mein karierter Schlafanzug wurde nass, als ich das letzte Stück durchs Gras hastete. Ich rannte auf den Steg, rannte, so schnell ich konnte, bis an den Rand. Noch hatte ich Zweifel. Noch konnte ich mir einfach nicht vorstellen, dass es wirklich existierte – und dass ich es sehen würde. Aber als ich auf das schwarze Meer blickte, da sah ich es! Das Schiff! Es war lang und groß und es hatte ein viereckiges Segel, und als der Mond hinter einer Wolke hervorkam, da konnte ich sehen, wie prächtig und klar die Farben waren. Es glitt davon, unzählige Ruder trieben es über das Wasser. Ein solches Schiff hatte ich noch nie zuvor gesehen! Es konnte nur das Schiff des Todes sein!

»Halt!«, rief ich.

Niemand hörte oder sah mich und die Ruder rollten weiter durch das Wasser, taktfest wie ein Uhrwerk.

»Du darfst nicht gehen!«, rief ich. »Semilla!«

Aber das Schiff fuhr immer weiter hinaus auf den Fjord. Ich holte Luft und schrie aus der tiefsten Tiefe meines Körpers.

»Mama!«

Aber nichts konnte die Ruder anhalten.

Palmgrens Ruderboot war mit zwei Knoten am Anleger vertäut. Ich machte es los und stieg hinein, legte die Hände an den Steg und stieß mich ab. Dann schob ich die Ruder in die Dollen und fing an zu rudern.

Ich war ein schlechter Ruderer. Bei jedem Schlag spritzte und platschte es nur so und das prächtige Schiff des Todes wurde kleiner und kleiner. Was sollte ich nur tun, wenn es außer Sicht geriet?

Nein, das durfte nicht passieren! Ich nahm meine ganze Kraft zusammen, ich ruderte, dass meine Hände brannten.

Dann kam der Wind. Er kam ganz plötzlich. Das Meer wurde unruhig, der Seegang wurde immer stärker. Schon bald brachen die ersten Wellen. Riesige, schäumende Wellen.

Und als die Wellen nicht nachließen, sondern noch höher wurden, da kauerte ich mich auf den Boden des Ruderboots und dachte, dass dieser Sturm kein gewöhnlicher Sturm war. Vielleicht hatte der Tod ihn aufgebracht? Weil er bemerkt hatte, dass ich ihm gefolgt war? Um zu entkommen?

Ich wusste nicht, ob die Ruder aus ihren Dollen gerutscht oder noch da waren. Aber das war auch egal. Hätte ich versucht, mich aufzurichten, wäre ich über Bord geweht worden wie ein Blatt Papier. Alles, was ich tun konnte, war, auf den Boden gepresst liegen zu bleiben und darauf zu warten, dass das Unwetter vorüberging. Die spritzende Gischt durchnässte meinen Schlafanzug. Auf und ab tanzte das Boot durch die gewaltigen Wellen. Mir wurde übel, aber das Schaukeln machte mich auch schläfrig. Und irgendwann schlief ich wohl ein. Vielleicht nur für einen kurzen Moment, vielleicht auch für mehrere Stunden. Als ich aufwachte, hatte das Schaukeln aufgehört.

Die Sonne schien. Es war hell und warm, und das war ein schönes Gefühl nach dieser nassen, stürmischen Überfahrt. Das Boot war an Land gespült worden, an einen langen Strand mit hellem Sand, aber es war nicht der Strand, an den Papa und ich immer gingen, sondern ein Strand, an dem ich noch nie zuvor gewesen war. Ich schirmte die Augen mit der Hand vor der Sonne ab und sah mich um. Das Meer war spiegelglatt. Am Horizont war weit und breit kein Land zu sehen.

Plötzlich hörte ich einen Schrei. Es war ein lauter, durchdringender Schrei, der mir irgendwie vertraut vorkam. Ich stieg aus dem Boot und kletterte die sonnenwarmen Dünen hoch. Dahinter, auf einer satten grünen Wiese, rannte ein kleines Schwein herum.

Aber das Erstaunliche war, dass es nicht auf vier Beinen lief wie ein normales Schwein, sondern auf zweien. Ich versteckte mich im Schutz eines Schilfröhrichts und beobachtete es. Ich war mir ziemlich sicher, dass das Schwein ein Junge war. Er trug ein langes, blaues Hemd, eine dunkle Hose und einen geflochtenen Riemen um den Bauch. Um die Schultern flatterte ein Umhang, gefüttert mit einem glänzenden Stoff, rötlich wie poliertes Kupfer. Er schrie und rannte herum, rannte herum und schrie – und ich konnte überhaupt nicht verstehen, warum. Auf einmal drehte er sich um.

»Halt!«, brüllte er.

Er fing an, um sich zu treten und mit den Armen zu fuchteln und eine Menge wütender Sachen zu rufen. Und da endlich verstand ich, was er machte. Er spielte. Er spielte, dass er gegen jemanden kämpfte.

Das sah lustig aus. Ja, ich wurde auf einmal ganz glücklich, nur weil ich hier saß und ihm zusah. Am liebsten wäre ich aufgesprungen, um ihn zu fragen, ob ich mitspielen dürfte, aber ich traute mich nicht. Dabei hatte ich solche Sehnsucht nach diesem Spiel, wirklich! So wie man Appetit auf etwas hat, das man schon ganz lange nicht mehr gegessen hat.

Der Schweinejunge kämpfte immer wilder. Er fiel hin und schien schon fast besiegt, aber dann fand er neue Kräfte und sprang auf, um zurückzuschlagen. Offenbar hatte sein Gegner die Flucht ergriffen, denn jetzt stieß er einen Kampfschrei aus, hob einen Stock vom Boden auf und rannte los, den Stock in der Hand, als wäre er ein Schwert. Und ehe ich mich's versah, war er in das Dickicht gestürmt, in dem ich kauerte. Wie versteinert blieb er vor mir stehen. Der Stock fiel ihm aus der Hand.

»Entschuldigung«, sagte ich und stand auf. »Das wollte ich nicht … Habe ich dich erschreckt?«

Er antwortete nicht, sondern starrte mich nur an, als könne er seinen Augen nicht trauen.

»Bin ich hier … Ich meine, ist das hier das Reich des Todes?«, fragte ich.

Der Schweinejunge sah immer noch sehr erstaunt aus, aber er konnte sich immerhin dazu durchringen zu nicken.

»Ja, klar«, antwortete er.

Ein Freund

Der Schweinejunge musterte mich von oben bis unten und von unten bis oben. Er hatte wache blaue Augen. Er sah nett aus, rosig und neugierig. Sein Rüssel glänzte feucht. Er reckte den Hals und entdeckte das Ruderboot, das am Strand lag.

»Bist du mit deinem eigenen Boot gekommen?«, fragte er.

Ich schüttelte den Kopf.

»Das gehört meinem Nachbarn«, antwortete ich und erst da überkam mich plötzlich das schlechte Gewissen. Palmgren, der immer freundlich war und so sorgsam mit seinem Boot umging. Er würde bestimmt traurig sein, wenn er bemerkte, dass es weg war.

Der Schweinejunge lief los zum Strand, um sich das Boot genauer anzuschauen. Ich folgte ihm. Er legte eine Klaue auf den Bootsrand und betrachtete nachdenklich die Ruder, die den Sturm überstanden hatten und noch in den Dollen steckten.

»Nur zwei Stück?«, fragte er.

»Ja«, sagte ich.

Er grunzte überrascht und dann nahm er das Boot weiter unter die Lupe, als wäre es das Seltsamste, was er je gesehen hatte.

Der laue Wind strich sacht durch das Schilf und zerzauste meine Haare, die inzwischen wieder trocken waren. Ich blickte den Strand hinunter. Das Reich des Todes. Ich war wirklich da! Einfach so, nur weil ich in das Boot gestiegen war! Ich, der geglaubt hatte, man müsste zuerst sterben.

Bei dem Gedanken zuckte ich zusammen. Was, wenn ich auf der Überfahrt gestorben war? Vielleicht hatte ich mir den Kopf angeschlagen, als ich auf dem Boden lag und von den Wellen herumgeworfen wurde? Wenn man sich den Kopf richtig fest stieß, dann konnte man daran ja wirklich sterben.

Ich ging an den Rand des Wassers und spiegelte mich in der glatten Oberfläche. Das war immer noch mein Gesicht. Immer noch Sasja. Ich sah vielleicht ein bisschen verschlafen und verstrubbelt aus, aber das war ja auch kein Wunder. Ich drehte mich zu dem Schweinejungen um, der immer noch Palmgrens Boot begutachtete und gerade gegen den Rumpf trat, um zu prüfen, wie stabil es war.

»Stimmt es, dass der Tod einen verwandelt, wenn man stirbt?«, fragte ich. »Dass man dann kein Mensch mehr ist, sondern etwas anderes wird?«

»Natürlich stimmt das«, sagte er nickend. Er richtete sich auf und klang geradezu feierlich, als er weitersprach. »Man wird Spartaner, Harpyr oder Hildin. Ich – bin Hildin.«

Das Letzte sagte er in einem Ton, der durchblicken ließ, dass Hildin seiner Meinung nach am besten war.

Da holte ich tief und glücklich Luft, denn wenn das so war, dann war ich also nicht tot und trotzdem hier!

Ich setzte mich in den warmen Sand, und während ich auf das Meer schaute, dachte ich darüber nach, was es für mich bedeutete, dass ich hergekommen war, obwohl ich noch lebte. Ich fragte mich, wie schwer es wohl werden würde, nach Hause zurückzurudern – und ob Papa schon bemerkt hatte, dass Semilla und ich verschwunden waren. Wenn ja, dann war er gerade sehr traurig. Und dann dachte ich an das, worüber Semilla und ich gesprochen hatten.

»Glaubst du«, fragte ich den Schweinejungen, der also kein Schwein, sondern ein Hildin war, »dass man den Tod überlisten kann?«

Er runzelte die Stirn, wie man es tut, wenn man gerade etwas wirklich Seltsames gehört hat.

»Warum willst du das wissen?«

Erst war ich mir nicht sicher, ob ich es ihm erzählen sollte. Wir hatten uns ja gerade erst kennengelernt und das mit Semilla gehörte eigentlich zu den Dingen, die man nur einem Freund anvertrauen konnte.

Aber als ich in dieses freundliche rosige Gesicht blickte, in diese neugierigen blauen Augen, da fühlte es sich tatsächlich so an, als wären wir Freunde. Ja, ihm konnte ich von meinem Plan erzählen!

Ich fing ganz von vorn an, damit er wirklich verstehen konnte, worum es ging, erzählte alles über die Krankheit und das stille Haus, wie lieb ich Semilla gehabt hatte und wie groß meine Angst gewesen war, als sie nicht mehr in ihrem Bett lag. Wie ich mir Palmgrens Boot geborgt hatte, um dem Tod hinterherzurudern – und dass ich nicht aufhören konnte, an das zu denken, worüber Semilla und ich gesprochen hatten. Dieser Gedanke ... dass ich sie vielleicht wirklich zurückholen könnte.

Als ich mit meiner Geschichte fertig war, sah er ziemlich ernst aus.

»Ich glaube, dass es sehr schwer ist, den Tod zu überlisten«, sagte er. Dann biss er sich auf die Unterlippe und fügte hinzu: »Aber versuchen kannst du es ja.«

Ich schaute wieder den Strand hinunter.

»Weißt du, wo sein Schiff anlegt?«, fragte ich.

»Natürlich«, antwortete er und dann gab er mir ein Zeichen mitzukommen. »Mein Papa arbeitet an Bord.«

»Wirklich?«, sagte ich und lief ihm eilig nach.

»Na klar«, sagte er und dann fügte er sehr zufrieden hinzu: »Er ist der Kapitän, musst du wissen. Das Schiff des Todes hat zweiunddreißig Ruderer, das ist also eine große Verantwortung.«

Wir kletterten die Dünen hoch und blickten über die weiten Wiesen, die so kräftig und grün waren, wie ich es noch nie gesehen hatte, mit Grashalmen, breit wie Messerklingen. Ein Stück entfernt schlängelte sich ein kleiner Bach durch das Gras; an seinem Ufer wuchsen Ahlkirschen und Ebereschen und am blauen Himmel zogen gemächlich die Wolken vorbei.

»Das heißt ja, dass dein Vater heute Nacht bei uns war!«, sagte ich, während wir über die Wiese liefen. »An Palmgrens Steg, um Semilla zu holen!«

»Na und?«, sagte er nur und zuckte mit den Schultern.

»Aber das muss doch schrecklich sein«, sagte ich. »Einen Papa zu haben, der für den Tod arbeitet!«

»Was soll daran schrecklich sein?«, fragte er. »Es arbeiten doch alle für ihn.«

»Mein Papa nicht«, sagte ich.

»Nein, aber wenn er irgendwann *hier* ist, dann schon«, antwortete er.

Er streckte eine Klaue aus und zeigte in die Ferne. Ich sah dünne Fäden aus Schornsteinrauch, die in den Himmel aufstiegen.

»Da ist unser Dorf«, sagte er. »Und da ist auch der Hafen, in dem das Schiff des Todes liegt. Aber …«, er zögerte und fasste sich nachdenklich ans Kinn. »Ich glaube nicht, dass du ihn dort finden wirst. Er reist immer sofort weiter.«

»Ach ja?«, fragte ich. »Wohin denn?«

»Zu sich nach Hause«, antwortete er. »Deine Mama nimmt er natürlich mit. Aber es ist ein ziemlich weiter Weg.«

Ich wollte gerade fragen, wie weit *genau*, aber da blieb er plötzlich stehen. Er hielt sich schützend eine Klaue über die Augen und blickte in die Ferne.

»Was ist denn?«, fragte ich.

»Da kommt jemand«, antwortete er.

Ich reckte den Hals. Er hatte recht. Zwei Gestalten kamen auf uns zu. Der kleine Hildin sah sich suchend um. Sein Blick fiel auf eine Schlehenhecke voller reifer Beeren, die aussahen wie große blauschwarze Murmeln.

»Komm«, sagte er und zog mich am Arm hinter sich her.

»Was hast du vor?«

»Wir müssen uns verstecken.«

Er kroch in die Hecke und ich kroch ihm nach. Die Schlehendornen waren lang wie Nähnadeln. Sie zerrissen mein Schlafanzugoberteil und bohrten sich in meine Haut. Aber dafür roch es hier gut, würzig und süß zugleich.

»Wer sind die beiden?«, fragte ich.

Er schob ein paar Zweige beiseite und spähte zur Wiese.

»Das sind Papa und Tjalve«, antwortete er.

Sie waren schon ganz nah. Der eine war schlank und schlaksig und trug auch so einen langen Umhang, nur mit grünem Futter. Der andere war größer. Sein Bauch war dick und speckig und sein Rüssel borstig. Aus dem Mund ragten zwei Hauer wie weiße, glänzende Haken. Das Futter seines Umhangs sah aus, als wäre es aus Gold, und an seiner Hüfte hing ein Schwert.

»Ist Tjalve dein Bruder?«, flüsterte ich.

Er nickte.

»Ja, aber …«, fuhr ich fort und versuchte, einem Dorn auszuweichen, der mich in den Hintern pikte. »Wieso verstecken wir uns denn dann?«

»Ich habe nachgedacht«, antwortete der kleine Hildin. »Wenn der Tod erfährt, dass du hier bist, dann sorgt er vielleicht dafür, dass du stirbst. Ich glaube nicht, dass er Lebende in seinem Reich haben will.«

»Aber würde dein Papa dem Tod wirklich von mir erzählen?«, fragte ich. »Ich meine, kannst du ihn nicht bitten, mich nicht zu verraten?«

Er schüttelte den Kopf.

»Papa will ganz bestimmt keine Geheimnisse vor dem Tod haben«, sagte er und duckte sich. Seine Haut war so rosig und zart wie eine Rose. Er hatte einen Kratzer an der Wange.

»Du hast gesagt, dass der Tod keine Lebenden in seinem Reich haben will«, flüsterte ich, während ich die kleinen Blutstropfen beobachtete, die aus dem Kratzer quollen. »Heißt das ... Ich meine, bist du denn nicht lebendig?«

Er dachte einen Moment über meine Frage nach. Und als sein Vater und Tjalve stehen geblieben waren, gar nicht weit von uns entfernt, und mit schmalen Augen nach irgendetwas Ausschau hielten, da flüsterte er:

»Doch, aber ich kann nicht sterben.«

Hyrn

Wir lagen mucksmäuschenstill unter dem stacheligen Schlehenbusch und rührten uns nicht. Tjalve und dieser riesige Papa waren nur ein paar Meter vor uns stehen geblieben. Tjalve hielt sich schützend eine Klaue über die Augen und schaute sich blinzelnd um.

»Sonst ist er immer hier«, murmelte er.

Sein Papa grunzte nur. Seine Stimme war tief wie ein Donnergrollen.

»Ich habe ihm gesagt, dass er zu Hause bleiben soll«, fuhr Tjalve fort. »Aber er hört ja nie auf mich. Findest du es wirklich in Ordnung, dass wir hier herumrennen und ihn suchen? Haben wir nicht wichtigere Sachen zu tun?«

»Hm«, grunzte der Papa wieder.

»Ich habe heute schon Holz gehackt, den Kräutergarten gejätet, gewaschen und Essen gekocht«, fuhr Tjalve fort. »Und was hat er getan? Gespielt und Faxen gemacht. Jetzt kommen wir zu spät zum Essen, und das ausgerechnet heute, wo ich noch Haselnüsse sammeln wollte.«

»Wir kommen auch noch einen Tag ohne Nüsse zurecht.«

»Ja, schon, aber trotzdem. Vielleicht wäre es langsam an der Zeit, dass Trine ein bisschen mehr mithilft. Du solltest das mit Mama besprechen. Ich meine, muss man so ein Nichtsnutz sein, nur weil man klein ist?«

Der Papa stemmte die Klauen in die Seiten und sah sich suchend um.

»Trine!«, rief er. »Das Essen ist fertig! Wo steckst du?« Er wartete einen Augenblick, aber als er keine Antwort bekam, nickte er in Richtung der Dünen. »Komm«, sagte er. »Vielleicht ist er am Strand.«

Dann stapften sie weiter durch das fette, grüne Gras und schon bald waren sie nicht mehr zu sehen.

Ich blickte verstohlen auf den kleinen Hildin neben mir im Gestrüpp. Sein feuchter Rüssel zuckte. Ich weiß nicht, ob er wütend oder traurig war – oder beides? Aber mir war klar, dass es bestimmt nicht lustig war, den Vater und Tjalve so reden zu hören.

»Trine?«, sagte ich. »Heißt du so?«

Er nickte.

»Ich heiße Sasja«, sagte ich und streckte ihm die Hand hin.

Er schüttelte sie und wirkte gleich ein bisschen fröhlicher. Das klingt jetzt vielleicht verrückt, aber es kam mir gar nicht seltsam vor, jemandem die Hand zu schütteln, der gar keine Hand hat, sondern eine borstige kleine Klaue. Ich fand es ganz normal.

Trine schaute in die Richtung, in die sein Papa und Tjalve verschwunden waren, und dann in die Richtung, in der sein Dorf lag. Seine Augen leuchteten so blau wie der Himmel. Seine Wimpern waren ganz hell, fast weiß.

»Bist du sicher, dass du den Tod aufsuchen willst?«, fragte er. »Obwohl du weißt, dass er dich vielleicht töten wird?«

Ich dachte lange nach, bevor ich ihm eine Antwort gab. Fragte mich, was es bedeuten würde, wenn ich starb. Ich würde Papa und Ninni nie wiedersehen und unsere anderen Hunde auch nicht. Ich würde nie wieder auf Papas Schultern zur Insel reiten, nie mehr mit ihm durch das Dorf laufen und dabei zusehen, wie unsere nassen Badehosen eine gepunktete Spur auf der Straße zurückließen. Ich würde nie mehr unser Gartentor aufmachen, mich nie mehr unter die Ahornbäume ins Gras setzen und mich im Schatten abkühlen, während der Wind das Laub tanzen ließ wie tausend grüne Kleider.

Das alles würde ich vielleicht für immer verlieren, wenn ich den Tod aufsuchte.

Aber wenn ich den Tod *nicht* aufsuchte, wenn ich stattdessen nach Hause zurückkehrte, dann würde ich das alles behalten und nur eine einzige Sache aufgeben müssen. Ich hatte gedacht, ich wäre bereit dazu, aber das stimmte nicht. Ich war nicht bereit.

»Ich will es«, sagte ich.

Trine nickte. Er biss sich auf die Unterlippe.

»Dann werde ich dir helfen«, sagte er.

»Meinst du das ernst?«, fragte ich.

»Na klar«, antwortete Trine. »Du brauchst doch jemanden, der dir den Weg zeigt.«

Ich weiß nicht, wie es kam, aber plötzlich hatte ich die Arme um ihn geschlungen und drückte ihn so fest, dass ich ihn beinahe zerquetscht hätte. Trine war wohl genauso überrascht über diese Umarmung wie ich, aber nicht, weil er mich komisch fand. Nein, er lächelte so breit, dass ich jeden seiner weißen Zähne sehen konnte, und in seinen Augen flackerten kleine glückliche Funken auf.

»Wollen wir gleich los?«, fragte ich.

»Erst müssen wir etwas an deinem Aussehen ändern«, antwortete er und kroch aus dem Schlehenbusch. Ich folgte ihm, und als wir wieder auf den Füßen standen, nahm er seinen Umhang ab, diesen schönen Umhang mit dem glänzenden kupferroten Futter. Er zupfte ein paar Schlehendornen ab, die sich im Stoff verhakt hatten, und dann legte er ihn mir um die Schultern. Der Umhang war schwerer, als ich erwartet hatte. Und ziemlich warm. Trine schloss ihn mit einer Spange, die an der linken Schulter saß, und zog mir die große, weite Kapuze über den Kopf. Dann trat er ein paar Schritte zurück und musterte mich.

»Gar nicht so schlecht. Pass auf, dass du die da nicht zu sehr rausstreckst«, sagte er und zeigte auf meine nackten Füße. »Jetzt gehen wir zu mir nach Hause. Wir müssen packen.«

Es gab eine Straße, die direkt ins Dorf führte, aber die nahmen wir nicht, denn es war besser, wenn wir niemandem begegneten.

Stattdessen folgten wir dem kurvigen Bachlauf, der die Wiese teilte, als hätte sie jemand mit einem riesigen Messer durchgeschnitten. Im Schutz der Ebereschen und Ahlkirschen marschierten wir los und unser Ziel war der Rauch, der in der Ferne aus den Hütten aufstieg.

Es war ein schönes Gefühl, ohne Schuhe über den nassen Boden zu laufen, zu spüren, wie das raschelnde Laub an den Fußsohlen kitzelte und kleine Blumen zwischen den Zehen stecken blieben. Als wir an einem wilden Apfelbaum vorbeikamen, pflückte Trine jedem von uns einen kleinen, runden Apfel und dann setzten wir uns an den Bach, steckten die Füße ins Wasser und aßen.

Irgendetwas war anders im Reich des Todes, es kam mir so still vor, so … tot. Es dauerte eine Weile, bis ich darauf kam, woran das lag. Ja, denn wenn man normalerweise an einem Bach wie diesem saß, dann gehörten auch Schwalben, Hummeln und Schmetterlinge dazu. Aber hier gab es nur Trine und mich und den Wind, der sacht über das Gras strich.

»Gibt es hier keine Schwalben?«, fragte ich.

»Keine was?«, sagte Trine und spuckte einen Kern aus.

»Schwalben. Und Hummeln und Schmetterlinge. Gibt es die im Reich des Todes nicht?«

»Soweit ich weiß, nicht«, antwortete er und überlegte. »Was *sind* Schwalben, Hummeln und Schmetterlinge?«

Ich musste mich zusammenreißen, um nicht laut loszulachen, das wäre schließlich wirklich nicht nett gewesen, aber ich fand es ziemlich lustig, mit jemandem hier am Bach zu sitzen, der nicht wusste, was ein Schmetterling war.

»Was ist mit Rehen?«, fragte ich. »Und Igeln? Und Kohlmeisen?«

Nachdenklich legte er eine Klaue an den Mund.

»Kann schon sein, dass Papa ein paar Kohlmeißel in seinem Werkzeugschuppen hat«, sagte er. »Aber die anderen Sachen habe ich noch nie gehört.«

Ich strich mit der Handfläche über das kitzelnde Gras, schaute auf das dunkle, trübe Wasser.

»Und Fliegen? Hast du von denen schon mal etwas gehört?«, fragte ich.

Trine warf den Apfelbutzen mit einem leisen Platschen in den Bach.

»Nö«, sagte er. »Gehen wir weiter?«

Und das taten wir. Ich fühlte mich so unbeschreiblich glücklich in diesem Augenblick. Glücklich und stark! Mutig! Und das lag nicht *nur* daran, dass ich an einen Ort gekommen war, an dem es keine Fliegen gab. Nein, da war noch mehr. Vielleicht, dass ich es nicht einfach hingenommen hatte? Dass ich ihr stattdessen gefolgt war?

Das Land, in dem die Hildiner wohnten, hieß Hilde, erklärte Trine. Und das Dorf, das vor uns lag, hieß Hyrn. Ich spürte ein Kribbeln im Bauch, als uns der Schornsteinrauch in die Nase kroch. Trine ging summend neben mir her. Für ihn war das alles hier natürlich überhaupt nicht neu und aufregend. Er strich im Vorbeigehen mit der Klaue durch das hohe Gras und ab und zu sprang er einfach so in die Luft. Aber plötzlich blieb er stehen. Als wäre ihm auf einmal bewusst geworden, dass das hier ernst war. Dass der Begleiter, den er ins Dorf brachte, nicht dorthin gehörte. Dass die

Dorfbewohner womöglich … Ja, was würden sie tun, wenn sie mich sahen?

Ein zweites Mal musterte er prüfend meine Tarnung.

»Du musst die Kapuze ordentlich nach unten ziehen«, sagte er. »Und egal was du tust, schau nie nach oben.«

Wir ließen den Bach hinter uns und kamen auf einen schmalen, trockenen und staubigen Weg. Ich ging dicht neben Trine. Statt des Grases erstreckten sich nun links und rechts von uns Blumenfelder. Die Blumen sahen alle gleich aus: eine blauviolette kleine Blütenglocke auf einem dünnen Stängel. Hie und da glaubte ich Gestalten zu sehen, die gebückt zwischen den Blumen standen, aber ich war mir nicht sicher, weil der Stoff der Kapuze so dick war. Oh, wie gern hätte ich mir all das richtig angesehen!

Der Rauchgeruch wurde stärker. Als wir nach einer Weile endlich durch das südliche Tor im Dorf angekommen waren, konnte ich der Neugier nicht länger widerstehen. Ich musste meine Nase ganz einfach ein wenig herausstrecken.

Die Häuser standen dicht an der schmalen Straße, die sich durch das Dorf schlängelte. Es waren solche altertümlichen Hütten aus Lehm und Holz und die Balken waren mit einer schönen, matten Farbe gestrichen, so rot wie Blut. Auf den Dachschindeln wuchs dickes Moos. Aus beinahe jedem Schornstein stieg eine dünne Rauchfahne auf.

Überall in den Gärten blühten die herrlichsten Blumen: Geißblatt, Kornblumen und Margeriten. An einem Ahornbaum hing eine Schaukel, die aus einem kleinen Sack und zwei Seilen bestand. Die

Namen der Familien standen auf verwitterten, rissigen Schildern an den Gartentoren: Gylleborst, Jordfot, Fetnacke.

»Zieh die Kapuze nach unten, sonst wird dich noch jemand entdecken!«, sagte Trine. »Kapierst du das nicht?«

»Tut mir leid«, sagte ich. »Es ist nur so schwer, nicht zu schauen.«

»Noch schwerer ist es, jemandem zu erklären, warum du keinen Rüssel hast«, sagte Trine.

Ich griff nach der Kapuze, um sie tiefer ins Gesicht zu ziehen, aber weil ich damit so beschäftigt war, achtete ich nicht ordentlich darauf, wohin ich die Füße setzte – und ehe ich mich's versah, war ich mit einem Hildin zusammengestoßen! Mit einem Hildin, der schmutzige, grobe Klauen hatte und einen fetten Bauch. So fett, dass er wie ein bleicher, borstiger Teig zwischen Hose und Jacke hervorquoll.

Eine Versammlung auf dem Marktplatz

»Kannst du nicht aufpassen?«, schnauzte der Schmutzige, mit dem ich zusammengestoßen war. Seine Stimme klang unbeherrscht und er roch nach einer Mischung aus Schweiß und Mist.

»Doch. Das heißt nein, ich war gerade mit der Kapuze beschäftigt«, antwortete ich – und dachte, dass es ein großes Glück war, dass dieser schmutzige Kerl meine Hände nicht bemerkt hatte. Ich machte einen Schritt zur Seite, um an ihm vorbeizukommen, aber er streckte eine Klaue aus und hielt mich fest.

»Was sagt man da?«

»Was?«, sagte ich.

»Was sagt man, wenn man nicht aufgepasst hat?«

Trine war schon ein Stück weitergelaufen, bevor er bemerkt hatte, dass ich stehen geblieben war, aber jetzt kam er eilig zurück.

»Es tut ihm leid«, sagte er.

»Ach so, ja«, sagte ich, »Entschuldigung!«

Ich unternahm einen neuen Versuch, an ihm vorbeizukommen, aber der Schmutzige hinderte mich wieder daran.

»Warum setzt du die Kapuze nicht ab?«, fragte er.

Ich wusste nicht, was ich darauf antworten sollte. Es war irgendwie unbehaglich, von jemandem festgehalten zu werden, den man nicht vernünftig sehen konnte, der nichts als ein großer, stinkender Körper war.

»Weil die Sonne heute so blendet«, sagte Trine. Er zog an meinem Arm. »Komm jetzt.«

»Unsinn!«, sagte der Schmutzige und knuffte mich. »So hell ist es nicht.« Er musterte mich und kratzte sich an seinem hervorquellenden Bauchspeck. »Irgendwas stimmt mit dir nicht«, knurrte er. »Was hast du da für eine Jacke?«

Erst verstand ich gar nicht, was er meinte, aber dann wurde mir klar, dass sich der Kragen meines Schlafanzugs in der Spange des Umhangs verfangen haben musste.

»Das ist nur eine ganz normale Jacke«, sagte ich.

»Ganz normal, na danke«, sagte der Schmutzige. »Hier in der Gegend ist so was nicht normal. Was bist du überhaupt? Spartaner?«

»Er ist kein Spartaner«, sagte Trine schnell. »Wirklich nicht. Komm jetzt, wir gehen.«

»O doch, ich glaube, du bist sehr wohl ein Spartaner!«, sagte der Schmutzige und bohrte mir seine harte, scheußliche Klaue in den Bauch. »Hat dich der König von Sparta etwa geschickt, um uns auszuspionieren?«

»Ich kenne den König von Sparta gar nicht«, sagte ich und langsam bekam ich richtig Angst. Es war nicht zu überhören, dass der Hildin inzwischen wirklich sauer war, und gleichzeitig schien er ziemlich dumm zu sein. Beides zusammen war eine gefährliche Mischung, das war mir klar.

Der Schmutzige machte einen Schritt auf mich zu.

»Dann kannst du deine Kapuze ja abnehmen«, sagte er. »Und wenn du es nicht selbst machst, kann ich dir gern dabei helfen.«

Das Herz schlug mir bis zum Hals, als er seine Klaue nach der Kapuze ausstreckte. Er wollte sie gerade greifen, als ihn plötzlich jemand so heftig anrempelte, dass er das Gleichgewicht verlor und hinfiel. Er landete unsanft auf dem Hintern.

»Sind denn heute nur Trottel unterwegs, die nicht aufpassen können, wo sie hinlaufen?«, brüllte er.

»Tut mir leid!«, bekam er zur Antwort von dem, der ihn umgerannt hatte. »Das ganze Dorf soll sich auf dem Marktplatz versammeln! Es muss etwas passiert sein!«

»Was denn?«, schnaubte der Schmutzige, aber der andere war schon weg.

Immer mehr Hildiner eilten an uns vorbei. Aus allen Richtungen strömten sie herbei, einer speckiger als der andere – und vom Marktplatz drang das Läuten einer Glocke durch die Gassen. Der Rüpel auf dem Boden wurde fast ein zweites Mal über den Haufen gerannt. Er knurrte vor Wut, als er sich mühsam aufrappelte.

Offenbar war er zu dem Schluss gekommen, dass die Versammlung auf dem Marktplatz wichtiger war als meine Kapuze, denn alles, was ich von seinem Geschimpfe verstand, war: »Sei froh, dass ich weitermuss«, dann lief er den anderen nach und war verschwunden.

Trine holte tief Luft, als er meinen Schlafanzugkragen unter den Umhang stopfte.

»Das war knapp«, sagte er. »Und jetzt schnell zu mir nach Hause, bevor du noch mal mit jemandem zusammenstößt.«

Wir hasteten eine schmale Straße hinauf, die ziemlich steil war. Ein paarmal rutschte ich fast auf altem Kartoffelkraut aus, das auf dem Boden vor sich hin gammelte, und einmal trat ich mitten in eine Pfütze, weil jemand sein Scheuerwasser auf die Straße gekippt hatte. Immer wieder kamen uns neue Dorfbewohner entgegen, die dem Ruf der Glocke zum Marktplatz folgten.

»Ich wüsste zu gern, was da passiert ist«, keuchte ich, ganz außer Atem. Schweißperlen liefen mir kitzelnd den Rücken hinunter. Dieser Umhang war wirklich warm.

»Das ist egal, solange du nicht entdeckt wirst«, antwortete Trine. »Hier wohne ich.«

Vorsichtig hob ich meine Kapuze an und betrachtete das Haus, auf das er zeigte. Es war hübsch, ziemlich groß, mit zwei ordentlichen Fenstern zur Straße hin. Die Balken sahen aus, als wären sie gerade erst mit dieser roten Farbe gestrichen worden, die ich so schön fand. Zwischen zwei Apfelbäumen hingen Handtücher und frisch gewaschene Hildin-Hosen auf der Leine. Das Mäuerchen, das den Garten umgab, war aus Feldsteinen aufgeschichtet. Hier und da bröckelte das Mauerwerk, aber eigentlich sah es genauso aus, wie es sollte, und dahinter wuchs eine niedrige Ligusterhecke, wie ein Band aus hellgrünen Blättern und weißen Blüten.

»Wollen wir nicht reingehen?«, fragte ich.

Trine schaute abwartend zum Haus.

»Ich weiß nicht, ob …«, setzte er an, aber weiter kam er nicht, denn die Tür ging auf. Wir schafften es gerade noch, hinter einem Karren vor dem Nachbarhaus in Deckung zu gehen. Zwischen den Speichen des grauen Holzrades konnte ich sehen, wer gerade aus Trines Haus auf die Treppe getreten war. Um ein Haar hätte ich laut aufgekeucht, und zwar vor Angst und Begeisterung zugleich. Keiner der Hildiner, die ich bislang gesehen hatte, war auch nur annähernd so dick gewesen wie dieser hier. Dieser Hildin war so riesig, dass ich schon befürchtete, die Treppe würde unter ihm zusammenbrechen. Der Bauch sah aus wie eine mächtige Tonne, die Arme waren dick wie Baumstämme und der Rücken ein einziger langer, kräftiger Buckel. Das Gesicht war faltig und warzig, die Augen nicht mehr als zwei helle Schlitze in all dem Speck.

Der Hildin, bekleidet mit einer Hose und einer Jacke aus grobem braunem Stoff, schloss die Tür ab, versteckte den Schlüssel in einem Spalt unter der Treppe und ging dann los, die Straße hinunter in Richtung der läutenden Glocke.

Trine knuffte mich mit dem Ellenbogen.

»Ist meine Mama nicht wunderschön?«, flüsterte er und schaute dem Hildin nach, der gerade um eine Ecke bog und verschwunden war.

»D-das war deine Mama?«, fragte ich verwirrt.

»Aber ja«, sagte Trine. Seine Augen leuchteten vor Stolz und blau-funkelnder Liebe.

»Arbeitet sie auch für den Tod?«, fragte ich.

»Natürlich«, sagte Trine. »Sie rudert.«

Mit diesen Worten spannte er seine schmächtigen Arme an und zwinkerte mir zu, was wohl heißen sollte, dass man kein Schwächling sein durfte, wenn man für den Tod rudern wollte.

Dann sprang er auf und huschte aus unserem Versteck zum Haus und ich rannte hinterher. Trine angelte den großen, eisernen Schlüssel aus dem Spalt und mit einem knirschenden Klack schloss er die Tür auf.

Gespannt trat ich in den engen Flur. Es roch nach Mist und Bratkartoffeln, vermischt mit diesem typischen Geruch, der einem nur in fremden Häusern in die Nase steigt, aber nie im eigenen Zuhause. Die Wohnstube war ziemlich groß, der Fußboden war mit Ziegeln gepflastert und an der Wand gegenüber war ein gemauerter Herd, neben dem glänzende Kupferkessel und rußige Eisentöpfe hingen. Es gab mehrere Holztruhen, die mit hübschen Blumen bemalt waren, und einen Esstisch mit Stühlen. Die Tischplatte war abgenutzt, aber blank gescheuert. Am anderen Ende des Raums führte eine Treppe nach oben zum Schlafboden. Die Wände waren mit Gemälden geschmückt; sie hingen dicht an dicht, wie ein Band aus Bildern, und sie stellten Hildiner bei allen möglichen Tätigkeiten dar: beim Tanzen, Essen, Küssen oder mit kleinen Hildiner-Babys auf dem Arm. Das schönste aber zeigte ein Schiff. Es war das

Schiff des Todes, das Schiff, auf dem Trines Eltern arbeiteten. Sogar gemalt war es so prächtig, dass mir die Tränen kamen. Mit brennenden Augen blinzelte ich sie weg.

Trine hatte in der Zwischenzeit einen geflochtenen Korb mit Tragriemen hervorgekramt. Jetzt flitzte er zwischen den verschiedenen Truhen hin und her, um alles zusammenzusuchen, was wir für unsere Reise brauchen würden: eine warme Decke, ein Paar Hosen für den Notfall, ein Messer, den Zunderbeutel, in dem alles steckte, was man zum Feuermachen braucht, eine Blechflasche mit Wasser. Er ging zur Kochstelle und packte noch ein paar gebackene Maisfladen und Kartoffelküchlein ein, dazu gebratene Auberginenscheiben, gekochte grüne Bohnen und noch andere leckere Sachen. Ein paar der Kartoffelküchlein legte er nicht in den Korb, sondern gab sie mir, und – was soll ich sagen – sie schmeckten richtig gut. Bis auf den Wildapfel hatte ich ja schon lange nichts mehr gegessen.

Kauend betrachtete ich weiter das Bild. Meine Augen konnten sich gar nicht daran sattsehen.

»Wie ist er?«, fragte ich.

»Hä?«, sagte Trine, der sich gerade das Bratfett von den Klauen leckte.

»Der Tod. Ist er … ich meine, ist er schrecklich?«

»I wo, nein, gar nicht«, antwortete Trine. »Papa sagt, es gibt keinen Besseren als den Tod.«

»Wie kann er das sagen?«, fragte ich erschrocken.

»Na ja … Wir gehören ihm ja gewissermaßen. Aber du natürlich nicht.«

Bei diesem Satz lief mir ein Schauer den Rücken hinunter. Die Art, wie er das gesagt hatte, machte mir bewusst, wie einsam ich hier trotz allem war. Trine hatte mir wohl angesehen, dass mich gerade der Mut verließ.

»Solange niemand weiß, dass du hier bist, kann gar nichts passieren. Und wie sollte das jemand herausfinden?«, sagte er tröstend und verschloss den Tragekorb.

Ja, wie sollte jemand herausfinden, dass ich ins Reich des Todes gekommen war? Ich dachte einen Augenblick darüber nach und gleichzeitig fragte ich mich, worum es wohl bei dieser Versammlung ging, zu der alle hingeeilt waren. Dann fielen mir Trines Papa und Trines großer Bruder wieder ein, die wir in der Nähe des Strands gesehen hatten. Und während ich noch über sie nachdachte, wurden auf einmal aufgebrachte Stimmen vor dem Haus laut. Starr vor Schreck sah ich Trine an und rief:

»Palmgrens Ruderboot!«

In der Wäschetruhe

Palmgrens Boot – bestimmt war das der Grund, warum die Glocke auf dem Marktplatz geläutet hatte! Trines Papa und Bruder waren ja an den Strand gegangen, um Trine zu suchen – und dort hatten sie natürlich das Ruderboot gesehen. Sie waren nach Hyrn zurückgeeilt, hatten alle zusammengetrommelt und jetzt wusste jeder Dorfbewohner, dass ein Fremder gekommen war. Einer, der nicht gestorben war.

Trine, der genau wie ich die Stimmen vor der Tür gehört hatte, sah sich hastig im Zimmer um. Sein Blick fiel auf die Truhe, aus der er die Decke geholt hatte. Er gab mir ein Zeichen, dass ich dort hineinkriechen sollte – und ich schaffte es gerade noch rechtzeitig, denn unmittelbar nachdem Trine den Deckel zugeschlagen hatte, hörte ich schon, wie die Haustür aufging.

»Natürlich müssen wir den Tod warnen«, sagte jemand. Ich erkannte die Stimme, es war Tjalve. »Wenn wir einen Besucher im Reich haben, der von der anderen Seite herübergerudert ist, dann will er das doch wissen!«

»Hm«, grunzte der Papa.

»Ich könnte zu ihm gehen und ihm die Nachricht überbringen«, fuhr Tjalve fort. »Ich nehme nur das Nötigste mit, das passt in den Tragekorb …«

Er verstummte schlagartig. Vermutlich, weil er in dem Moment seinen kleinen Bruder entdeckte, der ebendiesen Tragekorb gerade vollgepackt hatte.

»Ach, du bist ja zu Hause«, sagte der Papa und gurrte, als würde er mit einem Baby sprechen. Er hatte sich sicher Sorgen gemacht, weil sie Trine nirgends gefunden hatten. »Mama kommt bald, weißt du. Sie wollte sich nur noch kurz mit Frau Barst unterhalten. Und wie geht es meinem kleinen Trine?«

Trine kam gar nicht dazu zu antworten, weil Tjalve ihm zuvorkam:

»Er hat gepackt.«

»Soso, sieh an«, sagte der Papa, immer noch in diesem gurrenden Ton, den man benutzt, wenn jemand klein ist und noch nicht so viel versteht.

»Wieso hast du das gemacht?«, fragte Tjalve.

»Weil ich … etwas vorhabe.«

»Was denn?«

»Das geht dich nichts an.«

Da hörte ich, dass die Tür zum zweiten Mal geöffnet wurde.

»Mama«, rief Tjalve. »Trine sagt, dass er den Tragekorb mitnehmen will, weil er irgendetwas vorhat, aber er will mir nicht sagen, was, und ich brauche den Tragekorb dringender.«

»Gar nicht wahr!«, sagte Trine.

»Also, wenn ich mich auf den weiten Weg zum Tod mache«, sagte Tjalve mit einem Schnauben, »dann finde ich schon, dass ich den Zunderbeutel und Proviant einpacken sollte.«

»Immer mit der Ruhe«, sagte die Mama, deren Stimme noch tiefer war als die des Papas. »Noch steht gar nicht fest, dass du zum Tod reisen darfst.«

Sie zog die Tür hinter sich zu und kam ins Zimmer. Sie war so riesig, dass sie bei jedem Schritt laut schnaufte. Dann setzte sie sich irgendwo hin, bestimmt auf einen Stuhl, der knarrte – nein, geradezu schrie –, weil sie so schwer war. Jemand holte Essen. Ich hörte das Klappern von Tellern und Bechern, die auf den Tisch gestellt wurden, und dann hörte ich, wie Stühle über den Boden scharrten. Vermutlich hatten sich alle vier hingesetzt, um zu essen.

»Ich finde die Idee gut, Tjalve zum Tod zu schicken, damit er ihm von dieser Sache berichtet«, sagte der Papa schmatzend. »Er hat ein ordentliches Schwert, aber noch nie die Gelegenheit gehabt, es auszuprobieren.«

Die Mama grunzte und es klang ein bisschen widerwillig.

»Gut, wenn Tjalve selbst es so will«, sagte sie dann aber.

»Natürlich!«, sagte Tjalve. »Das ist meine Pflicht!«

Die Mama grunzte wieder. Dann wurde es einen Moment still und schließlich fragte Tjalve:

»Was meint ihr, was dieser Besucher hier will?«

Wieder Stille. Dann sagte der Papa:

»Tja ... Ich befürchte das Schlimmste.«

»Und was wäre das?«, fragte Tjalve.

Der Papa seufzte. Er fand es wohl schwierig, das zu erklären.

»Wenn ich es richtig verstanden habe, dann ist der Tod auf der anderen Seite nicht gerade beliebt«, sagte er. »Es gibt viele, die ihm ... ins Handwerk pfuschen wollen.«

»Denkst du etwa, dass dieser Besucher dem Tod etwas *antun* will?«, fragte Tjalve.

»Gut möglich.«

»Ja, aber Papa, das wäre ja schrecklich!«

»Wir wissen es nicht«, sagte der Papa und seufzte wieder. »Aber es ist klar, dass die Menschen hier nichts zu suchen haben und dass der Tod darüber unterrichtet werden muss. Du, Tjalve, bist der Auserwählte. Und während du dich auf den Weg machst, werde ich dafür sorgen, dass in Hilde jeder Stein umgedreht wird. Wo auch immer dieser Besucher sich versteckt, wir werden ihn finden.«

Danach sagte für eine ganze Weile keiner mehr ein Wort. Ich lag mucksmäuschenstill in der Truhe und lauschte auf das Klappern der Löffel und ein paar unterdrückte Rülpser.

Dann irgendwann scharrte ein Stuhl über den Boden und Tjalve sagte:

»Danke für das Essen.«

»Mm«, grunzte der Papa.

Tjalve zögerte.

»Sollte Trine nicht langsam auspacken?«, fragt er.

»Das hast du nicht zu bestimmen!«, sagte Trine.

»Sch-sch-sch«, sagte die Mama. Sie biss in irgendetwas ziemlich Knuspriges und kaute geräuschvoll, bevor sie fortfuhr: »Mach dir nicht so viele Gedanken wegen Trine.«

Tjalve seufzte genervt.

»Ja, aber wie soll ich denn *meine* Sachen packen? Immer will Trine mir alles kaputt machen!« Mit wütenden Schritten stampfte er davon. »Ich gehe nach oben und ruhe mich aus! Und wenn ich wieder aufgestanden bin, dann *muss* ich packen!«

»Ein paar Stunden Schlaf vor der Reise sind eine gute Idee. Du wirst unterwegs deine ganze Kraft brauchen! Bedenke, wie streitlustig die Spartaner sind!«, sagte der Papa, dann rülpste er ausgiebig und fügte gut gelaunt hinzu: »Ich hole Spülwasser.«

Er stand auf und verschwand durch die knarrende Tür.

Trine und seine Mutter blieben schweigend am Tisch sitzen. Alles, was ich hörte, war das Knistern des Feuers im Herd.

»Wieso hast du gepackt?«, fragte die Mama schließlich.

»Weil ich ... Haselnüsse sammeln will«, sagte Trine.

»Ach ja?«, sagte die Mama. »Warum denn?«

»Na ja, ich finde, es ist an der Zeit, dass ich hier zu Hause ein bisschen mithelfe«, antwortete Trine, »statt immer nur zu spielen.«

Wieder blieb es eine Weile still.

»Nimm den Korb und räum die Sachen wieder aus«, sagte die Mama. »Es ist nichts falsch daran, wenn Kinder spielen.«

Die Brüder Tvefot brechen auf

Bald darauf war es an der Zeit für Tjalve aufzubrechen. Ich lag noch immer zusammengekauert in der Truhe, die angezogenen Beine eng an den Körper gepresst. Welch ein Glück, dass Trines Familie mich nicht entdeckt hatte!

Offenbar hatte Trine getan, was seine Mama ihm aufgetragen hatte, und den Tragekorb wieder ausgeräumt, denn nun hörte ich Tjalve zufrieden sagen: »Ich habe gepackt, Papa.«

»Bravo«, sagte der Papa brummend. »Und dein Schwert?«

»Das habe ich poliert.«

»Sehr schön. Leg alles an die Tür und komm her. Trine, bring mir bitte den Federhalter und ein Pergament. Ich muss deinem großen Bruder einen Passierschein ausstellen.«

Es dauerte einen Moment, dann bedankte sich der Papa bei Trine.

Es wurde still. Geradezu feierlich still. Ja, so kam es mir auf jeden Fall vor, dort in der Truhe, wo ich nichts sehen konnte. Zwischendurch glaubte ich, das Kratzen der Feder zu hören, dann wieder räusperte sich der Papa.

»So, das hätten wir!«, sagte er schließlich. »Ich lese euch vor, was ich geschrieben habe: Der Träger dieses Briefes ist in meinem Auftrag unterwegs, um den Tod über Unregelmäßigkeiten in seinem Reich zu unterrichten. Jeden, der den Träger dieses Briefes auspeitscht, köpft, in heißem Öl kocht oder sich auf andere Weise mit ihm anlegt, werde ich persönlich dafür zur Verantwortung ziehen, gezeichnet Kapitän Truls Tvefot.«

»Gut so«, grunzte die Mama. »Das ist ein sehr nützlicher Brief, Tjalve. Zeig ihn den Grenzposten von Sparta, dann lassen sie dich passieren.«

»Ja, Mama«, sagte Tjalve. »Und mach dir keine Sorgen, ich werde nicht zulassen, dass die Spartaner mich verhaften.«

»Nun ja«, sagte der Papa. »Denk nicht, dass du in Sicherheit bist, nur weil du Sparta hinter dir gelassen hast. Vingmor ist sehr misstrauisch gegenüber Eindringlingen.«

Im nächsten Moment hörte ich einen lauten Schrei.

»Was ist denn?«, fragte die Mama.

»Trine spielt mit meinem Schwert!«, rief Tjalve. »Da!«

»Mache ich gar nicht!«, widersprach Trine. »Ich schaue es mir nur an!«

»Kapierst du nicht, dass die Spitze stumpf wird, wenn man sie so auf den Boden drückt?«, zeterte Tjalve.

»Ich habe den Boden gar nicht berührt«, sagte Trine und klang, als würde er gleich weinen. »Mama?«

»Du lügst!«, fauchte Tjalve. »Ich sehe es dir an, dass du lügst! Warum musst du dich immer so kindisch benehmen?«

»Sch-sch!«, machte die Mama. »Tjalve, es ist Zeit. Das Schwert sieht gut aus, also mach dir keine Sorgen.«

Jemand zog die Nase hoch, ich weiß nicht, ob es Tjalve oder Trine war. Aber was ich weiß, ist, dass sie sich nicht voneinander verabschiedeten, als Tjalve schon in der Tür stand. Ich hörte nur, wie der Papa noch ein paar muntere Worte sprach und die Mama ihren großen Sohn fragte, ob er auch genug zum Anziehen eingepackt habe.

»Willst du nicht doch eine Decke mitnehmen?«, fragte sie.

»Ich glaube nicht«, antwortete Tjalve.

Aber ich hörte, dass die Mama schon keuchend losgegangen war, und bevor ich wusste, wie mir geschah, knarrte über mir der Deckel und Licht fiel in die Truhe, in der ich lag!

»Bist du sicher?«, fragte sie. Sie hatte in der Bewegung innegehalten, den Truhendeckel erst halb geöffnet. Ich konnte nur ihren riesigen Bauch sehen.

»Ja«, sagte Tjalve.

»In Sparta kann es nachts sehr kalt werden. Ganz zu schweigen von den schneebedeckten Bergen in Harpyrien.«

»Mama, ich habe Nein gesagt«, seufzte Tjalve. »Ich will nicht so schwer tragen. Ich muss jetzt los!«

Die Mama grunzte kurz und ließ den Deckel los, der mit einem Knall zufiel.

Für eine sehr lange Weile konnte ich an nichts anderes denken als an mein klopfendes Herz. Es pochte so wild, dass ich Angst hatte, mein Brustkorb würde zerspringen. Als es sich endlich beruhigt hatte, da hatte Tjalve Tvefot das Haus verlassen und sich auf die weite Reise zum Tod gemacht.

Ein paar Stunden später konnte ich endlich aus der Truhe steigen. Trine, der den Deckel aufgeklappt hatte, hielt ein kleines Öllämpchen in der Klaue.

»Hallo«, flüsterte er. »Tut mir leid, dass du so lange warten musstest.«

»Das macht nichts«, antwortete ich und streckte mich. Mein Rücken fühlte sich an, als wäre er in der Mitte durchgebrochen.

»Meine Eltern schlafen«, flüsterte Trine und nickte in Richtung der Treppe, die nach oben führte. »Ich habe mich um neue Ausrüstung gekümmert.«

Er zeigte mir einen Sack aus grobem Leinen, in den er alles hineingestopft hatte: die Decke, die Reservehose, das Messer, den Zunderbeutel, die Blechflasche und unseren Proviant.

»So ist es natürlich viel mühsamer, alles zu tragen«, sagte er und seufzte leise. »Tjalve ist ein Idiot. Er hält sich für wahnsinnig wichtig, nur weil er ein Schwert hat.«

»Ich übernehme das Tragen!«, sagte ich.

Trine nickte, aber er wirkte trotzdem unschlüssig. Er kaute auf der Unterlippe, so wie ich es schon ein paarmal bei ihm beobachtet hatte, wenn er über etwas nachdachte.

»Hast du es dir anders überlegt?«, fragte ich.

»Das ist es nicht, nur …« Er schaute mir in die Augen. Im Schein der Lampe sah sein Gesicht aus wie Gold und Schatten.

»Stimmt das, was mein Vater gesagt hat? Willst du dem Tod etwas antun?«, fragte er.

»Aber nein, gar nicht«, sagte ich.

»Versprochen?«, fragte Trine. »Ich will nämlich wirklich nicht, dass dem Tod etwas passiert. Außerdem wären Mama und Papa dann furchtbar traurig.«

Da legte ich eine Hand auf meine Brust und sagte, aber natürlich ganz leise, um niemanden aufzuwecken:

»Ich, Sasja, verspreche, dem Tod nichts anzutun, ganz egal was passiert. Auf Ehre und Gewissen.«

Trines Gesicht hellte sich auf.

»Sehr gut!«, sagte er. Er setzte sich auf den Boden und begutachtete ein letztes Mal das Gepäck.

»Meinst du, deine Eltern werden sich sehr große Sorgen machen, wenn sie merken, dass du nicht mehr da bist?«, fragte ich.

»Tja, Mama bestimmt«, murmelte Trine. »Papa … der wird wohl davon ausgehen, dass ich wieder irgendeinen Unsinn im Kopf habe und mich draußen herumtreibe.«

»Aber wenn er merkt, dass du *wirklich* weg bist, wird er doch sicher auch besorgt sein, oder?«, sagte ich.

Trine schnaubte, aber mehr für sich selbst.

»Kann sein«, sagte er schließlich, »aber bis er kapiert, dass ich nicht auf der Feuchtwiese am Strand bin, sind wir schon über alle Berge.«

Er stand auf und knotete den Sack zu.

»Es ist alles drin. Aber es kann natürlich sein, dass wir uns unterwegs mehr Essen und Wasser besorgen müssen. Der Weg ist weit. Erst zur Grenze, dann durch ganz Sparta und schließlich durch Harpyrien. Der Tod wohnt auf einer Landzunge ganz oben im Norden.«

»Was machen wir mit diesen Grenzposten, von denen deine Mama vorhin gesprochen hat?«, fragte ich. »Ich meine, ist die Grenze denn überall bewacht?«

Trine schüttelte den Kopf.

»Zwischen Hilde und Sparta«, sagte er, »fließt ein Fluss. Der Hillefluss.«

»Aha«, antwortete ich. »Du meinst, wir können vielleicht schwimmen?«

»Leider nein«, antwortete Trine. »Der Hillefluss hat eine sehr starke Strömung. Wenn man versucht, ans andere Ufer zu schwimmen, dann wird man ins Meer hinausgespült, und wo man dann landet, weiß ich nicht. Es gibt drei Grenzübergänge in Sparta. Die Westpassage, die Schummerwaldpassage und die Ostpassage. Die östliche ist ganz in der Nähe, direkt vor dem nördlichen Dorftor. Beide Seiten werden sehr gut bewacht. Für Tjalve, der einen Passierschein hat, ist es natürlich kein Problem, nach Sparta zu kommen. Von dort aus wird er bestimmt die große Landstraße nehmen, die durch Sparta führt, die nehmen nämlich alle, ja, auch der Tod. Aber ich habe mir überlegt …«, er verschränkte die Arme und lächelte mich listig an, »… dass wir beide stattdessen die Schummerwaldpassage nehmen. Heutzutage geht dort kaum jemand über die Grenze und deshalb gibt es auch nur einen einzigen Wachposten. Faxe. Er ist … na ja, nicht gerade der Allerhellste, wenn du mich fragst. Wenn wir es schaffen, an ihm vorbeizukommen, dann können wir von dort aus durch die Nebelheide nach Harpyrien gehen. Die Nebelheide ist sehr einsam und es gibt keine befestigten Wege. Wie geschaffen für jemanden, der nicht entdeckt werden will, oder?«

»Ja, klar«, antwortete ich.

Gemeinsam schleppten wir den Sack in den Flur. Als Trine die Tür öffnete, strömte herrlich frische Nachtluft ins Haus. Der Mond leuchtete hell genug als Wanderlicht, fanden wir, und deshalb löschte Trine die Lampe und packte sie ein.

»Glaubst du, dass wir es schaffen können, vor Tjalve beim Tod anzukommen?«, fragte ich, denn es wäre ja am besten, wenn der Tod nicht schon wüsste, dass ich komme, sondern ein bisschen überrascht wäre.

»Tja …«, sagte Trine. »Der Weg bis zur Grenze von Sparta ist für uns weiter … Aber dann haben wir einen kürzeren Weg nach Harpyrien, also …« Er breitete die Arme aus und machte ein unschuldiges Gesicht. »Warum nicht? Wir können ja immer darauf hoffen, dass er sich die Hachsen bricht!«

Er schaute noch einmal zurück in die Stube, dann fiel sein Blick auf die einfache braune Jacke, die an einem Haken neben dem Türsturz hing. Er umarmte sie und schloss die Augen, als er seinen Rüssel in dem Stoff vergrub und ganz tief ihren Duft einatmete. Dann brachen wir auf, ohne uns noch einmal umzudrehen.

Das Schiff

Der Mond leuchtete fahl über den schmalen Gassen und kleinen Häusern. Das Dorf sah aus, als wäre es mit blauen, wässrigen Farben gemalt worden. Die Mooskissen auf den Dächern schimmerten so hübsch, dass man hätte glauben können, sie wären aus Silber gewebt. Wie Gespenster glitten unsere Schatten über die Fassaden der Fachwerkhäuser, begleiteten uns auf unserem Weg durch Hyrn. Trines Umhang wärmte mich in der kühlen Nacht.

Trine trug den Sack, obwohl ich ihm gesagt hatte, dass ich das gern übernehmen würde. Die Luft roch ein wenig nach Mist und ein wenig nach Seife, die Lampen hinter den Fenstern waren gelöscht.

Nachdem wir eine Weile gegangen waren, sah ich am Ende einer langen Querstraße das Meer. Ich blieb stehen und betrachtete nachdenklich das schöne Glitzern.

»Du?«, sagte ich und lief schneller, um Trine einzuholen.

»Mm.«

»Dieser Hafen, in dem der Tod an Land geht. Ist der hier in der Nähe?«

»Ja, klar«, antwortete Trine. »Gleich hinter diesen Häusern da.«

»Ich … Ich würde das Schiff so gern einmal sehen«, sagte ich. »Meinst du, wir könnten hingehen und es uns anschauen?«

Er sah mich zweifelnd an.

»Der Hafenmeister könnte uns entdecken.«

»Aber wenn wir vorsichtig sind?«, sagte ich. »Bitte, Trine, sag Ja!«

»Eigentlich ist das die falsche Richtung«, grunzte er – aber als er merkte, wie sehr ich dorthin wollte, zuckte er schließlich mit den Schultern und sagte: »Na gut.«

Wir huschten eine Gasse hinunter, die so schmal war, dass die weißen Rosen, die an den Hauswänden hochkletterten, an meinen Kleidern zupften, gerade so, als wollten sie mich aufhalten, als wollten sie sagen: Ist es wirklich klug, zu diesem Schiff zu gehen?

Als wir den Hafen erreicht hatten, blieben wir einen Augenblick im Schutz einiger Fässer stehen. Das Meer gluckste leise, ansonsten war alles still, so still. Die Häuser waren dunkel, nur in einer kleinen windschiefen Hütte brannte Licht. Der untere Teil war aus Fachwerk und Lehm gebaut, aber der obere Stock war aus Holz gezimmert. In dieser Hütte, erklärte Trine, wohnte der Hafenmeister.

»Und da ist das Schiff«, flüsterte er und zeigte in die Richtung. »Im Trockendock. Siehst du es?«

Ich reckte den Hals. Ja, ich konnte den Mast sehen, der aus dem großen, viereckigen Becken herausragte. Er war sehr lang und im Tauwerk hingen unzählige weiße Wimpel. Von hier aus konnte ich gerade noch ein kleines Stück der Reling sehen, aber ich wollte mehr!

»Können wir nicht ein bisschen näher herangehen?«, flüsterte ich. »Nur ganz kurz?«

Trine schaute ängstlich zum Haus des Hafenmeisters, wo gerade der Schatten einer großen, buckligen Gestalt hinter einem der Fenster aufgetaucht war.

»Das geht nicht«, antwortete er. »Er kann uns vom Haus aus sehen.«

Oh, wie dumm es war, dass es diesen Hafenmeister gab. Das Schiff war doch fast zum Greifen nah! Nur zehn Schritte, und ich hätte in das Trockendock hinunterschauen können! Ich holte tief Luft. Es roch nicht nach Meer, wie es in einem Hafen eigentlich riechen sollte. Es roch nach etwas anderem, nach etwas Süßem, Herrlichem, wie eine Sommerwiese.

»Warum duftet es hier nach Blumen?«, fragte ich.

»Das ist der Teer«, antwortete Trine. »Das Schiff wird nämlich nach jeder Überfahrt frisch geteert, musst du wissen.«

»Nach *jeder* Fahrt?«

»Aber ja. Der Teer, der dafür verwendet wird, ist kein gewöhnlicher Teer. Der Rumpf des Schiffs ist nämlich sehr empfindlich. Würde man ihn mit normalem Teer streichen, der aus Nadelholz gekocht wird, dann würde das Holz schnell verwittern. Unser Teer wird aus Wiesen-Glockenblumen gemacht.«

»Ist das wahr?«

»Na klar. Hunderte von Pflückern arbeiten jeden Tag von früh bis spät, um genug Blumen zusammenzubekommen.«

Als Trine das erzählte, fielen mir die Felder wieder ein, an denen wir auf dem Weg nach Hyrn vorbeigekommen waren, und ich erinnerte mich auch wieder an die Hildiner, die gebückt zwischen den Blumen gestanden hatten. Bis eben hatte ich nicht gewusst, dass man Teer aus etwas anderem kochen konnte als aus Holz, aber der Geruch hier war wunderbar. Es war nicht schwer, sich vorzustellen, welch reges Leben tagsüber im Hafen herrschte. Ich zählte nicht weniger als fünf kleine Teeröfen und überall auf dem Boden sah ich glänzende Teerlachen und Eimer mit schmierigen Pinseln. Und alles nur für das Schiff des Todes.

»Am allerschönsten ist es auf dem Achterdeck, da liegen nämlich Kissen und Decken aus Goldbrokat«, sagte Trine. »Ich war selbst schon dort«, fügte er stolz hinzu.

Im selben Moment bemerkte er, dass er in eine der Pfützen getreten war. Er seufzte und versuchte, sich den Teer von der Klaue zu streifen.

Und da machte ich etwas sehr Dummes, das weiß ich. Aber ich konnte nicht anders. Es war, als würde das Schiff mich rufen, als würde es mir zuraunen: »Wäre es nicht herrlich, wenn du zu mir kämst?« Ja, es schien geradezu an mir zu ziehen, so kräftig, dass ich unmöglich widerstehen konnte! Und Trine war vollauf mit seiner klebrigen Klaue beschäftigt.

Leise schlich ich mich aus unserem Versteck. Ich achtete sorgsam darauf, keinen Teereimer umzuwerfen. Ich warf einen Blick zum Haus des Hafenmeisters, aber er war nirgends zu sehen. Rasch lief ich die letzten Meter zum Trockendock.

Oh, was für ein Schiff! Ja, ich hatte es natürlich schon einmal gesehen, aber nur von fern. Aus der Nähe war es so prächtig, dass der Anblick fast wehtat. Es schien dort unten in der tiefen, gemauerten Grube regelrecht zu leuchten. Die Farben waren glänzend und klar, die Ruderscharten vergoldet, die Reling mit Blumen, Schwertern und grimmigen Hildin-Gesichtern mit langen Zungen verziert. Der Boden schimmerte glänzend schwarz vom Blütenteer und ich konnte sogar die Decken aus Goldbrokat auf dem Achterdeck sehen, von denen Trine gesprochen hatte. Ja, ich stand da und sah all diese schönen Dinge und versuchte zu verstehen, was ich dabei fühlte.

Da kam Trine, der schließlich doch gemerkt hatte, was ich gerade tat.

»Hast du den Verstand verloren?«, quiekte er.

»Ich fühle mich so eigenartig, wenn ich dieses Schiff anschaue«, sagte ich.

»Ja, ja. Lass uns gehen!«, sagte Trine verzweifelt.

»Ich kann nicht sagen, warum, aber … Es kommt mir so vor, als wolle es mich zum Weinen bringen. Und gleichzeitig will es mich trösten. Ist das nicht komisch?«

»Keine Ahnung, aber jetzt komm, bevor es zu spät ist!«

Genau in diesem Augenblick flog die Haustür auf und der Hafenmeister erschien.

»Wer da?«

Trine packte mich am Arm und zog mich mit sich.

»Renn, so schnell du kannst!«, japste er.

Ja, jetzt rannten wir über den verlassenen Hafenplatz und durch die Gassen, so schnell die Beine uns trugen.

»Heda!«, brüllte der Hafenmeister. »Halt! Sofort stehen bleiben!«

Aber wir blieben nicht stehen, nein, wir rannten noch schneller und der Hafenmeister setzte uns nach, in vollem Galopp, und seine Rufe und Flüche hallten zwischen den dunklen Häusern von Hyrn wider.

»Hier rein!«, keuchte Trine und zerrte mich hinter ein Klohäuschen, und da saßen wir zitternd zwischen Brennnesseln und dem Gestank von Mist, während der Hafenmeister vorbeidonnerte und die schmale Gasse hinunter verschwand.

Als er weg war, holte Trine tief Luft. Er lehnte die Stirn an die Wand des Klohäuschens und machte für einen langen Moment die Augen zu.

»Das ist gerade noch mal gut gegangen«, sagte er.

»Entschuldige«, sagte ich. »In Zukunft werde ich besser auf dich hören, versprochen. Das Schiff war nur so unglaublich schön.«

Trine sah mich an, als hätte ich etwas ziemlich Dummes gesagt.

»Natürlich ist es schön«, antwortete er. »Was denkst du, wie viele bereit wären, dem Tod zu folgen, wenn er in einem morschen alten Kutter angesegelt käme? Komm jetzt, wir müssen weiter.«

Der Schummerwald

Seite an Seite wanderten wir durch die laue, friedliche Nacht, Trine Tvefot und ich, und über uns leuchtete der Mond. Wir wollten den großen Schummerwald durchqueren und so zu dem Grenzübergang kommen, von dem Trine erzählt hatte, und dabei einen großen Bogen um jeden befestigten Weg machen. Eichen und Eschen, überzogen von den zipfeligen Blättern der Lungenflechte, sahen aus, als trügen sie lange, grüne Kleider. Der Waldmeister mit seinen kleinen weißen Blüten wuchs in dicken Matten auf dem Waldboden und der herrliche Duft von Kräutern und Veilchen stieg mir in die Nase. Außer unseren Schritten im Moos war nichts zu hören, nur ab und zu knackte ein Zweig. Keine einzige Mücke sirrte durch die Nacht, keine Waldschnepfe huschte vorbei und in den Pfützen badeten auch keine Kröten. Im Reich des Todes gab es nur die drei Völker.

»Wie sind Spartaner und Harpyren eigentlich so?«, fragte ich.

Trine dachte eine Weile nach.

»Tja … Die Harpyren sind gefiedert und können richtig gut fliegen. Und die Spartaner, was soll ich sagen …« Er rümpfte den Rüssel. »Sie sind unfreundlich. Ihre Augen sehen immer müde und traurig aus. Aber sie haben *sehr* schicke Schwerter.«

»Ach ja?«

»Mhm.« Er seufzte lange und unglücklich und dann sagte er: »Ich wünschte, ich hätte ein Schwert.«

»Ich habe dich fechten sehen«, sagte ich. »Auf der Wiese am Strand. Ich finde, das sah richtig gut aus!«

»Ach was«, sagte Trine und wurde ganz rot.

Dann sagten wir nichts mehr, sondern marschierten weiter durch das Moos, als wären wir zwei alte Freunde, die so vertraut miteinander und mit nächtlichen Wanderungen waren, dass die Stille ganz selbstverständlich und überhaupt kein bisschen seltsam war.

Aber nach einer Weile beugte Trine sich nach unten und hob einen Stock vom Boden auf. Er war ungefähr so lang wie sein Arm. Erst schwang er ihn ein wenig durch die Luft, um ihn zu testen, dann stieß er ihn mit einem großen Ausfallschritt nach vorn und rief: »Ha!«

Er warf mir einen verstohlenen Blick zu. Bestimmt fragte er sich, was ich von seiner Vorstellung hielt. Ich bückte mich und hob einen eigenen Stock auf, schwang ihn ein paarmal durch die Luft – und machte einen Ausfallschritt.

»Ha!«, rief ich.

Trine legte den Sack auf den Boden. Jetzt focht er in größeren

Bögen, schwang seinen Stock durch die Luft, dass es nur so pfiff. Er fletschte die Zähne.

»Ha, ha, ha!«, schrie er.

»Wer bist du?«, fragte ich.

Er dachte kurz nach.

»Ich bin ein Hildin«, antwortete er. »Einer, der groß und stark ist und richtig gut fechten kann. Und du?«

Ich dachte auch kurz nach.

»Ich bin der Tod«, sagte ich dann.

Trine kicherte. Er schien meine Idee irgendwie ganz toll und ganz schrecklich zugleich zu finden. Dann kämpften wir.

Oh, es war so lustig! So lustig, dass es im Bauch kribbelte und mein Herz wild klopfte. Wir jagten durch das Gras, durch niederes Gestrüpp und Nesseln, versteckten uns voreinander im Unterholz und stürmten mit gesträubtem Fell und Schaum vor dem Mund daraus hervor. Wir brüllten und grölten, so laut, dass es sogar der Mond gehört haben musste, der an seinem unsichtbaren Faden am Himmel hing.

»Jetzt will ich der Tod sein!«, sagte Trine. »Darf ich?«

»Ja, klar«, antwortete ich. »Dann bin ich ein Junge, der von der anderen Seite in einem kleinen Kahn hierhergerudert ist.«

Trines Augen leuchteten. Er hob sein Schwert und ging zum Angriff über. Ich erwiderte die Attacke mit aller Kraft. Ja, es war wirklich herrlich, hier im Mondlicht zu fechten.

»Niemand kämpft besser als der Tod!«, zischte Trine.

»Doch, ich!«, sagte ich.

Da machte Trine ein ziemlich merkwürdiges Manöver, das ich nicht richtig beschreiben kann, aber wenn ich es trotzdem versuchen soll, dann erinnerte es wohl am ehesten an eine kleine, Rad schlagende Tonne – und als er wieder auf die Füße kam, war mir so schwindelig vom Zuschauen, dass er mir die Waffe ganz einfach aus der Hand schlagen konnte.

»Ha!«, sagte er und richtete sein Schwert auf meine Kehle. »Jetzt gehörst du mir!«

Ich lachte und streckte die Arme in die Luft.

»Ich ergebe mich«, sagte ich. »Du hast gewonnen.«

Trine war sichtlich zufrieden damit, dass er mich besiegt hatte. Er summte leise, als er mein Schwert aufhob und es mir gab. Dann steckte er sein eigenes in den Gürtel und währenddessen dachte ich darüber nach, was er gesagt hatte.

»Was bedeutet es, dem Tod zu gehören?«, fragte ich. »Ich meine, was passiert, wenn man stirbt?«

»Tja ... Wenn es an der Zeit ist zu sterben ... dann kommt der Tod«, sagte Trine und fing an, Zweige vom Boden aufzusammeln. »Er öffnet die Hülle und holt den heraus, der drinsteckt.«

»Du meinst, man hat schon jemand anders in sich?«, fragte ich. »Also irgendwo in mir ist schon ein Hildin, ein Spartaner oder ein Harpyr?«

»Ja, na ja, da ist etwas sehr *Kleines* ... es ist irgendwie rosa und ein bisschen runzlig. Aber wenn der Tod es herausholt, dann entfaltet es sich. Das geht immer ziemlich schnell.«

Ich legte eine Hand auf meinen Bauch, schauderte plötzlich. Es war ein komischer Gedanke, dass dort drinnen jemand anders steckte. Derjenige, der ich eines Tages werden würde. Komisch, aber auch unheimlich spannend.

Trine hatte ein dürres Häufchen aus Zweigen aufgeschichtet und jetzt wühlte er in unserem Sack. Er musste eine ganze Weile mit dem Inhalt des Zunderbeutels kämpfen, bis er einen Funken herausbekam, aber schon kurz darauf hatten wir ein kleines Lagerfeuer, das da gemütlich vor uns knisterte.

»Also entscheidet nicht der Tod, wer man hinterher ist?«, fragte ich, nachdem ich mich ans Feuer gesetzt hatte. »Also, ich meine, das steht schon vorher fest?«

Trine wiegte den Kopf, als wollte er sagen, dass man beim Tod nie so *richtig* wissen konnte, wie das alles vor sich ging.

»Es steht wohl gewissermaßen fest«, sagte er, »aber es gibt ja niemanden sonst, der die Hülle öffnen kann.« Er räusperte sich. »Ja, und wenn man sich entfaltet hat, dann nimmt der Tod eine Decke und wickelt einen ganz fest darin ein, bis man nur noch ein Bündel ist. Nur die Augen schauen aus diesem Bündel heraus, wenn er es zum Schiff trägt. Papa sagt, dass der Tod immer ein großes Geheimnis um seinen Gast macht. Erst wenn er in seinem Haus ist, wickelt er die Decke wieder ab.«

»Warum denn?«, fragte ich.

»Na, damit man alles in seinem eigenen Tempo aufnehmen und sich daran gewöhnen kann. Der Tod sagt immer, dass man in der ersten Zeit absolute Ruhe braucht. Aber mein *Papa* meint, dass der Tod seine Toten einfach nur eine Weile für sich allein haben will.«

Ich dachte an die Hildiner in Hyrn, an den schmutzigen Kerl, mit dem ich zusammengestoßen war, und an Trines Mama.

»Der Tod ist bestimmt ziemlich stark, oder?«, sagte ich.

»Oh, ja, er ist so stark, das kannst du dir gar nicht vorstellen«, antwortete Trine. Dann verschränkte er die Arme und sah mich scharf an. »Hast du gar keinen Hunger?«

Ich lauschte in mich hinein und merkte auf einmal, dass ich sogar schrecklich hungrig war – und Trine fing sofort wieder an, im Sack herumzuwühlen. Als das Essen ausgepackt war, schlugen wir so richtig zu. Alles schmeckte unheimlich gut. Die Kartoffelküchlein waren knusprig und ölig, die Maisfladen weich und lecker mit grünen Kräutern gewürzt, die gebratenen Auberginenscheiben waren kross und schmeckten fast ein bisschen nussig und die Bohnen waren knackig und salzig.

»Obwohl das Essen beim Tod natürlich noch viel besser ist«, sagte Trine und wischte sich den Mund mit dem Ärmel ab.

»Ach ja?«

»Mm. Der Tod veranstaltet immer ein großes Festessen für die Gestorbenen. Das dauert manchmal Wochen.«

»Ist das wahr?«

»Aber ja! Man kann so viel Kuchen essen, wie man will, es wird Krocket gespielt und lauter andere lustige Sachen.«

Ich steckte mir ein paar Bohnen in den Mund, kaute langsam weiter.

»Dann warst du also auch beim Tod zu Hause und hast Kuchen bekommen?«

»Ja«, antwortete er. »Ist lange her.«

»Und hast Krocket gespielt?«

»Ja«, sagte Trine und leckte sich mit der Zungenspitze die Zähne sauber.

Ich dachte nach.

»Kann der Tod gut Krocket spielen?«, fragte ich.

Trine nickte.

»Er spielt sogar sehr gut.«

Wir spülten das Essen mit dem Wasser hinunter, das wir in der Blechflasche mitgenommen hatten. Dann breiteten wir die Decke aus, legten uns hin und schauten in den Himmel. In all dem Schwarz sahen die Sterne aus wie weißer Glitzerstaub. Neben uns knisterte das Lagerfeuer. Der Rauch brannte in den Augen.

»Du?«, sagte ich.

»Mm.«

»Ist man nicht schrecklich traurig, weil man die Menschen vermisst, die man zurücklassen muss, wenn man stirbt?«

»Tja, weißt du, während man sich entfaltet, fühlt man sich ein bisschen traurig und seltsam, ungefähr so, als hätte man einen schlechten Traum gehabt. Aber danach vergisst man das alte Leben ziemlich rasch.«

»Man vergisst das alte Leben?«, sagte ich erschrocken und setzte mich auf. »Du meinst, man vergisst alles, was war?«

»Ja, natürlich! Ich meine, stell dir mal vor, wie traurig es hier wäre, wenn sich jeder daran erinnern würde, was er verloren hat!«

In meinem Kopf kreisten die Gedanken, mir wurde fast schwindelig davon. Nicht genug damit, dass Semilla ganz anders aussehen würde, wenn ich ihr das nächste Mal begegnete; dass ihr schönes Gesicht und ihre langen hellbraunen Haare, ihre weißen Arme und sogar ihr Geruch verschwunden sein würden. Nein, sie würde mich nicht mehr erkennen! »Wer bist du?«, würde sie fragen und mich dabei verwirrt ansehen. Ich seufzte schwer, als ich mich wieder hinlegte. Der Tod wusste wirklich, wie er einem wie mir das Leben schwer machen konnte.

»Was ist denn?«, fragte Trine. »Hast du es dir anders überlegt?«

»Nein, auf keinen Fall«, antwortete ich. »Ich habe mich nur gefragt ... ob der Tod wohl alles wieder rückgängig machen kann. So wie es vorher war. Ich meine, glaubst du, er kann einen zurück in die Hülle stecken?«

Trine kaute auf seiner Unterlippe.

»*Vielleicht* könnte er das, ich meine, er ist wirklich sehr geschickt«, sagte er. »Aber die Sache ist die, dass er die Hülle auf der anderen Seite zurücklässt.«

»Er lässt sie zurück?«

»Natürlich. Das muss er doch. Damit die Menschen etwas haben, das sie beerdigen können. Hast du die Hülle deiner Mama denn nicht gesehen, nachdem der Tod bei euch gewesen ist?«

»Nein ...«, sagte ich. »Aber vielleicht hat er sie irgendwo liegen lassen, wo ich sie nicht gleich finden konnte?«

»Tja, wer weiß«, sagte Trine und gähnte. »Wenn er in Aufräumlaune war, dann hat er sie vielleicht in irgendeine Kommode gelegt. Du, lass uns schlafen, ja?«

Brückenwächter Faxe

Der Hillefluss war breit und gewaltig, ein schwarzer Gürtel, der sich durch das satte Grün des Schummerwalds schlängelte. Die Bäume, die an seinen Ufern wuchsen, spiegelten sich in der glänzenden Wasserfläche. Hier und da ließ sich ein Blatt wie ein blinder Passagier von der Strömung vorbeitragen. Die Fahrt ging schnell. Wer sich vom Hille mitnehmen ließ, sollte sich lieber warm anziehen.

Ein paar Tage waren vergangen, seit wir Hyrn verlassen hatten, und nun näherten wir uns dem Grenzübergang, von dem Trine berichtet hatte. Unsere Stockschwerter hatten wir natürlich dabei. Es war früh am Vormittag. Mein Umhang wehte sacht im kühlen Wind; der Himmel war wie ein großes, blaues Kissen, auf dem die Sonne sich ausruhen konnte. Tautropfen reihten sich wie Perlen aus Glas auf den Blättern des Frauenmantels aneinander. Ich verspürte schon jetzt ein Ziehen im Magen. Dieser Faxe mochte vielleicht nicht der Allerhellste sein, aber trotzdem bestand ja die Gefahr, dass er uns entdecken würde.

Trine blieb stehen und zeigte nach vorn.

»Siehst du?«, sagte er. »Da ist es.«

Ich nickte. Die Brücke war ziemlich breit, gebaut aus dicken Balken. Sie sah aus wie ein liegendes Riesenskelett aus Holz. Das Brückentor war heruntergelassen. Das Wachhäuschen sah genauso aus wie die Hütten in Hyrn, mit rot gestrichenen Balken und hellen Lehmwänden, es war nur viel kleiner und hatte keinen Oberstock. Die Fenster waren klein, mit roten Fensterläden. Draußen gab es ein Gemüsegärtchen, in dem Kohl wuchs, einen Erdkeller und ein Klohäuschen und alles sah so heimelig aus, dass ich am liebsten selbst Brückenwächter geworden wäre, nur um in diesem Häuschen wohnen zu dürfen. Aber Trine rümpfte den Rüssel.

»Es gibt nichts Schlimmeres als Kohl«, zischte er. »Na, egal, komm.«

Vorsichtig schlichen wir näher. An dem kleinen Erdkeller blieben wir wieder stehen. Vom Brückenwächter war keine Spur zu sehen.

»Vielleicht ist er gar nicht da«, sagte Trine. »Warte hier, ich schaue mir das aus der Nähe an.«

Er huschte hinüber, stellte den Sack ab und stieß die angelehnte Tür vorsichtig auf.

»Hallo?«, sagte er und streckte den Kopf in den Flur.

Als er keine Antwort bekam, trat er über die Schwelle und verschwand im Haus. Kurz darauf kam er mit einem Lächeln auf den Lippen wieder heraus.

»Der Weg ist frei!«, jubelte er, doch im selben Moment sprang die Tür des Klohäuschens krachend auf. Voller Panik hechtete ich in den Erdkeller, um mich zu verstecken. Mein Herz raste wie wild. Durch den Türspalt konnte ich den Brückenwächter sehen, der gerade aus dem Klohäuschen getreten war. Er war groß, hatte ein warziges Gesicht und eng stehende Augen. Er hatte sich das Schwert unter die Achsel geklemmt und knöpfte sich mühsam die Hose zu. Sein Umhang war weinrot und voller Flecken.

»Was hast du gesagt?«, rief er Trine zu.

Trine, der noch vor der Haustür stand, war weiß geworden wie ein Blatt Papier.

»Ich sagte, dass ... der Weg frei...lich sehr weit ist. Also der Weg hierher.«

»Ach so«, sagte Faxe. »Und was führt dich zu mir?«

»Es geht um, hm, jetzt habe ich vergessen, worum es geht.«

Faxe knöpfte den letzten Knopf zu und schnallte sich den Gürtel mit dem Schwert um den Bauch.

»Vergessen?«, sagte er.

»Ja«, piepste Trine und versuchte zu lachen. »Ist das nicht ärgerlich?«

»Woher kommst du?«, fragte Faxe.

»Woher ich komme, hm ... aus Hyrn«, antwortete Trine.

Faxe runzelte die warzige Stirn. »Du bist den ganzen Weg aus Hyrn gekommen und hast vergessen, warum?«

»Manchmal vergisst man Sachen einfach«, sagte Trine und breitete entschuldigend die Arme aus.

»So etwas habe ich ja noch nie gehört«, schnaubte Faxe. »Bist du hungrig?«

»Nicht sehr.«

»Setz dich«, sagte der Brückenwächter und zeigte auf Gartenmöbel, die im Schatten eines Fliederbusches standen, nicht weit von dem Erdkeller, in dem ich mich versteckte.

»Das ist wirklich nicht nötig«, sagte Trine beharrlich, aber da erhob Faxe seine Stimme und sagte:

»Setz dich!«

Seufzend setzte Trine sich auf den einfachen Holzstuhl.

»So ist es besser«, sagte Faxe. »Wenn ich etwas über Kohlsuppe weiß, dann dass sie gut fürs Gedächtnis ist. Du kannst dich glücklich schätzen. Ich habe gerade einen Topf voll auf dem Herd.«

Mit schnellen Schritten ging er ins Haus. Er musste sich bücken, um sich nicht den Kopf am Türsturz anzuschlagen.

»Ich denke, mir reicht eine ganz kleine Portion!«, rief Trine ihm nach.

»Keine Sorge!«, antwortete Faxe durch das kleine Küchenfenster. »Es war ein ausgezeichneter Kohlsommer! Ich habe mehr als genug!«

Trine schaute verzweifelt zum Erdkeller. Aber ich konnte nicht viel für ihn tun, außer dafür zu sorgen, dass ich nicht entdeckt wurde. Hinter mir in dem schummrigen Keller lagerten bergeweise Kohlköpfe zwischen Marmeladengläsern und Saftflaschen, eingelegten Gurken und einem großen Fass mit Zapfhahn, in dem vermutlich Bier oder so etwas war. Hier unten war es ziemlich kühl, es roch nach Stein und Erde. Ein weißer Teppich aus Schimmel überzog die Wände.

Es dauerte nicht lange und Faxe kam mit zwei tiefen Holztellern wieder nach draußen. Er stellte einen der Teller vor Trine auf den Tisch und angelte zwei Löffel aus der Tasche seiner dreckigen Hose.

»Wie heißt du?«, fragte er.

»Trine«, brummte Trine. »Tvefot.«

»Das gibt's doch nicht! Der Knirps vom Kapitän!«, rief Faxe. »Der kleine Tvefot. Iss.«

Mit gequältem Gesichtsausdruck nahm Trine den Löffel. Er tauchte ihn in die Suppe, schob ihn in den Mund und schluckte, so schnell er konnte.

»Und?«, sagte Faxe.

»Und was?«, fragte Trine.

»Erinnerst du dich schon?«

»Hm, nein.«

»Iss noch ein bisschen mehr«, sagte Faxe und machte sich über seine eigene Portion her. Er schlürfte und kaute so gierig, dass sein Schwabbelkinn wackelte. Gequält aß Trine weiter. Er gab sich alle Mühe, sich den Brechreiz nicht anmerken zu lassen.

»Und jetzt?«, fragte Faxe nach einer Weile. »Kommt dein Gedächtnis zurück?«

»Ich glaube nicht, dass die Wirkung so schnell zu merken ist«, wimmerte Trine mit erstickter Stimme.

Faxe hatte ein Stück Kohl zwischen den Schneidezähnen und

kaute darauf herum, während er Trines Worte zu überdenken schien. Dann sagte er:

»Iss noch ein paar Löffel.«

Den Tränen nah, würgte Trine den Rest der Kohlsuppe herunter. Dann rülpste er laut und sagte:

»Tut mir leid. Ich fürchte, ich habe es wohl für immer vergessen. Vielleicht sollte ich besser gehen?«

Faxe grunzte. Wieder ließ er sich reichlich Zeit, um Trines Worte zu überdenken.

»Ich hole noch eine Portion«, sagte er und sprang auf.

»Halt!«, rief Trine. »Ich weiß es wieder!«

»Na also!«, jubelte Faxe. »Und?«

»Es ... es geht ... um etwas Wichtiges.«

»Ja?«

»Und es ist eilig.«

»Lass hören.«

»Es ... es geht ... um den Tod.«

Bei diesen Worten ging ein Ruck durch Faxes Körper und er verbeugte sich untertänig.

»Und was hast du dem Herrn Tod mitzuteilen?«

»Na ... er ist in Gefahr«, sagte Trine.

Faxes Augen weiteten sich. Er setzte sich schnell auf seinen Stuhl.

»Wie bitte?«

»Ein Junge von der anderen Seite ist ins Reich gekommen. Er ist auf dem Weg zum Tod, um seine Mama zurückzuholen. Deshalb hat Papa mich geschickt. Ich soll dir ausrichten, dass du ganz besonders aufmerksam sein musst. Damit dieser Junge sich nicht heimlich über die Grenze schleicht.«

»Selbstverständlich«, sagte Faxe. »Dein Vater kann sich auf mich verlassen!«

»Gut.«

Faxe blinzelte ein paarmal mit seinen blassen Augenlidern. Er sah Trine jetzt voller Bewunderung an.

»Und in einer so wichtigen Angelegenheit hat dein Vater *dich* losgeschickt?«, sagte er.

»Natürlich«, sagte Trine großspurig. »Ich habe zwar noch einen großen Bruder, aber mein Papa meinte, ich wäre besser geeignet.«

»Das kann ich mir vorstellen«, sagte Faxe. »Dein Vater hat wohl eine sehr hohe Meinung von dir. Sag … was weißt du über diesen Jungen? Kannst du mir mehr erzählen?«

»Tja, ich weiß eine ganze Menge. Was willst du wissen?«

»Alles!«, sagte Faxe gierig.

»Na dann«, sagte Trine und lachte. Im nächsten Augenblick nahm sein Gesicht allerdings einen ziemlich gequälten Ausdruck an. Er hielt sich den Bauch und rülpste dann laut.

»Kohl ist etwas schwer verdaulich«, sagte Faxe. »Möchtest du vielleicht etwas Wacholderbeersaft, um die Suppe herunterzuspülen?«

»Ja, danke, das wäre gut«, antwortete Trine und Faxe sprang sofort auf und marschierte los – schnurstracks zum Erdkeller!

»Ich meine, nein!«, rief Trine. »Das ist nicht nötig! Komm zurück!«

Aber da hatte Faxe die Kellertür schon aufgerissen – und als er mich sah, da wurde sein fleischiges Gesicht mit einem Mal kreideweiß.

»Meine Güte! Kleiner Tvefot, du wirst es nicht glauben! Er ist hier!«

»Ist das wahr?«, quiekte Trine und kam angerannt. »Was machen wir denn jetzt?«

Faxes Blick verdüsterte sich. Er breitete seine riesigen Arme aus und ging auf mich zu, aber zum Glück war er nicht besonders schnell, und als er einen Ausfallschritt machte, um mich zu fangen, duckte ich mich und schlüpfte an ihm vorbei. Faxe stolperte und landete kopfüber im Kohlhaufen.

»Lass ihn nicht entkommen!«, schrie er. »Schnapp ihn dir, kleiner Tvefot!«

»Nein danke!«, säuselte Trine da, der auf der Türschwelle stehen geblieben war. »Wir verabschieden uns lieber. Tschüssi!«

Und mit diesen Worten knallten wir die Tür zu und legten den Riegel vor. Wie von Sinnen warf Faxe sich drinnen gegen das dicke Holz.

»Was hat dieses Theater zu bedeuten?«, brüllte er und hämmerte gegen die Tür.

»Es bedeutet, dass mein Freund Sasja zum Tod will. Und dass *ich* ihm den Weg zeige!«, antwortete Trine.

Da brüllte Faxe noch lauter.

»Im Auftrag deines Vaters, ja? Wenn ich euch erwische, dann prügel ich euch windelweich! Verlogene Rotzbengel! Lumpenpack!«

»Komm«, sagte Trine.

Wir holten unseren Sack, der noch vor der Tür lag, und rannten los. Und während wir durch das Gras auf die große Holzbrücke zuhasteten, drehte ich mich um und schaute zum Erdkeller zurück.

»Meinst du, er wird lange dort drinnen sitzen, bis jemand vorbeikommt und ihn freilässt?«, fragte ich.

»Wie gesagt«, antwortete Trine, »es gibt nicht viele, die diesen Grenzübergang nutzen. Aber ich schätze, dass es höchstens ein paar Wochen dauert.«

»Ein paar Wochen?«, sagte ich. »Das ist ja schrecklich!«

»Tja«, entgegnete Trine. »Es besteht ein gewisses Risiko, dass er danach erst mal keinen Kohl mehr sehen kann.«

Der Hillefluss

Wir waren außer Puste, als wir die große Brücke erreichten. Neben dem heruntergelassenen Brückentor war ein eiserner Hebel, mit dem man ein paar riesige Zahnräder bedienen konnte. Die Zahnräder wiederum waren mit einer Kette verbunden und die Kette war an zwei Stellen oben am Tor befestigt.

»Das sollte kein Problem sein«, sagte Trine und stellte das Gepäck ab. Er legte sich mit seinem ganzen Gewicht auf den Hebel, um das Tor hochzuziehen. Er drückte mit aller Kraft. Sein Gesicht lief puterrot an und dann stieß er einen richtigen Urschrei aus. Aber der Hebel rührte sich nicht.

»Lass mich mal versuchen«, sagte ich. Doch so sehr ich mich auch anstrengte, der Hebel ließ sich nicht bewegen. Da versuchten wir es zusammen, und als nicht einmal das half, versetzte Trine dem Hebel einen Tritt.

»Dieses verflixte Tor bekommen wir so nie auf!«, fauchte er.

Leider sah es ganz danach aus, als hätte er recht. Was sollten wir jetzt nur tun? Aus Faxes Erdkeller drang immer noch lautes Klopfen und aufgebrachtes Gebrüll zu uns herüber. Ich trat ein paar Schritte zurück und musterte erst das Tor und dann das steile Flussufer.

»Wenn wir hier runtergehen«, sagte ich, »und dort am Brückenpfosten wieder hochklettern – schau –, dann können wir auf dem Querbalken bis auf die andere Seite kriechen!«

Trine betrachtete erst die Balkenkonstruktion, die die eigentliche Brücke trug, und dann den Fluss darunter.

»Das sieht gefährlich aus«, sagte er.

»Einen anderen Weg gibt es nicht«, antwortete ich. »Wir müssen es versuchen.«

Schließlich gab Trine nach. Wir packten unsere Schwerter in den Sack und schnallten ihn mithilfe von Trines Gürtel auf meinem Rücken fest. Dann schlidderten wir die Uferböschung hinunter. Am Brückenpfosten hochzuklettern war nicht schwer, auch wenn der Sack auf meinem Rücken natürlich schon sein Gewicht hatte. Vorsichtig tastete ich mich auf den Balken vor. Wie schmal er mir auf einmal vorkam! Kaum mehr als ein Drahtseil aus Holz. Unter mir rauschte das Wasser, schwarz und hungrig, und das Herz schlug mir bis zum Hals. Der Wind zerrte an meinem Umhang, die Kapuze rutschte mir ins Gesicht.

»Oh, Hilfe! Ist das hoch!«, wimmerte Trine hinter mir.

»Gleich haben wir es geschafft«, sagte ich, um ihn zu trösten.

Ich wusste nicht, ob der Balken wirklich schwankte oder ob es sich nur so anfühlte. Aber doch, natürlich schwankte er, jetzt merkte ich es! Es wurde immer schlimmer! Gleich würde ich fallen!

Nein. Es war Einbildung. Es war die Angst, die alles zum Schwanken brachte. Ich hielt kurz an und holte tief Luft. Dann kroch ich weiter, schob ganz vorsichtig Hände und Knie vorwärts, und jedes Mal wenn ich glaubte, ich würde gleich fallen, dann wartete ich, bis ich das Gleichgewicht wiedergefunden hatte. Und ehe ich mich's versah, war ich am anderen Ufer!

Vor Glück hätte ich am liebsten laut gejubelt. Ich drehte mich um, um zu sehen, wie es Trine erging.

Er hatte erst die Hälfte geschafft. Immer wieder rutschte er fast ab, er weinte, starrte voller Entsetzen nach unten auf das Wasser.

»Schau nach vorn!«, rief ich.

»Aber dann sehe ich nicht, wohin ich krieche!«, schrie er mit brüchiger Stimme.

»Doch!«, erwiderte ich.

Trine kroch ein Stückchen weiter, aber schon fing er wieder an zu schreien.

»Ich falle gleich runter!«

»Du fällst nicht!«, sagte ich. »Bitte, Trine, schau nicht nach unten!«

Aber Trine hörte nicht auf mich – und dieses Mal wurde er beim Blick in die Tiefe ohnmächtig. Ja, ich konnte sehen, wie sein ganzer Körper schlaff wurde, wie seine Muskeln sich vor Angst regelrecht aufzulösen schienen. Er sah mich verzweifelt an, sein

Mund verzog sich zu einer angsterfüllten Grimasse. Dann verlor er das Bewusstsein und fiel. Der Hillefluss öffnete seinen nassen Schlund und verschluckte ihn. Ein paar Sekunden später war von meinem lieben, rosigen Freund mit den blauen Augen nichts mehr zu sehen.

»Nein!«, schrie ich.

Ich rannte die Böschung hinunter, blieb mit dem Fuß hängen und stürzte. Unsanft landete ich auf dem Boden und schnappte nach Luft. Aber ich sprang sofort wieder auf und rannte flussabwärts am Ufer entlang.

»Trine!«, rief ich keuchend und starrte auf das rauschende Wasser. »Trine, wo bist du?«

Keine Antwort, kein Trine weit und breit. Ich rannte weiter, Tränen stiegen mir in die Augen, ein dicker, schmerzender Kloß wuchs in meinem Hals und meine Rufe vermischten sich mit meinem Schluchzen.

»Bitte, Trine, wo bist du?«

Da! Bei den Felsen, die aus dem Wasser ragten, hatte ich da nicht gerade für einen kurzen Moment seinen Körper gesehen?

Ich zerrte den Sack herunter, den ich immer noch auf dem Rücken hatte, und watete in den Fluss. Sofort spürte ich, wie die Strömung meine Beine erfasste. Ja, mir war schon klar gewesen, dass sie stark war, aber *so* stark hatte ich mir den Sog nicht vorgestellt. Ich warf mich nach vorn, hielt mich an den Felsen fest und hangelte mich daran entlang, während ich vorsichtig ins tiefere Wasser watete. Der Untergrund war weich und lehmig.

Dann konnte ich Trine sehen, dieses Mal war ich mir sicher! Ich kämpfte mich zu ihm vor und schlang die Arme um seinen Körper.

»Ich habe dich!«, sagte ich.

Aber es war ein Fehler gewesen, die Felsen loszulassen. Die Strömung zerrte mit solcher Kraft an mir, dass meine Beine nachgaben, doch meine Füße steckten im lehmigen Boden fest, und ehe ich mich's versah, wurde ich unter die Oberfläche gezogen.

Ich konnte Trine nicht mehr halten, hilflos trudelte ich durch das kalte, schwarze Brausen. Ich hatte keine Ahnung mehr, wo oben und unten war, um mich herum war nur noch Wasser. Tosendes, gnadenloses Wasser, das mit mir machte, was es wollte. Immer fester umklammerte mich der Fluss, als wollte er mich zerquetschen. Lange würde ich nicht mehr dagegen ankommen.

Ich blieb an etwas hängen. Vielleicht war es ein Ast? Ich strampelte wie wild, warf meinen Körper hin und her, um mich zu befreien, um Atem zu holen. Aber ich kam nicht los. In meiner Verzweiflung öffnete ich den Mund und anstelle von Luft sog ich Wasser ein. Jetzt, dachte ich, werde ich sterben. Jetzt wird der Tod kommen, um mich zu holen. Von nun an würde ich ihm gehören. Meine Hülle würde im Fluss zurückbleiben. Wie ein vergessener Lumpen würde mein Körper hier an diesem Ast hängen und sich im Wasser wiegen, bis die Strömung ihn eines Tages losreißen und ins Meer hinaustragen würde. Und irgendwann würde er vielleicht zu Hause an Palmgrens Steg an Land gespült werden. Und Palmgren würde ihn finden und zu Papa tragen. Und Papa würde auf der Treppe sitzen, meine Hülle im Arm halten und weinen. Und Ninni würde ihm über die Wange schlecken, aber so sehr sie sich auch bemühte, sie würde ihn nicht trösten können. Oh, das war das Schlimmste, dass es keinen Trost für Papa geben würde.

Nein! Der Tod durfte mich nicht bekommen, so leicht würde ich es ihm nicht machen! Eine neue Kraft keimte in mir auf. Ich strampelte noch wilder – und auf einmal fanden meine Füße Halt! Ich stieß mich ab, kam an die Oberfläche und griff nach dem Ast, an dessen Zweigen meine Kleider hängen geblieben waren. Ich watete ans Ufer. Glücklich angekommen, fiel ich auf die Knie und alles Wasser rann aus mir heraus, wie aus einer Kanne. Ja, es rann und rann, man hätte fast meinen können, ich hätte den halben Fluss verschluckt, und als es endlich aufhörte, stand ich mit zittrigen Beinen auf. Oh, wie erleichtert ich da war! Denn dort, nicht weit von mir, stand Trine auf allen vieren und hustete Wasser genau wie ich! Ich rannte zu ihm und schlang die Arme um ihn.

»Es geht dir gut!«, sagte ich.

Trine stöhnte und hustete noch mehr. Ihm lief das Wasser immer noch aus Mund und Nase. Als es nach einer Weile aufhörte, sank er erschöpft auf den Po.

»Oh, igitt«, sagte er, vor Kälte zitternd. »Das war wirklich schrecklich.«

So saß er da, nass und blass, die Arme um die Knie geschlungen.

»Wieso bist du in den Fluss gesprungen?«, fragte er.

»Um dich zu retten, natürlich«, antwortete ich.

»Warum denn?«

»Warum?« Ich weiß nicht, ob ich da eher wütend als traurig

wurde oder andersherum. »Du wärst fast ertrunken!«, rief ich. »Du hättest sterben können!«

Er schüttelte den Kopf.

»Nö«, sagte er. »Ich kann nicht sterben. Das habe ich dir doch schon gesagt.«

»Aber ... wieso hattest du denn dann solche Angst?«, fragte ich. »Oben auf dem Balken?«

»Na, weil es so hoch war, natürlich!«, sagte Trine. »Ich hasse Höhe.«

Ich dachte lange nach und versuchte zu verstehen, wie das alles zusammenpasste.

»Na ja, aber ich habe gesehen, wie du untergegangen bist ... Ich meine, wie hat sich das angefühlt?«, fragte ich.

Er zuckte mit den Schultern.

»Nass.«

»Konntest du atmen?«

»Natürlich nicht. Unter Wasser kann man nicht atmen.«

Da dachte ich noch ein wenig mehr nach.

»Und was passiert, wenn du dich zum Beispiel an einem Messer schneidest?«, fragte ich dann.

»Das tut weh, was denn sonst«, antwortete er.

»Ja, aber wenn du dich sehr schlimm schneidest? Wenn du dir den Hals durchschneidest oder so?«

»Tja ... Das blutet dann wohl ziemlich heftig.«

»Aber du stirbst nicht?«

»Nein.«

»Und was passiert, wenn du von einem Felsen stürzt?«, fragte ich. »Von einem, der einhundert Meter hoch ist?«

Trine schauderte.

»Das kribbelt im Magen. Und ich breche mir die Beine. Und die Arme.«

»Und das Genick?«

»Vermutlich.«

»Aber du stirbst nicht?«

»Nö. Ich muss nur wahrscheinlich ziemlich lange mit Gipsschienen im Bett liegen.«

Ich schaute auf das schwarze Band des Hilleflusses. Er sah so ruhig aus. So harmlos. Seine Oberfläche war eine schöne, glänzende Haut, unter der sich eine schreckliche, brausende Tiefe versteckte.

»Was ist, wenn du krank wirst?«, fragte ich.

»Krank?«

»Wenn du einen Knoten im Körper bekommst. Einen, den man nicht wegoperieren kann?«

Er lachte, als hätte ich etwas unheimlich Dummes gesagt.

»Natürlich kann man den wegoperieren.«

»Auch wenn er zu groß ist?«, fragte ich.

»Wie groß er auch sein mag, man muss nur schneiden, bis alles weg ist«, sagte Trine und breitete die Arme aus. »Wenn man nicht sterben kann, dann stirbt man auch nicht, ist doch klar!«

»Ja, das klingt logisch.«

»Natürlich müsste ich danach Ruhe halten und alles gut heilen lassen«, fügte er hinzu. »Also, ich sollte vielleicht nicht gleich aufspringen und Polka tanzen. Aber du, weißt du was? Wir haben es über die Grenze geschafft!«

Er sah mich mit seinem strahlendsten Lächeln an und dann knuffte er mich in die Schulter, so wie man es macht, wenn man sagen will: »Du und ich, wir sind spitze, findest du nicht?«

Die Nebelheide

»Was ergibt das alles für einen Sinn, wenn man nicht sterben kann?«, fragte ich.

Wir waren zurückgegangen, um den Sack zu holen, und nun schon ein gutes Stück nach Sparta hineingewandert. Die Landschaft hatte sich verändert, der Wald hatte sich gelichtet und der Boden war magerer geworden. Mittlerweile befanden wir uns in einer weiten Heidelandschaft. Hier gab es keinen einzigen Baum mehr. Ab und zu kamen wir an niedrigen Büschen vorbei, die aussahen wie Knäuel aus wirrem Gestrüpp, und überall waren kleine Inseln aus rotbraunem Gras, das fast ein bisschen verbrannt aussah. Die Luft war herrlich und frisch.

»Hä?«, sagte Trine.

»Na ja, ich meine, egal was man tut … eigentlich geht es doch immer darum, nicht zu sterben«, sagte ich.

»Ich glaube, das ist hier anders«, antwortete Trine, nachdem er eine ganze Weile darüber nachgedacht hatte. »Für meine Mama geht es immer ums Rudern. Für meinen Papa geht es immer darum, das Schiff des Todes zu kommandieren. Und für Tjalve … ja, dem geht es nur darum, Papas Liebling zu sein.«

»Und du?«, fragte ich. »Worum geht es dir?«

Er zuckte mit den Schultern. Seine Augen wanderten unruhig hin und her, während er nach einer Antwort suchte.

»Ich weiß es nicht«, murmelte er schließlich. »Eigentlich kann ich ja nichts.«

Ich wusste nicht, was ich darauf sagen sollte. Meiner Meinung nach konnte Trine eine ganze Menge. Zum Beispiel konnte er nett sein und schlau und lustig. Aber irgendwie hatte ich das Gefühl, dass er eigentlich viel lieber wie Tjalve wäre. Dass er sich wünschte, *er* hätte den Passierschein und ein Schwert von seinem Papa bekommen.

Die Sonne stand hoch am Himmel und die Heidelandschaft schien unendlich zu sein. Sie sah so schön aus, mit diesen eigenartig rotbraunen Farbtönen. Hier und da glitzerten kleine Wasserflächen. Aus der Ferne sahen sie tief aus, aber wenn wir davorstanden, dann waren sie immer so flach, dass wir hindurchwaten konnten. Das Wasser war so kalt, dass die Füße brannten; das Gras am Grund sah aus wie wogendes Haar. Ich schöpfte etwas Wasser mit der hohlen Hand und trank. Es schmeckte gut. Unseren letzten Proviant hatten wir schon vor einer ganzen Weile geteilt und aufgegessen.

»Wie lange dauert es noch, bis wir etwas Essbares finden können?«, fragte ich.

Trine blinzelte in die Umgebung und kaute nachdenklich auf seiner Unterlippe.

»Keine Ahnung«, murmelte er. »Nicht mehr allzu lange, hoffe ich.«

Wir kämpften uns weiter durch die öde Heidelandschaft vorwärts und trugen abwechselnd unseren Sack. Ab und zu zückten wir unsere Schwerter und rannten ein Stück, und während wir rannten, kämpften wir miteinander, als ginge es um unser Leben. Es war ein herrliches Gefühl zu hören, wie unsere Kampfschreie in den Himmel stiegen, wie sie über die Heide hallten und klangen, als kämen sie aus hundert Kehlen. Ich erinnere mich noch, dass ich dachte: Wenn der Tod diese hundert Kampfschreie hört, dann weiß er, dass er sich in Acht nehmen muss.

Aber so weit wir auch liefen, wir kamen nirgends an. Zumindest kam es mir so vor. Als würde sich die Landschaft verwandeln und einfach immer größer werden. Gerade wenn man ein Ende zu sehen glaubte, einen Ort, der nicht mehr nur aus Moosen und rostrotem Gras bestand, sondern wo Bäume wuchsen, einen Ort mit Feldern und Pflanzen, dann wuchs das karge Land wieder ein Stück. Und man wanderte weiter.

Am späten Nachmittag war die Sonne verschwunden und Nebel zog auf. Stellenweise war er so dicht, dass wir einander kaum noch sehen konnten, und dann, nur Sekunden später, lichtete er sich wieder und war nicht mehr als ein feuchter Schleier, den man wirbeln und tanzen lassen konnte, wenn man mit der Hand hindurchfuhr.

Während wir so durch den Nebel gingen, hörten wir plötzlich ein seltsames Geräusch. Ein Klingen, fast wie von einer Glocke. Aber es war keine Glocke, sondern etwas, das unregelmäßig schlug. Mal folgte eine ganze Reihe von Tönen aufeinander, dann wurde es still und dann ging es wieder los. Trine und ich blieben stehen und sahen uns an.

»Könnte das …?«, sagte ich.

»Ja«, flüsterte er und nickte aufgeregt. »Da kämpft jemand.«

»Sollten wir nicht lieber umkehren?«, fragte ich. »Vielleicht ist es gefährlich?«

Trine nahm sich ein paar Sekunden Bedenkzeit.

»Und wenn wir nur kurz gucken? Das wäre schon spannend, oder nicht?«, sagte er. »Wenn wir vorsichtig sind, bemerkt uns ja niemand.«

»Das klingt gut«, antwortete ich, mir fiel es nämlich auch schwer, meine Neugier zu bremsen – und so gingen wir weiter.

Schon bald lichtete sich der Nebel wieder und wir konnten einen Pavillon erkennen, der auf einem kleinen Hügel stand. Es war ein schöner Pavillon, ein achteckiges Zelt aus hellem Stoff. Das Dach lief in der Mitte spitz zu. Zum Befestigen waren Seile gespannt, an denen unzählige bunte Bänder und Wimpel hingen, in Grün und Gelb und Rot.

Am Fuß des Hügels wucherte wieder dieses wirre braune Gestrüpp. Wir schlichen vorsichtig näher und gingen dahinter in

Deckung. Wir sahen zwei Gestalten, die sich vor dem Pavillon bewegten. Nebelschwaden zogen weiß und gespenstisch an ihnen vorüber und das Ganze sah ziemlich unheimlich aus. Aber zugleich kamen mir die beiden sehr vertraut vor. Der eine war groß, die andere klein. Beide hatten ihre Schwerter erhoben. Ihre Gesichter wirkten wild und gefährlich. Ihre Haut war faltig, die hängenden Augenlider gerötet. Ihre Ohren waren lang und sahen aus, als wären sie aus Samt. Speichel tropfte von ihren Lefzen, ihre Raubtierzähne waren spitz und scharf. Ja, eigentlich hatte ich Angst vor den Spartanern auf dem Hügel – aber trotzdem wäre ich am liebsten aufgesprungen und hätte die Kleine an mich gedrückt, meine Nase in ihrem Nackenfell vergraben. Diese Kleine dort sah nämlich genau aus wie Ninni!

Die beiden fochten weiter, es wirkte fast so, als würden sie miteinander tanzen. Sie trugen Umhänge, die denen der Hildiner sehr ähnlich waren, nur nicht so farbenfroh. Ihre geschnürten Jacken waren mit einem goldenen Muster bestickt. Ab und zu ging einer der beiden zum Angriff über, dann klangen die Schwerter wie Glocken. Ich sah jetzt, dass noch mehr Spartaner auf dem Hügel waren, sie saßen ein wenig abseits hinter einem Schleier aus Nebelschwaden. Wenn einem der Kämpfer etwas besonders gut gelang, dann riefen und applaudierten sie.

»Sehr schön! Bekommen wir jetzt auch einen Abschluss zu sehen?«, fragte einer von ihnen.

Die kleine Spartanerin wischte sich mit dem Unterarm den Schweiß von der Stirn. Ihre Nase zuckte angespannt und konzentriert. Um den Hals trug sie eine Kette mit grünen und roten Edelsteinen. Auch ihr Schwert, das so hübsch und perfekt in ihren Pfoten lag, war mit Juwelen geschmückt. Sie schwang es in großem Bogen über den Kopf und traf das Schwert ihres Gegners mit solcher Wucht, dass er es fallen ließ. Es landete auf dem Boden und die Zuschauer jubelten.

Die kleine Spartanerin drehte sich zu ihnen um und machte eine elegante, wenn auch kurze Verbeugung.

Trine stieß ein verächtliches Schnauben aus.

»Die Prinzessin von Sparta«, knurrte er. »Wie kann man nur so eingebildet sein.«

Die Prinzessin

Die Prinzessin von Sparta bückte sich und hob das Schwert ihres Gegners auf. Sie reichte es ihm. Lächelnd nahm er es entgegen und tätschelte ihr den Kopf.

»Du kämpfst gut«, sagte er. »Wenn du jeden Tag übst, dann wirst du bald besser sein als dein Vater, der König.«

»Ich will noch mal kämpfen!«, sagte die Prinzessin. Sie hob ihr Schwert mit beiden Pfoten und schwang es klirrend gegen die Klinge ihres Gegners.

Er schüttelte den Kopf.

»Für heute ist es genug.«

»Du bist eine wütende Harpyre!«, sagte die Prinzessin. »Und ich ein Spartaner, der dir die Flügel abschlägt!«

Wieder hob sie das Schwert und ihr Hieb traf die Schulter des großen Spartaners. Ich schloss die Augen. Ich wollte auf keinen Fall mit ansehen, wie sein Arm abgetrennt wurde, aber offenbar kämpften die beiden mit stumpfen Schwertern, denn als ich wieder hinsah, war der Arm noch dran.

Der große Spartaner sah sie streng an.

»Wütende Harpyren, verrückte Hildiner – ich habe dir doch oft genug erklärt, dass beim Kämpfen nicht gespielt wird«, sagte er.

»Ha!«, brüllte die Prinzessin und stieß ihr Schwert wieder in seine Richtung.

»Verrückte *was*?«, sagte Trine mit so beleidigter Miene, dass sein Gesicht große Ähnlichkeit mit einem zusammengeknüllten Putzlappen hatte.

»Sch!«, zischte ich.

Im selben Augenblick drehte die Prinzessin von Sparta den Kopf in unsere Richtung. Wir pressten uns auf den feuchten Boden und hielten die Luft an.

»Hat sie uns gesehen?«, flüsterte Trine.

»Weiß nicht«, antwortete ich.

Wir warteten ein paar Minuten – ein paar ziemlich lange, zittrige Minuten. Dann wagte ich es, vorsichtig den Kopf zu recken und die Lage zu prüfen.

Der großer Spartaner hatte sich auf einem kleinen Schemel niedergelassen, neben den Zuschauern, die ein wenig abseits hinter dem Nebelvorhang saßen. Sie hatten offenbar Essen mitgebracht. Mir lief das Wasser im Mund zusammen, als ich sah, wie sie Kuchenstücke, Zwieback und Obst herunterschlangen, genauso gierig und unfein wie Ninni, wenn ich ihr die Reste meines Pausenbrots zusteckte.

»Oh, wenn man doch wenigstens kosten könnte ...«, wimmerte Trine.

»Mm«, antwortete ich.

So lagen wir eine Weile da und hörten gequält dem Kauen und Schmatzen zu. Dann sah Trine sich um.

»Wo ist die Prinzessin?«, flüsterte er.

»Keine Ahnung«, antwortete ich. »Aber ich denke, wir sollten besser weitergehen.«

Trine jammerte ein bisschen, weil wir uns von dem Anblick des herrlichen Essens losreißen mussten, aber ihm war natürlich auch klar, dass es höchste Zeit war, von hier zu verschwinden. Keiner von uns wollte wissen, was diese Spartaner mit uns anstellen würden, wenn sie uns entdeckten.

Leise krochen wir rückwärts, und erst als wir in sicherer Entfernung zu der schmatzenden Gesellschaft waren, machten wir uns bereit loszurennen. Aber kaum dass wir uns aufgerichtet hatten, hörten wir direkt hinter uns eine Stimme.

»Aha!«

Erschrocken drehten wir uns um. Es war die Prinzessin von Sparta! Sie hatte sich mit gezogenem Schwert von hinten angeschlichen!

Es war ein komisches Gefühl, jemandem Auge in Auge gegenüberzustehen, den man nicht kannte, der einem aber trotzdem vertraut vorkam. Dieses samtige, faltige Gesicht, dieser freundliche, melancholische Blick, die große schwarze Nase – alles erinnerte mich an meine alte Ninni. Und genau wie Ninni hatte die Prinzessin einen weißen Fellkragen mit kleinen schwarzen Punkten, gerade so, als hätte sie sich einen Pelz aus Nerz um den Hals gelegt.

Sie musterte uns misstrauisch. Ich hatte Angst. Was, wenn sie die anderen herbeirief?

»Ein Hildin und ein ... was bist du? Ein Mensch?«, sagte die Prinzessin von Sparta.

Trine und ich sahen uns verstohlen an. Aus der Ferne hörten wir die Stimmen der essenden Spartaner. Trine schluckte, aber dann fing er sich und schaute die Prinzessin mit festem Blick an.

»Das ist kein richtiges Schwert«, sagte er.

»Doch, ist es«, antwortete sie.

»Nein«, sagte Trine.

»Mein Papa hat es für mich anfertigen lassen«, sagte die Prinzessin.

»Aber es ist nicht scharf.«

»Schärfer als du ist es allemal.«

»Ach ja?«, fauchte Trine.

»Sch!«, machte ich.

»Bildest du dir etwa ein, eine dumme, alberne Spartanerin wie DU könnte es mit MIR aufnehmen?«, fuhr Trine wütend fort, dass die Spucke nur so flog.

Die Prinzessin von Sparta lächelte spöttisch. Sie verzichtete darauf, diese Frage zu beantworten, steckte stattdessen das Schwert zurück in die Scheide und verschränkte die Arme vor der Brust.

»Sagt mir, wer ihr seid! Alle beide.«

Bei den letzten Worten sah sie mich durchdringend und sehr streng an.

»Wir heißen Trine und Sasja«, sagte ich. »Und du hast recht, ich bin ein Mensch. Ich komme von der anderen Seite. Eigentlich sind wir nur auf der Durchreise. Wir wollten gerade weiter.«

»Weiter wohin?«, fragte die Prinzessin.

»Na ja … wir wollen zum Tod«, sagte ich.

Die Augen der Prinzessin wurden größer.

»Warum das denn? Was habt ihr vor?«

»Sasja will den Tod *überlisten* und ich werde ihm dabei helfen. Na, was sagst du jetzt?«, sagte Trine und plusterte sich dabei auf, dass es geradezu ein Wunder war, dass sein Hemd nicht platzte.

»Und wie wollt ihr das anstellen?«, fragte die Prinzessin.

»Na ja … das haben wir noch nicht entschieden«, grunzte Trine. »Aber das geht dich sowieso nichts an.«

»Was hast du da?«, fragte die Prinzessin. Sie hatte den Stock entdeckt, der in Trines Gürtel steckte. Trine wurde rot und versuchte, den Stock hinter seinen Armen verschwinden zu lassen.

»Nichts«, sagte er.

Die Prinzessin sah auch auf meinen Stock, den ich in den Gummibund meiner Schlafanzughose geschoben hatte.

»Sind das eure Schwerter?«, fragte sie.

»Ich sagte, das geht dich nichts an«, schnaubte Trine. Er nickte mir zu. »Komm, Sasja, wir gehen.«

Wir marschierten durch das feuchte, rostrote Gras davon. Die

Luft war kühler geworden und ich fror. Der Himmel war grau und die Sonne nicht mehr zu sehen.

Es dauerte nicht lange und die Prinzessin kam hinter uns her.

»Kann ich mitkommen?«, fragte sie.

»Auf keinen Fall«, sagte Trine.

»Warum willst du denn mit?«, fragte ich.

Die Prinzessin zog ihr Schwert.

»Mutig bluten!«, brüllte sie und zeigte zum Horizont wie ein Feldherr. »So lautet der Wahlspruch des Königsgeschlechts. Und vielleicht könnt ihr jemanden gebrauchen, der mutig ist und euch hilft?«

»Wir sind selbst mutig, danke!«, fauchte Trine. »Und außerdem haben wir nicht vor, auch nur ein bisschen zu bluten. Wie schon gesagt: Sasja wird eine List anwenden. Das hier ist ein friedlicher Ausflug.«

»Vielleicht braucht ihr jemanden, der euch den Weg zeigt?«, sagte die Prinzessin. »Die Nebelheide ist groß.«

»Bla, bla, bla, wir GEHEN jetzt!«, sagte Trine.

Und so gingen wir. Zurück blieb die Prinzessin von Sparta mit dem schönen Schwert in den Pfoten.

Preiselbeeren

Es wurde eine düstere, klamme Nacht, in der sich der Hunger wie ein Messer in unsere Mägen bohrte. Wir schliefen nicht viel. Trine hatte versucht, ein Lagerfeuer zu machen, aber es gab fast nichts, was man hätte anzünden können. Die dünnen Zweige und die kleinen, struppigen Büsche wurden zu glühenden Fäden, die kurz aufloderten und schon einen Augenblick später verbrannt waren. Der Himmel war irgendetwas zwischen schwarz und grau und tintenblau. Ab und zu konnte ich große Wolken erahnen, die unter dieser freudlosen Kuppel vorüberzogen.

Es kam mir vor, als würden wir beobachtet. Ja, als ob dort in der Dunkelheit jemand wäre, jemand, der wartete, wachte. Ich sagte Trine nichts davon, denn es war bestimmt nur Einbildung. Außerdem wäre es noch viel unheimlicher geworden, wenn ich *doch* etwas gesagt und er mir recht gegeben hätte.

Ich dachte an den Kuchen, den die Spartaner gegessen hatten. Seltsamerweise war es, als wüsste ich ganz genau, wie er schmeckte. Nämlich herrlich süß und saftig, mit ein paar Mandeln im Teig oder vielleicht mit Haselnüssen? Trine hatte offenbar an dasselbe gedacht, denn plötzlich stöhnte er:

»Oh, wenn wir doch wenigstens einen winzig kleinen Kuchen hätten!«

Feuchtigkeit stieg vom Boden auf, kroch in unsere Decke und unsere Kleider. Am Ende fühlte sie sich an wie eine zweite Haut, eine klebrige, kalte Haut. Am Horizont fing es an zu dämmern.

»Sollen wir nicht besser weitergehen?«, sagte ich zu Trine.

»Doch, das sollten wir wohl«, piepste er.

Als er sich aufsetzte, sah er blass und zerknautscht aus. Wir rollten unsere Decke ein und brachen auf. Nach einer Stunde war die Sonne schließlich auch aufgestanden. Ich freute mich über die ersten Strahlen, die meinen Körper wärmten, doch der Hunger wurde immer unerträglicher. Als wir an eine Wasserstelle kamen, tranken wir gierig, versuchten, das bohrende Loch im Magen zu füllen, aber irgendwie war ich danach sogar noch hungriger und Trine bekam Schluckauf.

Doch dann tauchte vor uns in der Ferne ein rotes Feld auf. Als wir näher kamen, sahen wir, dass das Rote unzählige Beeren waren, die an kleinen Büschen mit grünen Blättern wuchsen.

»Wer braucht schon Kuchen, wenn es Preiselbeeren gibt!«, jubelte Trine und rannte los. Kaum angekommen, ließ er sich auf die Knie fallen.

»Bist du sicher, dass das Preiselbeeren sind?«, fragte ich.

»Na klar«, sagte Trine und fing an zu pflücken.

Der Schluckauf war vor Glück wie weggeblasen.

»Irgendetwas kommt mir komisch vor«, sagte ich.

»Iss ein bisschen, dann vergeht das Gefühl, versprochen«, schmatzte Trine mit vollem Mund. Er kaute so gierig, dass der Saft an seinem Kinn heruntertropfte.

Ich nahm eine Beere, legte sie mir auf die Zunge und zerdrückte sie am Gaumen. Sie war ganz saftig, eigentlich bestand sie nur aus Flüssigkeit.

»Die schmecken bitter«, sagte ich.

»Ja, genau«, sagte Trine. »So wie Preiselbeeren eben schmecken.«

Ich probierte noch eine. Vielleicht hatte er recht? Vielleicht waren Preiselbeeren wirklich bitter? Zumindest wenn sie in der Heide wuchsen?

Der Hunger entschied die Sache. Ich setzte mich neben Trine, pflückte eine Handvoll Beeren und steckte sie in den Mund – oh, wie herrlich war es zu essen. Ich pflückte noch mehr und war mir auf einmal sicher, noch nie etwas Besseres gegessen zu haben! Diese Beeren waren doch nicht bitter! Sie waren köstlich!

Ja, wir aßen und aßen, und als wir satt waren, da aßen wir noch mehr und dann rülpste Trine laut und lange und sagte:

»Wunderbar. Nach diesem Festmahl werde ich laufen, als hätte ich Siebenmeilenstiefel an.«

»Ich auch«, antwortete ich und stand auf. Die Beeren hatten

Flecken auf unseren Hosen hinterlassen, aber wen störte das schon, solange man satt war? Jetzt, dachten wir, konnte uns nichts mehr aufhalten. Weit weg am Horizont zeichnete sich eine Bergkette ab.

»Das ist das Hresagebirge«, sagte Trine. »Von hier aus sind es etwa drei Tagesmärsche.«

Dann brachen wir auf.

Wir waren kaum eine Stunde gegangen, als es passierte. Trine machte sich gerade über diese Prinzessin lustig, der wir am Vortag begegnet waren, sagte, dass jemand, dessen Ohren aussahen wie Kniestrümpfe, unmöglich so eingebildet sein konnte. Und wie wir da so liefen und lachten, da entdeckte ich einen Tropfen an seiner Schweinenase.

»Du blutest«, sagte ich.

Er wischte den Tropfen weg und betrachtete den roten Streifen an seiner Klaue. Dann zuckte er kurz die Schultern und wir setzten unsere Wanderung fort.

Aber Trine hörte nicht auf zu bluten. Ich bückte mich und pflückte ein Stück Moos vom Boden.

»Hier«, sagte ich. »Vielleicht kannst du das Blut damit stillen.«

»Danke«, murmelte er – und zuckte im nächsten Augenblick zusammen. »Du blutest auch.«

Ich fasste mir an die Nase. Er hatte recht.

Trine biss sich auf die Lippe.

»Wie kommt das? Was meinst du?«

»Tja ...«, sagte ich und dachte an diese Büsche mit den roten Beeren. Was, wenn es doch keine Preiselbeeren gewesen waren?

Immer schneller tropfte das Blut aus meiner Nase. Der schöne Umhang, den Trine mir geliehen hatte, war schon ganz nass und klebrig. Da musste ich plötzlich husten, als hätte ich jede Menge Schleim im Hals. Aber als ich mich räusperte und den Schleim vor mir ins Gras spuckte, da sah ich, dass es gar kein Schleim war, sondern Blut.

»Was ist nur los mit uns?«, wimmerte Trine verzweifelt.

»Was mit euch los ist, fragt ihr euch?«, sagte da eine Stimme hinter uns. Zu Tode erschrocken drehten wir uns um. Vor uns stand eine kleine Gestalt mit samtigem Gesicht. Ihre Ohren waren so lang wie Kniestrümpfe. »Das kann ich euch sagen: Die Galltrauben, die ihr gegessen habt, fordern ihren Tribut.«

»Bist du uns etwa seit gestern nachgeschlichen?«, ächzte Trine.

»Ja natürlich«, antwortete die Prinzessin von Sparta und verschränkte die Arme. »Das Gift der Galltrauben ist sehr wirkungsvoll. Schon bald werdet ihr alles Blut ausgehustet haben, das durch eure Adern fließt.«

»Warum hast du uns nicht davon abgehalten, als du gesehen hast, dass wir die Beeren essen?«, fragte Trine.

»Ihr habt gesagt, dass ihr keine Hilfe braucht. Darum«, antwortete die Prinzessin kalt.

Trine spuckte einen Mundvoll Blut aus.

»Sasja wird sterben«, sagte er.

Da ging ein Ruck durch die Prinzessin und sie schlug sich vor die Stirn.

»Das habe ich nicht bedacht!«, rief sie. »Herrje, wie konnte ich nur so dumm sein?« Sie packte mich entschlossen am Arm. »Halte durch! Meine Mutter wohnt nur eine halbe Stunde Fußmarsch von hier entfernt«, sagte sie. »Vielleicht hat sie ein Gegengift!«

»Deine Mutter?«, fragte Trine und wischte sich sein rotes Kinn ab. »Ich dachte, sie lebt im Smaragdschloss in Skrim?«

Die Prinzessin schüttelte den Kopf.

»Sie ist umgezogen. Jetzt wohnt sie im Rubinschloss, hier in der Heide. Kommt jetzt, beeilt euch!«

Das Rubinschloss

Wir eilten durch die Nebelheide, Trine Tvefot und ich, und immer mehr Blut rann aus uns heraus. Mein Schlafanzugoberteil klebte warm und nass an meiner Brust. Fünf Meter vor uns lief die Prinzessin von Sparta. Ab und zu drehte sie sich um und forderte uns auf, schneller zu gehen. Unterbrochen von Räuspern sagte Trine, dass er nicht wisse, was schlimmer wäre: das Gift der Galltrauben zu ertragen oder bei Wasser und Brot in einem spartanischen Gefängnis zu sitzen.

»Ihr müsst keine Angst haben«, sagte die Prinzessin. »Meine Mutter ist anders. Sie wird euch willkommen heißen.«

Der Marsch führte uns ein gutes Stück steil bergauf. Das Moos hier war trocken und hart, es kratzte unter meinen nackten Füßen, aber als wir den höchsten Punkt erreicht hatten, konnten wir das blassrosa Schloss endlich sehen. Eingehüllt in einen dünnen, grauen Schleier aus Alter und Schmutz lag es am Fuße des Hügels in der Mittagssonne. Es war umgeben von einer hohen, gezackten Mauer, mit einem Turm an jeder Ecke. Rund um die Bleiglasfenster rankte sich ein dichter Teppich aus wildem Wein und das ganze Schloss stand in einem Spiegel aus Wasser, wie auf einem riesigen Silbertablett.

Wir hasteten hinunter ins Tal und kamen an eine lange, schmale Zugbrücke. Sie wackelte ein wenig, als wir, mehr rennend als gehend, zum Schlosstor stürmten. Ich warf einen Blick nach unten ins Wasser, sah weiße Seerosen mit riesigen Blatttellern, sah Seegras, das sich um die Brückenpfeiler schlang wie grünes Garn. Die Prinzessin klopfte. Während wir warteten, musterte Trine insgeheim ihr Schwert, das so hübsch und klein in der Scheide an ihrer Hüfte steckte. Auf dem Griff waren Worte eingraviert. Es war der königliche Wahlspruch: *Mutig bluten*. Nun, wir beide bluteten jedenfalls, Trine und ich, und zwar ordentlich. Was würde nun aus uns werden? Würden wir bei der Mutter der Prinzessin wirklich Hilfe finden? Oder war alles nur eine List? Wollten sie uns vielleicht *doch* ins Verlies werfen und dabei zusehen, wie wir bluteten, bis kein Tropfen mehr übrig war? Bis nur noch unsere ausgetrockneten Körper auf dem Boden lagen?

Wir hörten, wie auf der anderen Seite des Tors der Querbalken bewegt wurde. Der Spartaner, der öffnete, war alt. Mit seinem grauen Fell und den Triefaugen sah er aus wie ein Gespenst. Er hatte ein paar knubbelige Warzen im Gesicht und lange strähnige Haare hingen ihm bis auf die Schnauze. Seine Jacke war mit demselben wunderschön verschlungenen Goldmuster verziert wie die Jacke der Prinzessin.

»Prinzessin!«, rief er und sah aus, als würde er vor Freude fast ohnmächtig werden. Mühsam ging er in die Knie und breitete die Arme aus.

»Guten Tag, Antwon«, sagte die Prinzessin von Sparta und erwiderte seine Umarmung. »Ist meine Mama zu Hause?«

Der alte Spartaner, der Antwon hieß, nickte und richtete sich mit steifen Bewegungen wieder auf.

»Aber ja«, sagte er. »Sie ist in ihrer Kammer. Tritt ein.«

Als ihm bewusst wurde, dass die Prinzessin in Gesellschaft gekommen war, stockte er. Mit einer unsicheren Geste zeigte er auf Trine und mich.

»Ähm, und diese … Fremdlinge …?«

»Sie haben Galltrauben gegessen«, sagte die Prinzessin. »Oh, bitte Antwon, hol jemanden, der ihnen hilft. Er hier kann sterben.«

Bei den letzten Worten zeigte sie auf mich. Antwons Augen wurden immer größer. Allerdings erschreckte ihn wohl weniger die Tatsache, dass ich sterben könnte, als vielmehr der Umstand, dass ich vorläufig noch lebendig war. Aber er verbeugte sich, denn das Wort der Prinzessin war sein Gesetz. Er schloss das Tor hinter uns, legte den Querbalken vor und verschwand schlurfend in den Arkaden auf der linken Seite des Schlosshofs.

»Hier entlang«, sagte die Prinzessin und führte uns rechts herum in die Arkaden. Der Schlosshof war wunderschön. Hier wuchsen Samthortensien, Taschentuchbäume und Magnolien. Die

Beete sahen ein bisschen verwildert aus, an einigen Stellen hatte sich auf den Kieswegen schon Unkraut breitgemacht. Überall zwischen dem Grün entdeckte ich graue Statuen mit verwitterten, schwarz gewordenen Zügen. Sie stellten Spartaner mit Schwertern dar. Manchen fehlte ein Arm oder sogar beide, aber trotzdem sahen sie sehr stolz und aufrecht aus. Es gab auch einen kleinen, schlammigen Teich mit Springbrunnen. Die Brunnenfigur sah ein bisschen so aus wie die Prinzessin von Sparta. In einem hohen Bogen spuckte sie einen dünnen Wasserstrahl durch die Luft.

Die Prinzessin zog eine schwere Tür mit Eisenbeschlägen auf. Über eine Treppe gelangten wir in einen langen, dunklen Korridor, der nur von kleinen Öllämpchen beleuchtet wurde. Die Prinzessin lief eilig zur Kammer der Königin und klopfte an.

»Herein«, sagte eine Stimme.

Die Prinzessin öffnete die Tür. Die Königin saß auf einem Kissen und las. Sie trug ein langes, helles Hemd. Die Edelsteine, die sich dicht an dicht um ihren Hals schmiegten, waren groß wie Vogeleier. Als sie sah, wer gekommen war, glitt ihr das Buch aus den Pfoten und sie sprang auf. Da war es, als würde all das Hochgeborene von der Prinzessin von Sparta abfallen.

»Mama«, flüsterte sie und fiel der Königin in die Arme. »Ich habe dich vermisst.«

»Und ich habe dich vermisst«, antwortete die Königin. Ihre Stimme klang so warm und ruhig wie ein Wiegenlied. Sie streichelte ihrem Mädchen über den Kopf, küsste ihm die Stirn. Dann schaute sie neugierig zu Trine und mir.

»Mama, das sind Trine und Sasja«, sagte die Prinzessin. »Sie haben Galltrauben gegessen. Ich habe Antwon gebeten, ihnen etwas Heilendes zu holen.«

»Wie schön, euch kennenzulernen«, sagte die Königin. Sie setzte die Prinzessin ab und kam uns mit ausgestreckter Pfote entgegen. Ich wollte sie gerade begrüßen, als ein schrecklicher Krampf in mein Zwerchfell fuhr. Ich krümmte mich – und in einem einzigen Schwall erbrach ich so viel Blut, dass es einen ganzen Eimer gefüllt hätte.

»Hilfe!«, schrie Trine röchelnd. »Warum braucht der Alte denn so lange?«

Die Prinzessin rannte zur Tür.

»Antwon!«, rief sie. »Es eilt!«

Antwons mürrische Stimme rief irgendeine unverständliche Antwort. Ich merkte, wie meine Muskeln nachgaben, wie meine Knie unter dem Gewicht meines Körpers einknickten, wie mir die Luft wegblieb. Ich sackte zusammen. Das Letzte, was ich dachte, war: Nein. Nein, ich will nicht sterben. Ich will dieses Gift aus meinem Körper vertreiben, es besiegen, bezwingen. Ich will leben!

Aber die kalte Hand des Gifts drückte noch fester zu. Umklammerte mich, als wollte sie wirklich alles haben, auch noch den letzten Tropfen meines Bluts.

Ich kann mich nicht an alles erinnern, was danach geschah, doch ich erinnere mich an Stimmen, laute Stimmen, und dass jemand meinen Körper packte. Dass mir jemand den Mund aufhielt und mir etwas in den Hals kippte. Es schmeckte nach Gras.

Die Stimmen wurden leiser, als hörte ich sie vom anderen Ende eines langen Tunnels. Irgendwann verstummten sie ganz. Ich war allein in der Dunkelheit. Einer reißenden, schweigenden, endlosen Dunkelheit. Ich war nicht ängstlich. Ich war gar nichts.

Als ich wieder zu Bewusstsein kam, lag ich auf einem weichen, schimmernden Kissen am Feuer. Trine lag neben mir. Die Prinzessin von Sparta saß auf dem Schoß ihrer Mutter. Ich betrachtete das Gesicht der Königin. Ihre große schwarze Nase, ihre kniestrumpflangen Ohren, ihre hängenden Lefzen – und dann die traurigen Augen. Sie war alles zugleich. Zart und grob. Schön und abscheulich.

Sie lächelte.

»Geht es dir besser?«, fragte sie.

»Ich glaube schon«, antwortete ich. Ich tastete nach meiner Nase. Das Blut war getrocknet.

Trine setzte sich auf. Er stieß einen langen, nach Gras riechenden Rülpser aus.

»Oh, igitt«, jammerte er. »Mir ist schlecht.«

Ja, ein bisschen übel war mir auch. Mein Magen gluckerte und ich musste aufstoßen. Den vielen Krügen nach zu urteilen, die um uns herum auf dem Boden standen, hatten sie Trine und mir mehrere Liter eingeflößt.

Aber ich lebte. Ja, wirklich, ich lebte und blutete nicht mehr! Eigentlich wäre ich am liebsten aufgestanden, hätte getanzt und gejubelt, aber ich war noch zu erschöpft und auch ziemlich erschüttert.

Antwon fing an, die Krüge und die trockenen, krümeligen Korken einzusammeln. Er stellte alles auf ein großes Silbertablett.

»Danke«, sagte ich. »Für das Gegengift.«

»Gegengift«, schnaubte Antwon. »Pah.«

Die Königin lächelte wieder.

»Gegen Galltrauben gibt es kein Gegengift. Das Einzige, was wir euch geben konnten, war ein Brennnesselsud, ein sehr vitaminreiches und erfrischendes Gebräu. Ich selbst trinke auch immer ein Tässchen davon, wenn ich mich nicht in Form fühle. Aber wie man sieht, scheint es euch gut geholfen zu haben.«

Antwon hob das vollgepackte Tablett hoch.

»Gut geholfen, ja. Aber das war eine ganze Jahresration«, knurrte er und schlurfte davon.

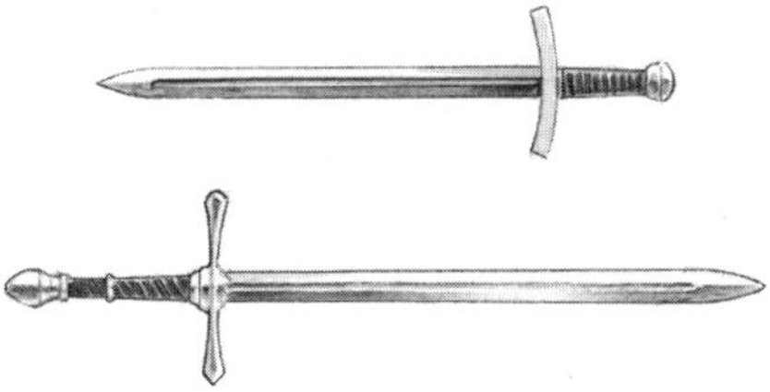

Mandelkuchen

Ich mochte die Königin von Sparta. Sie war so ruhig und still und hatte fast immer ein kleines, geheimnisvolles Lächeln im Gesicht. Nach ein paar Stunden am Feuer ging es Trine und mir so gut, dass wir Hunger bekamen, und da schickte sie Antwon los, um uns etwas zu essen zu holen.

Während wir warteten, legte ich den Kopf zurück ins Kissen, schaute an die Decke und sah dem schimmernden Tanz der Flammen zu. Ich lag in einem echten Schloss! Die Vorhänge mit ihren Goldkordeln, die Liliensträuße in den Tonkrügen, die Bücher mit ihren brüchigen Einbänden, das prächtige Himmelbett, der Toilettentisch, in dem die Königin ihre Bürsten und Juwelen aufbewahrte – alles hier war so wunderschön, dass ich Gänsehaut davon bekam.

Als Antwon zurückkam, hatte er drei Hofspartaner im Schlepptau. Sie trugen große Silbertabletts voller Köstlichkeiten: kandierte Walnüsse, rote Äpfel, Birnenkompott, Zimtzwieback und Schmalzgebäck. Und Kuchen. Sie stellten alles neben uns auf den Boden und zogen sich wieder zurück. Nur Antwon blieb bei uns. Er holte einen Fächer, der auf dem Toilettentisch der Königin lag – dann stellte er sich neben die Prinzessin von Sparta und fächelte ihr mit liebevollem Blick Luft zu.

»Die Küche hier im Rubinschloss ist einfach«, sagte die Königin. »Als ich noch in Skrim wohnte, konnte ich meinen Gästen besseres Essen anbieten als das. Aber bitte, greift zu.«

Trine und ich nahmen als Erstes jeder ein Stück von dem Kuchen, der genauso aussah wie der goldgelbe Kuchen, den die Spartaner auf dem Hügel gegessen hatten, von dem wir so gern gekostet hätten. Und ja wirklich, er war genauso lecker und süß, wie ich ihn mir vorgestellt hatte.

Trine spähte verstohlen zur Königin, die sich mit einer einzigen Walnuss begnügt hatte und so ruhig und ungestört dasaß, als wäre sie allein im Raum.

»Warum bist du umgezogen?«, fragte er.

Die Königin kaute lange, bevor sie antwortete.

»Es war meine eigene Entscheidung. Aus Protest.«

»Protest?«, fragte Trine und schnappte sich ein Schmalzgebäck. »Wogegen?«

Die Königin lächelte.

»Gegen den König von Sparta.«

»Ach ja?«

Die Prinzessin, die sich einen Apfel geholt hatte, kletterte zurück auf den Schoß ihrer Mutter. Die Königin streichelte ihr über den Kopf, während sie weitersprach.

»Der König von Sparta will, dass die Prinzessin sich königlichen Dingen widmet.«

»Und was für Dinge sind das?«, fragte Trine, den Mund voller knusprigem, öltriefendem Hefeteig.

»Nun, zum Beispiel jede Menge Hofbankette«, antwortete die Königin. »Und Bälle. Außerdem soll sie Rechnen und Schönschrift üben. Sich die Mundwinkel mit einer Stoffserviette abtupfen und eine ganze Menge anderen Unfug. Ich habe ihn immer gebeten, sie damit in Ruhe zu lassen, aber er findet, dass es die Pflicht der Prinzessin ist, sich wie eine Prinzessin zu benehmen.«

Sie streckte die Pfote nach einem Silberbecher aus, der in der Fensternische stand, und trank einen winzig kleinen Schluck. Ihr Blick wurde ernster. »Eines Tages beschloss der König, dass die Prinzessin auch die edle Kunst des Kämpfens erlernen sollte, denn nichts ist königlicher als das. Er befahl seinem Marschall Tito, sie von morgens bis abends im Schwertkampf zu unterrichten. Da habe ich meinen Hofstaat genommen und bin gegangen.«

Bei diesen Worten schluchzte Antwon vernehmlich. Er legte eine Pfote über seine alte Schnauze mit den hängenden Lefzen und versuchte, nicht zu weinen. Aber so sehr er sich auch bemühte, die Tränen kamen doch, und schon bald flossen sie in Strömen seine silbergrauen Wangen hinunter und er tat mir schrecklich leid.

Ich dachte eine Weile über all das nach, was die Königin gerade erzählt hatte.

»Was für einen Sinn hat es eigentlich, an einem Ort zu kämpfen, an dem niemand sterben kann?«, fragte ich dann.

Die Königin lächelte wieder, aber dieses Mal sah ihr Lächeln traurig aus.

»Der Kampf erfüllt auch an einem Ort wie diesem seinen Zweck«, sagte sie. »Du musst bedenken, dass der Tod dort, wo du herkommst, auch eine Erlösung sein kann. Aber hier gibt es keine Erlösung. Hier müssen wir alles Übel tapfer aushalten.«

»Wie meinst du das?«

»Ich meine«, sagte die Königin, »dass es sehr, sehr wehtut, geköpft zu werden. Und es ist schwierig, einen Kopf so wieder anzunähen, dass es hinterher gut aussieht. Der Medikus des Königs ist der größte Stümper, der mir je untergekommen ist.«

Ich schauderte, als ich es vor mir sah: einen blutigen, klebrigen Spartanerkopf und einen ebenso blutigen und klebrigen Körper – und einen Tollpatsch, der versucht, beide Teile mit hässlichen, groben Stichen zusammenzuflicken.

Die Königin trank noch einen Schluck aus ihrem Silberbecher.

»O ja, wir haben gekämpft. Nimm zum Beispiel eine feindliche Harpyre. Man kann sie nicht töten, aber man kann ihr sehr wohl den Kopf abschlagen und ihn dann verstecken. Das macht sie viel umgänglicher, das kannst du mir glauben.«

»S-sind die Harpyren eure Feinde?«, fragte ich.

»Ach was, das ist lange her«, sagte die Königin. »Ich spreche von alten Zeiten, alten Schlachten. Von Dingen, die sich vor langer Zeit zwischen den Völkern im Reich des Todes zugetragen haben, Sasja.«

Ich brach ein Stückchen vom Kuchenrand ab und steckte es mir in den Mund.

»Hast du schon mal gesehen, wie jemand geköpft wurde?«, fragte ich.

»Ich habe alles gesehen«, sagte sie mit einem Seufzen. »Aber obwohl seit den Kämpfen viel Zeit vergangen ist, hat der König beschlossen, dass Tito der Prinzessin diese Abscheulichkeiten beibringen soll, weil er meint, es wäre königlich. Ich kann das nicht akzeptieren.«

»Ja, aber ist es nicht schrecklich, von seinem Kind getrennt zu sein?«, fragte ich.

»Doch, es ist schrecklich«, antwortete die Königin. »Aber manchmal hat die große Sache Vorrang vor der kleinen.«

»Hä?«, sagte Trine.

Die Königin sah ihn mit ihren freundlichen Augen ernst an. Ihre Ohren warfen lange, schaukelnde Schatten auf ihr Gesicht.

»Manchmal, mein kleiner Hildin, muss man etwas Schreckliches tun, weil man daran glaubt, dass es zu etwas Gutem führen wird. Ich habe dem König von Sparta gesagt, dass er mit diesen Dummheiten aufhören muss. Erst dann komme ich zurück.«

Sie sah Antwon an, der immer noch mit den Tränen kämpfte, dann schaute sie wieder zu uns.

»Antwon hat die Prinzessin immer geliebt wie ein eigenes Kind.

Ich fürchte, es hat ihm das Herz gebrochen, als ich ihn mit hierhergenommen habe.«

Die Prinzessin kuschelte sich an ihre Mama. Sie tat mir leid. Sie schien sich schuldig an all diesen Dingen zu fühlen, über die wir sprachen.

»Meinst du, Papa macht sich gerade sehr große Sorgen?«, fragte sie.

Die Königin zögerte mit ihrer Antwort.

»Bestimmt sorgt er sich«, sagte sie. »Tito bekommt sicher einen ordentlichen Rüffel oder zwei, weil du ihm ausgebüxt bist. Aber du solltest dir darüber nicht zu viele Gedanken machen. Ich persönlich glaube, dass es Schicksal war, dass du Trine und Sasja begegnet bist.«

Sie schob die Prinzessin von ihrem Schoß, stand auf und legte einen Arm um Antwon.

»So, und jetzt richten wir den Kindern ein Bad her. Es wird dich doch bestimmt aufmuntern, deiner kleinen Prinzessin endlich wieder die Ohren waschen zu dürfen, nicht wahr?«

»Ja, Euer Majestät«, sagte Antwon und wischte sich die Tränen aus dem nassen Gesicht. »Verzeihung, Euer Majestät.«

»Und bereitet die Betten im blauen Gästezimmer vor«, fuhr die Königin fort. »Akilla soll die Laken holen.«

»Ja, Euer Majestät«, sagte Antwon und wirkte schon viel fröhlicher. Lächelnd öffnete er die knarrende Tür. »Ich hole ein Stück unserer besten Lavendelseife!«

»Mama, bevor ich heute Abend ins Bett gehe, möchte ich noch

ein bisschen bei dir liegen«, sagte die Prinzessin. »Und du sollst mir etwas vorsingen, so wie du es im Smaragdschloss immer getan hast. Machst du das?«

»Aber natürlich, mein Mädchen«, antwortete die Königin.

Dann verschwanden alle vier hinaus in den langen Korridor. Aber ich blieb noch, nur für einen kurzen Moment. Ich schaute zu dem großen Bett mit den dicken Samtvorhängen. Auf leisen Sohlen schlich ich hin, zog den Vorhang ein kleines Stück beiseite. Semillas Bett sah anders aus. Klein und bescheiden. Ohne Samt. Papa hatte ein paar Sterne ans Kopfende gemalt. Ich dachte daran, wie es sich angefühlt hatte, in dieses Bett zu kriechen, die Stirn an ihre Schulter zu legen, ihren Geruch einzuatmen. Die Augen zu schließen und zu wissen, dass man nichts sonst auf der Welt brauchte.

Ich streckte die Finger aus, berührte die Decke. Das helle Laken schimmerte so schön. Das Kissenband war so zart bestickt, mit Blumen und Ranken. Die Decke so voller kurzer schwarzer Haare. Ja, dachte ich und lächelte. Genauso würde es sich auch für die Prinzessin anfühlen, wenn sie ins Bett der Königin von Sparta kroch.

Das königliche Bad

Im Keller des Rubinschlosses, hinter einer rissigen Holztür, befand sich ein Becken. An jeder Ecke des Beckens stand eine dieser kleinen steinernen Spartaner-Figuren. Sie hielten Krüge in den Pfoten, als würden sie etwas ins Becken kippen. Antwon ging zu einem Pumpschwengel, fing an zu pumpen, und nachdem die vier Krüge kräftig gehustet hatten, strömte das Wasser nur so aus ihnen heraus. Akilla, Alexa und Ambrosina hatten die Öllämpchen in den Wandnischen angezündet. Das rauschende Wasser brachte die Flammen zum Flackern, Licht und Schatten tanzten durch den unterirdischen Raum.

Das Wasser wurde aus dem See, der das Schloss umgab, in den Keller gepumpt. Bevor es ins Becken floss, wurde es in den Raum nebenan geleitet und dort in einem großen Holzofen erwärmt, erklärte Antwon. Dann eilte er los, um die Lavendelseife zu holen.

Trine, die Prinzessin und ich zogen uns aus, und nun fragt man sich vielleicht, wie ein Hildin und eine Spartanerin aussehen, wenn sie keine Hose mehr anhaben. Nun, Trine sah ungefähr so aus wie ein normaler Junge und die Prinzessin sah ungefähr so aus wie ein normales Mädchen, nur mit Fell natürlich. Und am Po hatte Trine einen Ringelschwanz, aber der Schwanz der Prinzessin war gerade.

Wir sprangen in das herrlich warme Wasser. Die Königin setzte sich an den Beckenrand und schaute uns zu. Sie lachte, als Trine Wasser in die Augen bekam und anfing zu quieken, aber das war natürlich kein gemeines Lachen.

Antwon kam zurück. Er hatte einen dicken Stapel Handtücher im Arm und obendrauf lag ein Stück milchige Lavendelseife. Er machte sie nass und rieb sie so lange in den Pfoten, bis sie ordentlich schäumte. Dann wusch er der Prinzessin die Ohren und die ganze Zeit summte er dabei vor Liebe und Glück.

Die Königin nahm die Seife, die Antwon am Beckenrand abgelegt hatte. Sie schaute mich lächelnd an, streckte die Pfote aus, um mir zu zeigen, dass ich zu ihr kommen sollte, und das tat ich gerne, denn ich mochte die Königin von Sparta von Sekunde zu Sekunde lieber. Sie rieb die Seife, und als sie genug Seifenschaum in den Pfoten hatte, wusch sie mir die Haare. Die Luft war dampfig, angefüllt mit Millionen von winzigen Wassertröpfchen. Trine planschte und alberte herum, posierte, als wäre er die Brunnenfigur aus dem Schlosshof.

Rundherum an den Wänden, direkt unter der Decke, war ein Band aus Reliefs in den Stein gemeißelt. Die Darstellungen zeigten Spartaner, die aßen, tranken oder mit Schwertern kämpften, aber auch eine Menge Spartaner, die einen prachtvollen vierrädrigen Wagen zogen. Auf dem Kutschbock saß eine einsame Gestalt, aber ich hatte nur Augen für diesen Wagen. Er hatte etwas Vertrautes, etwas, das mich magisch anzog, und gleichzeitig versetzte sein Anblick mir einen schmerzhaften Stich.

Die Königin beugte sich zu mir herunter, ihre schwere Halskette streifte leise klirrend meine Schulter.

»Gefällt dir der Wagen des Todes?«, fragte sie.

»Der Wagen des Todes?«

»Aber ja«, sagte sie. »Das ist der Wagen, mit dem der Tod durch Sparta reist, wenn er jemanden auf der anderen Seite abgeholt hat. Der Wagen, der von sechzehn Spartanern gezogen wird.«

»Du meinst, wenn man gestorben ist, dann darf man zuerst auf dem Schiff fahren, das von den Hildinern gerudert wird, und dann …«

»… dann geht man in Hyrn von Bord. Am Nordtor des Dorfes führt eine Brücke nach Sparta, wo schon der Wagen wartet, in dem der Tod und seine Begleiter ihre Reise fortsetzen. Er ist schön, nicht wahr?«

Ich nickte und schaute wieder zu dem Steinbild. Ja, dieser Wagen war schön!

»Aber du, Sasja«, sagte die Königin, während sie meine verfilzten Haare mit den Krallen kämmte, »du bist auf eigene Faust hierhergekommen. Sag, was führt einen Menschenjungen wie dich in die ewigen Breitengrade?«

Sie hatte leise gesprochen, aber die anderen hatten sie wohl trotzdem gehört, denn nun schauten auch Antwon und die Prinzessin zu mir herüber – und ich weiß nicht so richtig, wie ich ihre Blicke beschreiben soll. Sie waren neugierig und ein bisschen ängstlich zugleich, glaube ich. Auf einmal kam ich mir dumm vor. Als wäre ich ungebeten hereingeplatzt. Vielleicht fanden sie mich unhöflich?

»Hat der Tod dir jemanden genommen?«, fragte die Königin.

Ich nickte.

»Semilla … Ich meine … meine Mama«, antwortete ich. »Er hat meine Mama mitgenommen.«

»Und nun möchtest du sie zurückholen?«, fragte die Königin.

»Ja. Meinst du, das geht?«

Sie sah mich lange an und dachte nach.

»Ich habe noch nie gehört, dass das jemandem gelungen wäre«, sagte sie dann. »Aber andererseits habe ich auch noch nie gehört, dass es jemand versucht hätte.«

Ohne Vorwarnung legte sie ihre Pfote auf meinen Kopf und drückte mich unter Wasser. Prustend und hustend tauchte ich wieder auf, aber da rubbelte sie meine gewaschenen Haare schon mit einem Handtuch trocken, und als ich blinzelnd die Augen aufmachte, sah ich direkt in diesen schönen, gütigen Königinnenblick.

»Nichts gegen den Tod«, flüsterte sie. »Aber unter uns gesagt, ist er besser mit Vorsicht zu genießen.«

Ich schaute wieder zu dem Relief, zu dem Wagen, der so schön war, dass ich Gänsehaut bekam.

»Ist er das?«, fragte ich und zeigte auf die Gestalt auf dem Kutschbock.

»Nicht doch«, antwortete die Königin. »Das ist Karo, der Kutscher des Todes. Er ist ein guter Freund von mir. Ich erwarte ihn heute Abend hier im Schloss.«

»Heute Abend?«, sagte ich und mein Herz machte einen kleinen Satz. »Heißt das, der *Wagen* kommt heute Abend hierher?«

Sie lachte.

»Aber ja«, sagte sie. »Allerdings erst sehr spät, so wie ich Karo kenne. Da werdet ihr drei längst in euren Betten liegen. Und das ist auch gut so, denn der alte Kutscher würde sicher nicht ruhig bleiben, wenn er wüsste, dass ein Mensch im Schloss ist.«

Sie legte das nasse, zerknüllte Leinenhandtuch neben sich auf den Beckenrand und sah Trine an.

»Na, mein kleiner Hildin?«, sagte sie – und das bedeutete, dass er jetzt an der Reihe war, Bekanntschaft mit der Lavendelseife zu machen. Er watete zum Beckenrand und die Königin schäumte seinen borstigen rosa Körper ein – Antwon dagegen hatte die ganze Zeit nur Augen für die Prinzessin.

»Seht doch«, jubelte er glücklich, während er noch mehr Seifenwasser aus ihren langen Ohren wrang. »Jetzt ist alles fast wieder so wie früher!«

Die Königin legte den Kopf in den Nacken und lachte ein perlendes Lachen, das von Wand zu Wand durch den dampfigen Steinsaal hallte.

»Ich frage mich, ob es hier je wieder so sein wird wie vor deinem Besuch, Sasja«, sagte sie dann. »Der Tod wird überrascht sein, wenn er dir begegnet, da bin ich mir sicher.«

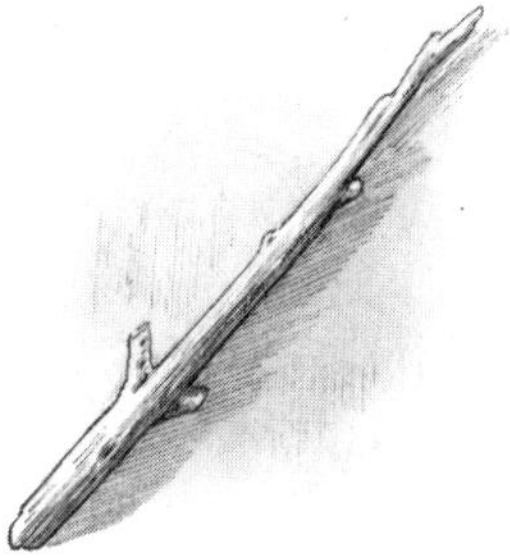

Ein neues Schwert für die Prinzessin

Oh, wie schön es war, im Rubinschloss zu sein, sauber geschrubbt und mit sattem Magen. Nachdem wir gebadet hatten, bekam jeder von uns einen Bademantel geliehen und dann führte Alexa die Prinzessin, Trine und mich zu unserem Gästezimmer.

»Ich habe gehört, dass die Betten in Sparta ziemlich unbequem sein sollen«, flüsterte Trine mir zu, als wir den Flur hinuntergingen, der an den Gemächern der Königin vorbeiführte. »Ich meine, ich will dich nur darauf vorbereiten, dass du heute Nacht furchtbar schlecht schlafen wirst.«

»Danke«, antwortete ich. »Das ist nett von dir.«

Kurz darauf traten wir in einen Raum, dessen Wände mit einem bläulich schimmernden Stoff tapeziert waren. Im Kamin brannte schon Feuer. Die Betten hatten blaue Tagesdecken und kreuz und quer auf den breiten Bodendielen lagen blau geblümte Teppiche. Auf dem Tisch stand ein Strauß Pfingstrosen. Sie sahen genauso aus wie die Pfingstrosen bei uns im Garten, von denen Papa ab und zu ein paar Blüten abgeknipst hatte, um sie Semilla ans Bett zu stellen. Alexa zog sich auf leisen Pfoten zurück.

Mit misstrauischer Miene ging Trine zu einem der Betten, drückte ein wenig auf der Matratze herum und sagte dann:

»Hart wie Stein.«

»Ich finde es eigentlich ganz bequem«, sagte ich, nachdem ich mich probehalber auf dem mittleren Bett ausgestreckt hatte.

An den Fußenden lagen unsere Kleider, frisch gewaschen und gebügelt. Wir zogen uns schnell an, nur Trine nahm sich sehr viel Zeit, um seinen Gürtel so anzulegen, dass das Stockschwert an der richtigen Stelle saß. Die Prinzessin beobachtete ihn eine Weile, dann schaute sie zu ihrem eigenen Schwert auf dem Bett. Sie zog es aus der Scheide. Es war blank poliert. Die Klinge glänzte wie Silber und die Edelsteine am Heft funkelten in allen Farben.

»Wollen wir spielen?«, fragte sie Trine.

Trine warf einen kurzen Blick auf ihr Schwert.

»Nein danke«, murmelte er und widmete sich wieder seinem Gürtel und dem Stock. Die Abendsonne vor dem Fenster glühte orange.

»Und was ist mit dir?«, fragte die Prinzessin mich.

Ich zuckte mit den Schultern.

»Tja …«

»Sag Nein, Sasja«, sagte Trine.

»Warum denn?«, fragte ich.

»Warum? Weil das unfair wäre!«, antwortete Trine.

»Warum wäre das unfair?«, fragte die Prinzessin.

Trine verdrehte die Augen und schnaubte, als müsse sie das eigentlich am besten wissen.

»Weil du ein echtes Schwert hast, natürlich!«, sagte er und zupfte dabei fast schon übertrieben sorgfältig an seinem Gürtel und dem Stock herum.

»Du hast doch selbst gesagt, dass es kein richtiges Schwert ist«, sagte sie.

»Was?«

»Du hast gesagt, dass es kein richtiges Schwert ist, weil es nicht scharf ist«, sagte die Prinzessin.

»Ja, stimmt«, sagte Trine. »Aber trotzdem.«

»Also … willst du nun mit mir spielen, ja oder nein?«, fragte sie.

»Nein«, sagte Trine. »Und Sasja auch nicht, weil das nämlich nicht gerecht wäre. Weil wir *Stöcke* haben.«

Mit hängendem Kopf betrachtete die Prinzessin das Schwert in ihren Pfoten, als wäre es ihr Feind. Einen Augenblick später ging sie aus dem Zimmer.

»Ich glaube, sie ist traurig«, sagte ich.

Trines Wangen färbten sich dunkelrot.

»Traurig?«, sagte er und hörte endlich auf, an seinem Gürtel herumzunesteln. »Sie?«

»Ich nehme an, dass sie vielleicht nicht so oft spielen darf. Also, ich meine zu Hause bei ihrem Vater«, sagte ich.

»Ja und?«, murrte Trine und versuchte, unbeteiligt zu wirken, aber ich konnte ihm ansehen, dass ihm die ganze Sache doch unangenehm war. Er schaute sich um und seufzte. »Na ja«, sagte er. »Eine Nacht lässt es sich in dieser Rumpelkammer wohl aushalten.«

»Tja, es bleibt uns ja nichts anderes übrig«, antwortete ich und lachte, denn ich konnte natürlich sehen, dass Trine das Rubinschloss in Wirklichkeit gar nicht so übel fand.

Wir gingen zu dem hohen schmalen Fenster und schauten hinaus. Wie eine glänzende Scheibe lag der Seerosenteich unter uns und auch die Nebelheide sah in dem flammenden Sonnenuntergang wunderschön aus. Goldgelb wie ein Mandelkuchen. Kein Baum weit und breit. Nur Moos, Heidekraut und Büsche. Und irgendwo in der Ferne ein Feld aus roten Beeren, die ein klein wenig bitter schmeckten.

»Ich bin so froh«, sagte ich.

Trine sah mich an.

»Worüber?«

»Dass ich nicht gestorben bin.«

»An den Galltrauben?«

Ich nickte.

»Ich muss immer wieder daran denken, wie knapp es gewesen ist«, sagte ich.

Trine tätschelte mir die Schulter.

»Manchmal hat man ganz einfach Glück«, sagte er. »Denk nicht mehr darüber nach. Jetzt sind wir ja hier. Ich meine, es gibt zwar einladendere Orte, aber wir Hildiner sind nicht fürs Jammern bekannt.«

Im nächsten Augenblick stieß er ein schrilles, lautes »Auaaa!« aus.

Er drehte sich um und starrte mit gequältem Gesicht die Prinzessin von Sparta an, die hinter ihm aufgetaucht war. In der Pfote hielt sie den Stock, den sie ihm gerade in den Po gepikt hatte.

»Spiel mit mir!«, sagte sie.

Trine schnitt eine Grimasse und rieb sich den Hintern.

»Wo ist dein Schwert?«, fragte er stöhnend.

»Hier«, sagte die Prinzessin und hob ihren Stock, um Trine den nächsten Stich zu versetzen. Er schaffte es gerade noch rechtzeitig, ihrem Angriff auszuweichen.

»Ich meine dein richti... das andere!«, fauchte er.

»Das hat Antwon für mich zerschlagen!«, antwortete die Prinzessin.

»Was?! Bist du völlig ...? Wie kannst du so etwas machen? Ich fasse es nicht!«, wimmerte Trine verzweifelt. Ich dachte wirklich, er würde gleich anfangen zu weinen.

Die Prinzessin schwang ihren Stock.

»Spiel mit mir«, sagte sie ruhig.

»Wir haben gerade den Sonnenuntergang bewun-au!«, quiekte Trine, denn dieses Mal hatte ihm die Prinzessin den Stock in den Bauch gebohrt.

Da lachte ich und rannte los, um mein Stockschwert zu holen. Und dann kämpften wir!

Ich war ein Hildin und die Prinzessin ein König. Trine war eine Weile der Tod, aber dann wollte er auch ein König sein und da war die Prinzessin eine wütende Harpyre. Ein bisschen später war ich dann die wütende Harpyre, bis mir einfiel, dass ich lieber eine Prinzessin sein wollte, und da war die Prinzessin ein Kind, das von der anderen Seite gekommen war, und danach waren wir alle der Tod.

Die sorgsam gemachten Betten waren schon bald zerwühlt, Decken und Kissen flogen auf dem Boden herum und es dauerte nicht lange, da landeten auch die Matratzen auf den Dielen. Die Prinzessin von Sparta kämpfte so unglaublich viel besser als Trine und ich, das ließ sich einfach nicht leugnen. Aber es machte trotzdem Spaß. Ja, oh, ich hatte solchen Spaß, als ich im Reich des Todes spielte!

Der Wagen

Erschöpft von dem langen Tag waren Trine und die Prinzessin in ihren Betten eingeschlafen, aber zuvor hatte die Prinzessin natürlich erst noch ein bisschen im Bett der Königin gelegen und ein Lied vorgesungen bekommen. In dem blauen Gästezimmer waren alle Öllämpchen bis auf eines gelöscht. Draußen vor dem Fenster badete die Nebelheide im funkelnden Sternenlicht. Es war seltsam, dachte ich, wie groß die Sterne hier waren – wie tausend weiße Sonnen. Ich lag auf der Seite und betrachtete die Prinzessin von Sparta. Ihre lustige Nase, die hängenden Lefzen, den halb geöffneten Mund. Sie schnarchte. Ich legte mich auf die andere Seite und schaute zu Trine. Die Ohren wie gebogene Fliederblätter, der kleine Rüssel, der aussah wie ein Schornstein. Es kam mir vor, als hätte ich die beiden schon immer gekannt.

Ich drehte mich auf den Rücken. Natürlich hätte ich genauso

müde sein müssen wie Trine und die Prinzessin und natürlich hätte ich genau wie sie längst schlafen sollen. Aber etwas hielt mich wach. Mein Herz klopfte unruhig, meine Hände waren kalt und trotzdem schwitzte ich. Dieser Wagen. Ich konnte nicht aufhören, daran zu denken. So, als würde ich *wissen*, dass er gekommen war, dass er draußen vor dem Schloss stand. Ja, ich konnte ihn spüren. Und er spürte, dass ich hier war! Er sehnte sich genauso nach mir wie ich mich nach ihm!

Ich strampelte die Decke weg und stand auf. Die Bodendielen fühlten sich kühl an unter meinen nackten Füßen. Leise, ganz leise schlich ich zur Tür und öffnete sie.

Der Flur wurde von unzähligen Öllampen erhellt, die wie eine Perlenkette aus Flammen in einer langen Reihe an der Wand hingen. Die Tür zur Kammer der Königin war nur angelehnt. Ich glaubte, Stimmen dort drinnen zu hören, aber ich blieb nicht stehen, um zu lauschen, sondern huschte die Treppe hinunter. Die Bäume und Pflanzen im Schlosshof schliefen. Nur die Steinfigur im Brunnenbecken war noch wach, stand auf einem Bein, ewig plätschernd. Am Westflügel, vor der Tür, die in die Küche führte, stand ein Grüppchen Spartaner. Sie unterhielten sich laut und aßen. Sie trugen einfache, helle Kleidung. Ein strenger Geruch von nassem Hund wehte von ihnen herüber. Ja, genauso roch es, wenn Papa nach ein paar Stunden mit Ninni und den anderen aus dem Wald zurückkam!

Dann stand ich am Tor. Mein Herz klopfte noch heftiger, als ich den Querbalken anhob und ihn vorsichtig an die Wand lehnte. Dann schob ich das Tor auf.

Auf der anderen Seite des Schlossgrabens stand der Wagen. Er leuchtete so hell im Licht der Sterne, dass ich fast die Augen zukneifen musste, weil ich so geblendet war. Sofort war dasselbe Gefühl wieder da, das ich schon im Hafen von Hyrn gehabt hatte. Das Gefühl, weinen zu wollen und zugleich getröstet zu werden. Zitternd ging ich über die schmale Zugbrücke, und als ich angekommen war, legte ich meine Hand auf eines der großen goldenen Räder. Ein blutrotes Verdeck schützte den Platz des Kutschers und eine Sitzbank mit bestickten Kissen. Die Deichseln waren übersät mit Edelsteinen in allen erdenklichen Farben. Auf beiden Seiten des Kutschbocks waren Laternen angebracht, deren Schirm aus feinem, dünnem Glas bestand. Jetzt brannten sie nicht, aber oh, wie herrlich musste es sein, nachts über die Heide zu wirbeln, während diese beiden Lampen wie zwei gelbe Augen leuchteten.

»Sasja?«

Erschrocken drehte ich mich um. Die Königin von Sparta war hinter mir aufgetaucht. Sie sah nicht böse aus, aber sie lächelte auch nicht wie sonst.

»Entschuldigung«, sagte ich.

»Ich wollte dir nicht nachspionieren«, sagte sie. »Ich habe nur gesehen, dass du an meiner Kammer vorbeigegangen bist, und … ich glaube, ich wollte einfach nachsehen, ob alles in Ordnung ist. Es ist eine Ehre, einen Gast wie dich im Schloss zu haben, aber auch etwas ungewohnt.«

»Das verstehe ich«, antwortete ich und fühlte mich wieder ein bisschen unhöflich.

Für einen Moment standen wir schweigend da. Die Königin seufzte leise.

»Sasja«, sagte sie. »Eines Tages wirst auch du in den Wagen des Todes steigen. Aber dieser Tag ist noch nicht gekommen.«

»Er ist so wunderschön, dass ich es kaum aushalten kann«, antwortete ich flüsternd. »Und er *riecht* sogar gut! Wie kann das sein?«

Die Königin lachte, aber nur ganz kurz.

»Nun, das Verdeck wird nach jeder Fahrt mit Rosenwasser gewaschen.«

»Mit Rosenwasser?«, fragte ich. »Warum denn?«

»Der Stoff ist so empfindlich, dass man ihn nicht anders waschen kann«, erklärte die Königin. »Gewöhnliches Brunnenwasser würde ihn zerstören. In Skrim, wo das Smaragdschloss steht, gibt es eine Destillerie und riesige Ländereien mit Rosenfeldern, nur für den Wagen. Dort duftet es herrlich.«

Ich schaute wieder zum Wagen, zu der Sitzbank mit den bestickten Kissen.

»Kannst du dich noch daran erinnern, wie es war, als DU die Reise machen durftest?«

Sie schüttelte den Kopf, sodass ihre langen samtigen Ohren schaukelten.

»Du kannst dir nicht vorstellen, wie lange ich schon die Königin von Sparta bin. Aber du weißt, dass du an einem Ort bist, an dem es kein Ende gibt, nicht wahr?«

»Dann bist du also alt?«

»Ich bin eins mit der Zeit«, antwortete die Königin. »Genau wie die Prinzessin. Und Antwon.«

»Ja, aber Antwon sieht man ja an, dass er alt ist«, sagte ich. »Dir nicht. Und der Prinzessin schon gar nicht. Wie kann das sein?«

»Ich weiß nur eins«, sagte die Königin und legte mir eine Pfote auf die Schulter. »Der Tod ist der Einzige, der unsere Hülle öffnen kann. Und aus unserer Hülle nimmt er die Person heraus, die wir sind.« Sie fühlte sich schwer an, diese Pfote. Als hätte sie einen Kern aus Gold. »Wer mag wohl in dir wohnen?«, fragte sie. »Ein uralter, weiser Harpyr? Oder eine Prinzessin, die am liebsten den ganzen Tag spielen würde?«

Ich zuckte mit den Schultern und ich glaube, ich wurde ein bisschen rot.

»Eines Tages werden wir es erfahren«, sagte die Königin. »Und wenn du den Wagen des Todes schön findest, dann verspreche ich dir, dass seine geflügelte Sänfte dir den Atem rauben wird.«

»Seine was?«

Die Augen der Königin leuchteten auf.

»Der Wagen kann nicht den ganzen Weg bis zum Haus des Todes fahren«, sagte sie. »Das Hresagebirge ist zu hoch. Acht Harpyren fliegen den Tod und seinen Begleiter in einer Sänfte das letzte Stück. Und diese Sänfte ist etwas ganz Besonderes.«

»Trine hat erzählt, dass das Haus des Todes auf einer Landzunge steht«, sagte ich. »Wäre es denn nicht einfacher, wenn die Hildiner mit dem Schiff direkt dorthin rudern würden? Ich meine … das würde doch vielleicht ein bisschen schneller gehen?«

»Nun ja, ich könnte mir vorstellen, dass der Tod sich darüber freuen würde«, antwortete die Königin. »Diese langen Reisen sind auf Dauer ziemlich anstrengend. Aber die Strömungen vor unserer Küste sind tückisch. In unserem ganzen großen Reich sind die Strände von Hilde die einzigen, denen man sich mit dem Schiff nähern kann. Ich glaube sogar, dass die Hildiner einmal versucht haben, vor der nördlichen Landzunge zu ankern, aber bei dem Manöver wären sie wohl beinahe gesunken. Eine peinliche Geschichte für Kapitän Tvefot.«

Eine Windböe kräuselte die Wasserfläche des Schlossgrabens. Ich fröstelte plötzlich, ich weiß nicht, ob es an der kühlen Nachtluft lag oder an etwas anderem. Vielleicht war es auch der Gedanke, was aus mir geworden wäre, wenn Palmgrens Boot nicht in Hilde gestrandet wäre, sondern in einem anderen Teil des Reichs.

Wir gingen wieder ins Schloss. Unter dem Tor drehte ich mich um. Ich schaute zurück und ich glaubte zu hören, wie der Wagen mich fragte: »Musst du wirklich schon gehen?«

Die Königin schloss das Tor und legte den Querbalken vor. Das Lachen und Lärmen der verschwitzten Spartaner hallte immer noch über den Hof.

»Das sind die Zieher«, erklärte die Königin. »Ich sorge immer dafür, dass sie etwas Gutes zu essen und zu trinken bekommen, wenn sie hier sind. Es ist eine große Verantwortung, den Wagen zu ziehen.« Sie streichelte mir über den Kopf. »Dir ist sicher längst klar, dass einer wie du starke Gefühle auslösen kann. Deshalb husch zurück ins Bett mit dir, bevor dich noch jemand sieht.«

Ich nickte und wollte gerade zur Treppe laufen, die nach oben führte, als jemand rief:

»Lobelia? Wo steckst du denn? Wenn du mich so lange allein am Feuer sitzen lässt, dann glaube ich ja, dass dir meine Gesellschaft ni…«

Der Spartaner, der in den Arkaden näher kam, verstummte schlagartig, als er uns sah. Er war alt, aber nicht so gebrechlich wie Antwon. Nein, dieser Spartaner war groß und kraftvoll, mit grauen Haaren rund um die Augen in dem ansonsten schwarzen Gesicht. Er trug einen langen schwarzen Mantel und einen blutroten Umhang. Es war Karo, der Kutscher.

»Was hat das zu bedeuten?«, fragte er aufgebracht und starrte abwechselnd die Königin an und mich.

Die Königin holte tief Luft.

»Ich glaube, am besten gehen wir in meine Kammer. Alle drei.«

Der Kutscher des Todes

Als wir in der Kammer der Königin waren, schloss sie die Tür hinter uns.

»Setzt euch«, sagte sie und nickte zu zwei Lehnstühlen, die vor dem offenen Kamin standen. Die Stuhlbeine waren mit Schnitzereien verziert; sie sahen aus, als stünden sie auf Spartaner-Pfoten. Ich gehorchte sofort und entschied mich für den hinteren der beiden Stühle.

»Karo, du auch«, sagte die Königin. Ihr Ton war vielleicht nicht wirklich streng, aber doch sehr bestimmt.

Der Spartaner mit dem blutroten Umhang wirkte sehr widerwillig. Sein Blick jagte mir eiskalte Schauer über den Rücken. Nein, er mochte mich nicht, so viel war klar. Aber die Königin forderte ihn noch einmal auf, sich hinzusetzen, und schließlich fügte er sich. Sie holte einen dritten Stuhl, einen, der viel schlichter war als die beiden Lehnstühle, und stellte ihn so hin, dass er genau gegenüber von uns stand. Dann setzte sie sich.

»Karo, das ist Sasja«, sagte sie.

Karo schwieg.

»Wie du siehst, ist er ein Junge, der von der anderen Seite zu uns gekommen ist«, fuhr die Königin fort. »Ein Menschenjunge.«

Noch immer kein Wort von Karo.

»Er will seine Mutter zurückholen.«

»Ausgeschlossen!«, sagte Karo so ungehalten, dass die Spucke flog. »Ganz und gar ausgeschlossen!«

»Wieso ist das ausgeschlossen?«, fragte sie.

»Willst du ihn etwa dazu ermuntern? Ich weiß ja, dass du in vielen Dingen einen eigenen Kopf hast, aber das hier …« Er schüttelte den Kopf. »Das hätte ich nicht von dir gedacht.«

Die Königin legte ihre schwere Pfote auf mein Knie.

»Karo kommt ab und zu vorbei, um mich zu besuchen«, sagte sie und schaute den Kutscher an. »Wir haben schon viele Nächte zusammen hier am Feuer gesessen.«

Ich war mir nicht sicher, ob ich etwas dazu sagen sollte, aber ich entschied mich dafür, nur zu nicken. Die Königin lächelte, ohne Karo auch nur eine Sekunde aus den Augen zu lassen.

»Doch ich ahne natürlich schon lange, dass Karo im Auftrag des Königs kommt«, sagte sie.

»Ich komme, um eine Freundin zu treffen«, sagte Karo.

»Selbstverständlich«, sagte die Königin. »Aber der König weiß, dass du mich besuchst.«

»Er bittet mich lediglich darum, etwas auszurichten«, antwortete Karo.

»Jedes Mal dasselbe«, sagte die Königin und nickte.

»Ja«, sagte Karo. »Dein Platz ist im ...«

»Smaragdschloss. Ich weiß.«

Karo knurrte leise und schaute ins Feuer.

»Der König kennt meine Bedingung«, sagte die Königin. »Ich komme zurück, sobald er Vernunft angenommen hat. Wer ein Kind von morgens bis abends Schwertkampf üben lässt, der hat jedes Maß verloren.«

»Der König möchte der Prinzessin zeigen, dass sie ernst genommen wird. Ich denke, das weiß sie zu schätzen.«

»Ach ja?«, sagte die Königin. »Ist sie deshalb weggelaufen?«

»Weggelaufen?«, fragte Karo. »Was meinst du damit?«

»Ich meine damit, dass sie hier ist, dass sie heute zusammen mit Sasja und einem von Kapitän Tvefots Söhnen hier aufgetaucht ist.«

Karo stieß gleich eine ganze Reihe bestürzter Laute aus.

»Ich kann nicht glauben, was ich da höre!«

»Ach, Unsinn, das ist doch nun wirklich nicht schwer zu begreifen«, sagte die Königin. »Sie ist nicht für diese Dinge geschaffen, die ihr Vater ihr aufzwingt.«

»Trotzdem. Er ist der König. Und der Tod will, dass du an seiner Seite stehst«, sagte Karo.

»Hat der Tod das gesagt?«, fragte die Königin ungläubig.

»Der Tod hat euch zusammengeführt!«

»Das ist nicht dasselbe. So viel, wie wir uns gestritten haben, ist es so für alle am besten.«

»Jetzt sag mir nicht, dass du Acastus nicht liebst. Der Tod ist schließlich kein Dummkopf.«

Die Königin blickte zu Boden.

»Ich liebe ihn sehr«, sagte sie, »aber *Acastus* ist ein Dummkopf. Und mein Umzug hierher wird ihm dabei helfen, ein kleinerer Dummkopf zu werden. So gesehen wusste der Tod sehr wohl, was er tat, als er mich zu Acastus' Königin auserkoren hat.«

»Heißt das«, fragte ich, »dass der Tod das alles entscheidet?«

Die Königin sah mich an, so funkelnd, wie nur sie es konnte.

»O ja«, antwortete sie. »Der Tod erschafft uns, nicht wahr? Er macht uns und er studiert uns.«

»Wie geht das?«

»Er holt uns aus unserer Hülle, er lädt uns ein, serviert uns Kuchen ... Und wenn das Fest vorbei ist, dann weiß er es.«

»Was weiß er dann?«

»Wer wir sind.« Sie lächelte. »Es ist tausend und abertausend Jahre her, dass er mit der Prinzessin an unser Tor geklopft hat. Wenn du wüsstest, wie sehr wir auf ein Kind gewartet haben.«

»Also *macht* er die Familien?«

»Aber ja. Plötzlich, eines Tages, kommst du nach Hause – ja, du warst vielleicht nur am Brunnen, um Wasser zu holen – und es sitzt jemand auf deiner Treppe. Vielleicht eine kleine Schwester? Oder ein großer Bruder. Oder eine Mama, die du nie hattest, auf die du aber immerzu gewartet hast.«

Ich saß eine ganze Weile sprachlos da. Es war so merkwürdig, dass man sich im Reich des Todes nicht nach denen sehnte, die man verloren hatte – sondern nach denen, die noch nicht gekommen waren.

»Aber ist es nicht komisch, wenn man einfach so eine Mama bekommt?«, fragte ich. »Was ist denn, wenn man sie nicht mag?«

»Soweit ich weiß, kann man sich seine Eltern auf deiner Seite auch nicht aussuchen«, antwortete die Königin. Sie wandte sich an Karo. »Du kannst dem König ausrichten, dass er sich selbst um seine Angelegenheiten kümmern soll. So viele Tagesmärsche sind es ja nicht von Skrim zum Rubinschloss.«

»Weißt du, ich glaube, er ist wirklich zu verletzt, um hierherzukommen«, sagte Karo.

Dann wurde es still. Karo starrte ins Feuer. Aber auf einmal hob er den Kopf und durchbohrte mich mit seinem düsteren, strengen Blick.

»Willst du ihm etwas antun?«

»W-wem?«, fragte ich.

»Wem schon, dem Tod natürlich!«

»Oh, nein!«, antwortete ich. »Auf keinen Fall.«

Karo brummte, schaute wieder ins Feuer.

Ich versuchte, die Trockenheit im Mund herunterzuschlucken. Obwohl ich Angst vor ihm hatte, spürte ich, dass ich ihn etwas fragen musste.

»Meine Mama«, sagte ich. »Hast du sie durch Sparta gefahren?«

»Wenn unser Herr Tod sie geholt hat, dann werde ich das vermutlich gemacht haben«, antwortete Karo.

»Es ist erst ein paar Nächte her«, entgegnete ich aufgeregt. »Ich würde gern wissen … kannst du mir etwas von ihr erzählen? Ich meine, hast du gesehen, wie sie aussah?«

Karo schnaubte.

»Ich bekomme sie nie zu sehen. Solange man in dieses Tuch gewickelt ist, gehört man nur dem Tod. Aber wenn du sie entführen willst, dann wirst du schon erfahren, wie sie aussieht. Allerdings würde *ich* gern wissen, wie das gehen soll, wenn du ihm nichts antun willst.«

»Na ja …«, sagte ich. »Ich dachte mir, ich könnte ihn vielleicht überlisten. Irgendwie.«

Karo antwortete nicht, sondern sah mich nur ungerührt an.

»Karo«, sagte die Königin. »Wenn jemand versteht, wie schlimm es für eine Mutter und ihr Kind ist, voneinander getrennt zu sein, dann bin ich das. Ich will, dass wir ihn lassen. Er soll es versuchen. Und ich will …« Sie unterbrach sich und schaute zu mir. »Ich will, dass du die Prinzessin fragst, ob sie Lust hat, dich zu begleiten.«

»Gern«, antwortete ich. Es gab nicht viel mehr zu sagen, wenn die Königin von Sparta einen um etwas bat, fand ich. Aber Karo schnaubte schon wieder.

»Wenn der König das erfährt, dann wird ihm das nicht gefallen, das kann ich dir garantieren.«

»Das ist mir bewusst«, antwortete die Königin mit fester Stimme. »Aber du wirst mir versprechen, ihm nichts zu erzählen.«

Karo schüttelte den Kopf.

»Das ist ziemlich viel, was du da von mir verlangst. Ich soll den König von Sparta hintergehen, während sein eigenes Kind sich mit einem Hildin und einem Menschenjungen zusammentut, um beim Tod alles durcheinanderzubringen.«

Die Königin wandte sich wieder an mich.

»Ihr habt heute gespielt?«, sagte sie.

»Woher weißt du das?«, fragte ich.

Sie lachte.

»Sasja, das ganze Schloss hat den Kampf mit angehört. Aber du sollst wissen, dass wir uns darüber gefreut haben. Es ist lange her, dass die Prinzessin von Sparta so viel Spaß hatte.«

Ich wurde rot, ich weiß gar nicht so richtig, warum. Wahrscheinlich, weil ich gar nicht gemerkt hatte, wie laut wir gewesen waren.

Karo erhob sich aus dem Lehnstuhl.

»Es ist Zeit für mich zu gehen«, sagte er. »Meine Meute liegt sonst schlafend in den Beeten, wenn ich noch länger bleibe.«

»Erst musst du mir dein Wort geben«, sagte die Königin und stand ebenfalls auf. »Wenn du mein Freund bist, dann tust du das.«

»Darf ich Euer Majestät etwas fragen?«, sagte der Kutscher und seine Stimme klang listig. »Wenn es dir so sehr widerstrebt, dass die Prinzessin kämpfen lernt, warum wünschst du dir dann so sehr, dass sie kämpfen *spielt*?«

Die Königin dachte darüber nach, nur ganz kurz, dann antwortete sie:

»Aus einem Spiel geht jeder als Sieger hervor. Ist es nicht so, Karo?«

Karo zögerte ein paar Sekunden. Ein paar lange, fast endlose Sekunden, während das Holz im Feuer knackte und die Flammen in seinen Augen tanzten. Dann seufzte er.

»Nun denn. Du hast mein Wort.«

Was dem Tod gehört

Ich kann mich nicht erinnern, schon mal jemanden gesehen zu haben, der so glücklich war wie die Prinzessin, als ich sie fragte, ob sie uns zum Tod begleiten wolle. Trine murrte natürlich, aber er sagte, solange sie nicht auf die Idee käme, alles bestimmen zu wollen, hätte er nichts dagegen, dass sie mitkam. Und die Prinzessin versprach, dass sie so wenig wie möglich bestimmen würde.

Später saßen wir zusammen in der Küche und frühstückten mit der Königin. In der Schlossküche war es warm und sehr gemütlich, wie ich fand. Von der Decke hingen Zwiebelzöpfe und Kräutersträuße und es duftete nach frischem Brot. In den Regalen standen Krüge, Seidel und hübsche Silberbecher. Ich zählte ganze fünf gemauerte Herde und in dreien davon brannte Feuer und sorgte dafür, dass es so warm war.

Ambrosina und Akilla hatten Wacholdertee gekocht und Brot,

Haselnusscreme und Hagebuttenmarmelade für uns auf den Tisch gestellt. Alexa war losgegangen, um einen Rucksack für die Prinzessin zu packen.

Die Königin nippte an ihrem Tee. Der dünne, weiße Dampf ringelte sich tanzend um ihre Nase.

»Glaubst du wirklich, dass Karo sein Versprechen hält?«, fragte ich. »Ich meine, was ist, wenn er dem König doch alles erzählt?«

Die Königin stellte ihren Becher ab.

»Karo bricht niemals ein Versprechen«, sagte sie. »Das ist der Grund, warum er so gründlich darüber nachdenkt, bevor er jemandem sein Wort gibt.« Sie nahm meine Hand. »Mach dir keine Sorgen, Sasja. Niemand wird dem König von dir und deinen Plänen berichten.«

Antwon schlurfte auf seinen alten, steifen Pfoten heran. Er war bester Laune.

»Soso«, sagte er und schaute zu unserem gepackten Sack. »Ihr seid schon zum Aufbruch bereit? Na, ich hoffe, die Galltrauben haben keine Folgen hinterlassen. Ihr werdet eure ganze Kraft brauchen, wenn ihr nach Harpyrien kommen wollt.« Er schauderte. »Hu, die Kletterei wird kein Vergnügen. Habt ihr denn vernünftige Kleidung dabei?«

»Die Königin hat Jacken und dicke Strohschuhe für uns bringen lassen«, sagte ich und nickte zu unserem Sack.

»Sehr gut, sehr gut«, sagte Antwon. »Der Schnee im Hresagebirge ist tief. Mehrere Meter! Ich kenne einen alten Harpyr, der zwölf Jahre unter der Schneedecke lag. Es hat ganz schön lange gedauert, ihn aufzutauen, nachdem sie ihn gefunden hatten. Ich glaube, er schnattert immer noch.«

»Genug davon«, sagte die Königin. »Wir wollen doch niemandem Angst einjagen, Antwon.«

»Ach, ach, ach, ich sage doch nur, wie es ist«, brummte der alte Spartaner und schlurfte zu dem großen Kessel, in dem der Wacholdertee köchelte. Er schöpfte sich eine Tasse voll heraus, pustete und trank einen kleinen Schluck.

»Und wenn ihr den schmalen, unwegsamen Bergpfad zum Dreifelsgipfel hinaufsteigt, dann passt ja auf, dass ihr nicht abrutscht, denn das wird ein Sturz, der sich gewaschen hat, das kann ich euch sagen. Ich erinnere mich an einen Spartaner, der zu unvorsichtig war. Er ist immer noch so kaputt, dass sie ihn in einer Schubkarre herumfahren müssen, obwohl der Sturz schon lange her ist.«

»Es gibt doch bestimmt noch einen anderen Weg«, sagte Trine heiser.

»Leider nicht!«, sagte Antwon. »Die einzige Route nach Harpyrien führt über den Dreifelsgipfel. Es sei denn, man hat Flügel. Ja, ach, ach, ach.« Er seufzte und schüttelte den Kopf. »Aber das Schlimmste wäre natürlich, wenn die Harpyren euch gefangen nehmen würden. Ein unangenehmes Volk. Und so misstrauisch gegenüber Eindringlingen.« Er machte ein finsteres Gesicht. »Ihre Kerkerhöhlen sind kein Spaß, müsst ihr wissen. Tiefer und dunkler als jedes Verlies. Dort gibt es nur Kälte, Nässe und Tropfsteine. Wer aus diesen Höhlen herauskommt, der ist nicht mehr bockig, das könnt ihr mir glauben!«

»Antwon, iss etwas«, sagte die Königin.

Er setzte sich an den Tisch und strich Haselnusscreme auf eine Scheibe Brot. Aber bevor er hineinbiss, sagte er flüsternd:

»Ich kenne einen Hildin, den sie nach neunundsechzig Jahren freigelassen haben. Seine Augen waren trüb wie dicker Nebel auf See, versteht ihr? Hu, gruselig.«

»Du redest von Dingen, die Jahrhunderte her sind«, sagte die Königin seufzend.

»Stimmt. Aber trotzdem«, sagte Antwon und kaute sein Brot so gierig, dass ihm Spucke aus den Mundwinkeln tropfte. Er konnte sein wohliges Erschauern beim Gedanken an all die Gefahren, die unseren Weg womöglich kreuzen würden, kaum verbergen.

Doch dann brachte Alexa einen Rucksack in die Küche und reichte ihn der Prinzessin.

»Bitte sehr, Euer Majestät«, sagte sie.

»Wiebittewas?«, sagte Antwon und das Brot blieb ihm im Hals stecken.

»Ich gehe mit, Antwon«, sagte die Prinzessin und machte den Rucksack auf, um zu sehen, was Alexa eingepackt hatte. Es waren warme Kleider und Schuhe, Lavendelseife, ein Messer und eine Wasserflasche aus grünem Glas. Die Prinzessin legte noch ein paar kleine Fladenbrote hinein, dann zog sie den Riemen wieder fest zu.

Antwon starrte sie an, als wäre er schwer von Begriff.

»Du gehst mit?«, sagte er.

»Ja«, sagte die Prinzessin.

Antwon schaute fragend zur Königin, aber die lächelte nur und nickte.

»Euer Majestät«, keuchte Antwon, »... unsere kleine Prinzessin?«

»Sie wird ganz prima zurechtkommen, Antwon.«

»Prima? Und was ist mit den Schneeverwehungen? Oder dem Dreifelsgipfel! Und den Kerkerhöhlen, Euer Majestät!«

»Ich werde mich vor alldem in Acht nehmen, Antwon, versprochen«, sagte die Prinzessin.

»Nein!« Antwon sprang auf. Er packte sie am Arm, Tränen standen ihm in den Augen. »Das ist eine gefährliche Reise! Du darfst nicht gehen!«

»Bitte, Antwon, mach es ihr nicht so schwer«, sagte die Königin.

»Schwer? Das soll schwer sein? O nein, Euer Majestät – Vingmors Zorn, das nenne ich schwer!«

»Vingmor ist nicht so schlimm, wie alle behaupten«, antwortete die Königin. »Im Gegenteil, sie kann sogar sehr vernünftig sein.«

»Sie wird aber nicht vernünftig sein, wenn sie erfährt, warum *er* ins Reich des Todes gekommen ist«, flüsterte Antwon mit erstickter Stimme und zeigte auf mich.

»Ach Unsinn, warum sollte das denn so wahnsinnig heikel sein?«, sagte die Königin.

»WEIL DEM TOD GEHÖRT, WAS DER TOD SICH GENOMMEN HAT!«, antwortete Antwon. Ich zuckte zusammen, weil seine Stimme plötzlich so laut war und seine alten, rot geränderten Augen zornig flackerten. Die Stille, die folgte, war so unheimlich, dass ich Gänsehaut bekam.

»Versteht ihr das denn nicht?«, schluchzte Antwon. »Vingmor wird nicht vernünftig sein. Niemand wird vernünftig sein.«

Er sah ganz jämmerlich aus, wie er so dastand, zitternd und weinend. Ich schaute zur Prinzessin und wollte sie gerade fragen, ob es nicht das Beste wäre, wenn sie zu Hause bliebe. Aber die Prinzessin ahnte schon, was ich auf dem Herzen hatte.

»Ich gehe trotzdem mit«, sagte sie entschlossen.

Die Königin streichelte Antwon über den Rücken.

»Schau, Antwon. Es ist ihre Entscheidung, nicht deine.«

Antwon zog die Nase hoch und wischte sich die Tränen aus dem Gesicht.

»Ja, Euer Majestät«, antwortete er flüsternd. »Das stimmt. Verzeihung, Euer Majestät.«

»Komm. Setz dich und trink einen Tee mit uns«, sagte die Königin und reichte ihm die Pfote.

Antwon blickte auf den Tisch, wo Brot, Haselnusscreme und Hagebuttenmarmelade warteten, wo weißer Dampf aus den Teebechern stieg. Dann sah er die Prinzessin an. Er schüttelte den Kopf.

»Ich bin so müde«, sagte er. »Wenn Euer Majestät mich entschuldigen, ich würde mich gern zurückziehen und mich einen Augenblick ausruhen.«

»Tu das, Antwon«, antwortete die Königin. »Geh und ruh dich aus. Und versprich mir, dass du dir nicht zu viel Sorgen machst.«

»Ja, Euer Majestät.«

Auf leisen Pfoten verschwand er aus der Küche.

Während des restlichen Frühstücks redeten Trine, die Prinzessin und ich nicht mehr viel. Ich glaube, Antwon tat uns allen schrecklich leid. Besonders die Prinzessin wirkte bekümmert.

Als alle Brote gegessen waren, drückte die Königin den Korkdeckel auf den Topf mit Haselnusscreme.

»So, genug jetzt«, sagte sie. »Niemand lässt mehr die Ohren hängen. Auf euch wartet ein Abenteuer.«

Und da berappelten wir uns. Sie hatte ja recht! Die Heide und das Abenteuer warteten auf uns!

Die Königin packte den Topf mit der Haselnusscreme in Trines und meinen Sack und dazu noch ein paar Äpfel, Brot und etwas Kuchen vom Vortag. Schließlich gingen wir nach draußen in den Schlosshof. Wir waren früh aus den Betten gekrochen, jetzt fing es gerade erst an zu dämmern und der Himmel schimmerte pfirsichrosa. Meine Nasenspitze prickelte in der kalten Luft. Die Beete rochen erdig und feucht.

»Gehen wir?«, sagte ich und schaute Trine und die Prinzessin an.

»Ich will Antwon nicht so zurücklassen. Das macht mich traurig«, antwortete die Prinzessin. »Lasst mich noch schnell nach oben rennen und mich ordentlich von ihm verabschieden.«

»Na klar«, sagte ich. »Wir warten hier auf dich.«

Die Prinzessin eilte quer über den Hof und verschwand hinter einer der Türen, die in den Oberstock führten.

Es wurde still, bis auf das Plätschern des Springbrunnens. Fast ein bisschen beklemmend. Aber vielleicht ging es auch nur mir so?

»Was würden die Harpyren denn mit uns machen?«, fragte ich die Königin. »Ich meine, wenn sie uns gefangen nehmen würden.«

Die Königin dachte nach, bevor sie antwortete.

»Es wird wohl das Beste sein, wenn es gar nicht erst dazu kommt«, sagte sie.

Ich hatte gehofft, sie würde irgendetwas Beruhigendes sagen, so wie es sonst ihre Art war. Dass Antwon die Angewohnheit habe, bei seinen Geschichten zu übertreiben. Dass man sich wegen der Harpyren nun wirklich keine Sorgen machen müsse. Aber vielleicht wäre das eine Lüge gewesen, und dass die Königin von Sparta nicht log, das war mir klar.

Die Prinzessin kam zurück. Sie sah bekümmert aus.

»Ich konnte ihn nicht finden«, sagte sie.

»War er nicht in seiner Kammer?«, fragte die Königin.

»Nein.«

»Er hat sich bestimmt wieder in den Nordostturm verkrochen, um in Ruhe zu weinen«, sagte die Königin und zwinkerte ihrer Tochter zu. »Dieser Turm ist äußerst zugig und düster, müsst ihr wissen. Er liebt es, dort zu sitzen und sich selbst leidzutun. Ich gehe nachher mit ein paar belegten Broten zu ihm.«

Und so brachen wir auf. An dem großen Schlosstor legte mir die Königin eine Pfote auf die Schulter.

»Ich wünsche dir, dass du es schaffst, Sasja«, sagte sie. »In der Prinzessin von Sparta hast du eine wertvolle Freundin gefunden.«

»Ja«, erwiderte ich. Ich wusste nicht so richtig, was ich sonst hätte sagen sollen, aber zumindest brachte ich noch ein gemurmeltes »Danke« heraus.

Die Königin öffnete das Tor.

»Wie nachlässig von mir«, sagte sie und zeigte auf den Querbalken, der an der Wand lehnte. »Das muss ich gestern Abend wohl vergessen haben. Ich bin immer so zerstreut, wenn Karo hier ist.«

Wir traten auf die Zugbrücke. Eine leichte Morgenbrise zupfte an den Ohren der Prinzessin, als sie ihren Rucksack aufsetzte.

»Wir wandern in flottem Tempo bis zur Mittagszeit, essen etwas, ruhen uns ein bisschen aus und marschieren dann weiter, bis die Sonne untergeht.«

»Ich finde, das klingt gut«, antwortete ich.

»Ich finde, das klingt, als würden gewisse Personen schon jetzt eine Menge bestimmen«, sagte Trine seufzend, aber mehr hatte er nicht dagegen einzuwenden. Und so verließen wir das Rubinschloss und die gute Königin von Sparta.

Alte Zeiten, alte Schlachten

So wanderten wir nach Norden über die endlose, öde Nebelheide, Trine Tvefot, die Prinzessin von Sparta und ich, während die Sonne verschlafen über den schnurgeraden Horizont blinzelte. Es fühlte sich schön an, barfuß über den taunassen Boden zu laufen. Ja, es war schön, die Kühle zu spüren und zu wissen, dass die Zehen mit der aufgehenden Sonne warm werden würden. Solche Wasserstellen wie in der südlichen Heide gab es hier nicht. Hier gab es nur welkes Gras und blühendes Heidekraut. Zu Tausenden drängten sich die hübschen, violetten Zweige wie Inseln aneinander, umgeben von grauen Flecken aus Moosen und Flechten, die aussahen wie die seltsame Landkarte eines unbekannten Kontinents.

Die Prinzessin legte ein ordentliches Tempo vor und wir kamen ziemlich ins Schwitzen, um mit ihr Schritt zu halten. Trine musste ganze vier Mal fragen, ob es nicht langsam Zeit für eine Pause wäre, bis sie gegen Mittag endlich nachgab. Sie führte uns zu einer Anhöhe, die Mellriks Felsen hieß.

Als Allererstes packten Trine und ich unsere Blechflasche aus und tranken gierig. Oh, das Wasser schmeckte so frisch und gut, obwohl es in der Sonne ein bisschen warm geworden war. Aber als die Prinzessin ihre eigene kleine Flasche aus grünem Glas aus dem Rucksack holte, setzte sie die Öffnung nur kurz an die Lippen und trank kaum einen halben Mundvoll. Dann stöpselte sie die Flasche mit dem Korken wieder zu.

Trine starrte sie an.

»M-mehr Durst hast du nicht?«, fragte er.

»Wir müssen mit unseren Vorräten haushalten. Das ist wichtig«, antwortete die Prinzessin.

Trine und ich schauten uns dumm an. Wir hatten gerade fast die ganze Flasche geleert. Die Prinzessin lächelte, als hätte sie unsere Gedanken gelesen.

»Macht euch keine Sorgen«, sagte sie, »ich teile mit euch. Uns Spartanern reicht ein Tropfen Wasser am Tag, wenn es sein muss. Manche haben es nun mal leichter als andere.«

Trine schnaubte laut und vernehmlich. Dann packte er das Essen aus, das wir mitgenommen hatten.

»Habt ihr Hunger?«, fragte er. Und zur Prinzessin gewandt fügte er hinzu: »Oder isst du, als *Spartanerin*, nur alle sieben Jahre eine Kleinigkeit?«

Die Prinzessin gab ihm keine Antwort, sondern schob sich ein Stück knuspriges Brot zwischen die blitzenden Zähne und kaute, dass es nur so krachte und krümelte. Auch Trine biss in sein Brot, nachdem er es in den Topf mit Nusscreme getunkt hatte, und ich nahm mir ein Stück von dem leckeren Mandelkuchen.

Nach dem Essen ruhten wir uns aus. Ich rollte meinen Umhang zu einem Kopfkissen zusammen, legte mich auf den Rücken und guckte in den wolkenlosen Himmel. Die Stille hier war fast schon unheimlich. Ein kaum merkbarer Windhauch strich über uns hinweg, der Boden duftete würzig. Ich schaute zu Trine, der mit dem Rücken an der steilen Felswand lehnte. Er wirkte ein wenig bedrückt.

»Denkst du an etwas Bestimmtes?«, fragte ich.

Trine nickte.

»Meine …« Er verstummte und schaute nach unten.

»Deine Mutter?«, fragte ich. »Vermisst du sie?«

»Ach was«, antwortete er. »Ist nicht so wichtig, für euch ist es viel schlimmer.«

Wir schauten zur Prinzessin, die auf der Seite lag, mit einem Stein als Kopfkissen. Sie sagte nichts. Ich dachte an ihre Mama, die den König verlassen hatte, weil ihr die große Sache wichtiger gewesen war als die kleine.

»Wusstest du das alles schon, was die Königin uns erzählt hat?«, fragte ich Trine. »Von den alten Zeiten und alten Schlachten?«

Er zog die Beine an und schlang die Arme um die Knie.

»Tja«, antwortete er. »Natürlich gab es Auseinandersetzungen. Also früher, meine ich. Ehrensachen, du weißt schon.«

»Ehrensachen?«, sagte ich. »Was denn für Ehrensachen?«

»Du musst wissen«, sagte da die Prinzessin, die jetzt auch mitreden wollte, »dass alle Bewohner in diesem Reich den Tod so sehr lieben, dass sie manchmal das Maß verlieren.« Sie setzte sich auf und blickte uns ernst an. »Ja, es gab Zeiten, da haben unsere Eltern sich schreckliche Dinge angetan. Ich habe in meinem Politik- und Geschichtsunterricht alles darüber gelernt. Die Schlacht im Grüngrund zum Beispiel hatte ihren Ursprung darin, dass Vingmor überall behauptete, der Tod würde sie viel mehr schätzen als meinen Vater oder Kapitän Tvefot. Ein anderes Mal, vor vielen Hundert Jahren, fand genau hier auf den Mellriks-Felsen ein endlos langer, grausamer Kampf statt. Alles fing damit an, dass mein Papa den Tod zum Mau-Mau-Abend eingeladen hatte. Kapitän Tvefot und Vingmor durften nicht mitspielen und waren so beleidigt, dass sie mit ihren Truppen nach Sparta zogen ... Seht euch um. Heute ist es hier friedlich, aber damals ... damals war der Boden rot.«

Trine und ich ließen den Blick über die Felsen schweifen, die mit gelben Flechten überzogen waren. Ja, heute war dieser Ort still und friedlich. Aber ich konnte mir den haarsträubenden Lärm des Kampfes dennoch vorstellen. Ich schaute nach Norden, wo sich das Hresagebirge erhob, mit seinen Gipfeln, die sich wie Baiserhauben aneinanderreihten, und ich dachte an den, der dort wohnte, weit hinter den Bergen, dachte an Liebe und Eifersucht.

»Weiß der Tod, dass ihr ihn alle so sehr liebt?«, fragte ich.

»Natürlich weiß er das«, sagte Trine. »Und Papa sagt, dass der Tod uns genauso sehr liebt wie wir ihn, aber wenn du mich fragst ... na ja, er hat vielleicht nicht immer Zeit, das auch zu zeigen.«

»Genau«, sagte die Prinzessin. »Mein Papa sagt, dass der Tod furchtbar viel zu tun hat. Stell dir vor, du müsstest *den ganzen Tag* Torte essen und Krocket spielen.«

»Mm«, antwortete ich, aber insgeheim fand ich es doch ein bisschen seltsam, dass der Tod so viel Zeit für Krocket hatte. Müsste er nicht eigentlich alle Hände voll zu tun haben mit den Menschen, die in einem fort starben? Aber ich sagte lieber nichts dazu, denn ich merkte ja, dass Trine und die Prinzessin der Ansicht waren, dass das mit dem Krocket eine ernste Angelegenheit war.

Wenig später blinzelte die Prinzessin in die Sonne, die hoch am Himmel stand, und verkündete, dass es Zeit sei aufzubrechen. Wir standen auf und packten ein, was von unserem Proviant übrig war. Trine sah nachdenklich aus, als er sich nach der Blechflasche bückte. Er legte eine Klaue auf den felsigen Untergrund, als könnte er das Blut vergangener Schlachten noch vor sich sehen. Er schauderte.

»Findest du den Gedanken nicht schrecklich?«, fragte er die Prinzessin.

Doch, entgegnete die Prinzessin, es sei schlimm, sich diese Dinge vorzustellen. Die grausamen Kämpfe, die ihre Väter und Vingmor miteinander ausgetragen hatten. Aber, sagte sie dann, das alles wäre ja *wirklich* schon sehr lange her. Und nach dem, was sie in ihren Politik- und Geschichtsstunden gelernt hatte, waren die Erwachsenen heutzutage viel vernünftiger als damals.

Dann verließen wir die Mellriks-Felsen und setzten unsere Wanderung fort.

Wir waren wohl eine halbe Stunde unterwegs oder auch ein bisschen mehr, als die Prinzessin auf einmal stehen blieb und nach unten auf ihre Hüfte starrte.

»Mein Schwert«, sagte sie.

»Was?«, fragte Trine.

»Es ist weg. Bestimmt liegt es irgendwo bei den Felsen.«

»Bist du sicher?«, fragte ich. »Du könntest es doch überall verloren haben.«

»Nein. Ich habe meinen Gürtel gelockert, als ich mich hingelegt habe«, antwortete sie. »Dabei muss es rausgefallen sein, ich weiß es.«

Trine zuckte die Schultern.

»Dann suchen wir dir eben ein neues.«

Wir schauten uns um. Weit und breit war kein Baum und kein Busch zu sehen. Die Prinzessin nahm ihren Rucksack ab und stellte ihn auf den Boden. Dann drehte sie sich um und fing an, den Weg zurückzugehen, den wir gekommen waren.

»He? Was machst du da?«, protestierte Trine.

»Wartet hier auf mich!«, sagte die Prinzessin und lief schneller. »Ich beeile mich.«

»Es ist doch nur ein Stock!«, rief Trine ihr nach. Aber er wusste natürlich genauso gut wie sie und ich, dass das nicht stimmte.

Ein jämmerliches Lagerfeuer

Die Zeit verstrich. Die Sonne stand schon tief und die Schatten wurden immer länger, aber die Prinzessin von Sparta kam nicht zurück. Trine und ich starrten auf den Punkt am Horizont, wo sie aus unserem Blickfeld verschwunden war, und Trine seufzte immer lauter.

»Wo bleibt sie denn so lange?«, sagte er.

»Weiß nicht«, murmelte ich.

»Sie hat gesagt, sie würde sich beeilen!«, knurrte Trine und gab sich alle Mühe, genervt zu wirken. Aber er konnte seine Sorge nicht verbergen.

»Was, wenn ihr etwas passiert ist?«, sagte ich.

»Was soll schon passiert sein? Dass sie über ihre eigenen Ohren gestolpert ist?«

»Wir sollten ihr hinterhergehen und nachsehen.«

»Den ganzen Weg?«, jammerte Trine. Er seufzte noch ein paarmal, aber als ich mich bückte, um das Gepäck aufzuheben, sagte er:

»Den kann ich nehmen.« Er hängte sich den Rucksack der Prinzessin über die Schulter und dann marschierten wir mit raschen Schritten den Weg zurück, den wir gekommen waren.

Als die Mellriks-Felsen vor uns auftauchten, fing Trine an zu rennen.

»Ich wette, sie hat sich wieder ins Moos gelegt und ist eingeschlafen«, rief er. »Ha, ha, der werde ich was erzählen!«

Aber als wir ankamen, war niemand da. Trines Lachen erstarb und sein rosiges Gesicht war mit einem Mal ganz blass. Er schaute sich um. Sein Blick blieb an dem Stock hängen, der vor ihm auf dem Boden lag. Er ging hin, um ihn aufzuheben.

»Wo ist sie?«, sagte er.

»Keine Ahnung«, antwortete ich und spürte, wie sich Unruhe in meinem Bauch breitmachte. Die Prinzessin war wie vom Erdboden verschluckt.

Trine hob den Kopf.

»Prinzessin!«, rief er und sein Ruf hallte weit über die hügelige Heide. Wir lauschten auf Antwort. Nichts. Trine holte Luft, um noch einmal zu rufen – aber da, plötzlich, sprang jemand von einem der Felsen herunter, stürzte sich auf ihn und hielt ihm den Mund zu.

»Was machst du da?«, zischte die Prinzessin von Sparta.

Trine schlug ihre Pfote weg. Er hatte sich solche Sorgen gemacht, dass sich seine Angst um sie jetzt, wo sich zeigte, dass es ihr gut ging, in Wut verwandelte.

»Nach dir suchen, falls es dich interessiert«, schnaubte er.

»Psst!«, zischte die Prinzessin. »Ich habe jemanden gesehen!«

Mir blieb fast das Herz stehen und Trine, der sowieso schon ziemlich blass um die Nase war, wurde weiß.

»Was meinst du damit?«, sagte er. »Hier?«

Die Prinzessin schüttelte den Kopf.

»Ach was, nein – ein Stück weiter südlich. Ich habe Rauch entdeckt und bin ein bisschen höher geklettert, um besser sehen zu können. Kommt mit!«

Wir folgten der Prinzessin auf den nächsten Felsen. Von dort aus konnten wir das Feuer in der Ferne sehen. Dicker Rauch stieg auf und erinnerte mich an die Herbsttage, an denen Papa das alte, noch feuchte Laub in einer Tonne im Garten verbrannte.

»Denkt ihr, es ist ein Spartaner?«, fragte ich.

»Was denn sonst«, sagte Trine spitz. »Ein Spartaner, der mitten in der Wildnis sein Lager aufgeschlagen hat und es sich mit einem Tropfen Wasser so richtig gut gehen lässt.«

Er gab der Prinzessin ihr Schwert und den Rucksack.

»Wer auch immer das ist«, sagte sie, »er oder sie scheint Schwierigkeiten mit dem Lagerfeuer zu haben. Wir sollten uns das aus der Nähe ansehen. Vielleicht benötigt jemand unsere Hilfe.«

»Wenn ich doch nur verstehen könnte, warum du immerzu so hilfsbereit sein musst«, grunzte Trine.

»Weil es meine Pflicht ist natürlich« antwortete die Prinzessin. »Papa sagt, dass jeder Spartaner in Not unsere königliche Unterstützung verdient.«

»Wäre es nicht besser, wenn wir unseren Weg zum Tod fortsetzen würden? Schließlich haben wir etwas zu erledigen«, sagte Trine.

Aber die Prinzessin hörte nicht zu. Sie war schon mit einem großen Satz vom Felsen gesprungen und hatte sich auf den Weg zu dem Feuer gemacht. Trine und ich folgten ihr.

»Es wäre vielleicht trotzdem angebracht, ein bisschen vorsichtig zu sein«, sagte Trine, als wir sie eingeholt hatten. »Nur weil man kein vernünftiges Feuer machen kann, heißt das ja nicht, dass man auch nett ist, oder?«

»Da hast du natürlich recht«, antwortete die Prinzessin. Sie streckte einen Arm aus und zeigte auf einen Hügel.

»Von dort oben können wir uns einen Eindruck verschaffen, mit wem wir es zu tun haben. Und falls uns derjenige dann wirklich blutrünstig und gefährlich vorkommt, können wir einfach wieder verschwinden.«

»Ich hoffe, du hast recht«, murmelte Trine.

So gingen wir im Bogen in Richtung Südosten, um uns die Gestalt am Feuer aus der Nähe anzusehen, wie es die Prinzessin vorgeschlagen hatte. Es war inzwischen kühler geworden, die Sonne war fast vollständig hinter dem diesigen Nachmittagsvorhang verschwunden. Auf dem Boden blühten Küchenschellen, so zart und hübsch, und als wir den Hügel hinaufstiegen, kitzelte mich Sternmoos zwischen den Zehen. Wir konnten den säuerlichen, dichten Rauch des Feuers schon riechen, als ich plötzlich etwas hörte.

»Was war das?«, sagte ich und blieb stehen.

»Was denn?«, sagte Trine.

»Ich glaube, da weint jemand«, flüsterte ich.

Die beiden spitzten die Ohren. Das Weinen klang kläglich, unterbrochen von kurzen Schluchzern, vermischt mit einem leisen Murmeln, das irgendwie vorwurfsvoll zu sein schien.

»Du hast recht«, sagte die Prinzessin. »Sieht aus, als würde wirklich jemand Hilfe brauchen.«

Aber um ganz sicherzugehen, legten wir uns auf den Bauch und robbten das letzte Stück. Am Rand des Hügels angekommen, sahen wir uns kurz an.

»Seid ihr bereit?«, flüsterte die Prinzessin.

Trine und ich nickten. Und dann reckten wir alle drei gleichzeitig die Hälse und schauten nach unten zu dem Lagerplatz in der Senke.

Es war ein trauriger Anblick, der sich uns da bot. Er war mager und blass, schien zu zittern, während er die wässrige Suppe schlürfte, die er über dem Feuer aufgewärmt hatte. Er hatte sein Schwert abgenommen und neben sich ins Moos gelegt. Dem Tragekorb, der danebenstand, fehlte ein Schulterriemen. Immer wieder verzog sich sein Mund zu einem Schluchzen und er musste die Schale abstellen, um sich die Tränen aus dem Gesicht zu wischen, die schon Streifen auf seinen schmutzigen Wangen hinterlassen hatten. Ja, dieser Anblick versetzte mir einen Stich und der Prinzessin bestimmt auch. Aber am schlimmsten war es für Trine. Seine Stimme war nicht mehr als ein dünnes Flüstern:

»Tjalve?«

Tjalves traurige Geschichte

»Ist das jemand, den du kennst?«, fragte die Prinzessin leise.

»Mein Bruder«, sagte Trine nickend, den Blick immer noch auf den dürren Tjalve gerichtet, der unter uns in der Senke Suppe aß. Ab und zu wurde er von einer neuen Welle Schluchzer geschüttelt und dann musste er seine Schale wieder abstellen und sich die Tränen abwischen.

Trine schluckte, er kämpfte wohl selbst mit den Tränen. Ja, denn egal wie eingebildet der eigene Bruder auch sein mochte, es musste schrecklich sein, ihn so traurig und jämmerlich zu sehen.

»Was macht er hier in Sparta?«, fragte die Prinzessin.

»Er ist auf dem Weg zum Tod«, antwortete Trine. »Papa hat ihn losgeschickt, damit er dem Tod von Sasja berichtet.«

»Und er weiß nicht, dass du auch auf dem Weg dorthin bist, zusammen mit Sasja?«

Trine schüttelte den Kopf. Unter uns stimmte Tjalve von Neuem sein anklagendes Gemurmel an.

»So dämlich und dumm ... Alles ins Moos zu schütten ...«

Die Worte wurden von einem neuen Tränenausbruch erstickt, Suppe rann ihm aus dem schmerzverzerrten Mund.

Trine sah uns an.

»Ich muss mit ihm reden«, sagte er.

»Bist du sicher?«, fragte die Prinzessin und hielt ihn fest. »Ich denke, es wäre besser, wenn wir uns wieder wegschleichen würden.«

»Nein«, sagte Trine und befreite sich aus ihrem Griff. »Er ist traurig.«

Er stand auf und machte sich an den Abstieg. Er kletterte den steilen Hang hinunter, rutschte ab und fiel fast hin, fing sich wieder und setzte seinen Weg nach unten fort. Sein großer Bruder saß da, rieb sich die traurigen Augen und bemerkte ihn nicht. Erst als er ganz nah war, sprach Trine ihn an.

»Tjalve?«

Zu Tode erschrocken zuckte Tjalve zusammen und sprang auf. Als er Trine erkannte, verwandelten sich all seine Traurigkeit und Verzweiflung in pures Glück.

»Du?«, keuchte er und schlang die Arme um seinen kleinen Bruder. Ja, er war so glücklich und verwirrt, wie man nur sein kann, wenn man gerade eine unglaublich gute Nachricht bekommen hat. »Was machst du hier?«

Trine wusste wohl nicht so richtig, was er darauf antworten sollte, und deshalb fragte er: »Wieso weinst du?«

»Ach na ja. Ich habe eine ganze Portion Suppe verschüttet«, sagte Tjalve und zeigte auf die Schüssel, die auf dem Boden stand. »Dabei habe ich Stunden gebraucht, bis ich genug Wurzeln gefunden hatte.« Er schniefte. »Bist du allein unterwegs? Ich kann es nicht fassen, dass du so weit gekommen bist. Was für ein grässliches Land.«

»Hm, ja«, murmelte Trine.

»Hat Papa dich geschickt?«

»Nicht direkt.«

»Mama?«

»Nja.«

Beim Gedanken an ihre Eltern fing Tjalve sofort wieder an zu weinen.

»Trine«, sagte er. »Du hast ja keine Ahnung ... Es war so furchtbar. Wirklich ganz furchtbar!«

Und während ihm dicke Tränen die Wangen hinunterkullerten, begann er von all den schlimmen Dingen zu erzählen, die ihm widerfahren waren, seit er Hyrn verlassen hatte. Das ganze Elend hatte schon am ersten Tag in Sparta begonnen, als er über einen Graben springen wollte und dabei mit dem Fuß umgeknickt war. Seitdem schmerzte sein Knöchel, er kam nur noch humpelnd und viel zu langsam voran. Nun waren seine Vorräte aufgebraucht und er war gezwungen, von dem zu leben, was die Natur ihm bot. Die Nächte waren kalt, und zwar so kalt, dass er kaum noch ein Auge zubekam, und heute war er von zwei Spartanern gejagt worden, die ihn als Eindringling bezeichnet hatten und ihn auspeitschen wollten. Sie waren erst umgekehrt, nachdem sie ihn ein ganzes Stück durch die Nebelheide getrieben hatten, und jetzt wusste er nicht mehr, wo er war.

»Sie haben sich den Passierschein nicht mal angeschaut«, sagte Tjalve und schlug sich die zitternden Klauen vors Gesicht. »Ich will nach Hause. Papa hätte mir sagen müssen, wie weit der Weg zum Tod ist. Das war gemein von ihm.«

Trine schien nicht zu wissen, wie er sich verhalten sollte. Er war es nicht gewohnt, seinen großen Bruder weinen zu sehen. Vorsichtig streichelte er ihm über den Rücken. Tjalve schaute hoch.

»Jetzt denkst du bestimmt, dass ich versagt habe«, sagte er.

»Ach was«, sagte Trine. »Du hattest nur ein bisschen Pech.«

»Sicher?«

»Na klar.«

Tjalve lächelte.

»Du hast recht. Das hätte jedem passieren können. Du bist nett, Trine.«

»Findest du?«, fragte Trine überrascht.

»Natürlich!«, antwortete Tjalve. »Du bist schließlich mein Bruder.«

Trine bekam ganz rote Wangen. Man konnte ihm seine Freude über Tjalves Worte deutlich ansehen. Tjalve schniefte, Rotz tropfte aus seiner Rüsselnase.

»Du hast nicht zufällig etwas zu essen dabei?«, fragte er.

Trine warf einen schnellen Blick nach oben, wo die Prinzessin und ich mitsamt unserem Gepäck im Versteck lagen. Wir hatten ja noch Kuchen, Brot und Haselnusscreme.

»Ich habe seit zwei Tagen nichts anderes mehr gegessen als diese furchtbare Suppe«, sagte Tjalve. »Mein Magen knurrt ganz schrecklich.«

Trine kratzte sich am Kinn, kämpfte mit sich.

»Ein bisschen Proviant habe ich noch …«, murmelte er. »Aber du musst mir versprechen, dass du nicht sauer wirst.«

»Solange du irgendetwas anderes als Queckenwurzeln und gekochtes Wasser für mich hast, werde ich nie wieder sauer auf dich sein«, sagte Tjalve. Er legte seinem kleinen Bruder eine Klaue auf die Schulter. »Du und ich«, sagte er. »Wir sollten ein bisschen mehr zusammenhalten.«

Wieder färbten sich Trines Wangen so glücklich rosa.

»Das stimmt«, sagte er und nickte. Und dann drehte er sich um und rief: »Ihr könnt runterkommen!«

»Ich glaube nicht, dass das eine gute Idee ist«, flüsterte die Prinzessin.

»Uns bleibt aber gar nichts anderes übrig«, flüsterte ich zurück. »Jetzt weiß er, dass wir hier sind, und wir können auch nicht einfach wegrennen. Das wäre nicht fair gegenüber Trine.«

Also standen wir auf und kletterten nach unten zum Lagerfeuer und zu den beiden Brüdern. Tjalves Miene war schwer zu beschreiben. Am ehesten sah er wohl aus wie jemand, der seinen Augen nicht traute. Aber je näher wir kamen, je klarer ihm wurde, dass er sich *nicht* getäuscht hatte, umso glühender wurde der Hass in seinem Blick. Er drehte sich zu Trine.

»Was hat das zu bedeuten?«, fragte er.

»Das sind meine Freunde«, sagte Trine.

»Freunde?«

»Ja.«

»Diese beiden?«

»Das ist Sasja«, sagte Trine und zeigte auf mich. »Und das hier ist …«

»Ich kenne die Tochter des König von Sparta, danke«, zischte Tjalve.

»Schön, dich kennenzulernen«, sagte die Prinzessin und streckte ihm die Pfote entgegen.

Tjalve beachtete sie gar nicht, sondern starrte mich an.

»Und du. Du bist der, der in Hilde an Land gegangen ist. Der von der anderen Seite gekommen ist.«

Ich nickte. Ich glaube, ich war ein wenig verlegen und vielleicht auch etwas ängstlich. Tjalves traurige Wehleidigkeit von eben war wie weggeblasen. Er sah Trine ähnlich, aber seine Augen waren nicht wach und freundlich. Tjalves Augen waren nur kleine Schlitze, so schmal, dass man nicht einmal erkennen konnte, welche Farbe sie hatten. Seine Haut war borstig. Sein Gesicht wirkte kalt und abweisend. Er wandte sich wieder an Trine.

»Seid ihr schon die ganze Zeit gemeinsam unterwegs, du und der Menschenjunge?«, fragte er.

»Ja«, antwortete Trine. »Er will seine Mama vom Tod zurückholen, weißt du, und er braucht meine Hilfe …«

»Wie *konntest* du nur?«, fiel Tjalve ihm ins Wort. »Wie konntest du nur so etwas tun? Du hast unsere Eltern hintergangen! Du hast dich mit jemandem verbündet, der über den Tod herfallen will!«

»Sasja hat versprochen, dem Tod nichts zu tun«, sagte Trine immer aufgeregter. »Er will ihn überlisten.«

»Das hier ist MEIN Auftrag!«, fauchte Tjalve. »MEINER! Aber das konntest du nicht ertragen!«

»Ich wollte Sasja helfen!«, sagte Trine.

»Du wolltest mich fertigmachen!«, brüllte Tjalve.

»Das ist nicht wahr!«

Tjalve schnaubte. Er musterte seinen kleinen Bruder und sein Blick war so finster wie ein Gewitterhimmel.

»Doch. Das *ist* wahr«, sagte er. »Dir geht es immer nur darum, mir alles kaputt zu machen. Weil du weißt, dass du zu nichts zu gebrauchen bist.«

Mit diesen Worten schnappte er sich den Tragekorb und sein Schwert und marschierte los.

»Tjalve, warte!«, rief Trine. »Was ist mit dem Essen?«

»Ich will es nicht! Ich will überhaupt nichts mehr mit dir zu tun haben!«, antwortete Tjalve.

»Bitte, Tjalve, bleib stehen!«, flehte Trine.

Doch Tjalve blieb nicht stehen, sondern stürmte auf seinen langen, staksigen Beinen weiter. Schon bald war er nur noch ein ferner Punkt zwischen den weichen Hügeln der Heide.

Trine sank auf den Boden und schluchzte verzweifelt. Oh, es war schrecklich, ihn so zu sehen. Ich setzte mich neben ihn und legte ihm einen Arm um die Schulter.

»Du«, sagte ich. »Sei nicht traurig.«

Aber Trine weinte und weinte und konnte nicht antworten.

»Hör nicht auf das, was er gesagt hat«, sagte ich. »Das stimmt nicht.«

»Und wenn doch?«, wimmerte er. »Wenn ich wirklich zu nichts zu gebrauchen bin?«

Ich biss mir auf den Daumen, suchte nach den richtigen Worten. Dass Trine dachte, er könne nichts, das wusste ich ja schon länger. Aber genau genommen konnte ich selbst doch auch nichts. Nichts Wichtiges zumindest.

»Dann gilt das für mich genauso«, sagte ich.

»Was?«

»Wenn du nutzlos bist, dann bin ich es auch«, sagte ich. »Aber ich würde trotzdem nie mit Tjalve tauschen wollen, und weißt du auch, warum?«

Trine schüttelte den Kopf.

»Weil ich euch beide dann nicht hätte«, sagte ich.

»Sasja hat recht«, sagte die Prinzessin und setzte sich ins Moos. »Ich meine, denk doch nur an alles, was ich im Smaragdschloss lernen sollte.« Sie zuckte mit den Schultern. »Ich bin viel lieber mit euch zusammen nutzlos. Weil es viel lustiger ist.«

Trine dachte über ihre Worte nach. Er wischte sich mit dem Ärmel die Tränen aus dem Gesicht und nickte.

»Stimmt«, sagte er. »So ist es lustiger.« Dann holte er tief Luft und seufzte, so wie man es macht, wenn man sehr traurig war und das Traurigsein gerade erst aufgehört hat – und es war wirklich herrlich zu sehen, wie das Funkeln in diese himmelblauen Augen zurückkehrte.

»Das wollte ich hören«, sagte die Prinzessin und reichte ihm die Pfote, und als wir alle drei wieder auf den Füßen standen, setzten wir unsere Wanderung durch die Nebelheide fort. Bald darauf war Tjalves jämmerliches kleines Lagerfeuer hinter uns verloschen.

Die Fortmark

Zwei Tage später erreichten wir den Wald der Fortmark. Das war die letzte Etappe, die wir auf unserem Weg zur Grenze nach Harpyrien noch zurücklegen mussten. Als wir das Rauschen der Baumwipfel hörten und den Geruch von Nadelbäumen und nasser Erde atmeten, da wurde uns ganz feierlich zumute. Ich konnte es kaum erwarten, endlich in das satte Grün einzutauchen. Ganz still standen wir am Waldrand, sammelten all unsere Sehnsucht für den Freudensprung. Und dann, ganz plötzlich, zog die Prinzessin ihr Schwert und reckte es in die Luft.

»Mutig bluten!«, brüllte sie.

»Mutig bluten!«, brüllten Trine und ich – und dann stürmten wir los, so schnell, wie wir konnten, und schwangen unsere Schwerter, dass die Zweige nur so flogen.

Der Fortmarkwald war ganz anders als der große Schummerwald in Hilde. Hier wuchsen keine Eichen oder Ahornbäume, keine Veilchen und kein Waldmeister. Nein, hier standen Fichten mit ihren zottigen, weiten Kleidern neben umgestürzten Bäumen und Felsen, die von grauen und grünen Moosen überzogen waren. Flechten hingen strähnig von den Zweigen und auf dem weichen Waldboden leuchteten die hellen trichterförmigen Kappen der Fichten-Reizker. Die Luft duftete würzig vom Harz, das wie zähe Spucke an den Bäumen heruntergelaufen und auf der Rinde zu trüben Tropfen erstarrt war.

Wir flogen vorwärts. Ja, es kam mir so vor, als hätten unsere Körper kein Gewicht mehr. Es machte so viel Spaß, die Schwerter zu schwingen, und wenn ich nur an die Worte dachte, durchfuhr mich ein Schauer: Mutig bluten. Das klang so furchtbar schrecklich und gleichzeitig so unglaublich gut. Ich stellte mir vor, wie überrascht Semilla wohl sein würde, wenn ich ins Haus des Todes gestürmt käme, bereit, mutig für sie zu bluten! Ich hatte natürlich versprochen, dem Tod nichts zu tun, und das geht ja auch gar nicht mit einem Stockschwert. Aber ich dachte mir, dass Semilla trotzdem erkennen würde, wie mutig ich war – und was auch immer der Tod aus ihr gemacht hatte, ich würde erkennen, dass sie es war! Ja, am Ende würde alles gut werden, das wusste ich einfach in diesem Moment, als wir mit erhobenen Schwertern durch den Wald der Fortmark rannten.

Ein paar Stunden später stand die Sonne schon tief am Himmel. Ihre Strahlen waren goldene Vorhänge zwischen den Stämmen; die Fichtenwipfel, die in den Himmel ragten, schienen zu glühen. Wie immer strich Trine im Gehen mit der Klaue durch das hohe Gras. Wir hatten kein Wort mehr über seinen großen Bruder und die tränenreiche Begegnung in der Heide verloren. Ich war mir nicht sicher gewesen, ob er darüber reden *wollte.* Aber jetzt seufzte er.

»Ich frage mich, wie es Tjalve wohl geht«, sagte er. »Vielleicht war es dumm, ihn einfach so weglaufen zu lassen. Ohne Essen und alles.«

»Ja, kann sein«, antwortete ich.

»Ich meine, was ist, wenn er sich endgültig verirrt?«, sagte Trine. »Oder wieder auf diese abscheulichen Spartaner trifft, die ihn auspeitschen wollten?«

Die Prinzessin tätschelte ihm die Schulter.

»Keine Sorge«, sagte sie. »Quecken sind ein sehr leckeres und nahrhaftes Gras. Und was diese Spartaner betrifft, da würde ich mir an deiner Stelle nicht so viele Gedanken machen.«

»Wie kannst du so etwas sagen?«, sagte Trine und hopste über einen umgefallenen Baumstamm. »Die schienen ja völlig verrückt zu sein!«

»Ach was«, entgegnete die Prinzessin. »Wahrscheinlich hatten sie einfach nur Angst.«

»Angst?« Trine schnaubte. »Vor Tjalve?«

»Na ja … du weißt schon. Sie dachten vielleicht, er wäre gefährlich. Es ist nicht gerade alltäglich, in Sparta auf einen Hildin zu treffen.«

Sie schob ein paar Zweige beiseite, die im Weg waren, und wir schlüpften geduckt darunter hindurch, doch schon im nächsten

Augenblick blieben wir wie angewurzelt stehen. Die Prinzessin war die Einzige, die einen Ton herausbrachte.

»Rückzug!«, zischte sie.

In Windeseile krochen wir zurück und mein Herz hämmerte so wild, dass ich dachte, mein Brustkorb würde zerspringen.

»Haben sie uns gesehen?«, flüsterte ich.

»Ich hoffe nicht«, antwortete die Prinzessin.

Vorsichtig reckte ich den Hals, um zwischen den Zweigen hindurchzuspähen. Nein, die Hildiner, die gerade damit beschäftigt waren, ihr Lager aufzuschlagen, schienen uns nicht bemerkt zu haben. Aber, oh, es waren so viele!

»Was fällt denen ein? Was wollen die hier in der Fortmark?«, flüsterte die Prinzessin wütend. Sie drehte sich fragend zu Trine um, aber er zuckte nur mit den Schultern.

»Keine Ahnung.«

Wir blieben in Deckung und beobachteten, was nur einen Steinwurf entfernt vor sich ging. Wir blickten auf ein Gewimmel aus schwitzender Haut, aus glänzenden Hauern, unrasierten, dicken Gesichtern, aus dampfenden Schnauzen und Umhängen, die in den herrlichsten Farben gefüttert waren: Gold, Purpur und Kupfer. Auf der Lichtung brannten schon mehrere Lagerfeuer und da und dort waren Hildiner dabei, weitere anzuzünden. Andere packten Säcke mit Getreide aus einer Kiste aus und wieder andere stellten einen Pavillon auf.

Und dann sahen wir Trines Papa, Kapitän Tvefot! Er hatte die Klauen hinter dem Rücken verschränkt und wanderte auf und ab, während er mit einem anderen Hildin sprach, einem, der ziemlich mager und groß war, mit eingefallenen Wangen und einem kobaltblauen Umhang.

»Das ist Bure«, flüsterte Trine. »Papas Steuermann. Er ist nett. Er schenkt mir immer gebrannte Mandeln, wenn wir uns sehen.«

Bure und Kapitän Tvefot blieben nicht weit von unserem Versteck entfernt stehen. Der Kapitän zog sein Schwert aus der Scheide und begutachtete die Klinge. Er seufzte.

»Ich hoffe nur, dass ich keinen Gebrauch davon machen muss«, sagte er. »Es hat schon bessere Tage gesehen.«

»Auf mich macht es einen guten Eindruck«, antwortete Bure, der auch ein Schwert an der Hüfte trug.

»Ich weiß nicht, ich weiß nicht«, brummte Kapitän Tvefot unzufrieden. »Der König von Sparta lässt seines dreimal am Tag schleifen, wenn ich mich recht erinnere.«

»Der König von Sparta hat keinen Grund, verärgert zu sein«, sagte Bure. »Sollten wir auf seine Truppen stoßen, dann wird er uns seinen Segen geben und uns weiterziehen lassen. Davon bin ich felsenfest überzeugt.«

»Hoffentlich hast du recht«, grunzte Kapitän Tvefot. Er seufzte wieder. »Das alles ist so ärgerlich. So über alle Maßen ärgerlich.«

Bure sah ihn fragend an.

»Denkst du, wir hätten zu Hause bleiben sollen?«

»Nein, nein«, antwortete Kapitän Tvefot. »Es ist meine Pflicht, diesen Jungen einzufangen. Aber hätte ich Hildes Strände besser bewacht, dann wäre er gar nicht erst ins Reich gekommen.« Er fuhr leicht über die Schwertklinge. »Es war dumm von mir zu denken, er würde es nicht über die Grenze nach Sparta schaffen. Aber nachdem er ja Hilfe bekommt …« Er schnaubte. »Der arme Faxe. Zum Glück konnte er sich schließlich doch selbst befreien.«

»Ja«, antwortete Bure. »Aber von seiner Kellertür sind nur noch Splitter übrig.«

Kapitän Tvefot schluckte. Tiefe Falten bildeten sich auf seiner Stirn. Bure legte ihm eine Klaue auf die breite Schulter.

»Ich bin mir sicher, dass dein Sohn gar nicht versteht, wie falsch das von ihm war«, sagte er. »Trine ist ein feiner Kerl.«

Kapitän Tvefot antwortete nur mit einem kurzen Grunzen.

»Wer ist dieser Faxe, über den sie da reden?«, flüsterte die Prinzessin.

»Das ist der Hildin, der die Schummerwaldpassage in Hilde bewacht«, erklärte ich. »Trine und ich mussten ihn in seinen Keller sperren, um über die Grenze zu kommen.« Ich sah Trine an. »Ich bin froh, dass er sich befreien konnte«, sagte ich. Aber Trine schien etwas anderes im Kopf zu haben als den Brückenwächter. Sein Blick klebte förmlich an dem grimmigen Kapitän. Und vielleicht klingelten ihm die Worte seines großen Bruders noch in den Ohren – und vielleicht war es egal, dass Tjalve ihn nutzlos fand, vielleicht war es sogar egal, dass er selbst so dachte. Aber was, wenn sein Papa es auch tat? War das vielleicht etwas ganz anderes?

»Du?«, sagte ich und knuffte ihn ganz leicht. »Kopf hoch.«

»Pah«, zischte Trine. »Was bringt es uns, hier herumzuliegen. Wir gehen.«

»Es wäre besser, wenn wir noch ein bisschen warten würden«, sagte die Prinzessin und hielt ihn zurück, aber da wurde Trine wütend.

»Du kannst von mir aus warten, ich gehe jetzt«, sagte er und riss sich los.

»Sei vorsichtig«, flüsterte ich und schaute besorgt zu den Zweigen, die er mit seinen heftigen Bewegungen zum Wackeln gebracht hatte.

Auf der Lichtung waren Bure und Kapitän Tvefot verstummt und blickten stattdessen in unsere Richtung.

»Was war das?«, fragte Kapitän Tvefot.

Bure antwortete mit einem kurzen Schulterzucken.

»Vielleicht ein Pilze suchender Spartaner?«

Kapitän Tvefot kratzte sich das speckige Kinn. Seine Augen wurden schmal.

»Nimm drei, vier Männer mit und sieh nach«, sagte er.

Mit einem Satz kam die Prinzessin von Sparta auf die Pfoten.

»Lauft!«, zischte sie.

Der Rosengarten

Wir liefen, so schnell uns unsere Beine trugen. Bure hatte seine Hildiner rasch zusammengetrommelt und ich hörte schon, wie sie lärmend näher kamen.

»Wer ist da?«, brüllte Bure. »Stehen bleiben, auf der Stelle!«

Aber wir blieben nicht stehen, sondern rannten noch schneller. Über Stock und Stein, durch Unterholz, Gestrüpp und Gebüsch. Ich hatte Angst. Angst, was die Hildiner mit mir anstellen würden, wenn sie mich zu fassen bekamen. Bure hatte ein Schwert, ja, vielleicht hatten sie alle eins. Keine Stöcke wie wir, sondern scharfe Schwerter. Schwerter, die mir das Leben nehmen konnten, und das Schlimmste daran war, dass niemand in diesem Reich ein Leben besonders wichtig zu finden schien. Für sie hatte nur der Tod Bedeutung, das Leben war nicht mehr als ein Anlauf.

»Ich glaube, wir haben sie abgeschüttelt«, sagte Trine.

Wir machten halt, lauschten. Für einen Augenblick herrschte Stille. Aber dann hörten wir ihre aufgebrachten Stimmen:

»Hier entlang! Sie haben diesen Weg genommen!«

»Schnell!«, rief die Prinzessin und wir rannten wieder los. Wir wurden immer müder und natürlich konnten wir nicht ewig so weiterrennen.

Aber dann erreichten wir auf einmal eine andere Lichtung und dort stand ein kleines Haus. Es war aus Feldsteinen gemauert, mit einem Dach aus moosbewachsenem Torf. Der Garten war von einer Mauer umgeben und dahinter wuchsen Rosen. Prächtige, samtrote Heckenrosen, so viele und so leuchtend rot, dass ihr Anblick in den Augen brannte. Diese Rosen sahen aus wie eine blutende Wunde im Grün der Fortmark. Eine große, pulsierende Wunde, aber oh, wie schön sie waren.

Die Prinzessin stürmte zum Gartentor, aber es war verschlossen. Mit beiden Pfoten hämmerte sie dagegen.

»Aufmachen!«, schrie sie. »Sofort aufmachen!«

Ich drehte mich um und spähte in den Wald. Jeden Moment konnten die Hildiner zwischen den Bäumen auftauchen.

Trine fing auch an zu hämmern.

»Hallo!«, rief er. »Ist denn niemand zu Hause?«

Doch, es war jemand zu Hause. Die kleine, grün gestrichene Haustür ging auf und ein Spartaner trat auf die Treppe hinaus. Bei seinem Anblick drehte sich mir der Magen um. Sein ganzer Kopf saß seltsam unnatürlich auf dem kurzen Hals. Als hätte man ihn schief aufgesetzt und dann festgedrückt. Sein Kinn berührte das linke Schlüsselbein, und um uns sehen zu können, musste er seinen ganzen Oberkörper nach hinten lehnen. Und als wäre das nicht schlimm genug, musste er die Augen gruselig starr aufreißen, weil ihm die schlaffe, faltige Stirnhaut sonst die Sicht verdeckte. Er hatte einen weißen Wulst um den Hals, dick wie ein Seil. Dort würde nie wieder Fell wachsen. Nein, denn dieser Wulst war eine Narbe, und jetzt wusste ich auch, was dieser Spartaner dort auf der Treppe durchgemacht hatte, warum er so schaurig aussah: Er war geköpft worden.

»W-wir brauchen ein Versteck«, sagte Trine atemlos. »Bitte, dürfen wir reinkommen?«

Der Spartaner antwortete nicht, sondern starrte uns nur weiter so unheimlich an. Sein Blick blieb an der Prinzessin hängen. Er musterte ihre kleine, hell gekleidete Gestalt, die Juwelen an ihrem Hals.

Wieder drangen die Rufe der Hildiner aus dem Wald. Bald würden sie uns sehen können.

»Ich bin die Prinzessin von Sparta«, sagte die Prinzessin mit energischer Stimme. »Kraft meines königlichen Amtes befehle ich dir, uns zu verstecken!«

Der Spartaner lächelte kaum sichtbar.

»Ich weiß, wer du bist«, antwortete er und kam ans Tor, um uns aufzuschließen. »Willkommen.«

Wir stürmten in den Garten. Zwischen den üppigen Büschen fanden wir schnell ein Versteck. Die Blüten dufteten lieblich und zugleich so stark, dass mir ein bisschen flau davon wurde. Der

Spartaner ging zur Treppe, wo seine Gießkanne stand. Er füllte sie in der Regentonne an der Hausecke und fing an, die Rosen zu gießen.

Wir hörten Bure und die anderen heranjagen. Es klang wirklich haargenau wie eine Rotte aufgescheuchter Schweine. Sie klopften ans Tor. Seelenruhig ging der Spartaner zu ihnen. Zwischen den Blättern konnten wir Bures verschwitztes Gesicht erahnen, die anderen standen hinter ihm.

»Ja?«, sagte der Spartaner fragend.

»Meine Name ist Bure Barst«, keuchte Bure. »Steuermann unter Kapitän Tvefot, dem Kapitän des Todes, von dem du sicher schon gehört hast.«

»Selbstverständlich«, antwortete der Spartaner und stellte seine Gießkanne ab. »Wie kann ich behilflich sein?«

»Kapitän Tvefot befindet sich auf der Durchreise in Sparta, er ist mit hundert Hildinern auf dem Weg zum Tod, um einen Jungen aufzuhalten.«

»Einen Jungen?«

»Ja. Er ist von der anderen Seite gekommen. Und er hat nichts als Dummheiten im Sinn.«

»Was sind das für Dummheiten?«

»Es heißt«, sagte Bure und wischte sich mit dem Unterarm den Schweiß von der Stirn, »er habe die Absicht, seine tote Mama zurückzuholen.«

Der Spartaner zögerte einen Augenblick, wahrscheinlich um zu verstehen, was er da eben gehört hatte.

»Tatsächlich ...?«, antwortete er.

»Nun verhält es sich allerdings so«, sagte Bure, »dass der Junge mit Kapitän Tvefots Sohn unterwegs ist und möglicherweise in Begleitung einer weiteren Person.«

»Ach? Und wer soll das sein?«

»Das weiß ich nicht. Ich weiß nur, dass meine Hildiner und ich einer Gruppe von drei Personen durch den Wald gefolgt sind. Sie sahen aus wie Kinder, mehr konnte ich nicht erkennen; dann haben wir sie aus dem Blick verloren. Ich habe ihnen zugerufen, dass sie stehen bleiben sollen. Hrm. Sie wollten nicht auf mich hören.«

»Nicht?«, antwortete der Spartaner. »Sieh einer an, dieses junge Gemüse.«

Bure reckte seinen sehnigen Hals und spähte in den Garten. Er hatte ein nettes Gesicht, aber er sah verhärmt aus und müde, seine Augen waren geschwollen. Vielleicht schlief er nicht gern im Wald?

»Sie sind nicht zufällig hier aufgetaucht, um sich bei dir zu verstecken?«, fragte er und sah den Spartaner an. Die Prinzessin, Trine und ich kauerten mucksmäuschenstill hinter den Büschen und warteten darauf, wie es weitergehen würde.

Der Spartaner lachte kurz auf.

»Wenn mich ein Kind sieht, nimmt es die Beine in die Hand und rennt um sein Leben, das kann ich dir versichern«, antwortete er.

Bure stieß eine Art verständnisvolles Brummen aus.

»Also, nein, hier ist niemand vorbeigekommen«, fuhr der Spartaner fort. »Aber ich dachte gerade vorhin noch, ich hätte Kinderstimmen unten am Bärlappmoor gehört. Das kann allerdings auch reine Einbildung gewesen sein.«

Bure zögerte, kratzte sich den Nacken.

»Am Bärlappmoor, sagst du?«

»Einen Versuch wäre es vielleicht wert«, sagte der Spartaner und nickte in Richtung Südosten.

Bure seufzte, dann gab er seinen Hildinern Befehl, zum Moor weiterzugehen.

»Danke«, sagte er.

»Ich helfe dem Tod, wo ich kann«, erwiderte der Spartaner und schon wenig später waren die Hildiner nicht mehr zu sehen.

Wir warteten noch eine Weile, bevor wir uns aus unserem Versteck wagten. Der Spartaner hatte unterdessen weiter seine Rosen gegossen. Dort, wo er schon gewesen war, glänzte die Erde schwarz. Die Büsche schienen sich vor ihm zu verbeugen, so schwer waren die Zweige von den vielen roten Blüten. Ja, dieser Spartaner war hässlich, aber er wusste, wie man etwas Schönes pflegen musste. Er trug einen geflickten Kittel.

»Wir schulden dir Dank«, sagte die Prinzessin. »Weil du unseretwegen gelogen hast.«

»Bure Barst muss die Befehle des Kapitäns befolgen. Ich muss das nicht, Euer Majestät«, antwortete der Spartaner, ohne sie dabei anzusehen.

Die Prinzessin stieß ein höfliches Lachen aus.

»Nein, das stimmt natürlich«, sagte sie und schaute sich neugierig um. »Wie heißt du?«

Da drehte er sich zu ihr um und durchbohrte sie mit diesem glasigen, starren Blick.

»Spartacus«, antwortete er und seine Stimme klang ziemlich merkwürdig. Fast so, als müsste sie wissen, wer er war.

»Nun denn, Spartacus«, sagte die Prinzessin. »Wir würden uns gern für deine Unterstützung erkenntlich zeigen. Gibt es irgendetwas, das wir für dich tun können?«

Spartacus lächelte, wieder so, dass man es kaum erahnen konnte. Er ging zum Haus, stellte die Gießkanne ab und öffnete die Tür.

»Kommt rein«, sagte er.

Wir traten über die niedrige, abgewetzte Schwelle. Das Häuschen war ärmlich eingerichtet. Der Boden war aus Erde, festgestampft, hell und glatt. Es gab einen einfachen Tisch mit einer Bank, über der Kochstelle hing ein Kessel. Auf dem schmalen Bett in der Ecke lag nur eine dünne Decke. Auf einem Regal in Kniehöhe standen ein paar leere Eimer, drei Tontöpfe, die mit Stoffstücken zugedeckt waren, und ein paar Flechtkörbe. Es roch nach Rauch und Wildäpfeln.

Überall an den Wänden hingen Gartengeräte. Vom Boden bis unter die Decke, nichts als Gartengeräte. Rechen, Mistgabeln, Sägen, Scheren, Zangen, Hacken, Fugenkratzer, Messer – ein einziges Durcheinander aus Spitzen und Klingen, aus rostig und scharf. Unter einem der Fenster stapelten sich ein paar kleine Blumenrechen wie eine Sammlung eiserner Gebisse. Spartacus schloss die Tür.

Gartenmeister Spartacus

»Setzt euch«, sagte Spartacus und zeigte zum Tisch. Die Prinzessin, Trine und ich drängten uns nebeneinander auf die kleine Bank. Spartacus selbst setzte sich auf das Bett mit der dünnen Decke. Schweigend betrachtete er die Prinzessin. Seine Miene war schwer zu deuten. Die Stille wurde ein bisschen unangenehm.

Die Prinzessin sah sich in der Hütte um, ihr Blick wanderte über all die scharfen Werkzeuge und die einfachen Möbel.

»Ich wusste gar nicht, dass die Fortmark bewohnt ist«, sagte sie.

»Hm«, machte Spartacus.

Dann wurde es wieder still. So still, dass es einem in den Ohren klingelte.

»Du hast schöne Blumen«, sagte die Prinzessin.

Da lächelte er, aber sein Lächeln war nicht freundlich, sondern kalt und bitter.

»Schöne Blumen«, sagte er. »Sinnlose Blumen.«

Er stand auf und ging zum Fester, stand nur da und sah hinaus in seinen Garten. Etwas unsagbar Trauriges ging von ihm aus. Etwas, das seine ganze hässliche, zusammengeflickte Gestalt umgab. Wie eine Wolke aus Trauer.

»Was meinst du damit, dass sie sinnlos sind?«, fragte ich.

»Ich meine damit, dass meine Rosen nichts anderes sind als Träume aus Torf und Erde«, antwortete Spartacus, ohne sich umzudrehen. »Aber einst wohnte ich in Skrim.«

Die Prinzessin summte wissend.

»O ja, die Rosen in Skrim, das sind Rosen«, sagte sie lächelnd. »Die Gärten der Destillerie sind etwas ganz Besonderes.«

»Das ist mir bekannt«, sagte Spartacus. Seine Stimme klang mit einem Mal scharf und sein Blick war hart. »Weil *ich* sie gepflegt habe.«

Er machte ein paar Schritte in den Raum hinein, verschränkte die Pfoten hinter dem Rücken und betrachtete seine Geräte; ließ den Blick über rostige wie scharfe Klingen gleiten. Er seufzte leise.

»Die Destillerie?«, sagte ich. »Wo das Rosenwasser hergestellt wird?«

»Ganz genau«, antwortete Spartacus. »Vor sehr langer Zeit war ich dort Gartenmeister. Endlose Ländereien lagen in meinen Pfoten. Und alles nur für den Tod.«

Bei diesem letzten Satz stockte seine Stimme. Für einen kurzen Moment schloss er die Augen und stand einfach nur da, schluckte, um die Tränen zurückzuzwingen, die in seinem kurzen Hals aufsteigen wollten. Wir wussten nicht, was wir sagen sollten.

Als Spartacus sich wieder gefangen hatte, nahm er eine Heckenschere von der Wand. Er strich sacht mit der Pfote über die scharfen Klingen, befühlte den Griff aus Holz. Dann sah er die Prinzessin an.

»Dein Vater hat dir nichts von mir erzählt?«

Sie schüttelte den Kopf.

»Ich kann mich jedenfalls nicht daran erinnern«, murmelte sie.

Spartacus lachte, kurz und gekünstelt.

»Mit Stumpf und Stiel beseitigt«, sagte er.

Er holt einen Hocker und setzte sich uns gegenüber. Die Heckenschere legte er vor sich auf den Tisch.

»Er hat mir alles genommen, dein Papa König, alles, was mir je etwas bedeutet hat. Nichts war mir wichtiger als die Liebe zum Tod. Und die Destillerie war der Ort, an dem diese Liebe Gestalt annahm. Auf diese Weise war ich dem Tod nah. Wenn er in seinen Wagen stieg und den Duft einatmete, dann atmete er *mich.*«

»Ich denke, die meisten Spartaner empfinden so für den Tod«, sagte die Prinzessin.

»Aber weil *er* der König ist, bildet er sich ein, mit unserer Liebe spielen zu können!«, fauchte Spartacus. Sein plötzlicher Wutausbruch ließ uns alle drei zusammenzucken. »Ich wurde ausgestoßen!«

Die Prinzessin wusste nicht, wo sie hinschauen sollte. Sie tat mir leid. Für etwas, das der König von Sparta getan hatte, konnte man ja unmöglich ihr die Schuld geben. Aber Spartacus schien das anders zu sehen.

»W-was ist denn passiert?«, fragte ich.

Wieder fuhr er mit der Pfote über die Klingen der Heckenschere; sie waren lang und scharf wie glänzende Messer. Mir wurde schon vom Hinsehen ganz schlecht. Spartacus' Krallen waren schmutzig und kurz, abgenutzt von der ewigen Gartenarbeit.

»Was passiert ist, fragst du?«, sagte er. »Ein anderer ist gekommen.«

»Ein anderer was?«, fragte Trine.

»Ein anderer Gartenmeister«, sagte Spartacus. »Eines Tages tauchte der König mit ihm bei mir auf. Sagte, wir sollen uns gegenseitig helfen ... Sagte, die Arbeit wäre zu viel für einen allein.« Er schüttelte den Kopf, schloss die Augen. »Ich konnte es nicht ertragen«, flüsterte er. Ein dünner Schleimfaden rann aus seiner feuchten Nase. Er wischte ihn mit dem Unterarm weg. »Eines Abends, es war schon spät, ging ich hinaus in die Felder. Ich kippte Essig in die Erde. Die Rosen verwelkten, nichts als graue Stängel blieben von ihnen übrig. Tag und Nacht hing ein schrecklicher Gestank über der Destillerie. Und als sie versuchten, das Verdeck des Wagens mit diesem Wasser zu waschen, da ... nun, ihr könnt es euch ja denken. Ich sagte dem König, es wäre die Schuld des Neuen gewesen. Er hätte in seiner Respektlosigkeit die Rosen vernachlässigt. Aber meine Lüge kam ans Licht. Sie entdeckten die Essigflaschen in meinem Werkzeugschuppen. Da das Verdeck sehr schwer beschädigt war, wurde ich hart bestraft. Ich wurde geköpft und verbannt.«

Ein eisiger Schauer lief mir den Rücken hinunter und mein Blick fiel unwillkürlich auf die dicke weiße Narbe. Eine furchtbare Vorstellung, in zwei Teile geteilt zu werden. Ein Kopf zu sein, der über den Boden kullert, schreiend vor Schmerz. Mit dem Gesicht im Matsch liegen zu bleiben und nicht aufstehen zu können. Weil da keine Hände sind, mit denen man sich hochdrücken könnte. Wie schrecklich musste es sein, nichts anderes mehr zu sein als das – eine schreiende Kugel im Dreck. Und daneben ein Körper, blind und taub, der voller Verzweiflung hierhin und dorthin stürmt, vom Schmerz in den Wahnsinn getrieben. Suchend im Nichts herumzutasten, während das Blut warm und nass aus dem Hals sprudelt, als wäre man ein Springbrunnen.

Spartacus ahnte wohl, was ich gerade dachte, denn er sah mich an und sagte:

»Ja, es tut weh. Aber verbannt zu werden, das war viel schlimmer. Bis zum heutigen Tag fühle ich diesen Schmerz. Dass alles ohne mich weitergeht, als wäre nichts geschehen.«

Und auf einmal wurde sein großer hässlicher Körper von einem Weinkrampf geschüttelt. Tränen strömten seine Wangen hinunter. Wieder legte er eine Pfote auf die Heckenschere.

»Ich frage mich, Euer Majestät«, sagte er, »ob es etwas gibt, das deinem Vater denselben Schmerz zufügen würde?«

Erschrocken sahen Trine und ich uns an. Wir hatten wohl beide denselben Gedanken. War es wirklich möglich, dass Spartacus *das* tun würde? Hatte der König von Sparta ihn damals so sehr verletzt, dass er sich jetzt an ihm rächen wollte, indem er die Prinzessin mit der Heckenschere köpfte? Ich überlegte fieberhaft, wie weit es bis zur Tür war und ob wir ihm entkommen konnten, wenn wir rannten. Die Sache war nur die, dass die Prinzessin gar nicht rennen konnte. Sie war vor Angst nämlich wie gelähmt.

Spartacus zog die Nase hoch und trocknete sich die Wangen mit der Rückseite seiner Pfote.

»Du hast mich gefragt, ob ihr etwas für mich tun könnt«, sagte er dann. »Ich wäre euch dankbar, wenn ihr meine Rosen zurückschneiden würdet.« Er reichte der Prinzessin die Heckenschere. »Und räumt den Dreck hinter euch weg.«

Der Weg nach Harpyrien

Es war eine ziemliche Plackerei, Spartacus' Rosen zu schneiden. Während die Prinzessin schnitt und Trine sägte, ging ich mit dem Rechen hinterher und schob alles Abgeschnittene und Weggesägte zu Haufen zusammen. Der Schaft des Rechens war rau und schon bald hatte ich Blasen an den Händen. Inzwischen kam es mir geradezu lächerlich vor, dass ich noch vor ein paar Stunden gedacht hatte, Spartacus wolle die Prinzessin köpfen. Obwohl ich mir natürlich nicht ganz sicher war, ob er uns nicht doch ein bisschen erschrecken wollte. Auf jeden Fall war es schwer, sich einen bescheideneren Spartaner vorzustellen als ihn, der jetzt zwischen den Buschreihen hindurchging und mit seinen Rosen plauderte. Ab und zu blieb er stehen, befreite eine Blüte, die sich zwischen Stängeln und Blättern verfangen hatte, und half ihr dabei, den dünnen Nacken zu strecken, damit sie die Sonne am Himmel sehen konnte.

Irgendwie schaffte er es, dass die Prinzessin, Trine und ich neben ihm wie unbeholfene Trampel aussahen. Dabei fand ich eigentlich, dass wir uns ganz geschickt anstellten und die Büsche hinterher gut aussahen – aber Spartacus behandelte jede einzelne Blume, als würde er sie kennen.

»Kann ich dich etwas fragen?«, sagte ich, als er an mir vorbeiging.

Der Garten war in warmes Abendlicht getaucht. Ein Stück weiter standen Trine und die Prinzessin und unterhielten sich miteinander. Ich konnte nicht hören, was sie sagten, aber ab und zu mischte sich ihr Lachen unter die Geräusche der Heckenschere und der Säge.

Spartacus zupfte ein kleines braunes Blütenblatt ab, hielt es ein Weilchen vor sich und ließ es schließlich auf den Boden segeln.

»Nur zu«, sagte er.

Ich zögerte, wusste nicht so recht, was er von meiner Frage halten würde. Aber seine Traurigkeit hatte ein wenig nachgelassen, also konnte ich es vielleicht doch wagen?

»Alle hier haben den Tod so unheimlich gern«, sagte ich. »Warum ist das eigentlich so?«

»Wie meinst du das?«, fragte Spartacus.

»Ich meine … warum liebst *du* ihn?«

Er lächelte.

»Warum lieben die Blumen die Sonne?«

»Tja …«, sagte ich und suchte nach einer guten Antwort. Aber Spartacus schien gar keine Antwort zu erwarten.

»Ich weiß nur eins«, sagte er. »Als ich gestorben bin … da war er da. Er hat mich in seine Arme genommen, er hat mich mit seinen schönen blauen Augen angesehen, und ich erinnere mich, dass ich dachte: Von jetzt an gibt es nur noch dich für mich.« Er zuckte mit den Schultern. »Seit diesem Tag hänge ich an ihm. Ich glaube, es liegt daran, dass er mich gemacht hat. Du weißt doch, wie das ist, Junge? Den zu lieben, der einen gemacht hat?«

»Ja«, antwortete ich.

»Ich muss gestehen, dass das, was du vorhast, mir imponiert«, sagte Spartacus. »Ich kenne niemanden, der das jemals versucht hat.«

Ich seufzte tief. Ich wischte mir den Schweiß von der Stirn und so stand ich dort, den Rechen in den Händen, und ja, in diesem Moment erschien mir wirklich alles schwer und trostlos.

»Was ist los?«, fragte Spartacus.

»Du hast doch gehört, was dieser Steuermann gesagt hat«, antwortete ich. »Einhundert Hildiner sind ausgerückt, um mich aufzuhalten. Wie soll ich mit so vielen fertigwerden?«

Er dachte eine Weile über meine Worte nach. Dann nickte er zu dem Haufen aus Zweigen und Laub, den ich zusammengeharkt hatte.

»An der Hausecke findest du einen Korb«, sagte er. »Wir gehen zum Komposthaufen.«

Ich lehnte den Rechen an die Hauswand und holte den Korb. Er war groß, von den geflochtenen Griffen war einer abgerissen. Als ich ihn mit den Gartenabfällen gefüllt hatte, brannten meine Hände, so zerkratzt waren sie.

»Also los«, sagte Spartacus und öffnete ein anderes Tor als das, durch das wir gekommen waren. Dieses hier war kleiner und es führte zu einem ziemlich tristen, verwilderten Platz hinter der Hütte. Der Komposthaufen war riesig, ein Berg aus braunen, stinkenden Pflanzenteilen. Ich wollte den schweren Korb schon auskippen, aber Spartacus hielt mich auf.

»Ganz nach oben.«

Ich schaute zur Spitze des Kompostberges, hoch über meinem Kopf, und dann wieder zu Spartacus.

»Ich weiß nicht, ob ich das schaffe«, sagte ich.

»Doch, doch, das schaffst du schon«, sagte Spartacus. »Und jetzt hoch mit dir.«

Ich schluckte. Ich war müde von der Schufterei im Garten, aber sein Tonfall war so streng gewesen, dass ich mich nicht traute, ihm zu widersprechen. Also packte ich den Griff des Korbs und begann den mühsamen Aufstieg.

Meine Füße sanken tief in den weichen Untergrund ein. Bis zu den Knien steckte ich im Kompost. Unzählige Schichten aus verrottenden Rosenblättern, womöglich die Gartenabfälle der letzten hundert Jahre? Der Gestank verursachte mir Übelkeit und die vielen Dornen zerkratzten meine Arme und Beine.

»Es geht nicht!«, rief ich Spartacus zu.

»Ganz nach oben, Junge!«, war alles, was er darauf entgegnete.

Ich schleppte und zog, fiel vornüber und setzte meinen Weg auf allen vieren fort. Warum musste ich unbedingt ganz nach oben? Hatte er vielleicht doch Freude daran, andere zu quälen? Hatte er uns mit Absicht Angst eingejagt, als er uns gegenübersaß und auf diese unheimliche Art seine Heckenschere gestreichelt hatte? Machte es ihm Spaß, mir dabei zuzusehen, wie ich mich diesen stinkenden Haufen hinaufkämpfte, mich abrackerte, bis meine zerkratze Haut blutete?

Es kam mir vor, als wäre der Korb mit Blei gefüllt. Nur noch ein paar Meter. Mein Kopf, mein ganzer Körper pochten vor Hitze und Erschöpfung. Mit einem Kampfschrei warf ich mich das letzte Stück nach oben und kippte den Korb aus. Ich weiß nicht, warum ich dabei auf einmal schluchzen musste. Wahrscheinlich, weil ich so erschöpft war.

»Heulst du etwa?«, rief Spartacus.

»Nein«, schrie ich.

»Dann ist ja gut«, antwortete er. »Zum Heulen ist es noch zu früh.«

»Was?«

»Glaubst du etwa, beim Tod wird es leichter?«

»Ich weiß nicht! Ich meine, nein! Ich will jetzt runterkommen!«

»Glaubst du, dass er einfach auf deine Mama verzichten wird? Dass er sie dir überlässt wie einen warmen Schal, wenn der Winter kommt?«

»Nein!«

Er kaute auf seiner schwarzen, glänzenden Unterlippe herum und sah mit einem Mal ganz gedankenverloren aus.

»Hat sie solche Dinge getan?«, fragte er. »Dir warme Kleider gegeben? Hat sie dir abends die Decke festgestopft? Nach dir gerufen, wenn du zu lange im Wald geblieben bist?«

»Warum fragst du das?«

»Hat sie das getan, habe ich gefragt!«

»Ja!«

Spartacus nickte.

»Weil sie dich geliebt hat. Genauso sehr, wie du sie geliebt hast.«

Er verstummte. Sein krummer Nacken, die dicke weiße Narbe, das struppige Fell, alles war so hässlich und traurig.

»Was siehst du?«, fragte er.

»Hä?«

»Was siehst du da oben?«

»Kompost.«

»Und wenn du den Blick hebst?«

»Fichten und Berge.«

»Diese Berge, das ist das Hresagebirge, aber das wusstest du bestimmt schon«, sagte Spartacus. »Siehst du den Weg, der zum Dreifelsgipfel hinaufführt?«

Ich blinzelte zu dem breiten, schneebedeckten Felskamm. Doch, ja, da war ein Pfad, dünn wie Nähgarn. Ich sah sofort, dass es stimmte, was Antwon gesagt hatte. Dieser Weg war gefährlich und schwer.

»Ich sehe ihn«, antwortete ich.

»Wer zu Fuß nach Harpyrien will, für den gibt es keinen anderen Weg als diesen Pfad«, sagte Spartacus. »Das behaupten zumindest alle.«

»Was meinst du damit?«

»Ich meine damit, dass Tvefot und seine Hildiner diese Route einschlagen werden. Aber ich wohne seit Jahrhunderten am Rand von Sparta und ich kenne einen anderen Weg. Siehst du das große Geröllfeld?«

»Ja.«

»Dahinter gibt es einen Pass. Er ist sehr eng. Aber er verkürzt euren Weg nach Harpyrien um mindestens zehn Tage. Du kannst jetzt herunterkommen.«

Mit zitternden Beinen kletterte ich den Komposthaufen hinunter. Spartacus nahm mir den Korb ab und nickte, was wohl heißen sollte, dass ich meine Arbeit gut gemacht hatte.

»Ihr könnt heute Nacht bei mir schlafen«, sagte er. »Ich werde uns etwas zu essen machen.«

Wir gingen zum Garten zurück. Am Tor blieb er stehen und legte mir ein Pfote auf die Schulter.

»Ich wünschte, ich hätte auch erlebt, wie sich das anfühlt«, sagte er. »Zurückgeliebt zu werden.«

»Trine sagt, dass er das tut«, antwortete ich.

»Dass wer was tut?«

»Trine sagt, dass der Tod euch genauso liebt wie ihr ihn.«

Da sah Spartacus mich lange aus roten, wässrigen Augen an.

»Trine irrt sich. Wir alle sind für den Tod nicht von Bedeutung. Er liebt nur einen – und das ist er selbst.«

Der Pass

Wir verließen das kleine Häuschen kurz vor der Morgendämmerung. Der Mond klammerte sich noch bleich am Himmelsgewölbe fest, als wir am Tor standen. Ich bemerkte die Umrisse des Gartenmeisters am Fenster und winkte ihm zu. Er hob die Pfote zum Gruß, nur ganz kurz, dann ließ er den Vorhang fallen und war nicht mehr zu sehen.

»Wollen wir los?«, fragte die Prinzessin – und so brachen wir auf.

Es war herrlich, im Dämmerlicht durch den Wald zu wandern. Und ein bisschen spannend war es auch. In der rechten Hand trug ich einen ziemlich haarigen Stoffbeutel. Spartacus hatte uns Brot, Äpfel und getrocknete Waldhimbeeren eingepackt. Als er mir den Proviantsack gab, hatte er gesagt: »Hüte dich vor Träumen, die stechen, Junge.« Ja, mag sein, dass er sich manchmal ein bisschen geschwollen ausdrückte, aber seine Traurigkeit war echt, das wusste ich. Er tat mir leid.

Langsam wurde es hell und wir mühten uns weiter über die weichen Mooskissen der Fortmark, durch die endlosen Umarmungen der Fichten. Das Hresagebirge, das Tor nach Harpyrien, sah mit jedem Schritt, den wir machten, gewaltiger aus. Die Luft wurde kühler. Trine jammerte zwar immer wieder über Rückenschmerzen – wir hatten bei Spartacus auf der harten Erde geschlafen –, aber davon abgesehen waren wir guter Dinge. Es gab eine Abkürzung, eine, von der nur wir wussten! Die Prinzessin sagte, sie ginge davon aus, dass wir den Pass gegen Mittag erreichen würden, und es wunderte natürlich niemanden, dass wir dort ankamen, als die Sonne am höchsten stand. Wir aßen ein wenig von unserem Proviant, während wir das Geröllfeld erkundeten. Es schien undurchdringlich zu sein. Hätten wir nicht gewusst, dass es irgendwo eine Öffnung geben musste, hätten wir nie danach gesucht. Aber nach einer Weile entdeckten wir sie und sie war eng. Nicht mehr als ein Spalt. Trine stand lange davor und schaute hinein, blinzelte in dem kalten Wind, der ihm entgegenschlug.

»Es kommt mir so vor, als würden diese Felsen nur darauf warten«, sagte er.

»Worauf?«, fragte ich.

Er schauderte.

»Uns zu verschlingen.«

Die Prinzessin war damit beschäftigt, unser Gepäck zu sichten. »Ich denke, wir sollten uns besser jetzt schon warm anziehen«, sagte sie. »Wer weiß, was uns auf der anderen Seite des Passes erwartet.«

Und so zogen wir die gefütterten Strohschuhe und die Jacken an, die die Königin uns mitgegeben hatte. Als ich den Umhang über der Jacke verschloss, fiel mir wieder ein, was Antwon erzählt hatte. Dass der Schnee in den Bergen mehrere Meter hoch liegen konnte. Die Königin hatte uns die wärmsten Sachen einpacken lassen, die im Rubinschloss zu finden waren – aber würde das wirklich reichen, um dem Winter des Hresagebirges zu trotzen?

»Seid ihr bereit?«, fragte die Prinzessin.

Trine und ich nickten – und dann traten wir in den kalten Schlund.

Oh, wie gruselig und finster es dort war. Vorsichtig tasteten wir uns vorwärts, hielten uns gegenseitig an den Umhängen fest, um uns nicht zu verlieren. Wenn einer aus Versehen losließ, dann gab es ein großes Gefuchtel und Getaste. Einer fragte »Wo seid ihr?«, und der andere sagte: »Hier!«, und der Erste fragte: »Wo?«, und der andere sagte: »Na, hier, wo denn sonst!«, bis wir uns endlich wieder alle zusammengefunden hatten und weitergehen konnten, wie ein seltsames sechsbeiniges, blindes Wesen.

Doch zu unserer großen Freude wurde es schon bald wieder heller. Der Felssturz hatte nicht den ganzen Pass verschlossen. Nein, als wir noch ein kleines Stück gegangen waren, konnten wir hoch über der Felswand den Himmel sehen. Ich weiß nicht, warum, aber bei diesem Anblick fiel mir das Atmen wirklich leichter.

Eng war es allerdings trotzdem, das konnte man nicht anders

sagen. Der Durchgang war nicht einmal einen Meter breit. Es roch nach Erde und Stein. Hier und da lag nasser Schnee, der von oben heruntergefallen war.

Plötzlich huschte ein Schatten über den Pass. Es dauerte keine Sekunde, schon war er verschwunden.

»Habt ihr das auch gesehen?«, fragte Trine.

Die Prinzessin, die voranging, war stehen geblieben und spähte nach oben. Sie sagte nichts, ging sofort wieder los.

»Was kann das gewesen sein?«, fragte Trine und lief ihr eilig nach.

»Vielleicht eine Wolke«, antwortete die Prinzessin.

Trine und ich blickten in den klaren, blauen Himmel.

»Dann war es aber eine ziemlich schnelle Wolke«, sagte Trine.

Die Prinzessin antwortete nicht, ging mit zügigen Schritten weiter. Unruhe machte sich in meinem Magen breit. Wenn es *keine* Wolke gewesen war – was war es dann gewesen? Ich wusste ja, dass die Harpyren ein geflügeltes Volk waren, und ich wusste auch, dass sie von Natur aus misstrauisch waren. Vielleicht waren wir doch nicht die Einzigen, die von dem Pass wussten. Was, wenn die Harpyren diesen Weg sehr wohl kannten?

Es dauerte nicht lange, bis der Schatten erneut auftauchte. Genauso schnell war er wieder verschwunden.

»Das gibt's doch nicht!« Trine blieb stehen. »Wer ist da?!«, rief er.

»Psst!«, zischte die Prinzessin.

»Kapierst du nicht, dass da jemand ist? Wir werden beobachtet!«, sagte Trine.

»Kapierst *du* nicht, dass wir nichts dagegen tun können?«, antwortete die Prinzessin flüsternd. »Wir gehen jetzt weiter, damit wir irgendwann aus diesem Pass herauskommen.«

»Und wenn wir draußen sind?«, sagte Trine. »Was erwartet uns dann, hä? Wenn Vingmor weiß, dass wir hier sind …«

»Das kann sie nicht wissen«, fiel die Prinzessin ihm ins Wort. Sie spähte nach oben zu den stummen, schneebedeckten Felskanten. »Ich meine, wie sollte sie das erfahren haben?«

»Ich finde, die Prinzessin hat recht«, sagte ich. »Wir können nichts anderes tun, als weiterzugehen. Einverstanden?«

Trine nickte kurz. Dann setzten wir den Weg fort.

Wir gingen jetzt schneller. Ich glaube, keiner von uns konnte dieses Gefühl abschütteln, dass wir verfolgt wurden. Trine führte die ganze Zeit Selbstgespräche, murmelte etwas von bösartigen, hinterhältigen Harpyren, von Federvolk, das nichts Besseres zu tun hatte, als herumzufliegen und einem in den Bergen aufzulauern.

»Aber es sind doch ihre Berge und wir sind die Eindringlinge«, sagte ich.

»Ja, ja, aber trotzdem«, sagte Trine.

Ohne Vorwarnung fiel eine Handvoll Schnee herunter und landete in seinem Nacken.

»Was auch immer im Schummerw…« Er reckte seine Rüsselnase in die Luft und brüllte aus vollem Hals: »Findet ihr das etwa lustig, oder was?«

»Trine, sei leise!«, zischte die Prinzessin. Aber Trines Unruhe hatte sich in Zorn verwandelt und er dachte gar nicht daran, noch länger leise zu sein.

»Ich schlage vor, dass ihr uns eure feigen Gesichter zeigt, statt euch zu verstecken!«, schrie er. »Zeigt euch!«

Eine neue Schneedusche rauschte herunter. Dieses Mal war es schon mehr, wir bekamen alle drei eine Ladung ab. Trine spuckte und fauchte, schüttelte sich, dass das weiße Pulver nur so stob.

»Ach so?«, brüllte er außer sich. »Ihr wollt es nicht anders? Von mir aus! Das kann ich auch!«

Er kratze eine jämmerliche Menge Schnee zusammen und schleuderte sie nach oben.

»Trine, bitte!«, sagte die Prinzessin, während die ganze Handvoll wieder auf uns heruntergerieselt kam. »Ich bin mir gar nicht sicher, dass jemand nach uns wirft.«

»Natürlich wirft da jemand!«, schnauzte Trine sie an. »Sie machen sich einen Spaß daraus, uns zu erschrecken, und sie werden damit weitermachen, bis wir aus diesem verflixten Pass draußen sind, aber ich HABE KEINE ANGST!«

Seine Worte hallten zwischen den Felswänden wider, wurden zu einem Echo, das sich bis hinauf zu den dicken, schweren Schneeschichten fortsetzte, und plötzlich sahen wir, wie sich ein großes Stück löste und direkt auf uns herunterstürzte.

»Achtung!«, schrie ich.

Wir retteten uns unter einen Felsvorsprung, schafften es gerade noch, bevor der Schnee krachend auf dem Grund des Passes landete.

»Oh, Hilfe«, keuchte Trine.

»Kapierst du jetzt, warum du leise sein sollst?«, sagte die Prinzessin. »Der Schnee hat sich gelöst, weil du so herumgeschrien hast.«

Erschrocken starrte Trine die Lawine an.

»Ist gut«, antwortete er heiser.

»Der Schnee hätte uns leicht unter sich begraben können«, sagte ich. »Wir hatten Glück, dass wir uns noch in Sicherheit bringen konnten. Lasst uns schnell von hier verschwinden.«

Doch da hörten wir ein seltsames Geräusch. Es klang wie ein sehr dumpfes Knacken, gefolgt von einem tiefen Grollen, und dann ging alles ganz schnell. Als ich den Blick hob, waren die Massen schon auf halbem Weg nach unten. Gewaltige, rutschende, wirbelnde Massen. Wie eine riesige Sturzwelle aus nichts als Weiß, wie ein donnernder Monsterschlund, der uns verschlang. Ich konnte nicht mehr schreien. Ich konnte nicht einmal mehr Angst empfinden. Ich weiß nur noch, dass ich umgeworfen wurde, dass mir die Luft aus der Lunge gequetscht wurde und dass all das Weiß plötzlich schwarz war.

In der Felsenburg

Als ich meine schmerzenden Augen aufschlug, sah ich in der Dunkelheit ein kleines Feuer. Es war verschwommen, zuckte hierhin und dorthin, als hinge es wie eine Marionette an Fäden. Ich versuchte, mich zu bewegen, aber es ging nicht. Mein Körper war wie versteinert und so kalt, als wäre er aus Eis. Ja, wenn ich es nicht besser gewusst hätte, dann hätte ich wohl geglaubt, ich wäre wirklich gefroren. Es fühlte sich an, als wären meine Augen, die ich mit Mühe aufbekommen hatte, der einzige kleine Teil von mir, der wenigstens halbwegs aufgetaut war. Aber sie zu benutzen, zu versuchen, dieses kleine Feuer mit dem Blick festzuhalten, tat unerträglich weh und schon bald machte ich die Augen wieder zu. Vielleicht für ein paar Sekunden. Vielleicht für viele Stunden.

Als ich sie das nächste Mal öffnete, war das Feuer noch da, aber es hatte aufgehört zu zucken. Die Flammen bewegten sich vorsichtig, beinahe rücksichtsvoll, wie dünne Gardinen vor einem Fenster, das im Sommer offen steht. Nach und nach trat der Raum aus der Dunkelheit hervor. Er war höhlenartig und düster. Kahle Felswände, hier und da mit Mauerwerk geflickt. Gewölbte Fenster in tiefen Nischen. Eine gemauerte Feuerstelle. Möbel gab es keine.

Nicht weit von mir entfernt stand jemand und schaute mich an. Ihre starren gelben Augen wie aus Glas. Der Schnabel scharf und krumm wie eine Sichel. Am Fuß trug sie eine Kette, ich glaube, aus Bernstein. Sie rührte sich nicht. Das Feuer warf flackernde Schatten, die tastend über ihr gefiedertes Gesicht glitten.

Direkt hinter ihr standen noch mehr dieser gefiederten Wesen. Genauso bohrend stumm, mit demselben feindseligen Blick. Als ob sie nicht blinzeln *konnten*. Sie waren klein, reichten mir ungefähr bis zur Taille. Harpyren. Fünf, wenn ich richtig gezählt hatte, sechs, wenn ich die mit dem Schmuck dazurechnete. Langsam setzte ich mich auf.

»Wo bin ich?«, fragte ich.

Stille.

»Du bist in der Felsenburg«, antwortete schließlich die mit der Kette. »Wir haben eine ganze Weile gebraucht, bis wir euch ausgegraben hatten.«

»Bist du …«, sagte ich und schluckte, denn ihr Blick machte mir Angst. »Bist du Vingmor?«

Sie hob den rechten Fuß, blieb auf einem Bein stehen und kratzte sich im Nacken.

»Nein«, sagte sie »Ich bin ihre Dienerin. Mein Name ist Härfjäder.«

Ich fröstelte. In dem Raum war es kalt, trotz des Feuers. Oder steckte die Kälte in mir? Breitete sie sich von innen in meinem Körper aus?

»Meine Freunde«, sagte ich. »Wo sind sie?«

»Sieh dich um«, war alles, was Härfjäder sagte.

Da sah ich, dass hinter mir zwei reglose Gestalten lagen. Obwohl jeder kleine Muskel in mir protestierte, warf ich mich herum, um nachzusehen, wie es ihnen ging. Trine öffnete vorsichtig die Augen, als ich eine Hand auf seine Wange legte.

»Sasja, bist du das?«

»Ja.«

Er zitterte, ich konnte ihm ansehen, dass er Schmerzen hatte.

»Die Prinzessin?«, fragte er.

»Ich bin hier.«

Sie richtete sich auf, hielt sich den Kopf mit den Pfoten und so blieb sie lange sitzen. Dann hob sie den Blick. Das Feuer spiegelte sich in ihren dunklen Augen, als sie die grimmigen Harpyren musterte.

»Guten Tag«, sagte sie.

Sie bekam keine Antwort. Stattdessen sagte Härfjäder:

»Eine ungewöhnliche Gesellschaft. Die Tochter des Königs von Sparta, Kapitän Tvefots jüngster Sohn ... und ein Junge aus der Vergänglichkeit. Und ihr seid also auf dem Weg zum Tod.«

»Woher weißt du das?«, fragte ich.

Härfjäder drehte sich zu den beiden Harpyren um, die hinter ihr standen, und nickte ihnen zu. Mit wenigen Flügelschlägen erhoben sie sich vom Boden, flogen über meinen Kopf hinweg, und ich zuckte erschrocken zusammen, weil sie mir plötzlich so riesig erschienen. Das kleine Feuer flackerte, als hätte es ebenfalls Angst bekommen. Die Harpyren verschwanden in einem gemauerten Tunnelgang.

Als sie zurückkamen, hatten sie Tjalve dabei. Sein Blick war düster, seine Kleider waren in noch schlechterem Zustand als bei unserer letzten Begegnung. Fast nur noch Fetzen.

»Wir haben den Hildin an den Gletscherseen des Steilfalls entdeckt. Er hatte sich verlaufen und war ganz ausgehungert«, sagte Härfjäder. »Er sagte, er wäre von seinem Vater geschickt worden, um dem Tod von einem Besucher im Reich zu berichten.«

Tjalve schwieg, schaute unverwandt zu seinem Bruder. Er sah nicht gerade freundlich aus.

»Aber er wusste noch mehr zu erzählen«, fuhr Härfjäder fort. »Nämlich, dass er erst kürzlich auf diesen Besucher gestoßen ist, in Gesellschaft von zwei weiteren Kindern, ein paar Tagesmärsche von der Fortmark entfernt. Seitdem haben wir auf euch gewartet. So, wie Vingmor es angeordnet hat.«

»Du hast uns verraten!«, fauchte Trine.

»Was bildest du dir eigentlich ein?«, erwiderte Tjalve. »Dachtest du etwa, ich würde euch mit eurer idiotischen Idee davonkommen lassen?«

»*Du* bist idiotisch!«, sagte Trine. Seine Stimme schwankte zwischen Weinen und Wut.

»Hört auf«, sagte ich. »Das bringt doch nichts.«

Härfjäder durchbohrte mich mit ihrem Blick.

»Ist das wahr?«, fragte sie. »Bist du hierhergekommen, um deine tote Mutter zurückzuholen?«

»Ja«, antwortete ich. »Das bin ich.«

»Und ihr sollt ihm dabei helfen?«

Trine und die Prinzessin nickten. Härfjäder musterte die beiden mit einer Mischung aus Verwunderung und Missfallen.

»Doch dann seid ihr in die Lawine geraten«, murmelte sie. »Wer hätte das gedacht. Woher wusstet ihr von Mitthälls Ader?«

»Wovon?«, sagte ich.

»Dem Pass.«

Ich wusste nicht, was ich darauf antworten sollte. Es fühlte sich falsch an, den Gartenmeister Spartacus zu erwähnen. Er hatte uns schließlich ganz im Vertrauen von dem Pass erzählt. Offenbar dachte die Prinzessin dasselbe, denn sie streckte sich auf diese hochmütige Art, wie nur sie es konnte.

»Spielt das eine Rolle?«, sagte sie kühl.

Erst sah Härfjäder aus, als wäre sie über diese Antwort verärgert und würde gleich wütend werden, aber dann sagte sie:

»Nein. Wichtig ist nur, dass wir hier und jetzt dieses Chaos verhindern, das ihr verursachen wolltet.«

Sie wandte sich an die anderen.

»Wir sperren sie ein.«

Die Harpyren flogen auf, rauschten auf uns zu und packten uns mit ihren Füßen. Ihre langen Krallen zerrissen mir die Kleider, bohrten sich wie Messer in meine Arme. Ich wurde hochgezogen, bis ich stand. Eine von ihnen, sie hatte eine lange Narbe im Gesicht, nickte zu einem Gewölbegang am Ende des Raums.

»Bewegt euch«, schnarrte sie.

Tjalve stand da, als hätte ihn der Blitz getroffen. Bestürzt drehte er sich zu Härfjäder um.

»A-alle drei ...?«, fragte er.

»Alle drei haben dasselbe schlechte Urteilsvermögen bewiesen, nicht wahr?«, antwortete Härfjäder.

»Ja, aber«, stotterte Tjalve, »mein Bruder ... Trine ...«

»Du kannst stolz auf dich sein, Tjalve Tvefot«, sagte Härfjäder. »Was du für den Tod und sein Reich getan hast, ist von unermesslicher Bedeutung. Vingmor gibt sich die Ehre, heute Abend mit dir zu essen.«

Dann flog sie auf und folgte uns in das dunkle Gewölbe. Das Letzte, was ich sah, als ich mich umdrehte, war die blanke Verzweiflung in Tjalves Gesicht.

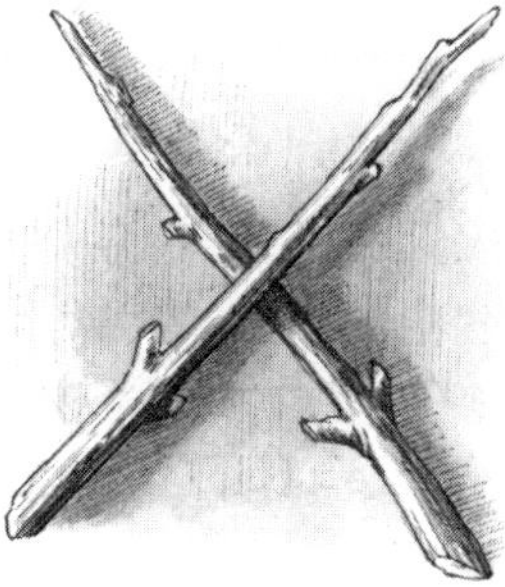

Räume und Säle

Die Harpyren scheuchten uns eine Treppe aus Fels und verwitterten Ziegeln hinunter. Die Stufen waren steil. Ich stolperte und fiel vornüber, dachte, ich würde mir alle Knochen brechen, aber zum Glück konnte ich mich an der Ecke einer Fensternische abfangen. Die Scheibe war zerbrochen, übrig waren nur der Bleirahmen und ein paar Scherben, die auf dem Treppenabsatz im Staub lagen. Ein kühler Luftzug streifte mich. Draußen wurde es dunkel. Oder wurde es hell? Wir befanden uns auf der Nordseite des Hresagebirges. Das Tal unterhalb der Felsenburg war grün und schön. Dort wuchsen Birken, Nebel umhüllte die Stämme mit seinen zarten weißen Schleiern. Das Schloss, in dem wir uns befanden, war genau das, was sein Name besagte: eine Burg, die auf einem großen Felsvorsprung errichtet worden war. Wie ein Buckel ragte sie aus dem Berg, und als mein Blick an der rauen, hellen Felswand hinunterwanderte, wurde mir ganz schwummrig. Waren wir hundert Meter über dem Boden? Mehr? Einen Weg konnte ich jedenfalls nicht entdecken. Wer keine Flügel hatte und trotzdem in das Schloss wollte, musste wohl oder übel klettern.

»Gefällt dir die Aussicht?«, fragte die Harpyre, die hinter mir gelandet war. Es war die mit der Narbe im Gesicht.

Ich wusste nicht, was ich darauf antwortete sollte. Wusste nicht einmal, ob ich mich *traute*, ihr eine Antwort zu geben. Ihre Augen sahen streng und boshaft aus. Vielleicht wartete sie nur auf eine Gelegenheit, mich mit ihren Krallen aufzuschlitzen? Doch anscheinend war sie gar nicht an einer Antwort interessiert, denn sie nickte nur mit ihrem kleinen Kopf und sagte: »Geh.«

Ich stieg weiter die Treppe hinunter, folgte den anderen immer tiefer in den Berg. Erst durch ein Gewölbe, dann durch einen riesigen Grottensaal. Bis auf ein paar Fackeln an den Wänden war er leer. Als ich nach oben schaute, glaubte ich, auf einem Vorsprung unter der Decke große Nester zu sehen, aber ich war mir nicht sicher. Dann kam ein Abschnitt, wo die Prinzessin, Trine und ich ein Stück klettern mussten, und dann kam ein weiterer Saal. Die ganze Zeit kreisten die sechs Harpyren über unseren Köpfen.

Leise wimmernd stolperte Trine vor uns her.

»Die Kerkerhöhlen von Harpyrien«, murmelte er. »Nichts soll schlimmer sein … Nichts … Die Dunkelheit, die Nässe … o weh!«

»Ganz ruhig«, sagte die Prinzessin, die direkt hinter ihm ging.

»Ruhig?«, sagte Trine. »Wie soll man ruhig sein, wenn man …« Seine Stimme brach und er schluchzte. Er blieb stehen und schlang die Arme um seinen zitternden Körper. »Ich will nicht«, weinte er. »Ich will das einfach nicht.«

Die Prinzessin wirkte verbissen. Ihre schönen Kleider waren schmutzig. Ihr Umhang zerknittert und kaputt.

»Das bringt doch nichts«, sagte sie. »Geh weiter, Trine, bitte.«

Immer neue Räume und Säle tauchten aus der Dunkelheit auf. Sie waren mir unheimlich und mit jedem Schritt gruselte ich mich noch mehr. Die Grottenwände, hellbraun und ausgehöhlt wie alter, bröckelnder Kork. Das Wasser, das sich eisig kalt durch meine Strohschuhe presste und sie immer schwerer machte. Die Feuer, kleine Flammen, die sich gegen die Dunkelheit stemmten; ein verzweifelter, trotziger Kampf, den sie nie gewinnen würden. Wohin man auch sah, konnte man glimmende Augenpaare im Schwarz erahnen. Ja, überall hockten Harpyren, reglos und stumm, als wären sie auch aus Stein. Die Angst – nein, das Entsetzen, wie ein bohrendes Loch tief in mir drinnen. Wie lange noch, bis wir am Ziel waren? Brachten sie uns zum wahren Zentrum der Dunkelheit? Semilla, Semilla, hilf mir, dachte ich. Papa, hilf mir. Ich bin nicht mehr der Junge von der anderen Seite, der mit dem Schwert in der Hand angestürmt kommt, der Krieger, der dem Tod die Stirn bietet. Ich bin doch nur Sasja. Ein Kind in eurem Garten. Wieso bin ich fortgegangen?

Wir kamen an einen kleinen Höhlensee. Hier brannten viele Fackeln und das war ein Glück, denn der Weg führte über eine Reihe von Steinen, die aus dem Wasser ragten. Trine rutschte aus, um ein Haar wäre er in den See gefallen, aber die Prinzessin war schnell und fing ihn rechtzeitig auf. Sie wischte ihm die Tränen von den Wangen und dann fasste sie ihn an den Schultern, hielt ihn ganz fest, als wollte sie seinem bebenden kleinen Körper Mut einflößen.

»Versuch, keine Angst zu haben«, sagte sie.

»Ich *habe* aber Angst«, weinte Trine. »Du etwa nicht?«

»Doch, natürlich«, sagte die Prinzessin. »Aber ich versuche trotzdem, Ruhe zu bewahren, und ich will, dass du dasselbe tust.« Sie senkte die Stimme: »Es ist nicht klug, sie zu reizen. Verstehst du?«

»Lass mich!«, winselte Trine und riss sich los. Für einen Augenblick sah es aus, als wollte er flüchten, den Weg zurückrennen, den wir gekommen waren, aber nichts entging dem Blick der Harpyren. Sofort landeten zwei von ihnen vor Trine, plusterten sich auf und sahen sehr bedrohlich aus.

»Lauf nur«, sagte die eine.

»Wir werden ja sehen, wie weit du kommst«, sagte die andere und zeigte ihm ihre langen, messerscharfen Krallen.

Die Prinzessin zog Trine an sich.

»Lasst ihn in Frieden«, murmelte sie. »Er beruhigt sich gleich wieder.«

Auf der gegenüberliegenden Seite des Sees führte eine kleine Treppe vom Wasser weg und dann ging die lange Wanderung weiter. Durch den dunklen Berg, durch neue Räume und Säle.

Schließlich waren wir angekommen. Eine kleine, düstere Höhle, davor ein Gitter aus geschmiedeten Stangen. Eine einsame Fackel an der Wand. Oh, es war schaurig. Oh, so bitter, schwarz und schaurig, vor dieser Höhle zu stehen. Als Härfjäder mit ihrem Fuß den Schlüssel nahm und das quietschende Eisengitter öffnete, da weinten wir beide, Trine und ich. Die Prinzessin wandte das Gesicht ab. Vielleicht war es die Demütigung, die sie dazu brachte? Nichts anderes tun zu können, als danebenzustehen und zuzusehen, wie jemand das Verlies öffnete, in dem man eingesperrt werden sollte – war das vielleicht zu viel für eine wie sie?

»Rein mit euch«, sagte Härfjäder.

Langsam traten wir durch die enge Türöffnung. Langsam, als stemmten wir uns gegen einen Sog, als wollte die Höhle uns in den Berg hineinziehen. Ich sah einen Stapel Decken und einen Teller mit Brot auf dem Boden.

»Wo sind unsere Sachen?«, fragte die Prinzessin.

»Euer Gepäck braucht ihr nicht mehr«, antwortete Härfjäder. »Eure Reise ist zu Ende.«

»Aber die Schwerter?«, sagte die Prinzessin. »Wir hatten sie dabei, um damit zu spielen.«

Härfjäder sah sie aus ihren starren gelben Augen scharf an.

»Die Lust am Spielen wird euch hier schnell vergehen«, sagte sie. Sie schlug das Gitter zu und wollte gerade abschließen, da wurde Trine von Panik gepackt. Schreiend warf er sich gegen die Eisenstangen.

»Mein Papa ist auf dem Weg nach Harpyrien, nur damit ihr es wisst!«, rief er.

»Trine, beruhige dich«, sagte die Prinzessin flehend.

»Und er hat eine ganze Truppe Hildiner dabei! Hundert Mann!«, rief Trine weiter. »Nehmt euch in Acht, denn wenn er erfährt, dass ihr mich eingesperrt habt, d-dann schlägt er euch die Köpfe ab! Euch allen! Und Vingmor auch!«

»Sei endlich still!«, schrie die Prinzessin – aber da hatte Härfjäder die Tür schon wieder aufgerissen und schlagartig fielen sie über Trine her, alle sechs. Um uns herum war nur noch Geschrei und Blut, Krallen und Schnäbel und das Rauschen von Flügeln. Die Prinzessin kämpfte und ich kämpfte, wir kämpften mit dem Mut der Verzweiflung, um die Harpyren von unserem Freund auf dem Boden zu vertreiben.

Als sie endlich von ihm abließen, war er so zerfetzt, dass er aussah, als hätte man ihn in rote Farbe getaucht.

Die Prinzessin streichelte ihm die Wange. Kein Laut kam über seine Lippen. Sein Gesicht war schmerzverzerrt.

»Alles wird gut«, flüsterte sie ihm zu. »Es geht vorbei.«

Härfjäder zupfte mit dem Schnabel ein paar ihrer Federn zurecht. Dann sah sie uns an.

»Ist das wahr? Ist Kapitän Tvefot mit hundert Hildinern auf dem Weg nach Harpyrien?«

Die Prinzessin glühte vor Zorn. Sie sprang auf – und es war unglaublich, dass sie das wagte, dass sie das *konnte,* nachdem die Harpyren uns gerade gezeigt hatten, wozu sie fähig waren.

»Verschwindet!«, brüllte sie. »Schließt uns in dieser Höhle ein und verschwindet!«

Härfjäder hatte nicht viel mehr als ein Schnauben für sie übrig.

»Wie du willst.«

Ein kurzes Scheppern, als sie das Gitter schloss, ein Klicken, als sie den Schlüssel umdrehte. Schwere, geschmeidige Schläge von sechs Flügelpaaren und dann waren sie weg.

Die Prinzessin setzte sich wieder, nahm Trines Klaue in ihre Pfoten. Langsam drehte er den Kopf und sah sie an.

»Es tut mir leid«, sagte er. »Ich hatte nur auf einmal so furchtbare Angst.«

»Denk nicht mehr daran«, antwortete sie.

»Was meinst du … Wie wird es jetzt weitergehen?«, fragte Trine.

Sie schluckte.

»Ich weiß es nicht«, sagte sie. »Ich weiß nur, dass wir in dieser Höhle sitzen.«

Höder und seine Schwestern

Es war ein schrecklicher Ort, an den sie uns gebracht hatten. Dunkel und düster, kalt und totenstill. Wasser rann in dünnen Streifen die Wände herunter, bildete schwarze Spiegel auf dem Boden. Die Fackel, die im Gang vor dem Gitter brannte, war lächerlich klein. Ja, es sah aus, als ringe die Flamme um Luft, als würde ihr eine unsichtbare Hand die Kehle zudrücken. Auf einem Absatz in unserer kleinen Höhle war etwas Stroh zum Schlafen. Dort lag Trine stundenlang stumm und reglos, nachdem Härfjäder und die anderen uns zurückgelassen hatten. Irgendwann schlief er ein.

Als er aufwachte, wimmerte er leise. Die Prinzessin sagte, sie würde sich um seine Verletzungen kümmern, um wenigstens das Schlimmste ein bisschen zu lindern. Sie nahm ihren Schal ab, tauchte einen Zipfel in eine der Pfützen. Dann setzte sie sich neben Trine und fing an, seine Wunden zu säubern.

Ich sah die beiden an und fühlte mich mit einem Mal schrecklich schuldig. Nur meinetwegen saßen sie hier im Berg. Ich hätte die Reise allein antreten sollen, hätte wissen müssen, wie gefährlich so etwas werden konnte. Und nun lag Trine hier, so elend und schlimm zugerichtet, und die Prinzessin saß schmutzig und zerknittert an seiner Seite. Noch hielt sie den Rücken gerade, aber was war morgen? Vielleicht würde er sich morgen schon krümmen, und ein bisschen mehr mit jedem Tag, der verging. Immer krummer würde er werden, bis sie eines Tages gebrochen war. Und ich würde dabei zusehen und wissen, dass alles meine Schuld war.

Ein kurzes Lachen, gefolgt von einem leisen Zischen, riss mich aus meinen Gedanken. Ich trat an die Gittertür, presste die Stirn gegen das kalte Eisen. Erst konnte ich nichts sehen, weil das Fackellicht so schwach war. Ich dachte schon, ich hätte mir das Lachen nur eingebildet, als plötzlich zwei Harpyren aus der Dunkelheit heranschwebten. Lautlos landeten sie vor der Höhle, nur ein paar Fingerbreit von mir entfernt. Sie waren kleiner als Härfjäder und die anderen. Vielleicht Kinder? Die Prinzessin hörte auf, Trines Wunden abzutupfen, und kam auf die Pfoten.

»Was wollt ihr?«, fragte sie.

Eine der beiden trug Schmuck, Silberringe und eine Kette mit einem Bernsteinamulett am linken Fuß.

»Nichts Besonderes«, antwortete sie.

Die Prinzessin musterte die beiden. Sie trugen Stoffbänder, die vor der Brust über Kreuz verknotet waren. Die Harpyre mit den Silberringen reckte sich ein wenig, um Trine besser sehen zu können, der es nicht geschafft hatte aufzustehen, sondern immer noch auf dem Absatz lag. Dann schaute sie die Prinzessin an.

»Wir wissen, was ihr vorhattet«, sagte sie. »Härfjäder hat es uns erzählt. Es geschieht euch recht, dass Mutter euch eingesperrt hat.«

»Ist Vingmor eure Mutter?«, fragte die Prinzessin.

»Ja«, antwortete die mit den Ringen. »Mein Name ist Hrov. Das ist meine Schwester, Näva.«

Die mit dem Namen Näva plusterte sich auf.

»Und du bist die Tochter des Königs von Sparta?«, sagte sie.

»Ja«, antwortete die Prinzessin.

Näva und Hrov wechselten einen vielsagenden Blick.

»So ein ungehorsames Kind. Dein Vater kann einem leidtun«, sagte Hrov spitz.

Die Prinzessin ignorierte die Bemerkung.

»Nachdem ihr nichts Besonderes wollt, könnt ihr euch jetzt ja wieder verziehen«, sagte sie nur.

Da hob Hrov den linken Flügel ein wenig an, ungefähr so, als würde das Stoffband scheuern. Aber in Wahrheit wollte sie wohl eher, dass wir sahen, was sie *unter* dem Flügel bei sich trug.

»Was hast du da?«, fragte die Prinzessin.

Hrovs gelbe Augen wurden schmal.

»Was meinst du?«

»Das unter deinem Flügel«, sagte die Prinzessin. »Zeig es mir!«

Hrov hob den Flügel und der Triumph stand ihr ins Gesicht geschrieben. Nach ihr war Näva an der Reihe. Sie hatten sich beide ein Stockschwert in die Stoffriemen gesteckt.

»Sind das unsere?«, fragte die Prinzessin scharf.

»Jetzt nicht mehr«, erwiderte Hrov. »Härfjäder hatte nichts dagegen.«

Die Prinzessin warf sich gegen das Gitter und versuchte, an das Schwert zu kommen, das Hrov bei sich hatte, aber Hrov wich zurück.

»Dazu habt ihr kein Recht!«, brüllte die Prinzessin, plötzlich so außer sich, dass sie zitterte. »Das ist Diebstahl!«

»Beachte sie einfach nicht«, sagte Trine. »Sie sind nur gekommen, um uns zu ärgern.«

Näva reckte den Hals und machte dabei ein ziemlich hochnäsiges Gesicht.

»Du bist Truls Tvefots Sohn«, sagte sie.

»Danke, das wusste ich schon«, sagte Trine. Vor Schmerz verzog er das Gesicht zu einer Grimasse, als er sich auf die Ellenbogen hochstützte.

»Härfjäder sagt, du hättest geheult«, sagte Näva.

»Kann sein«, antwortete Trine.

»Das hättest du auch getan, wenn dich jemand an so einem Ort eingesperrt hätte«, sagte die Prinzessin.

Näva sah aus, als würden die Worte sie wirklich nachdenklich stimmen. Aber dann bekamen ihre Augen plötzlich ein boshaftes Funkeln und ihr kleines Gesicht spannte sich, als sie zu Trine schaute.

»Wenn dein Papa nach Harpyrien kommt, dann wird sein Kopf bestimmt als Erster rollen.«

»Was macht ihr hier?«

Die Schwestern drehten sich um. Hinter ihnen war noch jemand aufgetaucht. Dieses Mal war es ein Junge. Das war zumindest mein erster Gedanke. Er trug weder Silberschmuck noch diese gekreuzten Bänder vor der Brust.

»Hau ab!«, sagte Hrov.

»Was macht ihr?«, fragte der Harpyrjunge noch einmal.

»Wir unterhalten uns mit Mutters Gefangenen.«

»Hat sie euch das erlaubt?«

»Geh zu Vater!«

Der Harpyrjunge gehorchte nicht, sondern blieb, wo er war. Er musterte uns durch die Gitterstäbe. Sein Blick war neugierig und schüchtern zugleich.

»Ist das euer Bruder?«, fragte ich.

»Das geht dich nichts an«, antwortete Hrov.

»Warum hat er denn kein Schwert?«, fragte ich.

»Was meinst du?«, sagte sie.

»Wenn ihr schon unsere Schwerter stehlt, dann sollte doch wenigstens jeder eins bekommen, oder nicht?«

»Jungs spielen nicht mit Schwertern.«

»Doch«, sagte ich.

»Nicht in Harpyrien.«

»Ich hätte gern ein Schwert«, sagte der Bruder.

»Du sollst zu Vater gehen, habe ich gesagt!«, fauchte Hrov. Ihre Worte hallten zwischen den Felsen wider. Dann wurde es still.

»Solltet ihr nicht besser auch zu Vater gehen?«, sagte der Bruder nach einer Weile.

Noch mehr Stille.

»Na gut. Komm«, sagte Hrov schließlich und gab Näva ein Zeichen.

Es war wirklich erstaunlich, wie lautlos und schnell die Harpyren von einem Ort verschwinden konnten. Sie duckten einfach ihre kleinen, gefiederten Körper, breiteten die Flügel aus – und im nächsten Augenblick waren sie fort.

Ihr Bruder stand noch da und sah uns mit diesen neugierigen, scheuen Augen an.

»Wie heißt du?«, fragte ich.

Er zögerte, schien zu überlegen, ob er sich trauen konnte, mir zu antworten.

»Höder«, murmelte er leise. Als er die Flügel hob, um seinen Schwestern zu folgen, hielt ich ihn auf.

»Du?«

»Ja?«

»Wer hat eigentlich beschlossen, dass Jungen in Harpyrien nicht mit dem Schwert spielen dürfen?«

»Ich weiß nicht, ob das irgendjemand direkt beschlossen hat«, sagte Höder. »Es ist … na ja, es ist einfach so.«

»Sagen deine Eltern, dass es so ist?«, fragte ich.

Er dachte nach.

»Sie sagen nicht, dass es *nicht* so ist.«

Dann flog er auf und verschwand in der Dunkelheit.

Vingmor

Die Stunden krochen dahin. Ab und zu kam eine Harpyre und brachte neues Brot, tauschte die Fackel oder leerte das Gefäß aus, das wir als Nachttopf benutzten. Keine von ihnen hielt sich länger als nötig bei uns auf. Die Prinzessin hatte schon ein paarmal darum gebeten, mit Vingmor sprechen zu dürfen, aber die Harpyren antworteten noch nicht einmal auf ihre Frage. Wir waren wie drei frisch geschlüpfte Vogelbabys im Nest, dachte ich. Drei verängstigte Küken, die sich eng aneinanderkauerten, um die Wärme zu halten, die ab und zu einfach schrien, schrien, ohne gehört zu werden. Die darauf warteten, dass jemand bei ihnen landete und ihnen bestätigte, dass sie noch da waren. Dass sie nicht versehentlich zu einem vergessenen Nichts geworden waren.

Und dann plötzlich stand sie da. Wie durch Zauberei war sie aus der Dunkelheit aufgetaucht. Sie sah unheimlich aus. Ihr Gefieder war grau, dick und zottig. Ich musste unwillkürlich an eine alte Frau in einem abgetragenen, geflickten Wollmantel denken. Nur ihr linkes Auge war so gelb und gläsern wie die Augen der anderen. Das rechte war ganz und gar schwarz. Ich erkannte Vingmor sofort, obwohl ich ihr noch nie zuvor begegnet war. Über all dem Staubigen, Zerrupften lag etwas Majestätisches, etwas, das genauso uralt und unverrückbar war wie das Gebirge, in dem wir gefangen waren.

Die Prinzessin war gerade damit beschäftigt, ihren Schuh zu reparieren. Er hatte vorn an den Zehen ein Loch, das sie mit ein paar Strohhalmen stopfen wollte. Sie war vollkommen in ihre Arbeit vertieft und merkte gar nicht, dass jemand gekommen war.

»Du?«, sagte ich und stupste sie an. »Wir haben Besuch.«

Sie hob den Blick – und als ihr bewusst wurde, wer dort vor dem Gitter stand, fiel ihr der Schuh aus den Pfoten. Sie hatte so sehr auf eine Gelegenheit gewartet, ein ernstes Wort mit der alten Federdame zu reden, und konnte ihre Aufregung kaum verbergen. Sie eilte zur Tür und verneigte sich tief.

»Guten Tag.«

»Guten Tag«, erwiderte Vingmor.

Dann wurde es still. Die Prinzessin suchte vermutlich nach den passenden Worten. Bis auf das leise Tröpfeln des Wassers war kein Geräusch zu hören. Wie ein Zeitmesser. Tropfende Sekunden. Vingmor sah mich an. Gründlich und eingehend. Ohne zu blinzeln. Ohne ein Wort. Sie wandte sich an die Prinzessin.

»Wie geht es dem Hildin?«.

Die Prinzessin warf einen Blick zu Trine, der auf dem Absatz lag.

»Es wird besser«, antwortete sie.

Vingmor nickte.

»Tjalve Tvefot bittet mich hartnäckig, Trine freizulassen«, sagte sie. Ihre Worte klangen irgendwie eintönig und gefühllos. »Er sagt, dass weder sein Bruder noch du in meinen dunklen Berg gehören.«

Die Prinzessin öffnete den Mund, um etwas zu entgegnen, aber dann beherrschte sie sich. Wieder schien sie ihre Worte gründlich abzuwägen. Sie sagte:

»Das, was Trine gesagt hat … dass ein Trupp auf dem Weg nach Harpyrien sei …«

»Ich habe Härfjäder ausgesandt, diese Angelegenheit zu untersuchen«, fiel Vingmor ihr ins Wort.

»Ach ja?«

»Sie sollte längst zurück sein.«

»Ach ja?«, sagte die Prinzessin wieder.

Vingmor senkte den Kopf, fuhr sich nachdenklich mit dem Fuß über den Schnabel. Es war ein trockener, runzeliger Fuß, die Haut sah aus wie gelbe Reptilienhaut. Schmuck trug sie nicht.

»Nachdem sie noch nicht wieder hier ist …«, sagte sie, »… befürchte ich, dass ihr etwas zugestoßen ist.«

»Oh? Aber was sollte das sein?«, fragte die Prinzessin.

Vingmors linkes Auge leuchtete auf.

»Ich weiß es nicht«, sagte sie. »Ich hatte gehofft, dass euer Hildin vielleicht eine Antwort auf diese Frage hat.«

Die Prinzessin griff nach dem Gitter, ihre Stimme klang flehend: »Vingmor. Niemand will den Harpyren etwas Böses, weder wir noch Kapitän Tvefot oder seine Männer. Ich weiß, dass ihr keine Eindringlinge mögt, aber wenn du mir zuhörst, dann bin ich sicher, dass wir das hier aus der Welt schaffen können.«

»Du«, sagte Vingmor und schaute wieder zu mir.

»Ich?«, sagte ich.

»Da stehst du, so dünn und blass«, fuhr sie murmelnd fort, fast so als würde sie im Schlaf reden. »Nur ein Kind. Ein kleines Stück Fleisch und Blut, in einem Hildin-Umhang und Strohschuhen aus Sparta. Meine allergrößte Angst hast du ans Tageslicht geholt.«

»Ich verstehe nicht … Wie meinst du das?«, fragte ich.

»Seit ewigen Zeiten diene ich nun dem Tod und liebe ihn«, sagte Vingmor. »Und genauso lange schlummert diese Angst in mir. Zu Anfang war sie ganz oben. Doch mit der Zeit, während die Jahrhunderte vergingen, sank sie immer tiefer nach unten, verschwand unter den Schichten der Vernunft, der Reife und der Weisheit. *Es wird nicht passieren*, habe ich mir immer wieder eingeredet. Und diese Worte wurden zu einer neuen Schicht in meinem Körper.«

Sie machte eine Pause, schien ein wenig nachzudenken.

»So ging es sehr lange weiter und meine Angst wurde so weit nach unten gedrückt, dass ich dachte, sie wäre eigentlich gar nicht mehr da. Aber dann kamst du und hast sie nach oben geholt. Wenn ich dich ansehe, dann verspüre ich nichts als eisige Angst.«

Ich wusste nicht, was ich darauf antworten sollte. Das, was sie gerade gesagt hatte, kam so unerwartet, so überrumpelnd. *Sie* fürchtete sich vor *mir*?

»Ich bin nicht hierhergekommen, um jemandem Angst einzujagen«, sagte ich.

»Nicht? Nun, aber ist dir nicht klar, was es bedeuten würde, wenn dein Plan gelänge und du deine Mutter mit zurücknehmen würdest?«, erwiderte Vingmor. »Siehst du nicht, welche Gefahr darin liegt?«

»Sasja ist nicht gefährlich …«, sagte die Prinzessin, aber wieder wurde sie von Vingmor unterbrochen.

»Du bist dumm und solltest besser den Mund halten.«

Sie strich über ihren Schnabel, sah mich wieder an.

»Niemand darf jemals erfahren, dass so etwas möglich ist. Die Menschen würden zu Tausenden kommen, genau wie du, und dem Tod sein Recht streitig machen. Was wird dann aus unserem Reich?« Sie schüttelte den Kopf. »Zwischen unseren Welten fährt nur ein einziges Schiff und das gehört dem Tod.«

»Aber selbst wenn es so wäre«, sagte ich, »sind doch weder die Prinzessin noch Trine gefährlich. Tjalve hat recht. Du musst sie freilassen.«

»Was die beiden getan haben, ist unverzeihlich«, antwortete Vingmor. »Wie soll ich die beiden gehen lassen, nachdem sie sich so unverantwortlich verhalten haben? Nachdem sie, ohne mit der Wimper zu zucken, einem wie dir geholfen haben?« Sie stieß einen kurzen, erschrockenen Laut aus, plusterte ihr Gefieder auf, als würde sie plötzlich frieren. »Sie halten dich für einen harmlosen

Spielgefährten, dabei bist du in Wirklichkeit der Vorbote des Untergangs. Und genau das habe ich auch Tjalve Tvefot erklärt.«

Es wurde still. Was sollte ich sagen? Das alles war mir nicht bewusst gewesen. Ich hatte mir nicht klargemacht, dass meine Reise in dieses Reich eine Gefahr für seine Bewohner sein würde.

Flügelschläge durchbrachen die Stille. Ein paar Sekunden später rauschte ein Schatten aus der Dunkelheit heran und landete neben Vingmor. Härfjäder war endlich zurückgekehrt.

Härfjäders Neuigkeiten

»Du hast lange gebraucht«, sagte Vingmor zu Härfjäder, die gerade neben ihr gelandet und noch ziemlich außer Atem war.

»Vingfar sagte mir, dass ich dich hier finden würde«, antwortete Härfjäder. Sie musste einen Moment verschnaufen, bevor sie fortfahren konnte.

»Ich habe Neuigkeiten aus dem Süden.«

»Lass hören.«

Härfjäder warf uns Gefangenen einen gehetzten Blick zu.

»Sollen wir uns nicht lieber ungestört unterhalten?«, fragte sie.

Vingmor dachte kurz nach.

»Ich habe gerade mit diesen Kindern über den Schaden gesprochen, den sie beinahe angerichtet hätten«, sagte sie. »Wenn deine Neuigkeiten den Vater des kleinen Hildin betreffen, dann will ich, dass er aufsteht und herkommt.«

Die Prinzessin und ich halfen Trine, sich aufzusetzen. Ich fand, dass Härfjäder beim Anblick seiner scheußlichen, verletzten Haut wenigstens einen Anflug von Bedauern hätte zeigen müssen, aber das tat sie nicht. Sie würdigte ihn kaum eines Blickes.

Trine brauchte einen Moment, musste erst Kraft sammeln für das schmerzhafte Aufstehen. Dann ging er mit langsamen Schritten zu den beiden Harpyren.

Vingmor wandte sich an Härfjäder.

»Nun?«

»Der kleine Hildin hat die Wahrheit gesagt«, antwortete Härfjäder. »Kapitän Tvefot und seine Truppe haben bereits das Hresagebirge erreicht. Sie bewegen sich nordwärts in Richtung Dreifelsgipfel. Im Gegensatz zu den Kindern haben sie offensichtlich keine Kenntnis von Mitthälls Ader.«

»Vielleicht waren sie dort und haben gemerkt, dass die Lawine den Pass versperrt hat«, sagte Vingmor.

»Das kann sein. Ich weiß nicht, wie groß das Hindernis, das der Schneerutsch verursacht hat, für einen Fußgänger ist. Aber so oder so werden sie in schätzungsweise fünf bis sechs Tagen den Gipfel erreichen. Die Truppe besteht aus hundert Mann.«

»Und was wollen sie?«

Die letzte Frage hatte Vingmor an Trine gerichtet.

Trine, dem es zu widerstreben schien, ihr eine Antwort zu geben, schwieg zunächst. Aber dann murmelte er:

»Sie wissen, was Sasja vorhat. Sie sind aufgebrochen, um ihn aufzuhalten.«

»Darum haben wir uns ja nun gekümmert«, sagte Vingmor nickend. Sie wandte sich wieder an Härfjäder. »Weißt du, ob Kapitän Tvefot und seine Hildiner dich gesehen haben?«

»Das haben sie nicht.«

»Gut«, sagte Vingmor. »Du warst so lange fort, dass ich schon dachte …«

Sie versank in Gedanken, stand reglos da. Die Flamme der Fackel an der Wand spiegelte sich wie ein kleiner glühender Punkt in ihrem schwarzen Auge.

Härfjäder räusperte sich.

»Da ist noch etwas«, sagte sie. Ihr Tonfall riss Vingmor aus ihren Grübeleien.

»Ja?«

»Auf dem Rückweg«, sagte Härfjäder, »habe ich noch einen Trupp entdeckt.«

»Noch einen Trupp?«

»Im Südosten, Vingmor. Ich bin dorthin geflogen, um mir die Sache aus der Nähe anzusehen, aber um nicht entdeckt zu werden, musste ich einige Umwege in Kauf nehmen und ein kleines Stück zu Fuß zurücklegen. Deshalb habe ich mich verspätet.«

»Und wie viele Hildiner umfasst diese Truppe?«, fragte Vingmor.

»Keine«, antwortete Härfjäder. »Es ist eine Armee von etwa einhundert Spartanern. Angeführt vom König von Sparta. Sie bewegen sich nordwärts.«

»Papa?«, sagte die Prinzessin.

Vingmor schaute sie an, als wollte sie mit dem gelben Auge prüfen, ob ihre Verwunderung echt oder gespielt war.

»Du weißt nichts davon?«, fragte sie. »Hast keine Ahnung, warum dein Vater mit seinen Spartanern nach Norden zieht?«

»Nein«, antwortete die Prinzessin. »Es sei denn, Karo hätte …« Sie verstummte und schlug die Augen nieder.

»Karo?«, fragte Vingmor. »Der Kutscher?«

Die Prinzessin nickte.

»Wir haben eine Nacht bei meiner Mutter im Rubinschloss übernachtet. Trine und Sasja hatten Galltrauben gegessen und brauchten Hilfe. Karo war auch dort, aber …«

»Aber was?«

»Er hat meiner Mutter versprochen, niemandem zu erzählen, dass er Sasja begegnet ist.«

»Sieht so aus, als wäre ihm doch nicht zu trauen«, sagte Trine, der zum Absatz zurückgegangen war, um sich wieder hinzusetzen. Die Prinzessin schüttelte energisch den Kopf.

»Karo ist Mamas engster Freund. Er hat es niemandem verraten, das weiß ich.«

»Wer sonst?«, sagte Trine.

Die Prinzessin knabberte an einer ihrer schwarzen Krallen, während sie fieberhaft nach einer Antwort auf diese Frage suchte. Und auch ich dachte nach. Wer konnte dem König von Sparta von unserer Reise berichtet haben? Jemand, dem ich gefährlich vorkam? Oder jemand, dem die *Reise* zu gefährlich erschien? Jemand, dem ich eigentlich vollkommen egal war?

»Antwon«, sagte ich.

»Antwon?« Die Prinzessin sah mich verständnislos an. »Zwischen dem Hresagebirge und dem Hillefluss gibt es keinen treueren Spartaner. Wieso denkst du, dass er es war?«

»Überleg doch mal«, antwortete ich. »An dem Tag, als wir vom Rubinschloss aufgebrochen sind, war er da nicht unauffindbar verschwunden? Und war es nicht so, dass der Querbalken des Schlosstors an der Wand lehnte? Deine Mutter dachte, sie hätte vergessen, das Tor zu verriegeln, aber was, wenn es Antwon war, der den Balken heruntergehoben hat? Was, wenn er sich auf den Weg zu deinem Vater gemacht hat, um ihn zu warnen?«

Härfjäder wandte sich an Vingmor.

»Der Junge hat wahrscheinlich recht.«

»Ach ja?«, sagte Vingmor. »Wie kommst du darauf?«

»An den Hallarklippen ist es mir gelungen, mich dem Lager der Spartaner zu nähern. Ich kam so nah heran, dass ich mit anhören konnte, wie sich einige Marschälle miteinander unterhalten haben. Wenn ich es richtig verstanden habe, erreichte die Nachricht vom Ausflug der drei Kinder das Smaragdschloss durch einen Spartaner vom Hof der Königin. Sie haben ihn wohl in der Nebelheide aufgelesen, ziemlich mitgenommen. Offenbar ein gebrechlicher Typ. Na egal, jedenfalls haben der König und seine Armee noch ein ziemliches Stück vor sich, bis sie den Dreifelsgipfel erreichen, aber sie kommen schneller voran als Kapitän Tvefots Truppe. Es könnte gut sein, dass wir sie am selben Tag hier haben werden, an dem wir auch die Hildiner erwarten.«

»Armer Antwon«, sagte die Prinzessin. »Es ist ihm bestimmt nicht leichtgefallen, meine Mutter zu hintergehen.«

»Wenigstens kann er Richtig und Falsch auseinanderhalten«, sagte Härfjäder. »Eine Schande, dass deine Mutter das nicht beherrscht.«

»Meine Mutter ist eine gute Königin«, erwiderte die Prinzessin.

»Sie ist eine Närrin«, fiel Härfjäder ihr ins Wort. »Nichts anderes. Nur eine Närrin setzt das Wohl des ganzen Reichs für ihre eigenen kindischen Ideen aufs Spiel.«

»Nein«, sagte die Prinzessin und konnte die Tränen nicht länger zurückhalten. »Meine Mutter ist keine Närrin. So etwas darfst du nicht sagen.«

»Hier im Berg bestimmen wir und nicht du, was gesagt werden darf und was nicht!«, antwortete Härfjäder. »Dieser Alte ist vermutlich der einzige vernünftige Spartaner, den das Rubinschloss seit Langem beherbergt hat! Er hat sich auf den Weg zu deinem Vater gemacht, weil er um das *Wohl des Todes* besorgt war! Eine Tugend, die man deiner Mutter erst noch beibringen muss!«

»Du irrst dich«, sagte ich.

»Wie bitte?«, antwortete Härfjäder scharf.

»Du irrst dich«, wiederholte ich.

Härfjäder sah nicht so aus, als wäre sie gewillt, sich diese Unverschämtheit bieten zu lassen, aber Vingmor gab ihr zu verstehen, dass sie schweigen solle. Dann sah sie mich an.

»Was meinst du?«

»Antwon ist nicht in Sorge um den Tod zum Smaragdschloss

gegangen«, sagte ich. »Er hat es für die Prinzessin getan. Weil er sie liebt und sie nicht verlieren will. Und das will ihr Vater bestimmt auch nicht.«

Für einen sehr kurzen Moment, den Bruchteil eines Augenblicks nur, sah ich ein Flackern in Vingmors Blick. Dann war sie wieder so unerschütterlich und selbstsicher wie zuvor.

»Aber weder ihr Vater noch der des Hildins wissen zu dieser Stunde, dass ihr hier seid«, sagte sie. »Der Einzige, der sie darüber informieren könnte, ist Tjalve Tvefot, aber ich habe die Macht, ihn hier festzuhalten. Dann werden der König und der Kapitän nie erfahren, dass ihr meine Gefangenen seid.«

Da wischte sich die Prinzessin die Tränen aus dem Gesicht und zog die Nase hoch.

»Mag sein. Aber unsere Väter werden alles tun, was in *ihrer* Macht steht, um uns zu finden. Und wenn mein Kind irgendwo zwischen Sparta und dem Haus des Todes verschwunden wäre, dann wären die Höhlenkerker in Harpyrien ein ziemlich naheliegender Ort, um nach ihm zu suchen.«

Gesellschaft im Dunkeln

Viele Tage waren vergangen, seit Vingmor zu uns in den Kerker gekommen war. Niemand hatte uns gesagt, was nun aus uns werden sollte. Diese Ungewissheit war eine Qual. Es war schrecklich, hier in der Dunkelheit zu sitzen und nichts anderes tun zu können, als zu warten. Dem Wasser zu lauschen, das an den Höhlenwänden herunterrann, und den Rufen der Harpyren, die weit weg durch den Berg hallten. Die kleine Fackel anzustarren. Sich mit dem Blick an die Flamme zu klammern, als wäre sie der Verstand, den man sonst verlieren würde. Die Schläfen wie in einem eiskalten Schraubstock, der Kopf blechern und leer. Oh, es war entsetzlich.

Auf Trines Wunden hatte sich Schorf gebildet. Es war schon erstaunlich. So sehr sie auch an ihm gezerrt hatten, wie tief die Wunden auch gewesen waren, er war nicht daran verblutet. Und selbst wenn die Prinzessin in der Gefangenschaft verrückt werden würde und ihren Kopf immer wieder gegen die Wand schlüge, so würde sie doch nicht daran sterben. Niemand konnte sterben, außer mir. Die Königin von Sparta hatte gesagt, dass der Tod auch eine Befreiung sein konnte.

Ich fragte mich, wie es wohl wäre. Aus der eingesperrten Hülle geholt zu werden. Der klammen Dunkelheit zu entkommen und stattdessen am Tisch des Todes zu sitzen und Kuchen zu essen. Die Schiffsüberfahrt würde ich natürlich verpassen, ich war ja schon hier. Und von einer Spritztour in Karos Wagen würde sicher auch keine Rede mehr sein. Aber was war mit der Sänfte? Mit dieser fliegenden Sänfte, in der die Harpyren den Tod und seinen Begleiter das letzte Stück trugen? Sie sollte ja angeblich etwas ganz Besonderes sein! Ich glaube, ich lächelte, als ich so auf dem Absatz saß und träumte. Ja, wie wäre es wohl? So über das Gebirge zu reisen, frisch geschlüpft und noch ganz nass?

»Du!«

Jemand hatte geflüstert. Ich machte die Augen auf. Trine und die Prinzessin lagen zusammengerollt im Stroh und schliefen. Ich stand auf, um nachzusehen, wer gekommen war.

Es war der kleine Harpyrjunge. Höder. Er war ein Stück entfernt im Dunkeln gelandet.

»Hallo«, sagte er und kam näher ans Gitter heran.

»Hallo«, antwortete ich.

Für einen Moment stand er schweigend da, als würde er darauf warten, dass ich anfing zu reden. Als ich das nicht tat, sagte er schließlich:

»Ich wollte eigentlich nur erzählen, dass ich eure Schwerter geklaut habe.«

»Geklaut?«

»Ja. Von meinen Schwestern. Hrov hatte alle drei in ihre Spielzeugkiste gelegt. Ich habe sie mir heimlich genommen und in der Küche hinter der Kiste mit dem Feuerholz versteckt.«

»Warum hast du das getan?«

Höder streckte sich und machte ein erwachsenes Gesicht.

»Weil es falsch war von Hrov und Näva, eure Schwerter zu beschlagnahmen. Egal was Härfjäder dazu sagt.« Seine gelben Augen lächelten. »Sie sind wahnsinnig sauer. Sie sagen, dass sie ganz genau wissen, dass ich die Schwerter genommen habe. Sie haben sich bei Papa beschwert und wollten, dass er mit mir schimpft.«

»Und, was hat dein Vater gesagt?«

»Er hat gesagt, dass sie die Schwerter bestimmt nur irgendwo verlegt hätten. Und dass ich ein braver Junge wäre, der niemals stehlen würde.« Höder kicherte, aber dann wurde er schnell wieder ernst. »Und das stimmt ja auch. Aber die Schwerter gehören schließlich euch, nicht wahr? Wenn ihr freikommt, dann gebe ich sie euch zurück.«

»Freikommen?«, sagte ich. »Wie soll das gehen?«

»Ich weiß nicht.« Höder wand sich, fragte sich wohl, ob er schon zu viel gesagt hatte. »Aber meine Mutter hat unglaublich lange mit Härfjäder gesprochen. Sie haben bis tief in die Nacht zusammengesessen.«

»Ist jetzt auch Nacht?«, fragte ich.

Er schluckte, schien Mitleid mit mir zu haben, weil ich das nicht wusste.

»Es ist Tag«, sagte er. »Kapitän Tvefot und der König von Sparta werden morgen den Dreifelsgipfel überqueren. Mutter hat entschieden, sie dort abzupassen. Ihr sollt mitkommen.«

Das Glück, das bei diesen Worten durch meinen Körper strömte, war unbeschreiblich. Ja, allein das Wissen, dass wir ans Tageslicht kommen würden, selbst wenn wir nicht wussten, was uns dort erwartete, war so überwältigend, dass mir das Weinen die Kehle zuschnürte.

»Sei nicht traurig«, sagte Höder, als er die Tränen sah. »Es dauert nicht mehr lange.«

Er hob die Flügel, um wieder wegzufliegen, aber ich hielt ihn auf:

»Bitte, bleib noch ein bisschen!«

»Warum?«

»Es ist so dunkel hier und so ... so schrecklich, dass niemand zu uns kommt, weißt du. Kannst du nicht bleiben, wenigstens kurz? Du könntest mir doch etwas erzählen.«

»Was denn?«

»Irgendetwas«, antwortete ich. »Erzähl mir ... von der geflügelten Sänfte!«

Höder wirkte nicht gerade begeistert, aber eigentlich war er vor allem verlegen.

»Ich weiß gar nicht, was ich dir da erzählen soll.«

»Hast du sie denn noch nie gesehen?«, fragte ich.

»Doch, natürlich habe ich sie schon gesehen«, antwortete er. »Schon oft.«

»Wie sieht sie aus?«

»Hmm … Sie ist …«

»Wunderschön?«, fragte ich.

»Ja«, sagte Höder und nickte.

»Das Schönste und Lieblichste, was es gibt?«

»Ja.«

»Und mit der Sänfte zu reisen«, sagte ich, »das ist … als würde die Seele jubeln und singen?«

»Ja«, sagte er lachend.

»Oh, ich würde sie so gern sehen«, sagte ich. »Ist sie hier in der Felsenburg?«

»Nein. Der Tod hat in seinem Garten einen eigenen Schuppen für die Sänfte. Aber ich glaube, zurzeit ist sie bei Harf im Wald.«

»Wer ist das?«

»Harf ist der Weber. Die Bezüge müssen ja nach jeder Reise ausgetauscht werden, verstehst du?«

»Warum denn?«

»Weil der Stoff so unglaublich empfindlich ist. Er wird aus den allerfeinsten Fasern des Siebensterns gewebt. Dieser Stoff ist so zart … manchmal genügt schon ein schiefer Blick und er verliert seinen Schimmer. Harf ist sehr geschickt.«

Höder machte wieder dieses erwachsene Gesicht. Ein bisschen altklug war er ja schon, fand ich. Ich dachte an diesen Harf, stellte mir vor, wie er mit schönen, glänzenden Stoffen hantierte, sie um die geflügelte Sänfte legte – und ich wurde irgendwie eifersüchtig. Ich hatte das Gefühl, den Weber nicht leiden zu können, obwohl ich ihm noch nie begegnet war.

»Harf ist nett«, sagte Höder, als hätte er meine Gedanken gelesen. »Mein Vater nimmt mich manchmal mit, wenn er ihn besucht. Dann sitzen sie zusammen, trinken Hagebuttentee und es gibt Zwieback mit Mandelbutter. Harf sagt immer, ich soll mich von Hrov und Näva nicht unterkriegen lassen. Er hat einen Reim … na ja, das ist albern.«

»Bitte, kann ich ihn nicht trotzdem hören?«

Höder war ein bisschen verlegen, aber dann überwand er sich und sagte den Vers doch auf:

»Ein Federchen mit Namen Höder hat zwei Schwestern, keine Brüder. Ein Papakind, doch glaube mir, er ist viel flügger als alle hier.« Er streckte seinen kleinen gefiederten Körper. »Ich muss jetzt gehen. Sie werden euch morgen in aller Frühe holen. Das wird bestimmt spannend, Mutter hat befohlen, dass sämtliche Harpyren aus der Felsenburg mitkommen sollen.«

»Du auch?«, fragte ich.

»Nein, ich nicht. Wir Kinder müssen natürlich bei Papa zu Hause bleiben.« Er warf einen Blick über die Schulter, vergewisserte sich, dass uns niemand belauschte. »Also, wenn ich eine Gelegenheit finde zu entwischen, dann schaue ich vielleicht auch kurz vorbei«, flüsterte er.

Und dann flog er davon. Ich legte die Stirn gegen das kalte Eisen und sah ihm nach, bis er verschwunden war, und ich fragte mich, wer ich wohl sein würde, wenn ich starb? Wer steckte tief in meinem Inneren, wie ein Samenkorn in der Erde? Ein alter und sehr weiser Harpyr? Nein, lieber wollte ich eine verspielte Prinzessin werden. Mit Samtohren und einer großen schwarzen Nase. Oder natürlich ein Hildin-Junge. Einer mit himmelblauen Augen und einem nassen, glänzenden Rüssel.

Aber, dachte ich, ich hätte auch nichts dagegen, ein kleiner Harpyr zu werden. Einer mit ernstem Gesicht und vergnügten Augen. Einer wie Höder von Harpyrien.

Der Weidenkäfig

Als Härfjäder kam, um die kleine Tür aus Eisenstangen aufzuschließen, wussten wir, dass der Morgen gekommen war. Fünf Harpyren begleiteten sie, ich glaube, es waren dieselben fünf, die auch dabei gewesen waren, als wir eingesperrt wurden. Sie hatten Brustpanzer angelegt, genau wie Härfjäder. Wir wurden aus dem Kerker gelassen und bekamen den Befehl loszugehen. Wieder wanderten wir durch die Adern im Fels, durch Räume und Säle. Es tat gut, sich zu bewegen. Doch obwohl ich mich so sehr nach dem Licht sehnte, dass alles in mir danach schrie, hatte ich Angst. Die Rüstungen der Harpyren verhießen nichts Gutes. Und befestigt am Riemen des Brustpanzers trug jede von ihnen unter dem linken Flügel ein Schwert.

Nach einer Weile gab Härfjäder uns das Kommando, stehen zu bleiben. Wir hatten einen ziemlich großen Raum betreten. Unter der Decke hingen mächtige Kronleuchter mit brennenden Fackeln, auf dem Boden stand ein Käfig aus geschälten Weidenzweigen und dicken Seilen. Er war sechseckig, mit einer Kuppel. Eigentlich sah er aus wie ein Vogelkäfig, nur viel größer. Oben in der Mitte war eine Tragestange befestigt. Härfjäder schaute uns an.

»Einhundert Harpyren werden auf die Truppen aus Sparta und Hilde treffen, die heute über den Dreifelsgipfel kommen. Schon bald werden wir euch dorthin bringen. Es ist Vingmors Wunsch, dass die Begegnung friedlich verläuft, es geht uns einzig und allein um das Wohl des Todes. Lasst uns hoffen, dass eure Väter dasselbe im Sinn haben.«

Sie blickte suchend zum anderen Ende des Raums.

»Fehlt nur noch einer«, sagte sie. Sie wandte sich an die Harpyre mit der Narbe im Gesicht. »Weiß Vingfar, wo wir uns versammeln?«

»Ja, natürlich«, sagte die mit der Narbe. »Ich habe es ihm rechtzeitig gesagt.«

Härfjäder seufzte.

»Ich wüsste zu gern, wo er bleibt«, knurrte sie – aber genau da hörten wir Flügelschlagen. Die Flammen der Fackeln flackerten im Windzug und im nächsten Augenblick landete Vingfar auf dem Boden. Er sah alt aus, genau wie Vingmor, aber er wirkte längst nicht so unheimlich wie sie. Sein Gefieder war ganz hell, fast sandfarben.

Jetzt tauchte auch Tjalve aus dem Felstunnel auf. Er hatte sich den Tragekorb über die Schulter gehängt, mit dem er in Hyrn aufgebrochen war. Der gerissene Tragriemen war repariert, seine Kleider gewaschen und geflickt. Aber er sah blass aus. Als hätte er in letzter Zeit nicht gut geschlafen. Als er Trine erblickte, stieß er einen Schrei aus, rannte zu ihm und schlang die Arme um seinen kleinen Bruder.

»Nun, dann sind wir ja jetzt vollzählig«, sagte Härfjäder. Sie verbeugte sich vor Vingfar, aber man merkte ihr an, dass sie ziemlich verärgert darüber war, dass er sie hatte warten lassen.

»Ich wollte Tjalve Tvefot sein Schwert zurückgeben«, sagte Vingfar. »Deshalb mussten wir noch schnell in die Waffenkammer.«

Härfjäders Blick fiel auf das Schwert, das an Tjalves Hüfte hing.

»Ist das wirklich klug?«, fragte sie.

»Tjalve war als Gast in der Felsenburg«, sagte Vingfar. »Ich fand es von Anfang an nicht richtig, ihm das Schwert abzunehmen.«

»Vingmor war anderer Meinung«, erwiderte Härfjäder. Dann begutachtete sie den Käfig aus Weidenholz.

Tjalve stand immer noch bei Trine und hielt ihn fest umschlungen. Er schien ihn gar nicht wieder loslassen zu wollen. Aber am Ende tat er es doch. Er betrachtete all die scheußlich verschorften Wunden im Gesicht seines kleinen Bruders.

»Verzeih mir bitte, Trine«, sagte er. »Kannst du das?«

Trine schaute auf den Boden. Eine ganze Weile. Dann nickte er.

»Ja, na klar«, sagte er leise.

Da war Tjalve so glücklich, dass er Trine gleich wieder um den Hals fiel – und ja, es war wirklich schön mit anzusehen, wie sie sich vertrugen, fand ich. Denn auch wenn Tjalve eine Menge gemeiner Sachen gesagt und getan hatte, konnte ich sehen, wie lieb die Brüder Tvefot sich trotzdem hatten.

Härfjäder war immer noch damit beschäftigt, die Knoten des Käfigs zu prüfen, indem sie mit ihren kräftigen Krallen an ihnen zog, an jedem einzelnen. Vingfar flog zu ihr.

»Ich dachte mir, wenn Tjalve seinen Vater wiedersieht, ist es doch angebracht, dass er seine Sachen dabeihat«, sagte er.

Härfjäder antwortete nicht. Sie nahm die Abstände zwischen den Weidenhölzern in Augenschein, um sicherzustellen, dass sie nicht zu breit waren.

Vingfar schaute zu mir, der Prinzessin und Trine.

»Und die Kinder?«, sagte er zu Härfjäder. »Sie hatten doch auch Gepäck dabei, als ihr sie hergebracht habt.«

»Ja, hatten sie«, gab Härfjäder zu.

»Und?«

»Und was?«

»Sollten sie das nicht auch mitnehmen?«

Härfjäder schwieg. Sie öffnete die kleine Käfigtür und steckte den Kopf in den Käfig, um ihn auch noch von innen zu begutachten. Tjalve, der ihre Unterhaltung mit angehört hatte, wandte sich an Trine.

»Vingfar ist wirklich nett«, sagte er. »Er hat sich um mich gekümmert, solange ich hier in der Felsenburg gewohnt habe.« Er fasste Trine an den Schultern. »Ich habe alles versucht, um dich freizubekommen! Aber Vingmor ist schwierig, Trine. Meistens war sie nicht einmal bereit, mich zu empfangen.«

Obwohl er leise gesprochen hatte, hatte Härfjäder ihn gehört.

»Du solltest zu deinen Taten stehen, Tjalve Tvefot«, sagte sie, den Kopf immer noch im Käfig. »Bruderliebe hat niemals Vorrang vor dem Schutz des Reichs.« Als sie den Kopf aus dem Käfig gezogen hatte, sah sie Vingfar an und sagte: »Wenn der König von Sparta und Kapitän Tvefot sehen, dass wir das Gepäck der Kinder zum Dreifelsgipfel mitgenommen haben, dann werden sie daraus schließen, dass Vingmor bereit ist, ihre Sprösslinge freizulassen.«

»Ja?«, sagte Vingfar.

»Das ist sie aber nicht«, fuhr Härfjäder fort. »Erst muss die Angelegenheit besprochen werden. Die Habseligkeiten der Kinder bleiben in der Felsenburg.« Sie warf einen kurzen Blick auf Tjalve. »Aber der junge Tvefot kann von mir aus sein Schwert behalten. Er wird wohl kaum Schaden damit anrichten.«

Vingfar sah aus, als wollte er noch etwas dazu sagen, aber da hob Härfjäder die Stimme:

»Wir müssen los. Wenn du uns jetzt entschuldigen würdest, Vingfar.«

»Gewiss«, antwortete Vingfar. »Entschuldigung, es war nicht meine Absicht, euch aufzuhalten.« Er nickte in unsere Richtung. »Also dann, leb wohl, Tjalve. Lebt wohl, Kinder.«

»Auf Wiedersehen«, antworteten wir.

Er schlug ein paarmal mit seinen breiten Flügeln und verschwand in demselben Felsengang, aus dem er gekommen war. Härfjäder öffnete die Käfigtür.

»Ihr drei«, sagte sie zu Trine, der Prinzessin und mir. »Rein mit euch.«

Tjalve räusperte sich.

»Es wird meinem Vater nicht gefallen, dass ihr Trine in dieses Ding sperrt«, sagte er und bemühte sich, möglichst erwachsen zu klingen.

Doch Härfjäder blickte ihn nur kalt aus ihren starren gelben Augen an.

»Das spielt keine Rolle.«

Es blieb uns nichts anderes übrig, als zu gehorchen. Es wurde ziemlich eng, als wir alle drei in den knarrenden Käfig geklettert waren. Härfjäder schlug die Tür zu und sicherte sie mit einem Vorhängeschloss. Den dazugehörigen Schlüssel hängte sie sich an einem Band um den Hals. Tjalve kam angerannt, packte das Weidengitter und sah seinen Bruder verzweifelt an:

»Mach dir keine Sorgen, Trine! Papa bringt das alles wieder in Ordnung!«

»Also dann!«, sagte Härfjäder mit lauter Stimme. »Hrimfjäder, Lin, Rota und Hinder, ihr nehmt den Käfig. Harpa und ich nehmen Tjalve Tvefot.«

Wie auf Kommando flogen sie gleichzeitig auf und der Käfig hob sich vom Boden. Dann ging es los. Sie jagten so schnell durch die Höhlen und Gänge der Felsenburg, dass ich bei jeder jähen Kurve fürchtete, wir würden an den feuchten Steinwänden zerschellen. Aber die Harpyren wichen geschickt jedem Hindernis aus und unsere Reise durch die endlosen Tunnel ging weiter. Ich drehte mich um und sah Tjalve, der starr vor Angst von Härfjäder und Harpa an den Armen getragen wurde – und als ich wieder nach vorn blickte, konnte ich in der Ferne ein Auge aus Licht erahnen.

Der Dreifelsgipfel

Ein schwacher, aber kühler Wind wehte an jenem Vormittag über dem Hresagebirge. Die Wolken zogen langsam über den blauen Himmel. Trine, die Prinzessin und ich fröstelten in unserem Käfig aus Seilen und Weidenholz. Hier lag kein Schnee, das kurze Gras war fahl und gelb. Meine Augen hatten sich noch nicht wieder an das Licht gewöhnt. Sie fühlten sich an, als wären sie zu groß für die Höhlen, in denen sie lagen, als hätte sich ein schmerzhafter Klumpen über der Nasenwurzel eingenistet. Aber die Luft war frisch, das Atmen ging leicht und die Feuchtigkeit des Kerkers war schon aus unseren Kleidern gewichen. Nur die Strohschuhe waren immer noch ziemlich nass. Die Prinzessin ordnete ihren Schal und ihren Umhang und bemühte sich, ihr Hemd, so gut es ging, glatt zu streichen. Trine schloss die Augen, versuchte, eine bequeme Lage zu finden, um sich ein wenig auszuruhen. Auf dem halsbrecherischen

Flug von der Felsenburg hierher war ihm übel geworden. Ich drückte die Stirn gegen die Weiden und sah mich blinzelnd um.

Dort stand Vingmor, den Blick fest auf den Gipfel gerichtet. Reglos an ihrer Seite Härfjäder. Tjalve, ein wenig abseits, krümmte sich vor Kälte. Das Schwert in der Scheide sah so groß aus im Vergleich zu seiner schmächtigen Gestalt. Sein Gepäck lag neben ihm. Er wickelte sich enger in seinen Umhang, zog die Schultern hoch. Zitternd spähte auch er zum Gipfel, dorthin, wo sie auftauchen würden, sein Vater mit den Hildinern und der König von Sparta mit seiner Truppe. Kamen sie bald? Oder würde unser Warten Stunden dauern?

Härfjäder wandte sich an Vingmor.

»Bist du sicher, dass ich nicht nachschauen soll, wie weit sie noch weg sind?«, fragte sie. »Ich kann Abstand halten, dann bemerken sie mich gar nicht.«

»Sie kommen, wenn sie kommen«, antwortete Vingmor.

Sie hatten den Käfig ein wenig abseits abgestellt und schräg dahinter standen einhundert Harpyren bereit. Keine von ihnen rührte sich. Ihre Rüstungen erinnerten an große Nussschalen aus Stahl. Von den Schwertern sah man nur die Griffe, die unter jedem linken Flügel herausragten.

Die Zeit verging genauso langsam, wie die Wolken vorüberzogen. Die Sonne stieg, aber sie wärmte kaum. Die hohen Berge ringsherum sahen aus, als trügen sie Mützen aus Schnee. Wie eine Riesen-Familie aus Fels und Kalk, die mit uns wartete. Schweigend, starrend.

Gegen Mittag hörten wir Stimmen. Sie drangen von der Steilwand im Südosten herüber und zuerst waren sie sehr leise. Aber es dauerte nicht lange und sie wurden deutlicher. Jemand rief etwas, ein anderer antwortete. Kurz darauf tauchte der erste Spartaner am Hang auf. Er trug eine rote Tunika und darüber einen Kettenkragen; um den Bauch hatte er einen Gürtel, in dem das Schwert steckte. Er drehte sich um, als er uns sah.

Einige der Harpyren wurden unruhig, sorgten dafür, dass ihre Waffen griffbereit waren. Härfjäder schaute fragend zu Vingmor. Vingmor blieb still.

Dann tauchte ein zweiter Spartaner auf. Die Prinzessin schnappte nach Luft, ein Lächeln breitete sich auf ihren Lippen aus, ja, über ihr ganzes Gesicht. Sie stand auf und ihre Pfoten umklammerten die Gitterstäbe des Weidenkäfigs.

»Papa«, flüsterte sie.

Der König von Sparta war groß und grau, sein Rücken ein klein wenig krumm. Sein Blick war ernst. Auch er hatte eine rote Tunika an und einen Kettenkragen umgelegt. Ich hatte mir irgendwie vorgestellt, dass der König von Sparta eine große, prächtige Krone aus Gold tragen würde, aber das wäre unterwegs bestimmt zu unpraktisch gewesen.

Mehr und mehr Spartaner kamen nun den Hang herauf, alle gleich gekleidet und alle mit einem langen Schwert an der Seite. Spucke tropfte aus ihren Mundwinkeln, ihre triefenden Augen lagen tief in den roten Höhlen. Einige von ihnen schleppten jeweils zu zweit eine Kiste, andere hatten einen Rucksack dabei. Schließlich war die ganze Armee aus hundert Mann auf dem Gipfel versammelt.

Bleierne Stille lag in der Luft. Der Wind strich sacht durch Vingmors Gefieder und die Tunika des Königs. Vingmor sagte:

»Willkommen in Harpyrien.«

Der König von Sparta blickte zum Weidenkäfig. Sein Gesicht verriet keine Regung. Er wandte sich an Vingmor, seine Stimme war heiser:

»Ist das etwa mein Kind?«

»Eins davon müsste es wohl sein«, antwortete Vingmor.

»Wieso ist sie eingesperrt?«, fragte der König.

»Die Prinzessin von Sparta hatte die Absicht, das Reich des Todes ins Chaos zu stürzen«, sagte Vingmor. »Ich und meine Harpyren haben das verhindert.«

Der König schien ihre Worte sorgfältig zu überdenken. Er hatte gerade den Mund geöffnet, um etwas zu sagen, als Vingmor ihm zuvorkam.

»Ich habe dich hier erwartet, um mit dir über diese drei Kinder zu sprechen, die meine Gefangenen sind. Ich hoffe, wir werden uns einig.«

Der König nickte.

»Nun denn. Lass uns reden.«

»Noch nicht«, entgegnete Vingmor. »Wir warten.«

»Und worauf warten wir, wenn ich fragen darf?«, sagte der König, der langsam etwas ungehalten klang.

»Auf Kapitän Tvefot«, antwortete Vingmor. »Er wird in ein paar

Stunden mit seinen Hildinern hier eintreffen. Da er ebenfalls Vater von einem dieser Kinder ist, wäre er sicher gekränkt, wenn wir ohne ihn beginnen würden.«

Der König von Sparta sah zu seiner zerzausten Prinzessin. Sein Blick war finster, aber da war auch noch etwas anderes. Vielleicht Trauer? Dachte er vielleicht darüber nach, einfach zum Käfig zu marschieren? Ihn aufzubrechen, sein Mädchen in die Arme zu schließen und zu verkünden, dass Vingmor ja gern warten könne, aber ohne ihn?

Doch was auch immer er gerade gedacht hatte, er kam wohl zu dem Schluss, dass es das Beste war, keinen Streit anzuzetteln.

»Gut«, sagte er. »Wir warten auf Tvefot.«

Ja, und so warteten wir. Die Zeit kroch dahin. Es kam mir vor, als würde sich die Sonne dort oben im Blau kaum vom Fleck bewegen. Ich fror immer schlimmer, ich spürte meine Zehen in den durchnässten Schuhen schon nicht mehr. Unter den Spartanern waren einige, die sich auf die Kisten gesetzt hatten und sich unterhielten, aber die Harpyren standen so schweigsam und reglos da, als könnte ihnen nichts etwas anhaben, kein König, keine Kälte und auch nicht die Sonne, die über den Gipfel kroch.

Nach ein paar Stunden hörten wir endlich wieder Stimmen. Dieses Mal kamen sie aus Südwest: grunzende, dunkle Stimmen, einzelne Kommandos und angestrengtes Murren. Langsam kamen die Laute näher. Ab und zu wurden sie wieder leiser oder verebbten ganz, aber dann plötzlich rief jemand ganz in der Nähe:

»So ist es gut, gebt alles! Hier oben wird es leichter!«

Trine erkannte die Stimme. Er sprang auf, vor Aufregung konnte er kaum atmen. Angespannt starrte er zum Gipfel. Auch Tjalve reckte sehnsüchtig seinen krummen, zitternden Körper.

Dann erschien Kapitän Tvefot; halb ging, halb kroch er den Hang hinauf. Er sah verschwitzt und rot aus. Beim Anblick der unzähligen Krieger war er, vorsichtig gesagt, verdutzt. Er richtete sich auf, zog sein Schwert, blieb dann stehen und wusste nicht weiter. Ich glaube, er wollte gerade Vingmor begrüßen, als er den Hildin neben ihr entdeckte.

»Tjalve?«, sagte er.

Da stürmte Tjalve auf ihn zu und schlang die Arme um seinen Vater.

»Oh, Papa!«, schluchzte er.

»Schon gut, schon gut«, sagte Kapitän Tvefot und tätschelte ihn. »Ich bin ja da. Nicht weinen.«

»Papa«, sagte Tjalve und zeigte zum Käfig. »Sieh doch, sie haben Trine gefangen! Tu was, Papa!«

Kapitän Tvefot löste sich aus der Umarmung und kam hastig näher, aber Vingmor ergriff das Wort:

»Ich befehle dir, auf der Stelle stehen zu bleiben, Kapitän Tvefot.«

Der Kapitän schien nicht glauben zu können, was er da gerade gehört hatte. Zorn blitzte in seinen himmelblauen Augen auf.

»Du *befiehlst* mir?«, sagte er. Er schaute zu Trine, der sich so sehr nach den starken Armen seines Vaters sehnte, und er sah den Schorf in dem kleinen, rosigen Gesicht. Der Zorn in seinen Augen verwandelte sich in blanke Raserei. »Was habt ihr getan?!«

Mehr Hildiner kamen über den Gipfel, verschwitzt und erschöpft. Die Reise durch das Reich hatte sie offensichtlich ziemlich mitgenommen. Die bunten Umhänge hatten ihren Glanz verloren. Bure Barst, der Steuermann auf dem Schiff des Todes, hinkte.

»Steck dein Schwert wieder ein«, sagte Vingmor zu Kapitän Tvefot. »Und dann versammele deine Truppe. Wir haben auf euch gewartet.«

Der Kapitän zögerte. Sicher schossen ihm tausend Gedanken durch den Kopf, während er Trine, die Prinzessin und mich betrachtete. Er schaute fragend zum König von Sparta, um von ihm, dessen Kind schließlich auch gefangen war, zu erfahren, was er von der ganzen Sache hielt. Der König nickte kurz.

»Ich bin sicher, dass wir drei eine Lösung für das alles hier finden werden«, sagte er. »Steck dein Schwert zurück, Tvefot.«

Der Kapitän seufzte und schob sein Schwert in die Scheide.

»Seht zu, dass ihr die Nachzügler herschafft!«, rief er seinen Hildinern zu. »Und niemand fasst seine Waffe an!« Dann richtete er den Blick auf Vingmor. »Lass hören, was du zu sagen hast.«

Überlegungen

»Ein Junge von der anderen Seite ist gekommen, um seine tote Mutter zurückzuholen«, sagte Vingmor. »Das wisst ihr bereits.«

Der König von Sparta und Kapitän Tvefot nickten. Beide sahen mich an – und die Abscheu in ihren Augen war richtig unheimlich. Als wäre ich etwas Böses. Tjalve, der dicht neben Kapitän Tvefot stand, flüsterte seinem Vater etwas ins Ohr. Der brummte eine Antwort und wandte sich dann an Vingmor.

»In derselben Sekunde, in der ich erfahren habe, dass … *der da* ins Reich gekommen ist, habe ich alles in meiner Macht Stehende getan, um ihn aufzuhalten. Meine Hildiner haben jede einzelne Hütte in Hilde durchsucht. Ich bin mir sicher, dass wir den Jungen eingefangen hätten, bevor er nach Sparta entwischen konnte, wenn eine gewisse Person ihm nicht geholfen hätte … hrm …« Er verstummte und sah Trine strafend an. Trine schlug die Augen nieder.

»Hätte ich früher erfahren, dass der Junge sich in Sparta befindet, dann hätte er es nicht nach Harpyrien geschafft, das kann ich dir versichern«, sagte der König mit seiner heiseren Stimme. »Aber als die Nachricht mich erreichte, war es leider bereits zu spät.« Er warf seiner Tochter einen sehr bösen Blick zu. Die Prinzessin, die immer so stolz und aufrecht war, sah beschämt aus. Ich hätte sie gern getröstet. Ja, Trine natürlich auch. Aber ich wusste nicht, was ich sagen sollte, und selbst wenn ich es gewusst hätte, hätte ich mich gar nicht getraut. Vielleicht bereuten sie ja, dass sie mir geholfen hatten?

Vingmor ergriff erneut das Wort.

»Nun gut. Da es uns gelungen ist, Tjalve Tvefot einzufangen, und da er so vernünftig war, uns alles zu erzählen, was er wusste, konnten wir die Katastrophe verhindern. Wir werden nicht zulassen, dass der Junge seine Mutter nach Hause holt. Ich denke, was das betrifft, sind wir uns alle einig?«

Der König und der Kapitän nickten kurz, als wäre die Frage eigentlich überflüssig gewesen. Um sie herum standen ihre Truppen und warteten geduldig ab: die rotäugigen Spartaner mit ihren Tuniken und Kettenkrägen, die grimmigen Harpyren mit ihren glänzenden Brustpanzern, die unrasierten Hildiner mit ihren abgewetzten Kleidern.

Und hier stand ich, ein Junge in einem karierten Schlafanzug mit Strohschuhen aus Sparta. In einer Jacke, die ich von der guten Königin im Rubinschloss bekommen hatte, und in dem Umhang, den Trine Tvefot mir an jenem allerersten Tag am Strand geliehen hatte. Es tat weh, sie so reden zu hören. Ich wusste nicht, ob ich traurig oder wütend war. Vielleicht war es auch die Demütigung, die mich verletzte? Sie redeten über *mich* und *meine Semilla*. Ich hatte doch so viel auf mich genommen, um sie zurückzuholen. Die lange Reise und die vielen Gefahren – und nun sollte alles zu Ende sein, nur weil sie es so wollten.

»Je eher alles wieder seinen gewohnten Gang geht, desto besser«, sagte Vingmor. »Gibt es Vorschläge, was wir mit dem Jungen machen?«

»Wir könnten ihn einfach nach Hause schicken«, sagte Kapitän Tvefot. »Ich kann gern den Transport übernehmen.«

»Ausgeschlossen«, entgegnete Vingmor. »Wenn wir ihn nach Hause schicken, dann steht er womöglich schon am nächsten Tag wieder hier und bringt am Ende noch mehr Menschen mit. Hat jemand eine andere Idee?«

»Wir könnten ihn töten. Damit wäre doch das meiste gelöst, oder nicht?«, sagte der König von Sparta – und für einen entsetzlichen Augenblick diskutierten sie den Vorschlag. Aber wie alle wussten, hätte man den Tod hinzuziehen müssen, um mich zu töten, und Vingmor war der Ansicht, dass es besser war, ihn aus der ganzen Sache herauszuhalten. Ich stellte eine Gefahr für ihn dar und der Tod war von Natur aus gutgläubig.

»Nein, ich sehe nur eine Lösung«, sagte sie und plusterte sich auf, »ich denke, es wäre am klügsten, ihn wieder in unseren Kerker zu stecken, so weit vom Tageslicht entfernt, wie es nur geht. Dort kann er bleiben, bis er alt und grau ist. In der Zwischenzeit wird er sich die Dummheiten wohl aus dem Kopf geschlagen haben.«

Es war, als würde ich in ein eisiges, bodenloses Loch stürzen. Nein, dachte ich, oh, bitte, nein! Nicht dorthin zurück!

Der König und der Kapitän dachten ein wenig darüber nach und beschlossen, sich Vingmors Vorschlag anzuschließen und mich für tausend und abertausend Tage zurück in den Berg zu werfen. In die Dunkelheit, die sich um die Augen schloss, bis man für immer blind geworden war. In die Feuchtigkeit, die an einem leckte, bis man sich die Haut herunterreißen wollte. Zu dem Schraubstock, der sich immer fester um die Schläfen spannte, bis man eines Tages endgültig den Verstand verlor.

»Gut! Kapitän Tvefot und ich sind dir überaus dankbar, dass du den Jungen gefangen hast«, sagte der König von Sparta. »Und der Tod wird dich sicher für alles, was du getan hast, belohnen, aber nun müssen wir noch klären, was ...« Er räusperte sich und seine Stimme wurde ernst. »Wieso hast du dir erlaubt, unsere Kinder ebenfalls einzusperren?«

Der Kapitän durchbohrte Vingmor mit seinem Blick. Mit den groben Hauern sah er aus wie eine blutrünstige Bestie. Aber Vingmor ließ sich nicht einschüchtern.

»In meinen Augen haben die Prinzessin von Sparta und Trine Tvefot etwas Unverzeihliches getan«, sagte sie. »Selbst wenn wir diesen Jungen wegschaffen, so wissen wir nun, dass die Menschen hierherkommen *können*. Wir müssen wachsamer sein. Damit jeder Einwohner unseres Reichs begreift, was für ein ernstes Vergehen es ist, jemandem zu helfen, der von der anderen Seite kommt, wäre es angebracht, alle drei ins Innerste der Felsenburg zu verfrachten, aber …« Sie hob einen Fuß, um den König und den Kapitän zu bremsen, die gerade heftig widersprechen wollten, »… da ich einen Konflikt zwischen Sparta, Hilde und Harpyrien vermeiden möchte, bin ich bereit, die Prinzessin und Trine Tvefot gehen zu lassen. Ihre Väter können natürlich garantieren, dass die beiden nie wieder solche Dummheiten machen werden.«

Da legte sich die Anspannung aller, die hier versammelt zwischen den Felsen standen. Man konnte richtig sehen, wie die Schultern von hundert Spartanern und hundert Hildinern ein paar Fingerbreit nach unten sanken.

»Selbstverständlich«, sagte der König. »Du hast mein Wort, dass die Prinzessin sich in Zukunft benehmen wird.«

»Und ich bürge dafür, dass Trine vom heutigen Tag an ein vernünftiger Junge sein wird«, sagte Kapitän Tvefot. Er wandte sich an Härfjäder: »Na los! Lass meinen Sohn frei!«

Vingmor nickte Härfjäder zu und Härfjäder flog auf und landete direkt vor unserem Käfig. Sie nahm das Band mit dem Schlüssel ab und schloss auf. Ich sah Trine an und er mich. Seine schönen Augen, die so blau waren wie der Himmel. Seine gutmütige Rüsselnase, die aussah wie ein kleiner Schornstein.

Er drehte sich zu seinem Vater.

»Ich bleibe!«, rief er.

Kapitän Tvefot traute seinen Ohren nicht.

»Was hast du gesagt?«

»Ich bleibe bei Sasja!«, antwortete Trine. »Wenn ihr ihn zurück in den Kerker werft, dann gehe ich mit!«

»Trine, nicht!«, flüsterte ich, obwohl ich innerlich vor Glück jubelte. Ja, es war ein jubelnder Trost, einen Freund wie ihn an meiner Seite zu haben, zu wissen, dass er es *nicht* bereute.

Die Prinzessin, die während der langen Verhandlungen auf dem Käfigboden zusammengesunken war, stand auf. Sie schaute zu ihrem Vater.

»Und ich bleibe auch!«, rief sie.

Der König seufzte. Ob er verärgert oder nur genervt war, konnte ich nicht erkennen.

»Das ist das Dümmste, was ich je gehört habe!«, sagte Kapitän Tvefot zu Trine. »Hast du nicht schon genug angestellt?«

»Trine!«, rief Bure Barst freundschaftlich. »Na los, komm her, vielleicht habe ich noch ein paar gebrannte Mandeln in der Tasche!«

Aber Trine schüttelte den Kopf.

»Sasja hat nichts Falsches getan«, sagte er. »Er will nur seine Mama wiederhaben, das ist alles.«

»Und wenn er sie bekommt, dann bringt er das ganze Reich in Gefahr!«, brüllte sein Vater. »Hast du eine Ahnung, wie groß die Schiffe der Menschen sind? Willst du mit ansehen, wie sie zu Tausenden kommen?«

»Wenn ihr nicht freiwillig aus dem Käfig steigt, dann zwingen wir euch eben«, sagte der König von Sparta. Er gab dem Spartaner an seiner Seite ein Zeichen. »Hol sie.«

»Tjalve«, sagte der Kapitän und gab Tjalve einen Knuff in den Rücken. »Bring deinen Bruder her.«

Der Spartaner und Tjalve hasteten zum Käfig. Tjalve war ängstlich, stolperte über seinen Umhang. Seine bleichen Klauen zitterten, als er den Kragen wieder hochzog und eilig weiterlief. Er stellte sich ganz nah an das dünne Weidengitter.

»Bitte, Trine, komm doch raus«, bat er.

»Wenn ihr mich zwingt, diesen Käfig zu verlassen, dann schwöre ich, dass ich so lange keine Ruhe geben werde, bis die auf der anderen Seite wissen, dass ihr Sasja gefangen haltet«, sagte Trine. »Ich werde alles tun, was ich kann, damit die Nachricht seinen Vater erreicht.«

Vingmors Blick bekam etwas Hektisches.

»Sieht so Vernunft bei dir aus?«, sagte sie zu Kapitän Tvefot.

Er versuchte zu lachen.

»Mein Sohn weiß nicht, was er da sagt. Er würde es niemals auf die andere Seite schaffen.«

»Doch, das würde er!«, mischte sich die Prinzessin ein. »Wenn er Hyrn ohne Erlaubnis verlassen und eure Brückenwache austricksen konnte, wenn er es über den Hillefluss geschafft hat und, ohne entdeckt zu werden, Sparta durchqueren konnte, wenn er lieber freiwillig in den Kerker der Felsenburg geht, als einen Freund im Stich zu lassen, dann kannst du dir sicher sein, dass er es auch auf die andere Seite schafft. Vielleicht braucht er dafür etwas Hilfe, aber die würde er auch bekommen. Von mir.«

»Ach ja?«, brüllte der König von Sparta. »Glaubst du das wirklich? Das kannst du dir aus dem Kopf schlagen, kleines Fräulein, denn ich verbiete es dir!«

»Das kannst du gar nicht!«, sagte die Prinzessin.

»Ich bin dein Vater und du hast mir zu gehorchen!«

»Ach ja?«, sagte Vingmor. Ihre Stimme klang jetzt schrill und hitzig. »Wir haben ja gesehen, wie gut sie dir gehorcht, als sie sich mit einem Hildin und einem Aufrührer von der anderen Seite verbündet hat.« Sie schüttelte den Kopf. »Nein, das alles muss besser durchdacht werden. Wir bringen die Kinder zurück in die Felsenburg!«

»Kommt nicht infrage«, donnerte der Kapitän.

»Vingmor, untersteh dich, das zu tun!«, brüllte der König von Sparta und Bure Barst schrie irgendetwas von einem kühlen Kopf und guten Beziehungen.

Aber Vingmor gab Härfjäder ein Zeichen und Härfjäder verschloss den Käfig und hängte sich das Band mit dem Schlüssel wieder um den Hals.

Doch da zog jemand sein Schwert. Es war Tjalve Tvefot. Ich kann mir nicht vorstellen, dass er in diesem Moment großartig nachdachte. Ich sah nur seine aufgerissenen Augen und die Anspannung in seinem Gesicht; ich glaube, es war eine Mischung aus Verzweiflung und Entschlossenheit. Dann sah ich, wie seine Klinge in der Sonne blitzte, und als Nächstes, wie Härfjäders Kopf in hohem Bogen durch die Luft flog. Krächzend landete er auf dem Boden und das Blut strömte aus dem offenen Hals wie aus einer roten, sprudelnden Quelle.

Der Kampf erwacht

Ich weiß nicht, wie ich beschreiben soll, was dann geschah. Es war so viel auf einmal. Die Schreie, diese gellenden, klaren Schreie, die wie Messer die Luft durchschnitten. Das Gebrüll, das dröhnende Gebrüll, das einen bis ins Mark erschütterte. Härfjäders kopfloser Körper, der hin und her rannte, der Brustpanzer rot, das Gefieder schwarz von Blut. Schwerter, die gezogen wurden. Ich hörte Vingmor, die den Befehl gab, Härfjäder in die Felsenburg zu bringen, um sie wieder zusammenzunähen. Dann flog sie auf und mit ihr alle Harpyren – und plötzlich war Tjalve umzingelt von schlagenden Flügelpaaren. Kapitän Tvefot befahl seinen Hildinern vorzurücken, um seinen Sohn zu beschützen. Ohne zu zögern, gingen sie aufeinander los, Harpyren und Hildiner. Der König von Sparta befahl seinen Spartanern dazwischenzugehen, aber das wahllose Hacken der Harpyren und das brutale Schwerterschwingen der Hildiner sorgte schnell dafür, dass den Spartanern nichts anderes übrig blieb, als in derselben Sprache zu antworten. Ja, nun blitzten Hunderte von Klingen in der Luft, die Schreie gellten lauter und das Brüllen wurde immer wahnsinniger. Meine Hände umklammerten die Weidenstäbe des Käfigs und ich sah es geschehen, sah die Raserei in ihren Gesichtern wachsen. Ihre glühenden Augen, ihre verzerrten Münder, die aufgerissenen Schnäbel. Was ich dort sah, war blanker Kampfdurst, und eisige Angst packte meinen Körper.

»Sasja!«

Es war die Prinzessin, die mich gerufen hatte. Vielleicht hatte sie meinen Namen schon ein paarmal gesagt, ohne dass ich es gehört hatte? Sie versuchte, an etwas heranzukommen, das vor dem Käfig im Gras lag.

»Er ist zu weit weg«, sagte sie. »Kannst du es versuchen?«

Sie meinte den Schlüssel, den Schlüssel zum Käfig. Er war auf den Boden gefallen, als Härfjäder geköpft wurde.

Ich warf mich nach vorn und streckte den Arm aus. Oh, er lag zum Verzweifeln nah. Ich konnte ihn gerade so berühren.

»Ja, gut so, Sasja!«, sagte Trine. »Du schaffst es! Nur noch ein kleines Stück!«

Ich presste meinen Körper, so fest ich konnte, gegen das Weidengitter, so fest, dass es wehtat. Meine Fingerspitzen bekamen das Band zu fassen, ich zog den Schlüssel näher – aber gerade als ich ihn aufheben wollte, tauchte ein großer Hildin auf und schnappte ihn weg. Ja, groß und glupschäugig war er und er funkelte mich zornig an.

»Du Unruhestifter gehst nirgendwohin!«, knurrte er. »Der hier gehört jetzt mir.«

Er wollte den Schlüssel mit dem gewebten Band gerade in seine Tasche stecken, als ihn plötzlich eine Harpyre aus der Luft angriff. Er duckte sich und schaffte es mit Mühe und Not, ihrer Klinge auszuweichen. Als er mit beiden Klauen sein Schwert ergriff, um sich zu verteidigen, ließ er den Schlüssel fallen.

Jetzt konnte ich ihn ganz einfach erreichen, er war nur eine Armlänge vom Käfig entfernt gelandet.

»Gib ihn mir«, sagte die Prinzessin, und als sie den Schlüssel hatte, schob sie eine Pfote durch das Gitter und öffnete das Schloss. Dann drückte sie die Tür auf. Allein bei der Vorstellung, mich in dieses Gewimmel aus geschliffenem Stahl zu begeben, in den tobenden Lärm und das Gebrüll der Kämpfer, stockte mir der Atem.

Aber wir mussten hier weg. Der große Hildin schlug sich immer noch mit der Harpyre über ihm und hatte keine Zeit, sich um etwas anderes zu kümmern. Jetzt war der richtige Moment.

»Wir versuchen, die Felsen dort drüben zu erreichen!«, sagte die Prinzessin und zeigte zu einer Anhöhe am Rande des Schlachtfelds. »Und von dort bergab in den Wald! Los!«

Und dann rannte sie los und Trine und ich hinterher. Wir duckten uns unter den Klingen, die über unsere Köpfe hinwegfegten, wir liefen im Zickzack zwischen schwitzenden Hildinern, sabbernden Spartanern und zornigen Harpyren hindurch. Viele waren verletzt, ihre Kleider und Gefieder blutig und verdreckt. Um ein Haar wäre ich in dem roten Schlamm ausgerutscht.

Dann erreichten wir die Felsen und gingen in Deckung. Für einen Moment verschnauften wir, blickten zurück auf den Dreifelsgipfel. Einen Kampf, so etwas hatte es früher gegeben, in der Vergangenheit, so hatte es die Prinzessin gelernt. Aber nun war er zu neuem Leben erwacht. Wie ein ausgestorbenes Monstrum, das seine Knochen zusammengesammelt hatte, erhob er sich vor uns aus der Erde, durstig nach Blut, hungrig nach Leid. Dort focht der König von Sparta mit seinem langen, silberglänzenden Schwert in den Pfoten. Und dort, ein Stück dahinter, schwang Kapitän Tvefot seine alte, bleigraue Waffe mit so viel Wucht, dass sein Doppelkinn wackelte.

»Wo ist Tjalve?«, fragte Trine. »Ich kann ihn nicht sehen.«

Wir hielten alle drei Ausschau nach Trines großem Bruder. Es schien aussichtslos zu sein, ihn zwischen den zahllosen Kriegern zu finden, aber plötzlich schnappte Trine nach Luft.

»Da ist er! Oh, nein!«

Ja, da war Tjalve. Er lag auf dem Rücken, eine Harpyre flatterte über ihm. Er versuchte, sich mit seinem Schwert gegen ihren Angriff zu schützen, aber sie war geschickt und Tjalve fiel es immer schwerer, sich zu verteidigen.

»Wir müssen ihm helfen!«, wimmerte Trine.

»Überleg es dir, Trine«, sagte die Prinzessin. »Aber denk daran, dass wir vielleicht unsere einzige Chance zu fliehen verpassen, wenn wir jetzt nicht rennen.«

Im nächsten Augenblick gelang es Tjalve, der Harpyre die Waffe aus der Vogelklaue zu schlagen. Er sah genauso verblüfft aus wie sie, als ihr Schwert durch die Luft geschleudert wurde und im Getümmel verschwand. Aber die Überraschung der Harpyre verwandelte sich schnell in Wut. Ohne Schwierigkeiten riss sie Tjalves Schwert an sich und schlug zu. Voller Verzweiflung warf er sich auf die Seite, schützte sich mit den Armen – und nun musste Trine nicht länger überlegen. Er stürmte los und die Prinzessin und ich sahen uns nur kurz an und dann stürmten wir hinterher.

Mit einem Schrei stieß Trine die Harpyre weg. Die Prinzessin und ich halfen Tjalve auf die Füße, aber die Harpyre hatte sich schon wieder berappelt. Jetzt fiel sie über uns her. Ich stürzte nach hinten, als die Klinge auf mich zuschoss, spürte, wie die Spitze meine Wange ritzte, sah, wie die Prinzessin sich vor dem nächsten Hieb wegduckte. Dann schlug die Harpyre nach Trine, aber sie verfehlte ihr Ziel – und da drehte sie sich um und durchbohrte mich mit ihrem Blick. Ja, jetzt hatte sie sich entschieden, ich konnte es sehen, sah die Entschlossenheit in diesen starren gelben Augen. Mit einem einzigen Flügelschlag flog sie auf. Ich begriff nicht, was sie vorhatte, aber da war sie auch schon auf meinem Rücken gelandet. Ich duckte mich, warf mich panisch hin und her, spürte, wie sich ihre Krallen in meine Haut bohrten, spürte den kalten Stahl am Hals, als sie prüfend die Klinge ansetzte – und in den endlosen Sekunden, die dabei vergingen, sah ich vor meinem Inneren, was geschehen würde: wie mein Kopf über den Boden rollte. Wie meine Freunde versuchten, ihn zu fangen. Aber ich sah noch etwas anderes. Ich sah Semilla, wie sie mir Apfelmus und Milch brachte, als ich krank war. Ich sah einen Bach hinter dem Haus, an dem ich an einem Sommertag gespielt hatte, und das war seltsam, denn dieser Bach hatte mich seither nie wieder besonders interessiert. Aber hier in der Schlacht, mit dem Schwert am Hals, da wusste ich, dass dieser Augenblick damals am Bach, als ich mit einem kleinen Stock, den ich im Moos gefunden hatte, gegen tausend ausgedachte Feinde kämpfte – dass das der allerglücklichste Augenblick meines Lebens gewesen war. Wie furchtlos ich gewesen war. Wie einfach dieser Sieg.

Dann waren die langen Sekunden zu Ende. Die Harpyre ließ meinen Rücken los und stürzte zu Boden. Hinter ihr stand Tjalve, in der Hand einen Stein, den er gefunden und ihr auf den Kopf geschlagen hatte. Er sah sie an – dann mich, Trine und die Prinzessin.

»Rennt!«, sagte er

Und wir rannten los.

Uneins

So schnell wir konnten, liefen wir über das fahle Gras, Trine, die Prinzessin und ich. Über uns auf dem Dreifelsgipfel tobte die Schlacht immer schlimmer, aber unterhalb der Steilwand wartete der schützende Wald auf uns. Es war nicht mehr weit. War uns jemand gefolgt? Ich blieb stehen und sah mich um. Nein, es sah nicht danach aus. Ich rannte weiter, rannte in den nassen Schuhen, rannte um mein Leben, und die ganze Zeit spürte ich, wie der Umhang gegen meinen Rücken peitschte, als wollte er sagen: »Schneller, Sasja!«

Dann waren wir im Wald. Endlich Deckung! Dankbar ließ ich den Blick über die Bäume schweifen. Da waren Espen, schlank und aufrecht, die Stämme gesprenkelt mit gelben Flechten, und da waren Birken, groß und knorrig, mit hängenden Zweigen, die aussahen wie lange Zierbänder. Im Unterholz drängte sich allerlei dorniges Gestrüpp und Wildrosen kletterten an den Baumstämmen hoch zum Licht.

Das Brüllen der Kämpfer und das Klingen der Schwerter war hier nur noch ein fernes Geräusch. Wir blieben stehen, um uns auszuruhen. Trine weinte.

»Armer Papa«, sagte er. »Armer Tjalve.«

»Es gibt nichts, was wir beide für sie tun könnten«, sagte die Prinzessin.

»Ja, aber … was ist, wenn sie sich gegenseitig die Köpfe abschlagen!«, sagte Trine. »Das will ich nicht! D-das tut weh und … hinterher ist man hässlich!«

Mit düsterer Miene dachte die Prinzessin über seine Worte nach. Sie seufzte.

»Das ändert nichts daran. Wir können diesen Kampf nicht beenden«, sagte sie. »Lasst uns jetzt nach Norden weitergehen, solange wir noch die Möglichkeit dazu haben.«

Wir taten, was die Prinzessin gesagt hatte, und machten uns auf den Weg durch den rauschenden Wald. Aber es herrschte keine muntere Stimmung in unserer kleinen Truppe. Trine konnte die Tränen nur mühsam zurückhalten. Ab und zu entschlüpfte ihm ein hastiger Schluchzer. Eine Träne kullerte seine Wange hinunter und er wischte sie mit seiner kleinen, schmutzigen Klaue fort. Die Prinzessin schwieg, sie hielt den Blick auf den Boden gerichtet. Ich hatte das Gefühl, an meinem schlechten Gewissen zu ersticken. Nur wegen mir hatten ihre Väter die Schwerter gezückt, nur wegen mir rollten die Köpfe. Alles war meine Schuld.

Nach etwa einer halben Stunde kamen wir an einen kleinen Waldsee und blieben stehen, um etwas zu trinken. Das Wasser schmeckte gut und es spülte das letzte Zittern, das von unserer überstürzten Flucht noch geblieben war, aus meinem Körper. Trine trocknete sich den Mund mit dem Jackenärmel ab. Er sah sich um, blinzelte kurz in die Sonne.

»Bist du sicher, dass du uns in die richtige Richtung führst?«, fragte er die Prinzessin.

Sie kniete am Ufer und schlürfte das Wasser aus ihren Pfoten.

»So sicher, wie man eben sein kann«, antwortete sie.

»So sicher, wie man eben sein kann?«, wiederholte Trine unzufrieden.

Die Prinzessin trank noch ein wenig, dann stand sie auf.

»Ich weiß nicht viel über diese Gegend«, sagte sie. »Nur, dass es hier keine Wege gibt. Ich tue, was ich kann.«

Trine schaute sich wieder um.

»Ich glaube, ich habe diese Felsen da drüben schon mal gesehen«, sagte er. »Kann es sein, dass wir im Kreis gegangen sind?«

»Nein«, sagte die Prinzessin. Sie zuckte die Schultern. »Aber von mir aus kannst du gern die Führung übernehmen, wenn du willst.«

»Wollen wir nicht doch lieber auf die Prinzessin hören?«, sagte ich zu Trine. »Mir kommen die Felsen nicht bekannt vor.«

Eine Falte bildete sich auf Trines Stirn. Er streckte eine Klaue aus.

»Ich glaube, Norden liegt in dieser Richtung«, sagte er.

»Auf keinen Fall«, schnaubte die Prinzessin. »Was du zeigst, ist Westen.«

»Du hast doch selbst gesagt, dass du dir nicht sicher bist!«, sagte Trine.

»Ich bin mir sicher, dass dort nicht Norden ist! Wenn du uns in diese Richtung führst, dann wirst du uns einen schlechten Dienst erweisen.«

»Hört mal, wir wollen uns doch jetzt nicht streiten«, sagte ich.

»Ich streite mich nicht«, sagte die Prinzessin. »Aber Trine muss verstehen, dass weder du noch ich die Absicht haben, mit ihm nach Westen zu gehen.«

Trines Kopf färbte sich rot.

»Wieso sagst du zu mir, dass ich bestimmen darf, in welche Richtung wir gehen, wenn du es dir im nächsten Moment doch wieder anders überlegst?«

»Weil das die falsche Richtung ist!«

»Das weißt du gar nicht!«

»Bitte, schreit nicht«, sagte ich. »Was, wenn uns jemand hört.«

Aber Trine und die Prinzessin waren so sauer aufeinander, dass sie die harten Worte einfach nicht zurückhalten konnten. Trines Augen blitzten und Spucke flog ihm aus dem Mund, als er schnaubte:

»Immer musst du bestimmen! Ich habe es satt!«

»Ja, dann geh doch nach Westen, dann bist du mich los!«

»Vielleicht mache ich das!«

»Gut!«

»Seid still!«, zischte ich und starrte in den hellblauen Himmel.

Für einen kurzen Moment hatte ich dort oben etwas gesehen. Vielleicht. Trine und die Prinzessin sahen ebenfalls hoch. Ein paar quälende, lautlose Sekunden verstrichen. Da! Eine Harpyre kreiste über uns! Sie hatten uns entdeckt!

»Lauft!«, rief die Prinzessin.

Und da rannten wir los, rannten, so schnell unsere Füße uns trugen, durch Gestrüpp und Unterholz. Meine Muskeln brannten und mein Herz raste, aber ich dachte gar nicht daran, stehen zu bleiben. Nein, sie durften mich nicht noch einmal gefangen nehmen, dann rannte ich lieber, bis ich tot umfiel!

»He, ihr drei! Wartet!«, rief da eine Stimme von oben. »Ich bin es!«

Der kleine Harpyr schoss im Sturzflug nach unten, landete so plötzlich vor uns, dass wir fast über ihn gefallen wären. Ich erkannte das kleine ernste Gesicht sofort wieder. Es war Vingmors Sohn, Höder.

Völlig außer Puste blieb ich stehen, die Hände auf die Knie gestützt.

»Woher wusstest du, wo wir sind?«, fragte ich keuchend.

»Ich wusste es nicht. Ich habe nach euch gesucht«, antwortete er.

»Dann hast du auch gesehen, was oben auf dem Dreifelsgipfel passiert ist?«

Er nickte. Diese gelben Augen, die so schön lächeln konnten, in diesem Moment lächelten sie nicht. Sie waren traurig und besorgt.

»Ich konnte heute Morgen nicht wie gehofft entwischen«, sagte er. »Ich sollte zusammen mit Vater den großen Saal putzen. Er sagte, dass unserer Mutter vor dem Treffen mit euren Vätern graute. Und dass wir abends feiern würden, falls alles so verlaufen sollte, wie sie es sich vorgestellt hatte. Als ich mich dann endlich von zu Hause wegstehlen konnte, da … da konnte ich schon von Weitem hören, dass es heute Abend kein Fest geben würde.«

Er schaute zu Boden. Ja, für ihn war es natürlich auch schrecklich, seine Mutter und ihre Harpyren kämpfen zu sehen. Mit anzusehen, wie die Federn flogen. All der blanke Stahl und das rote Blut. Und da konnte ich es nicht mehr für mich behalten.

»Das ist alles nur meinetwegen passiert«, sagte ich. »Ich will nicht weiter zum Tod. Es wäre besser, wenn ich umkehren und wieder nach Hause fahren würde. Ich hatte keine Ahnung, dass alle so wütend werden würden, weil ich gekommen bin.«

Bei dem letzten Satz fing ich an zu weinen, denn ich fühlte mich so dumm und zugleich so erleichtert, dass ich es endlich ausgesprochen hatte. Trine und die Prinzessin schwiegen. Vielleicht waren sie auch erleichtert? Vielleicht hatte ich genau das gesagt, was sie hören wollten?

Aber Höder sah mich an und nun lächelten seine Augen doch.

»Natürlich gehst du weiter«, sagte er.

»Nein, ich kann nicht, es wäre nicht richtig«, sagte ich. »Es ist nicht richtig, dass sich alle nur wegen mir und Semilla streiten, es ist nicht richtig, dass *eure* Eltern …«

»Sie können nicht sterben«, sagte Höder. »Das weißt du doch, oder?«

Die Prinzessin nahm sich ein paar Sekunden, um über alles nachzudenken.

»Höder hat recht«, sagte sie. Sie wandte sich an Trine. »Hör zu. Ich weiß, dass es dir wehtut, sie kämpfen zu sehen. Mir tut es auch weh. Aber ganz egal, was bei dieser Schlacht auf dem Gipfel herauskommt, wir werden unsere Eltern wiedersehen. Sasja dagegen hat nur diese eine Chance, seine Mama zurückzubekommen … auch wenn sie ziemlich verändert aussehen wird.« Sie fasste ihn an den Schultern. »Wir sollten unsere Sorge vergessen und Sasja helfen. Lass uns zusammen weitergehen!«

Trine trocknete seine nassen Wangen. Er zog die Rüsselnase hoch, aus der ein glänzender kleiner Rotzfaden tropfte. Dann nickte er.

»Wir gehen weiter.«

Die Prinzessin schenkte ihm ihr sanftestes Lächeln, dann wandte sie sich an Höder.

»Als du hier aufgetaucht bist, waren wir uns gerade nicht ganz einig«, sagte sie. »Wir wissen nicht, in welcher Richtung Norden ist.«

»Oh«, sagte Höder und schien irgendwie erstaunt darüber zu sein, dass ausgerechnet er etwas besser wusste als alle anderen. Er machte eine Kopfbewegung: »Norden ist natürlich dort. Aber ihr werdet ein paar Umwege machen müssen. Weiter hinten wird das Dickicht undurchdringbar.«

Als Trine und die Prinzessin sahen, dass Norden genau in der Mitte zwischen den beiden Richtungen lag, die sie vorhin gezeigt hatten, wurden beide verlegen – und es war schön zu sehen, dass sie über ihren Streit lachen konnten.

»Was meinst du, Sasja?«, sagte die Prinzessin. »Sind wir uns einig, dass wir zusammen weitergehen, alle drei?«

Da konnte ich gar nicht anders, als sie fest zu umarmen, denn in diesem Moment spürte ich so sehr, wie gern ich sie hatte.

»Ja«, antwortete ich. »Auf zum Tod!«

»Sehr gut. Das ist die richtige Einstellung«, sagte die Prinzessin. »Na dann – ich sehe keinen Grund, noch länger hierzubleiben. Wir ziehen sofort weiter, damit wir noch ein gutes Stück schaffen, bevor es dunkel wird.«

»Wartet!«, sagte Höder. Sein Blick wirkte mit einem Mal ängstlich. »Als ich auf dem Gipfel gesehen habe, dass der Käfig leer ist, da habe ich ... Ich wusste nur, dass ich euch finden wollte, weil ich ...« Er stockte und senkte schweigend den Kopf.

»Weil du was?«, fragte ich – denn ich hätte schwören können, dass ich wusste, was er sagen würde: dass er mit uns mitkommen wollte. Aber etwas hielt ihn davon ab. Vielleicht stimmte es, was sein Papa gesagt hatte. Dass er ein braver Junge war.

»Ich wollte euch eure Schwerter geben«, murmelte er. »Das ist alles.«

Richtig, unsere Schwerter, die hatte er ja in der Küche der Felsenburg hinter dem Feuerholz versteckt. Um sie uns zurückzugeben, wenn wir wieder frei waren.

»Ich kann sie holen«, sagte er. »Und euer Gepäck auch! Es dauert auch nicht lange, ihr könnt einfach hier warten.«

»Was meint ihr?«, fragte ich die Prinzessin und Trine. »Sollten wir für die letzte Etappe nicht unsere Schwerter dabeihaben?«

Sie schauten sich an und nickten.

»Nur wenn du versprichst, dass es schnell geht«, sagte die Prinzessin.

»Versprochen!«, antwortete Höder. Und dann breitete er die Flügel aus und schoss in die Luft. Geschickt wich er den Stämmen aus und schon war er aus unserem Blick verschwunden. Wir kletterten auf einen Felsen, der wie ein riesiges Ei im Wald lag, und dort oben machten wir es uns im Moos bequem und warteten auf die Rückkehr Höders von Harpyrien.

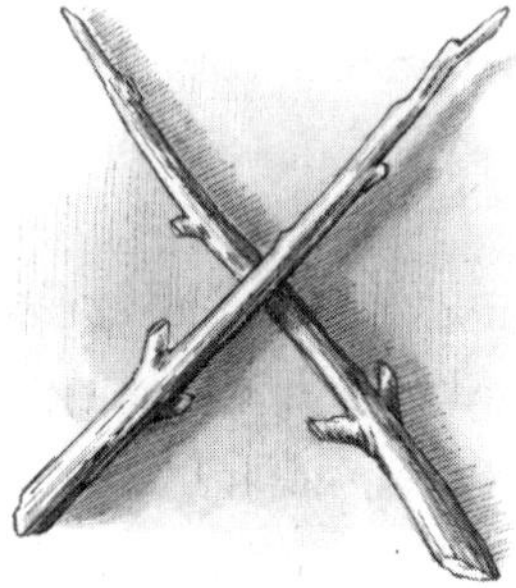

Vier unterwegs

Die Zeit verging. Es würde nicht lange dauern, hatte Höder gesagt, er würde nur schnell nach Hause und gleich wieder zurückfliegen. Aber inzwischen waren bestimmt ein paar Stunden vergangen. Die Sonne sank schon, warf ihre langen, geraden Strahlen zwischen den Stämmen hindurch auf unseren Felsen und blendete uns. Espenblätter lagen silbrig glänzend im Moos wie große durchsichtige Münzen.

Trine war unruhig. Er stand auf und fing an, hin und her zu laufen.

»Wo bleibt er denn?«, sagte er. »Ist es nicht komisch, dass das so lange dauert?«

»Er kommt sicher bald«, antwortete ich.

»Ich weiß nicht«, murmelte Trine. »Ich habe kein gutes Gefühl.«

»Warum denn?«

»Kommt dir das etwa nicht komisch vor?«, fragte Trine. »Er hat uns versprochen, sofort zurückzukommen, und jetzt sitzen wir immer noch hier und warten. Was ist, wenn er Vingfar erzählt hat, wo wir sind?«

»Nein«, sagte ich und starrte stur weiter auf den Punkt, an dem Höder verschwunden war. »Er verspätet sich nur aus irgendeinem Grund.«

Trine seufzte und wanderte weiter im Kreis, trat schwarze, erdige Löcher ins Moos.

»Du redest, als ob du ihn kennen würdest«, sagte er. »Aber was machen wir, wenn ich recht habe? Ich meine, vielleicht haben sie Härfjäder schon wieder zusammengeflickt! Und wenn *sie* uns hier findet, dann heißt es zurück in den Berg.«

»Trine hat recht«, sagte die Prinzessin und stand auf. »Es ist seltsam, dass er so lange braucht. Wir brechen auf. Nicht, dass am Ende noch ein ganzer Schwarm Harpyren hinter uns her ist.« Sie sprang vom Felsen, klopfte sich den Staub von den Kleidern und seufzte leise. »Sich durch dieses Dickicht zu schlagen wird nicht leichter, wenn es dunkel ist. Es war dumm von uns, bis zum Abend hier sitzen zu bleiben«

Die Prinzessin und Trine waren schon losgegangen, als ich Flügelschlagen hörte.

»Wartet!«, sagte ich. »Er kommt!«

Ja! Da war er! Mit dem einen Fuß hielt er den Rucksack der Prinzessin und mit dem anderen Trines und meinen Sack. Er ließ beides direkt vor mir auf den Boden fallen und landete. So bepackt war der Flug ziemlich mühsam gewesen und er war vollkommen außer Atem. Die Prinzessin und Trine machten kehrt, durchsuchten unser Gepäck und fanden unsere Schwerter.

»Wir wollten gerade aufbrechen«, sagte die Prinzessin und schob ihr Schwert in den Gürtel. »Du hattest versprochen, viel früher zurück zu sein.«

»Tut mir leid«, sagte Höder.

Die Prinzessin stieß ein Schnauben aus.

»Es tut dir leid? Vielleicht könntest du wenigstens kurz erklären, warum du uns so lange hast warten lassen. Wir könnten schon zwei oder drei Stunden Fußmarsch von hier entfernt sein!«

»Prinzessin, hör auf«, sagte ich. »Siehst du nicht, dass er blutet?«

Hastig drehte Höder sich weg, um die verletzte Wange zu verbergen. Er schien sich zu schämen.

»Was ist passiert?«, fragte ich.

»Es war ... ach, meine Schwestern ... Sie waren sauer.«

»Warum?«, fragte ich.

»Als mein Vater bemerkt hat, dass ich weg war, hat er sich wohl Sorgen gemacht. Er hat mit Hrov und Näva geschimpft, weil sie nicht ordentlich auf mich aufgepasst hätten, und, na ja ... Hrov sagte, es wäre meine Schuld, dass Vater sie geschlagen hat.«

»Und deshalb hat sie dich geschlagen?«, fragte ich.

Er nickte.

»Danach wollten sie mich keine Sekunde in Ruhe lassen. Sie

sagten, sie würden mir schon abgewöhnen, einfach so herumzufliegen.«

Er hob den Fuß, um seine blutende Wange zu betasten, aber die Prinzessin hinderte ihn daran.

»Lass mich mal sehen«, sagte sie. Sie untersuchte die Wunde, bückte sich und hob ein Stück Moos auf. Sie musste nicht lange suchen, um eine Grube mit Quellwasser zu finden. Sie tauchte das Mooskissen ein und ging damit zurück zu Höder, um die Verletzung zu waschen.

»Trine und ich haben dir misstraut«, sagte sie. »Wir dachten, du hättest uns verraten. Entschuldige bitte.«

Höder schaute zu Trine, der gerade sein Schwert in den Gürtel steckte.

»Es hat eine Ewigkeit gedauert, bis sie mich endlich in Ruhe gelassen haben«, sagte er dann. »Aber irgendwann ist es ihnen zu dumm geworden und ich konnte eure Sachen holen.«

Es wurde still. So drückend still, wie es nur im Reich des Todes sein konnte, wo keine Mücken herumschwirrten und keine Tauben sich ihren gurrenden Abendgruß zuriefen. Immer dichter schloss sich die Dunkelheit um die Baumstämme.

»Vater hat versucht, Härfjäders Kopf anzunähen«, sagte Höder. »Aber ihr Körper hat sich wie ein Verrückter aufgeführt, ist hin und her geflattert und gegen die Wände geknallt. Näva hat angefangen zu weinen. Das hat unserem Vater natürlich gar nicht gefallen.«

»Warum nicht?«, fragte ich.

»Weil Mädchen stark sein müssen. Manchmal sitzt Mutter stundenlang am Feuer und erzählt Hrov und Näva die uralten Geschichten. Geschichten von Kämpfen, von Ehre und von Verstümmelungen. Sie sagt, dass das Blut in unseren Adern die Liebe zum Tod ist und dass es deshalb nie versiegen kann.«

Ich streckte eine Hand aus und legte sie leicht auf seinen Flügel. Wie zerbrechlich er wirkte. Ich konnte die dünnen Knochen unter den Federn spüren.

»Ich höre oft heimlich zu, aber das wissen sie nicht«, murmelte er.

Die Prinzessin räusperte sich.

»Sasja? Wir sollten aufbrechen.«

Auf dem Boden lag ein kleiner Zweig, von einer Espe, glaube ich. Ich hob ihn auf, knibbelte die losen, feuchten Rindenreste ab. Dann schwang ich ihn ein paarmal prüfend durch die Luft. Doch, das war ein prima Stock.

»Hier«, sagte ich und gab ihn Höder.

»Was?«, sagte er.

»Ich möchte, dass du mit uns kommst.«

Er schluckte.

»Willst du das wirklich?«, flüsterte er.

»Wenn du uns den schnellsten Weg zum Tod zeigst, dann zeige ich dir, dass Jungs mit Schwertern spielen können«, sagte ich.

Er lachte auf, wand sich ein bisschen. Ich glaube, er war verlegen, obwohl ich nicht so richtig verstehen konnte, warum. Er drehte sich um, als überlegte er, wie es wohl wäre, nach Hause zu fliegen. Und dann sah er uns an, Trine, die Prinzessin und mich. Er streckte seinen gelben Fuß aus und nahm den Stock, betrachtete ihn, als wäre er etwas Fremdartiges und sehr Seltsames. Eine verbotene Sache oder eine, die ihm nicht gehörte. Aber dann seufzte er kaum hörbar, es war ein Seufzer der Erleichterung, und seine Krallen schlossen sich fest um den Stock, als er sagte:

»Einverstanden. Ich komme mit.«

Der Weber

Während der Kampf auf dem Dreifelsgipfel weiter wütete, kämpften wir, vier Kinder, mit unseren Stöcken in dem unwegsamen Wald, den die Harpyren Grüngrund nannten. Ja, er war unwegsam, aber vor allem war er schön. Noch nie hatte ich höhere Espen gesehen und noch nie prächtigere Birken. Hoch und knorrig waren sie. Ihre Rinde, die der Frost furchig aufgerissen hatte, sah aus wie die Haut eines uralten grauen Drachen. Es gab auch jede Menge totes Holz hier. Äste und Zweige hatten sich zu riesigen, weichen Wällen aufgetürmt, die dick mit Moos überzogen waren, was es ziemlich schwierig machte, darüberzuklettern. Hier und da waren Wasserlöcher, nicht größer als ein Teller, aber tief. Wenn man aus Versehen hineintrat, dann wurde man nass bis zum Knie.

Die Sonne stieg und die Sonne sank. Wenn die Nacht ihre schwarze Decke über den Tag breitete, schlugen wir unser Lager auf, und wenn der Tag die Decke wegstrampelte, standen wir auf und zogen weiter.

Wir lebten von dem, was der Wald uns gab. Von Nesseln und Himbeeren, Quecken und Löwenzahn, Wildäpfeln und Butterpilzen. Höder wusste ganz genau, welche Pflanzen essbar waren. Außerdem wusste er genau, wie man mit einem Schwert spielte, obwohl er es noch nie zuvor ausprobiert hatte; das mussten wir ihm also wirklich nicht beibringen.

So näherten wir uns langsam, aber sicher dem Haus des Todes. Wir hatten noch knapp drei Tagesmärsche vor uns, als wir von einem Unwetter überrascht wurden. Es brach mitten am Vormittag los. Der Himmel öffnete alle Schleusen und plötzlich prasselten dicke Tropfen auf uns herunter. Zuerst lachten wir, denn im Regen ließ es sich sogar noch besser spielen. Ja, ich fand es herrlich, gegen die Tropfen anzuschreien, herrlich, mit dem Schwert zu fechten, während mir die Haare klitschnass um den Kopf peitschten. Aber schon bald fingen wir an zu frieren und das Spiel geriet ins Stocken. Wir setzten unsere Wanderung fort, denn stehen bleiben kam nicht infrage, und die Prinzessin meinte, es würde bestimmt bald aufklaren.

Aber das tat es nicht. Seit Stunden schüttete es jetzt schon wie aus Eimern, und als der Abend kam, waren meine Finger weiß wie Kreide.

»Wie weit ist es noch bis zum Haus des Todes?«, rief die Prinzessin durch den rauschenden Regen.

Höder landete.

»Nur noch ein paar Stunden, schätze ich!«

Die Prinzessin beriet sich mit sich selbst. Ihr Blick wanderte zwischen Trine und mir hin und her. Wir waren triefend nass und klapperten vor Kälte mit den Zähnen.

»Kennst du einen Unterschlupf, wo wir vielleicht Schutz für die Nacht finden können?«, fragte sie Höder.

»Ja, ich kenne einen Ort«, sagte er und nickte. »Ein Freund meines Vaters. Er wohnt nicht weit von hier.«

»Wer ist es?«, fragte die Prinzessin. »Besteht die Gefahr, dass er uns Härfjäder auf den Hals hetzt?«

»Nicht Harf«, antwortete Höder. »Ich glaube nicht, dass er Härfjäder besonders gut leiden kann. Er findet, dass sie und Mutter in der Felsenburg zu viel bestimmen dürfen. Na ja, jedenfalls hat Harf mir gesagt, dass ich jederzeit zu ihm kommen kann, wenn ich Hilfe brauche.«

»Gut«, sagte die Prinzessin. »Wir gehen zu Harf.«

Und so flog Höder Richtung Osten los und die Prinzessin, Trine und ich folgten ihm.

Höder sehnte sich offenbar genauso nach Wärme wie wir anderen, denn wir mussten uns mächtig anstrengen, um hinterherzukommen. Durch Gestrüpp und Dickicht ging unser Weg. Laub rutschte in unsere Kleider, Zweige peitschten uns ins Gesicht und der Boden war so nass, dass es bei jedem Schritt spritzte.

Nach einer halben Stunde erreichten wir Harfs Haus. Wobei ich nicht weiß, ob man das wirklich Haus nennen konnte. Wir standen vor einem Bretterverschlag, grob zusammengezimmert, mit einem Dach, das eigentlich eher ein riesiges Knäuel aus Zweigen, Moos und Torf war. Eine einsame Öllampe baumelte am Giebel und verbreitete ein schwaches, fast gespenstisches Licht. So etwas wie ein Fenster konnte ich nirgends entdecken.

Ich war nach unserem Gewaltmarsch ziemlich außer Atem. Aber da war noch etwas anderes, das mich rastlos und unruhig machte. Mein Herz klopfte, als würde es von Stieren gejagt. Harf – das war ja der Weber, der die Stoffe für die geflügelte Sänfte des Todes webte. Womöglich war sie hier, in dieser Hütte – und vielleicht würde ich sie sehen!

Höder ging zur Tür. Sie hatte oben in der Mitte eine Luke und an einem Nagel daneben hing ein Glöckchen. Höder klingelte.

Wir warteten. Es regnete noch immer in Strömen. Als sich nichts tat, sagte die Prinzessin:

»Vielleicht hat er es nicht gehört? Versuch es noch mal.«

Aber gerade als Höder noch einmal klingeln wollte, wurde die Luke mit einem Knall aufgeschlagen. Ich zuckte zusammen. Ein Auge tauchte hinter der kleinen Öffnung auf, es war glühend gelb.

»Guten Abend, Harf«, sagte Höder.

Ein paar endlose Sekunden verstrichen. Harf sagte nichts.

»I-ich bin es«, sagte Höder. »Höder.«

Immer noch Stille. Dann, wieder mit einem Knall, wurde die Luke geschlossen.

»Harf?«, rief Höder.

Keine Antwort. Zerknirscht sah Höder uns an.

»Er ist heute Abend wohl nicht in der Stimmung, hilfsbereit zu sein. Ich glaube, wir sollten lieber wieder gehen.«

Oh, nein, ich wollte nicht umkehren, wollte nicht im Regen bleiben. Ich wollte eine Nacht am Feuer haben – aber vor allem wollte ich diese Sänfte sehen, die mein Herz wie wild zum Klopfen brachte, als wollte es in tausend Stücke zerspringen!

Aber natürlich konnten wir Harf nicht zwingen, uns ins Haus zu lassen. Wir drehten uns um und wollten gerade gehen, als sich die Tür mit einem langen Quietschen öffnete. Licht fiel aus dem Flur nach draußen und zeichnete ein helles Rechteck auf den Boden. Harf stand auf der Schwelle und sein langer Schatten sah riesig aus, dabei war er selbst in Wirklichkeit ziemlich klein. Nicht viel größer als Höder.

»Guten Abend«, sagte Höder noch einmal, aber dieses Mal leiser.

Ein kleiner Zwicker klemmte auf Harfs Schnabel. Er musterte die Prinzessin, Trine und mich. Dann sagte er:

»Hast du Freunde gefunden?«

»Ja«, sagte Höder. »Das ist die Prinzessin von Sparta und das Trine Tvefot aus Hilde. Und das hier ist Sasja.«

»Sasja?«, wiederholte Harf und seine Augen wurden schmal.

»Er will zum Tod, um seine Mama zurückzuholen. Wir helfen ihm dabei«, sagte Höder. Er machte eine Pause, dann fügte er hinzu: »Ich habe jetzt auch ein Schwert.«

Er hob den linken Flügel. Die Prinzessin hatte ein Stück von ihrem Schal abgerissen und es über Kreuz um Höders Brust geknotet, damit er das Schwert auf dieselbe Weise tragen konnte wie seine Schwestern.

»Und was sagen eure Eltern zu Sasjas Plänen?«, fragte Harf.

Höder wusste nicht so recht, was er darauf antworten sollte, deshalb ergriff die Prinzessin das Wort.

»Der König von Sparta, Kapitän Tvefot und Vingmor sind sich einig, dass Sasja aufgehalten werden muss. Aber …«

»Aber was?«

»Aber sie sind in Streit geraten.«

»Ach, *so* einig sind sie sich also?«, sagte Harf.

»Ja«, antwortete die Prinzessin. »Am Dreifelsgipfel sind ein paar Dinge vorgefallen, woraufhin die Gefühle etwas übergekocht sind. Härfjäder wurde geköpft … Vingfar bekam den Auftrag, sie zu nähen.«

Harf stand schweigend da, er schien ganz in Gedanken zu sein. Außer dem Regen war nichts zu hören, Millionen von Tropfen, die auf den Boden trommelten, das Rinnsal, das vom Dach des Schuppens plätscherte.

Höder räusperte sich.

»Wir wollten fragen, ob du vielleicht einen Schlafplatz für uns hättest, Harf? Nur heute Nacht. Wir sind ziemlich … nass.«

Das strenge Glimmen in Harfs Augen nahm zu, wurde noch gelber, beinahe gefährlich. Ich dachte gerade, dass er uns bestimmt gleich wütend anschreien würde, als er in lautes, krächzendes Gelächter ausbrach. Er machte einen Schritt zur Seite, um uns einzulassen, und als er fertig gelacht hatte, sah er Höder an und sagte:

»So ist es Sitte in Harpyrien, kleiner Höder. Die Väter nähen, wenn die Mütter bluten. Aber … was habe ich gesagt, was habe ich immer wieder gesagt? Dieser Junge wird uns eines Tages noch überraschen.«

Es war dunkel und nicht besonders warm in dem kleinen Flur. Nur eine einzige Lampe leuchtete unter der Decke. Ich sah Körbe mit Pflanzenresten, ein schwacher Duft von Blumen hing in der Luft. Höder schüttelte sich den Regen aus dem Gefieder.

»Soso, und nun kämpfen sie also«, krächzte Harf, während er uns anderen mit unseren nassen Jacken und Umhängen half. »Das letzte Mal ist lange her. Ja, ja.«

»Glaubst du, sie machen weiter, bis sich alle gegenseitig die Köpfe abgeschlagen haben, Harf?«, fragte Trine.

»Oh, im schlimmsten Fall hören sie nicht einmal dann auf«, antwortete Harf. Er nickte kurz der Prinzessin zu. »Der Medikus des Königs von Sparta ist ziemlich geschickt, habe ich mir sagen lassen. Er näht einen Kopf schneller fest, als man blinzeln kann.«

»Mama sagt, dass Brutus zwei linke Pfoten hat«, murmelte die Prinzessin.

Harf machte ein Gesicht, als würde er diese Meinung durchaus teilen.

»Wenn es schnell gehen muss, dann muss es schnell gehen«, sagte er.

Da fing Trine wieder an zu weinen, oh, es brach mir fast das Herz zu sehen, wie er versuchte, die Tränen zurückzuhalten, und sein Mund sich dennoch verzog und die ersten Tränen seine Wangen hinunterkullerten.

»Mein Papa hat keinen Medikus«, schluchzte er.

»Er kann sich immer noch einen Stock in den Hals schieben und den Kopf daraufstecken, das geht auch«, sagte Harf tröstend. »Also, Kinder, beruhigt euch. Es ist nicht das erste Mal, dass Harpyren, Spartaner und Hildiner aneinandergeraten. Sie brauchen nur einen halbwegs guten Grund und schon geht es rund. Ich schätze, dieser Kampf rührt von der Sorge um einen gewissen Herrn im Norden her?«

»Ja, unsere Eltern sind sehr besorgt um den Tod«, antwortete die Prinzessin. »Sie glauben, dass Sasja gefährlich ist.«

Harf sah mich an. Da war etwas Vergnügtes in diesem gelben, glühenden Blick.

»Gefährlich, ja, denk nur, vielleicht bist du das? Aber wer weiß, vielleicht steckt ja auch viel mehr im Tod, als der König, der Kapitän und Vingmor sich vorstellen können?«

Die Sänfte

Es tat gut, in Harfs warme Stube zu kommen. An der groben Bretterwand hingen brennende Zinnlampen und in der Mitte des Raums war eine Feuergrube, in der noch Glut schwelte. Der Rauch stieg nach oben und zog durch ein Loch in der Decke ab. Ich sah einen Webstuhl und eine Anrichte, auf der sich Teller und anderes Geschirr stapelten. Es roch gut. Ja, ich war geradezu berauscht von dem herrlichen Blütenduft, der mir in die Nase stieg. Überall auf dem Boden verteilt lagen vertrocknete Blumen, Wurzeln und Erde, seltsame Holzgerätschaften, unterschiedliche Kämme und Faserbündel, die aussahen wie Puppenhaare, und ich bemerkte auch ein Stück Stoff, das so schimmernd und dünn war, dass man sich die Augen reiben musste, um sicherzugehen, dass es wirklich da war. Und dort, mitten in dem ganzen Durcheinander, stand die geflügelte Sänfte des Todes.

Sie war ganz nackt. Ein Thron für zwei, eingerahmt von einem großen Holzgestell. Sie hatte keine Flügel, aber auf der Oberseite waren zwei lange Stangen befestigt, an denen die Krallen der Träger ihre Spuren hinterlassen hatten.

Sie so zu sehen fühlte sich an, als wäre ich betrogen worden. Mein Herz hatte so wild geklopft, wäre fast zersprungen vor Sehnsucht nach dieser Sänfte, aber nun war es, als hätte es angehalten und würde sich fragen, warum es so gerannt war. Die Königin von Sparta hatte gesagt, die geflügelte Sänfte des Todes wäre das Schönste von allem, dass es mir den Atem verschlagen würde, sie in all ihrer Pracht zu sehen. Aber das Einzige, was ich für dieses magere Holzgerippe verspürte, war Mitleid. Ja, die Sänfte tat mir leid, weil sie nackt war und weil ich wusste, weil ich *sehen* konnte, dass sie fror und sich nach ihren Kleidern sehnte.

Harf kletterte auf seinen Webstuhl. Auf der Kette war derselbe schimmernde Stoff im Wachsen begriffen. Harf nahm mit dem Fuß das Schiffchen und entwirrte die feinen Fäden, die sich ein wenig verknotet hatten. Er sah zu Höder.

»Bedient euch«, sagte er und nickte zu einem dreibeinigen Kessel, der bei der Glut stand.

Höder flog zur Anrichte, suchte vier einigermaßen saubere Schälchen heraus, flog zum Topf zurück und schöpfte uns allen Suppe daraus. Dann saßen wir da, sahen Harf bei der Arbeit zu und schlürften die gute Suppe. Sie war aus Mairübchen und Liebstöckel gekocht. Irgendwie steckte der Geschmack ganz tief in der Brühe und ich hatte das Gefühl, dass das so eine Suppe war, die nie leer wurde, weil Harf sie einfach ab und zu mit neuen Wurzeln und Kräutern fütterte. Ja, vielleicht war diese Suppe ewig, genau wie er selbst.

Höder räusperte sich.

»Wirst du bald fertig, Harf?«, fragte er.

»Ja, heute Nacht«, sagte Harf. Er streckte sich. »Ich freue mich schon.«

Höder sah uns an.

»Wenn Harf webt, dann arbeitet er zwanzig Tage und zwanzig Nächte, ohne sich auszuruhen«, sagte er. »Ihr könnt euch sicher denken, dass das furchtbar anstrengend ist.«

»Alles für den Tod«, krächzte Harf, aber er klang dabei nicht besonders unglücklich. Er schickte das Schiffchen durch die Kette und schob den Faden nach oben. Wie vorsichtig er dabei war! Er berührte das feine, empfindliche Gewebe kaum.

Als wir gegessen hatten, legten wir uns neben der Glut auf den Boden. Das heißt, Trine, die Prinzessin und ich legten uns hin. Höder setzte sich auf einen langen Nagel, der aus der Wand ragte. Er legte den Kopf auf die Schulter, vergrub seinen Schnabel im Gefieder und seufzte tief.

Es tat gut, einen gefüllten Magen zu haben. Gut, hier zu liegen und dem flinken Tanz des Schiffchens über den Webstuhl zu lauschen. Meine Freunde schliefen allmählich ein, aber ich wollte wach bleiben. Wenn Harf heute Nacht seine Arbeit beenden würde, dann wollte ich es sehen. Ich war neugierig und außerdem konnte ich sowieso nicht schlafen, während die Sänfte so frierend und unglücklich in meiner Nähe stand. Aber damit Harf sich von mir nicht beobachtet fühlte, *tat* ich so, als würde ich schlafen. Nur ab und zu machte ich die Augen auf, um nachzusehen, wie weit er gekommen war.

Pedale und Zahnräder klapperten im Takt, Stunde um Stunde. Der Webstuhl schuftete, die Sänfte wartete geduldig. Zwischendurch flog Harf zur Glut, um Holz nachzulegen, dann machte er sich sofort wieder an die Arbeit und das Schiffchen flitzte weiter. Hin und her, hin und her, während sich der Stoffbaum langsam drehte.

Endlich nahm Harf das letzte Webstück ab. Er suchte sich eine feine Nadel aus dem Nadelkissen, das auf der Anrichte lag, fädelte einen Siebensternfaden ein und setzte sich auf den Boden, um alle Webstücke zusammenzunähen. Er arbeitete sehr konzentriert und sah mich nicht einmal an, als er sagte:

»Ich weiß, dass du wach bist.«

»Entschuldige«, sagte ich und setzte mich auf. »Ich wollte nur zusehen, wenn sie fertig wird … Sie tut mir so leid.«

Harf nickte. Er nähte weiter, nahm den Schnabel und die Füße zu Hilfe, um die Nadel durch den Stoff zu führen, und als er fertig war, flog er auf und legte das dünne, schimmernde Tuch über das Gestell. Mir stockte der Atem. Sekundenlang saß ich einfach nur da und staunte – ja, natürlich war die geflügelte Sänfte des Todes atemberaubend schön! So schön, dass es mir fast das Herz zerriss – und ich glaubte zu hören, wir sie zu mir sagte: Jetzt siehst du mich in all meiner Pracht. Bin ich nicht hübsch?

Ich ging näher, schob den Vorhang beiseite.

»Darf ich mich hineinsetzen, nur für einen kleinen Moment?«

»Gern, nur zu«, antwortete Harf und landete auf dem Boden.

Vorsichtig stieg ich ein und setzte mich. Der Geruch von altem Holz mischte sich mit dem Duft von Blumen. Ich fühlte mich wie in einem wunderbar schimmernden Kokon.

Harf steckte den Kopf herein.

»Gefällt sie dir?«, fragte er.

»Ja«, antwortete ich flüsternd. »Sie gefällt mir so sehr, dass es wehtut.«

Er gluckste, als hätte ich etwas Lustiges gesagt.

»Wieso ist das eigentlich so?«, fragte ich. »Das Schiff, das die Hildiner rudern, der Wagen, den Karo lenkt – diese Sänfte hier ... Warum fühlt es sich so an, als wollten sie mich alle zum Weinen bringen und gleichzeitig trösten? Wie kann etwas so traurig und so schön zugleich sein?«

Harf legte den Kopf schief.

»So ist es wohl, wenn man stirbt. Traurig und schön zugleich«, sagte er.

»Ja, vielleicht hast du recht ...«, murmelte ich.

Harf krächzte ein wenig und fing dann an, die abgeschnittenen Stoffreste und Fäden vom Boden aufzulesen. Ich blieb noch ein wenig auf dem alten, abgenutzten Holz sitzen, aber seltsamerweise fing ich an zu frieren und deshalb stieg ich bald wieder aus. Harf hatte ein dickes Bündel aus Stoffresten zusammengeklaubt. Ich hörte den Regen auf das Dach prasseln, sah Tropfen, die durch den

Rauchabzug fielen und zischend verdampften, als sie in der Glut landeten.

»Es ist nett von dir, uns zu beherbergen«, sagte ich. »Es wäre wirklich nicht schön gewesen, heute Nacht draußen zu schlafen.«

»Ich mag den kleinen Höder sehr«, antwortete Harf. »Viel zu oft lassen seine Eltern die Schwestern gewähren, wenn sie ihn unterdrücken. Das habe ich auch Vingfar schon gesagt. Ich wünsche mir schon seit Langem, dass Höder den Mut findet, seinen eigenen Weg zu gehen. Als ich ihn vorhin im Regen vor meiner Tür stehen sah, da wusste ich, dass er es endlich geschafft hat. Ich glaube, das haben wir seinen neuen Freunden zu verdanken.«

Er warf das Stoffbündel in die Glut. Knisternd loderten Flammen auf und verwandelten alles in Gas und Asche. Ich starrte mit meinen müden Augen ins Feuer und dachte über Harfs Worte nach. Zu sterben. Traurig und schön zugleich. Und ich dachte an das, was Trine am Strand zu mir gesagt hatte, als wir uns zum ersten Mal begegnet waren.

»Meinst du, der Tod wird mich töten, wenn er mich sieht?«, fragte ich.

Harf fixierte mich aus gelben, halb geschlossenen Augen.

»Wenn ich webe«, sagte er, »dann haben die Harpyren, die diese Sänfte hier tragen, Urlaub.«

»A-ach ja?«

»Die meisten nutzen die Gelegenheit, um nach Hause zu fliegen und sich auszuruhen, ein wenig Zeit mit der Familie zu verbringen. Solange sie im Dienst sind, ist es schier unmöglich für sie, freizubekommen. Rund um die Uhr müssen sie darauf vorbereitet sein, dass der Tod auf Reisen geht, verstehst du?«

»Mm«, sagte ich.

»Und morgen ist ihr Urlaub vorbei. Wenn die Sonne am Zenit steht, werden sie hier sein, um die Sänfte abzuholen. Ich gebe euch den Rat, nicht so lange zu warten, sondern beizeiten aufzubrechen. Und jetzt entschuldige mich, ich würde gern schlafen.«

»Ja, natürlich«, sagte ich. »Tut mir leid, ich wollte dich nicht wach halten.«

Harf flog auf seinen Webstuhl, legte den Schnabel auf die Schulter und gähnte. Bevor er einschlief, murmelte er:

»Du, Höders Freund, schlaf ruhig ein. Dass der Tod dich tötet, das mag wohl sein. Aber was ist schon dabei, was macht das schon aus? Eines Tages holt er doch jeden nach Haus.«

Ein bekannter Traum

Die wenigen Nachtstunden, die noch blieben, schlief ich unruhig. Ich träumte. Am Anfang war der Traum seltsam, aber schon bald kam er mir sehr bekannt vor:

Ich kam zu einem Haus. Am Gartentor stand *Warnung vor dem Hund*. Ich hatte mein Schwert dabei. Ich öffnete das Tor und ging durch den Garten, die Treppe zur Haustür hoch.

Die Räume im Inneren waren riesengroß. Die Böden waren kalt und zugig und an den Wänden hingen getrocknete Pflanzen. Es gab einen offenen Kamin und darüber hing ein Schrank, der glänzte wie Stahl. Ich suchte nach jemandem, aber alle Zimmer waren leer. Ich fand es nicht schlimm, allein zu sein, aber ich wusste, dass ich weitersuchen musste.

Plötzlich hatte ich das Gefühl, dass mir jemand folgte. Ich drehte mich um.

Niemand zu sehen. Ich ging weiter durch die Räume, aber das Gefühl, verfolgt zu werden, wollte einfach nicht verschwinden. Immer wieder drehte ich mich um. Es war niemand da.

Dann kam ich zu einer Tür. Als ich hindurchgegangen war, zog ich sie sorgfältig hinter mir zu und ging weiter.

Ich hatte kaum ein paar Schritte gemacht, als ich ein kurzes Knarren hinter meinem Rücken hörte.

Ich drehte mich um. Jemand hatte die Tür geöffnet, nur einen kleinen Spaltbreit.

»Hallo?«, sagte ich.

Ich bekam keine Antwort.

»Bist du es?«, fragte ich.

Wieder Stille.

Ich stand da und schaute zu dem Türspalt, der Boden so kalt unter meinen Füßen, das Schwert so dünn in meiner Hand – und ich verspürte eine unbändige Sehnsucht. Eine Sehnsucht, die sich wie ein Schmerz in meine Brust bohrte, die so groß und heftig war, dass sie mich fast zerriss.

»Warum zeigst du dich nicht?«, sagte ich. »Ich habe dich gesucht. Ich bin so weit für dich gereist.«

Da glitt die Tür auf. Aber es war nicht Semilla. Es war ein großer, schwarzer, surrender Schwarm.

Ich bekam Angst, aber ich wurde auch wütend und ich hob mein Schwert.

»Sagt mir, wo Semilla ist!«, schrie ich. »Sagt es mir, sonst erschlage ich euch!«

Da stürzten sie auf mich zu, alle auf einmal. Tausend und abertausend summende schwarze Punkte. Ich konnte die dünnen, glänzenden Flügel sehen, die grau gestreiften kleinen Rücken, die starrenden Augen und die nassen Zungen. Alles, was sie waren und was ich so sehr verabscheute, konnte ich sehen.

Ich wollte zurückweichen, aber ich stolperte und fiel – und sofort waren sie über mir. Sie setzten sich auf meinen Körper, auf jeden Fleck, den sie erreichen konnten: auf Arme und Beine, auf meinen Hals, ins Gesicht und auf den Mund. Sie setzten sich auch auf meine Augen und ich schrie und strampelte, um sie abzuschütteln, aber nein, sie ließen nicht los, sie wurden immer emsiger, es gefiel ihnen, dass ich so schrie und strampelte.

»LAUF, SASJA!«

Es war, als hätte sie gerufen. Ich weiß nicht, woher die Stimme kam, aber ich spürte, dass sie es ernst meinte.

»LAUF UM DEIN LEBEN!«

Ich sprang auf, stürmte durch das Haus. Mit jedem Schritt, den ich machte, schien es größer zu werden, es nahm überhaupt kein Ende. Die surrenden schwarzen Punkte waren hinter mir her und, ja, Semilla hatte recht, sie wollten mein Leben. Von Anfang an waren sie darauf aus gewesen, ich hatte es nur nicht kapiert. Ich fing an zu weinen, rannte weiter, weinte, weil ich nicht sterben wollte, weinte, weil ich gesucht, aber nicht gefunden hatte.

Schließlich weckte mich die Prinzessin. Ich glaube, sie musste mich ziemlich fest schütteln; sie sah ängstlich aus, als ich die Augen aufschlug.

Erst konnte ich kaum atmen. Ich lag ganz still, ließ den Blick durch den dunklen Raum schweifen. Sah das schwache Glimmen der Glut, sah die geflügelte Sänfte des Todes, die förmlich von selbst zu leuchten schien. Höder und Trine schliefen tief und auch Harf saß auf seinem Webstuhl und schnarchte.

»Was hast du geträumt, Sasja?«, fragte die Prinzessin.

Ich schluckte, versuchte, meine trockene Zunge zu befeuchten.

»Ich habe geträumt ... dass ich nach Semilla gesucht habe«, sagte ich.

Sie nahm meine Hand in ihre Pfoten.

»Machst du dir Sorgen?«, fragte sie. »Wie es sein wird, sie wiederzusehen?«

Ich dachte über meine Antwort nach – ja, natürlich hatte ich mir eine Menge Gedanken darüber gemacht, seit ich ins Reich des Todes gekommen war. Wie es sein würde, Semilla ohne ihre Hülle zu sehen. Ohne das schöne Gesicht, die hellbraunen Haare, die weißen Arme. Wie es sich anfühlen würde, dass sie ihr Leben vergessen hatte und nicht mehr wusste, wer ich war. Ja, das würde traurig werden. Schrecklich. Aber für mich würde sie immer noch meine Semilla sein.

Mütter konnten sich verändern. Sie konnten sich die Haare abschneiden. Sie konnten viel zu viel essen und hundert Kilo zunehmen. Sie konnten einen Unfall haben und beide Beine verlieren. Ihnen konnte ein Blumentopf auf den Kopf fallen, sodass sie das Gedächtnis verloren. Aber man hörte deshalb nicht auf, sie zu lieben.

»Alles, was ich will«, sagte ich, »ist, in Palmgrens Ruderboot mit ihr nach Hause zu fahren.«

Die Prinzessin nickte.

»Ich hoffe, dass du es schaffst.«

Ich setzte mich auf, zog die Knie an und betrachtete die Prinzessin. Ihr weiches, samtiges Gesicht und die große Nase. Die rot geränderten, feuchten Augen, die so wehmütig wirkten.

»Eigentlich«, sagte ich, »bin ich wirklich gespannt. Also darauf, was aus ihr geworden ist. Ich kann mich nicht entscheiden, was mir am liebsten wäre. Ich finde euch alle toll, Hildiner, Spartaner und Harpyren, jedes Volk auf seine Art.«

Sie lächelte.

»Der Tod macht immer ein großes Geheimnis um die Gäste, die er zum Fest mit nach Hause nimmt. Aber morgen wirst du es ja erfahren.«

»Es könnte natürlich sein«, sagte ich, »dass sie sich die erste Zeit ziemlich viel im Haus aufhalten muss ... bis die Nachbarn sich daran gewöhnt haben, meine ich. Hoffentlich wird sie Papa gefallen.«

»Das wird sie bestimmt«, antwortete die Prinzessin. »Sasja, wäre es nicht das Beste, wenn du jetzt schlafen würdest? Damit du für Morgen genug Kraft hast?«

Ich schlang die Arme um meine Knie.

»Es gibt da etwas, das mich in meinen Träumen verfolgt«, sagte ich. »Seit ich hier angekommen bin, haben sie mich in Ruhe gelassen, aber jetzt sind sie wieder da.«

»Wer denn?«, fragte die Prinzessin.

»Die Fliegen«, sagte ich.

»Die Fliegen? Was sind Fliegen?«

»Das sind … tja, da, wo ich herkomme, gibt es ganz viele davon.«

»Und du hast Angst vor ihnen?«

»Ja …«, sagte ich. »Seit ich wusste, dass sie sterben würde, seitdem habe ich Angst. Ich weiß nicht, warum. Aber … ich war so glücklich, als ich hierherkam, als mir klar wurde, dass es hier keine gibt. Ich glaube, das hat mich mutiger gemacht. Ich habe mich irgendwie frei gefühlt.«

Sie nickte wieder. Dann saßen wir eine Weile schweigend da.

»Hab keine Angst wegen diesem Traum, Sasja«, sagte sie dann. »Ich leiste dir Gesellschaft, bis du schläfst. Fühlst du dich dann besser?«

»Ja«, antwortete ich. Ich stopfte mir den Umhang zurecht, den ich zu einem Kopfkissen zusammengerollt hatte, und legte mich hin.

Die Prinzessin zog ein Paar Zweige aus dem Feuerholz und grub die sterbende Glut damit aus.

Ich lachte.

»Eigentlich ist das dumm«, sagte ich.

»Was denn?«

»Dass ich Angst vor ihnen habe. Sie sind so klein.«

»Klein?«

»Ja, nicht größer als ein Punkt.«

Sie schaute in das Feuer, das zu neuem Leben erwacht war. Die Flammen spiegelten sich in ihren Augen.

»Erzähl mir mehr über sie.«

»Sie sind schwarz … und haarig«, sagte ich. »Ihre Augen sehen blind aus, obwohl sie das gar nicht sind. Und sie summen, wenn sie fliegen.«

Da sah die Prinzessin mit einem Mal irgendwie eigenartig aus. Ich weiß nicht, wie ich es beschreiben soll, aber für eine kurze Sekunde schien eine Regung über ihr Gesicht zu huschen, als wäre sie überrascht oder als wäre ihr gerade etwas klar geworden.

»Was ist los?«, fragte ich. »Was hast du gerade gedacht?«

Sie schüttelte den Kopf.

»Nichts«, sagte sie. »Schlaf jetzt.«

Das Haus des Todes

Am Morgen hatte sich das Unwetter verzogen. Der Himmel war klar und blau, aber im Moos schimmerten noch silbrig graue Wassertropfen, und wenn der Wind durch die Zweige der Hängebirke strich, dann rieselte ein leiser Regen von den Blättern und man bekam einen nassen Nacken, wenn man just da unter der Birke stand.

Höder hatte etwas Zwieback und Mandelbutter aus Harfs Anrichte geholt und wir hatten schweigend gegessen, um den Weber nicht zu wecken. Als wir sein kleines, behagliches Heim verließen, hörten wir ihn noch in der Stube schnarchen. Ja, wenn man zwanzig Tage und Nächte durchgearbeitet hatte, dann musste man sich natürlich ausschlafen.

Und so begann die allerletzte Etappe unserer Reise und Höder war es, der uns den Weg wies.

Die Prinzessin benahm sich irgendwie komisch, fand ich. Sie

schien ganz in Gedanken zu sein und ein paarmal ertappte ich sie dabei, dass sie mich verstohlen betrachtete. Wenn sie dann merkte, dass ich sie ansah, lächelte sie nur, als gäbe es keinen Kummer auf der Welt, und sagte etwas über das Wetter oder über eine seltene Pflanze, an der wir gerade vorbeigegangen waren.

»Ist irgendwas?«, fragte ich schließlich.

»Nein, nein«, antwortete sie und schüttelte schnell den Kopf. »Ich bin nur ein bisschen angespannt.«

Ja, angespannt war ich auch. So weit war ich gereist seit jenem Tag, als ich in Semillas Bett gelegen und zum allerersten Mal vom Reich des Todes gehört hatte. Und nun würde ich schon bald sein Haus sehen. Und ihn? Mein Herz schlug schneller bei dem Gedanken, mein Mund wurde trocken wie Löschpapier.

Die Sonne stieg und wärmte die Luft. Gegen Mittag lichtete sich der Nadelwald, und als wir noch ein Stück weitergegangen waren, sahen wir zwischen den Stämmen blühende Wiesen und ein kleines Wächterhaus.

»Wartet hier«, flüsterte Höder und schoss hoch in den Himmel, verschwand außer Sicht.

Kurz darauf war er zurück.

»Der Torwächter ist auf seinem Posten, aber er schläft«, sagte er.

Trine nickte.

»Umso besser«, sagte er. »Wir lassen ihn schlafen, dann kann er Sasja wenigstens nicht aufhalten. Einverstanden?«

Die letzten Worte waren an die Prinzessin gerichtet, aber sie hatte nicht einmal gemerkt, dass Trine etwas gesagt hatte. Sie war tief in Gedanken versunken, kaute auf ihrer Unterlippe.

»Prinzessin?«, sagte Trine.

Sie hob den Kopf.

»Was?«

»Meinst du nicht auch, es wäre am besten, wenn wir uns am Wächter vorbeischleichen, ohne ihn aufzuwecken?«

»Vorbeischleichen, hmm ... Ja. Vermutlich schon.«

»Na dann«, sagte Trine und nickte – und dann pirschten wir uns langsam näher. Der Zaun, der die Ländereien des Todes umgab, war ziemlich armselig und schief, er bestand eigentlich nur aus dünnen Holzstäben. Darüberzuklettern war keine Kunst, aber es bestand natürlich die Gefahr, das ganze Ding dabei einzureißen. Jenseits des Zauns wuchs hohes Gras. Nach der Wanderung durch den feuchten Grüngrund war es herrlich, endlich wieder gewöhnliche Sommerblumen zu sehen. Ja, ich freute mich sehr über den Anblick von Kornblumen, Rotklee und Butterblumen.

Das kleine Wächterhaus war hellgelb gestrichen, die Holzschindeln des Dachs waren mit den Jahren schwarz geworden. Die Regentonne an der Hausecke war bis zum Rand gefüllt. Rundherum blühten hochgewachsene Fliederbäume und auf der sonnenbeschienenen Seite war ein Kräutergarten.

Der Spartaner, der auf einem Schemel neben der Haustür saß, schlief tatsächlich tief und fest. Er trug eine einfache Hose und eine blaue Jacke mit glänzenden Knöpfen. Sein Kinn war ihm auf die Brust gesackt. Ab und zu hörte man ihn schnarchen.

Leise, ganz leise, tastete Trine sich zum Zaun vor. Er hob die kleine Seilschlaufe an, mit der das Gatter verschlossen war, und dann mussten wir ihm helfen, denn es hatte sich verhakt und war ziemlich schwer.

Da ächzte der Wächter plötzlich.

»Ja, warum nicht?«, sagte er mit lauter Stimme.

Erschrocken starrten wir in seine Richtung. Er lachte leise und fuhr fort: »Die Teekanne steht auf dem Herd.«

Für ein paar eisige Sekunden hatte ich gedacht, wir wären ertappt worden, aber der Torwächter hatte zum Glück nur im Schlaf geredet. Er hatte nicht einmal die Augen aufgemacht und nun schnarchte er schon wieder. Wir schlüpften durch das Tor, schlossen es hinter uns und folgten einem Trampelpfad durch das hohe Gras. Der Tod wohnte ganz oben im Norden, das hatte Trine gesagt – und als wir ein Stück gegangen waren, da sahen wir hinter den Wiesen das Meer. Erst war es nur ein schmaler, glitzernder Streifen, aber je näher wir kamen, desto breiter wurde das Band. Die Luft wurde frischer, sie schmeckte salzig und eine Brise spielte mit meinen Haaren und meinem langen, geliehenen Umhang.

Nun sahen wir auch die Landzunge, auf der das Haus des Todes stand. Oder besser gesagt, wir sahen eine hohe, dichte Fichtenhecke und *dahinter* stand das Haus, wie meine Freunde mir erklärten. Ein Schornstein ragte über die Fichten hinaus, aber so wie es aussah, hatte der Tod heute nicht eingeheizt.

Als wir an der Hecke angekommen waren, folgten wir ihr bis zu einem schmiedeeisernen Tor. Es quietschte leise, als wir es öffneten und hindurchschlüpften.

Und nun will ich erzählen, wie es aussah, das Haus des Todes. Doch, es war wirklich groß und schön. Genau wie das kleine Wächterhaus war es in einem hellen Gelb gestrichen. Es hatte zwei Stockwerke und viele Fenster, bei manchen waren die Vorhänge zugezogen. Ein Kiesweg führte zu einer Steintreppe; er war gesäumt von Beeten, in denen Pfingstrosen, Primeln, Eisenhut und Mohn blühten. Es duftete herrlich, aber es war bestimmt viel Arbeit, das alles in Ordnung zu halten, denn dazwischen wuchs auch eine Menge Unkraut. Rechts vom Weg war eine große Wiese mit Obstbäumen und links die Wiese mit dem Krocketplatz. Etwas abseits stand eine Art Schuppen mit einem großen Tor und einem kleinen Fahnenmast auf dem Dach. Die hohe Hecke rahmte das Grundstück von drei Seiten ein, aber hinter dem Haus gab es keine Hecke, von dort blickte man direkt auf das spiegelglatte Meer.

Vorsichtig gingen wir über den Kiesweg zum Haus. Mein Herz klopfte wie wild. Ich starrte auf diese Tür am Ende der Steintreppe, fragte mich, was ich tun sollte, wenn der Tod in der nächsten Sekunde brüllend herausgestürmt käme und uns fragen würde, was wir hier zu suchen hätten.

»Es ist so weit, Sasja«, sagte Trine.

Ich nickte, spürte, wie meine Zunge am Gaumen klebte, dick und trocken.

»Hast du dir überlegt, wie du vorgehen willst?«, fragte Höder.

»Überlegt?«, murmelte ich. »Nicht genau. Am besten wäre es

natürlich, wenn ich Semilla entführen könnte, während der Tod gerade mit etwas anderem beschäftigt ist.«

»Gut«, sagte Trine. »Wir sehen nach, ob die Tür verschlossen ist, und wenn nicht, dann versuchen wir, unbemerkt ins Haus hineinzukommen. Sind alle damit einverstanden?«

Ja, Höder und ich fanden den Plan gut.

»Und du, Prinzessin?«, fragte Trine.

Sie nickte kurz.

»Das klappt bestimmt. Höder und Trine, geht ihr doch schon mal vor, ich würde gern noch kurz etwas mit Sasja besprechen. Es dauert auch nicht lange.«

Höder und Trine gehorchten, abgesehen davon, dass Höder natürlich nicht ging, sondern flog.

Die Prinzessin sah mich an. Sie lächelte auf diese Art, die so typisch für sie war. Irgendwie erwachsen, aufmunternd.

»Was ist denn?«, fragte ich.

»Ich hoffe, du bist mir nicht böse«, sagte sie. »Du hattest recht, als du mich vorhin gefragt hast, ob irgendetwas wäre. Es gibt da etwas, das mich beschäftigt. Ich habe die ganze Zeit auf die passende Gelegenheit gewartet, um mit dir darüber zu reden. Aber jetzt kann ich nicht länger warten.«

»Ja?«, sagte ich.

»Ich will auf keinen Fall, dass dein Mut dich verlässt, weißt du? Denn du hast ja gesagt, dass du dich mutiger fühlst, seit du hier bist. Und ich glaube, dass es wichtig ist, dass das auch so bleibt.«

»Prinzessin, die anderen sind schon an der Treppe.«

»Natürlich. Ich sollte zur Sache kommen. Also ... Diese Wesen aus deinem Traum, wie hast du sie noch genannt?«

»Fliegen.«

»Genau. Ich habe mich gefragt ... Gibt es vielleicht unterschiedliche Namen für diese Fliegen?«

»Nicht, dass ich wüsste«, sagte ich. »Bei uns heißen sie nur Fliegen.«

»Genau. Bei *euch* heißen sie Fliegen ...«

»Worauf willst du hinaus?«, fragte ich ungeduldig. »Können wir nicht endlich zu den anderen gehen?«

»Noch nicht«, antwortete sie. »Sasja, hast du dich noch nie gefragt, wie der Tod erfährt, dass auf der anderen Seite jemand sterben wird?«

»Hm. Ich bin wohl davon ausgegangen, dass er es eben weiß.«

»Nein«, sagte die Prinzessin. »Ganz so einfach ist es nicht.«

»Ich glaube, es ist offen«, zischte Trine, der vorsichtig die Klinke heruntergedrückt hatte. »Wir gehen rein.«

»Warte, ich komme!«, antwortete ich und lief los.

»Sasja!«, rief die Prinzessin und rannte mir nach.

»Du kannst mir das alles später erzählen, ich will jetzt rein.«

Ich nickte Trine zu und er schob die Tür auf.

Der Anblick, der uns erwartete, war grauenhaft. Ja, denn dort, in der großen, kalten Diele, wimmelte es nur so von kleinen, surrenden Wesen. Es waren Zehntausende! Ein Sturzregen des Ekels! Eine Wolke aus meinem größten Albtraum! Das Summen war ohrenbetäubend und überall stießen unzählige kleine Körper gegen Wände, die Decke, Möbel – und uns.

»Was ist das?«, schrie ich.

»Das sind die Botinnen des Todes, Sasja!«, antwortete die Prinzessin und musste ebenfalls schreien, um das Surren zu übertönen. »Sie melden ihm, wer sterben wird!« Sie hielt sich schützend die Arme vors Gesicht. »Aber normalerweise hat er nicht so viele im Haus! Ist bei dir alles in Ordnung?«

Ich konnte nicht antworten. Konnte gar nichts mehr. Eine eiserne Hand schloss sich um meine Lunge, um mein ganzes Ich, Panik packte mich, kalter Schweiß brannte auf meiner Haut, mir wurde schlecht.

»Ich werde ohnmächtig!«, sagte ich.

Da erschien, auf der Treppe am anderen Ende der Diele, ein Mann. Er trug einen glänzenden, purpurroten Morgenrock. Mit großen Schritten stürmte er die Stufen herunter. Er wirkte verärgert.

»Raus mit euch!«, brüllte er die Botinnen an. »Merkt ihr nicht, dass ihr ihnen Angst macht?!«

Die Botinnen gehorchten sofort. Sie sammelten sich zu einem tropfenförmigen Schwarm und verschwanden durch die offene Tür nach draußen. Wie von Zauberhand waren alle auf einmal weg und schlagartig war es still im Raum. Der Mann ging zur Tür und machte sie zu. Denn drehte er sich um und sah mich an. Er hatte ein schönes Gesicht und kaum Falten. Seine Nase war lang und ein wenig gekrümmt, seine blauen Augen kalt. Er lächelte.

»Guten Tag, Sasja«, sagte er.

Das Wiedersehen

Er reichte mir die Hand, dieser gutaussehende Mann im Morgenrock. Es war eine große Hand, die sich trocken und stark anfühlte.

»Hattest du eine gute Reise?«, fragte er.

»Ja«, murmelte ich und zitterte noch immer bis ins Mark. »Du … du kennst meinen Namen?«

Er lachte und dabei bildeten sich kleine Runzeln an seinen Augen. Sonst sah sein Gesicht aus wie in Stein gemeißelt, die Haut spannte sich straff über Kiefer und Wangenknochen.

»Aber natürlich kenne ich deinen Namen. Und weißt du auch, wer ich bin?«

»Der Tod?«

»Der Tod, ganz richtig«, sagte der Tod. Er knotete den Gürtel seines glänzenden, purpurroten Morgenrocks zu und schaute zu meinen Freunden. »Du hast jemanden mitgebracht? Guten Tag, Kinder.«

»Guten Tag«, antworteten alle drei ziemlich leise. Sie waren plötzlich ganz schüchtern geworden. Die Prinzessin verbeugte sich hastig.

Der Tod lächelte und drehte sich wieder zu mir, strahlend vor Selbstvertrauen. Er schien darauf zu warten, dass ich etwas sagte oder tat – und ich *wollte* etwas sagen oder tun, aber ich wusste nicht, was. Eine unangenehme Stille machte sich breit.

Die Prinzessin räusperte sich.

»Wir waren von den vielen Botinnen ein wenig überrumpelt«, sagte sie. »Haben der Herr Tod sonst auch immer so viele im Haus?«

»Nein, nein«, antwortete der Tod und wirkte ein wenig zerknirscht. »Für gewöhnlich sind die meisten von ihnen tagsüber draußen und spielen im Garten. Aber in letzter Zeit konnte ich mich nicht so viel um sie kümmern wie sonst. Das macht sie unruhig.«

»Ich verstehe«, sagte die Prinzessin. »Nun, es war sehr freundlich vom Herrn Tod, dass er sie nach draußen gescheucht hat. Sasja fürchtet sich vor ihnen.«

Der Tod legte mir die Hand auf die Schulter.

»Ich weiß«, sagte er.

»W-woher?«, fragte ich.

Er lächelte wieder, aber er antwortete nicht.

»Hört mal«, sagte er stattdessen, »ihr esst doch bestimmt ein Stück Kuchen mit mir?«

»Ja, danke«, murmelten Höder und Trine.

»Wenn der Herr Tod ein Stück für uns übrig hat?«, sagte die Prinzessin und verbeugte sich noch einmal.

»Aber natürlich! Gehen wir nach oben«, antwortete der Tod. Er zwinkerte mir zu. »Ich glaube, im Festsaal wartet jemand, den du sicher gern treffen würdest, Sasja.«

Mein Herz fing an zu pochen, als er das sagte. Semilla! Bestimmt meinte er sie! Gleich würde ich sie wiedersehen und, oh, es kam mir vor, als wären seit dem letzten Mal Jahre vergangen. Ja, meine Sehnsucht fühlte sich genauso an wie in dem Traum, wie ein Ziehen in der Brust, so heftig, dass ich Angst hatte, es würde mich zerreißen. Hildin, Spartanerin oder Harpyre, was auch immer aus ihr geworden war, es war mir egal. Nein, ich wollte jetzt zu ihr – und wenn sie mich fragend anschauen würde, weil sie nicht mehr wusste, wer ich war, dann würde ich zu ihr sagen: »Ich gehöre dir.«

Der Tod führte uns die breite Treppe hinauf nach oben. Das Treppengeländer war blank poliert. An den Wänden hingen Landschaftsgemälde. Oben angekommen blieb der Tod vor einer hohen Tür stehen. Er legte eine Hand auf die goldene Klinke.

»Halt dir die Augen zu, Sasja«, sagte er.

»W-warum?«, fragte ich.

»Na, weil es lustiger ist.«

Ich hielt mir die schwitzigen Handflächen vor die Augen. Ich hörte, wie er die Tür öffnete. Dann gab er mir einen kleinen Schubs und sagte: »Na, geh schon.«

Langsam, mit Schritten so klein und tastend, als würde mich ein Abgrund erwarten, trat ich in den Raum.

»Noch ein Stück«, sagte der Tod. »Achtung, nicht stolpern. Noch ein Stück. Jetzt darfst du schauen.«

Ich ließ die Hände sinken.

Da saß sie. An einer riesigen Kaffeetafel. In ihrem ärmellosen Nachthemd. Es war ein bisschen schmutzig geworden, hatte ein paar Marmeladenflecke. Ja, sie *war* es. Die alte Semilla. Das lange, hellbraune Haar, die weißen Arme, das schöne Gesicht. Nichts war verändert.

»Hallo«, sagte sie lachend.

Sie stand auf, lief auf mich zu, aber dann blieb sie stehen, irgendetwas hielt sie zurück. Wahrscheinlich mein Gesichtsausdruck. Sie stand mitten im Raum und sah mich fragend an. Fragend – aber da war noch etwas anderes in ihrem Blick. Als würde sie die Antwort auf diese Frage in Wahrheit längst kennen. Als würde sie sich schämen.

»Wie geht es dir, Sasja?«, fragte sie.

Zuerst konnte ich nicht antworten. Meine Zunge, meine Gedanken, alles in mir war für ein paar dröhnende Sekunden wie erstarrt.

»Was hat das alles hier zu bedeuten?«, sagte ich dann.

Der Tod breitete die Arme aus.

»Freust du dich nicht?«, fragte er.

Freute ich mich? In diesem Augenblick wusste ich nicht, was ich fühlen sollte. Ich drehte mich zu meinen Freunden um, die in der Tür stehen geblieben waren und gerade ziemlich dumm aussahen. Bestimmt sahen wir alle vier so aus.

»Ich dachte, man wird jemand anders, wenn man stirbt«, sagte ich zu Semilla. »Ich dachte, der Tod verwandelt einen in einen Hildin, einen Spartaner oder eine Harpyre.«

Semilla nickte.

»Das stimmt, aber ...«

»Aber was?«, sagte ich.

»Aber deine Mutter ist nicht tot«, schaltete der Tod sich ein. »Weil ich sie verschont habe.«

»Warum hast du das getan?«, fragte ich.

Er antwortete nicht. Er lächelte nur und schaute Semilla an – und Semilla wurde rot. Sie wurde *rot.* Ich ekelte mich vor diesen dunklen, rosigen Wangen. Ich ekelte mich vor allem, was ich hier in diesem Raum sah. Nichts war so, wie ich es mir vorgestellt hatte. Plötzlich kam es mir so lächerlich vor, dass ich gedacht hatte, der Tod würde mich töten wollen. Also, das hieß natürlich nicht, dass mir das lieber gewesen wäre, aber dass er sich so benahm wie jetzt, das wollte ich auch nicht! Er sollte nicht grinsend fragen, ob jemand ein Stück Kuchen wollte! Und sie sollte nicht mit Flecken auf dem Nachthemd hier sitzen!

»Das hier ist falsch!«, sagte ich

»Sasja, deine Mama ist sehr froh, dass du gekommen bist. Sie hat sich so auf dich gefreut«, sagte der Tod.

»Nein!«, brüllte ich.

»Was ist denn nur los mit dir?«, fragte Semilla verzweifelt.

»Ich dachte, du hättest mich vergessen!«, sagte ich. »Ich dachte, du hättest dein Leben vergessen und Papa auch!«

Sie schüttelte den Kopf, Tränen liefen ihr die Wangen hinunter.

»Ich habe euch nicht vergessen«, sagte sie.

»Aber wie kannst du dann hier sitzen und Kuchen essen?«, schrie ich. »Wie kannst du so etwas tun?«

Sie weinte noch mehr, die Tränen sammelten sich an ihrer Oberlippe. Sie wischte sie mit dem Handrücken weg.

»Ist das wirklich so schrecklich? Man muss doch etwas essen?«, sagte sie.

Ich verschränkte die Arme und drehte den Kopf zur Seite. Das Salz brannte in meinen Augen, aber ich würde nicht weinen! Nein, ich biss die Zähne zusammen, so fest ich konnte, und dachte nur eins: Ich weine nicht!

Semilla kam näher.

»Verzeih mir, Sasja«, sagte sie. »Du darfst nicht glauben, dass ich dich nicht vermisst habe. Ich habe mich jeden Tag nach dir gesehnt.« Sie streckte die Arme aus. »Willst du nicht zu mir kommen?«

Oh, ich wollte so sehr. Alles in mir schrie nach dieser Umarmung. Aber oh, ich war so böse auf sie! Sie sollte mich *anflehen*! Sie sollte mich wieder und immer wieder bitten, bis ich bereit war zu kommen!

Semilla legte den Kopf schief. Ihre Stimme war nur ein Flüstern.

»Komm zu mir. Bitte, Sasja, bitte. *Mein* Sasja.«

Da konnte ich mich nicht länger zurückhalten und warf mich in ihre Arme. Ich sog ihren Duft ein, spürte die warme Haut, klammerte mich mit meiner zitternden Hand an ihren zerzausten Haaren fest. Ich wurde zu einem Knäuel in diesen Armen, die mich von den Lebenden ins Reich des Todes gezogen hatten, die mir wie ein Magnet meinen Weg vorgegeben hatten. Diese Arme, die ein Gesetz waren, das höchste Gesetz von allen.

Sie streichelte mir über den Rücken.

»Alles wird gut«, sagte sie. »Sei nicht mehr traurig. Nun sind wir zusammen.«

»Stimmt es, dass du mich jeden Tag vermisst hast?«, fragte ich. »Ist das wirklich wahr?«

»Sasja«, sagte sie. »So ein Fest ... Wenn jemand fehlt, Sasja, dann ist es egal, wie köstlich die Kuchen sind.«

Ich schaute hoch, hoffte, dass der Tod ihre Worte auch gehört hatte, dachte, dass es jetzt an ihm war, sich dumm zu fühlen. Aber der Tod lächelte nur sein strahlendes, selbstsicheres Lächeln und sagte:

»Ich hole uns noch ein paar Teller.«

Kuchen

In einem auf Hochglanz polierten Büfett bewahrte der Tod sein Kaffeeservice auf. Mit wehendem Morgenrock ging er dorthin, öffnete die Schranktür und nahm einen Stapel Kuchenteller und ein paar Kristallgläser heraus. Er trug alles zum Tisch, stellte fest, dass einige Teller nicht ordentlich gespült waren, und rieb die angetrockneten Reste mit dem Daumen ab. Ich fand es ziemlich eklig, dass er seinen Daumen dabei zwischendurch anleckte.

Als er fertig war, deckte er den Tisch und zu guter Letzt holte er noch Kuchengabeln aus einer Schublade in der Anrichte.

»Setz dich doch, Sasja«, sagte er und zog den Stuhl zurück, der neben seinem stand.

»Ich sitze hier«, murmelte ich und setzte mich neben Semilla.

»Das ist eine gute Wahl«, sagte der Tod fröhlich.

Auch Trine, die Prinzessin und Höder setzten sich an die lange

Tafel, die Platz für mindestens fünfzehn Gäste bot. Es gab Kuchen und Torten in rauen Mengen. Himbeerkuchen und Schokoladenkuchen, Kuchen mit Mandeln und Kuchen mit Weinbrand. Buttercremetörtchen und Apfelstrudel, köstliche Tartelettes und Kekse und natürlich Kaffee und Saft.

Ich schnitt mir ein Stück vom Schokoladenkuchen ab, ließ es auf meinen Teller kippen und steckte die Gabel hinein.

Der Tod entschied sich auch für Schokolade. Er schob sich den ersten Bissen in den Mund, und noch bevor er fertig gekaut hatte, richtete er den Blick auf die Prinzessin.

»Mal sehen, wen wir hier haben. Du bist das Kind Seiner Majestät von Sparta. Und du …«, sagte er und zeigte auf Höder, »… bist Vingmors Sohn … Du hast zwei Schwestern, wenn mich mein Gedächtnis nicht trügt. Und du …« Er sah Trine lange an. Verunsichert ließ Trine seine Gabel fallen, tat so, als würde er eigentlich gar nicht dazugehören, als wäre er nur durch einen Irrtum hier gelandet. Ja, wie sollte es auch anders sein, als dass der Tod jeden kannte, nur ausgerechnet ihn nicht.

Der Tod ließ sich viel Zeit. Er griff nach der Kaffeekanne, füllte seine Tasse, schlürfte ein paar Schlucke. Es war ein hübsches Kaffeeservice, elfenbeinfarben mit einem schmalen Goldrand. Dann stellte er die Tasse zurück auf die zierliche Untertasse.

»Mein Kapitän hat zwei Söhne. Du bist der jüngere. Trine. Habe ich recht?«

Da wurde Trine überglücklich, so glücklich, dass seine Wangen knallrot leuchteten und seine Augen glänzten.

»Richtig, Herr Tod«, sagte er und nickte. »Ganz richtig.«

Der Tod lächelte und wandte sich wieder mir zu.

»Du musst wissen, dass ich viele Seelen in meinen Armen getragen habe. Es ist nicht leicht, sich an jede zu erinnern. Aber ich bemühe mich«, sagte er. »Ich weiß doch, wie viel es ihnen bedeutet.«

Ich füllte mir schnell den Mund mit Saft, um nichts dazu sagen zu müssen. Alles in mir bebte. Es störte mich, dass Trine und die anderen sich so unterwürfig aufführten, und ich hatte keine Lust, mir vom Tod erzählen zu lassen, wie vortrefflich er selbst war. Am liebsten wäre ich mit Semilla allein gewesen.

Ich sah mich in dem großen Festsaal um. Die Möbel waren vergoldet, die Stofftapeten geblümt. Das Blau der dicken Vorhänge ein wenig verschossen. Überall auf den Fensterscheiben hatten die Botinnen ihren braunen Fliegendreck hinterlassen. Über dem offenen Kamin hing ein Schwert.

Der Tod kippte den restlichen Kaffee herunter und dann sagte er:

»Nun erzählt, wie geht es euren geschätzten Eltern?«

Da sahen Trine, Höder und die Prinzessin mit einem Mal sehr niedergeschlagen aus. Die frohen Rosen auf Trines Wangen verblassten.

»Wir wissen es nicht, Herr Tod«, antwortete die Prinzessin. »Als wir sie das letzte Mal gesehen haben, sah es gar nicht gut aus.«

»Ach ja?«, sagte der Tod und füllte erneut seine Tasse. »Warum nicht?«

Die Prinzessin griff mit beiden Pfoten nach ihrem Saftglas. Mit gedämpfter Stimme erzählte sie von Anfang bis Ende, was oben auf dem Dreifelsgipfel geschehen war: wie Vingmor auf ihren Vater und Kapitän Tvefot gewartet hatte, um mit den beiden zu reden, wie sie selbst und Trine nicht zugelassen hatten, dass die drei mich zurück in die Felsenburg schickten – und wie Tjalve Tvefot sein Schwert gezogen hatte.

»Als es uns gelang, von dort zu verschwinden, ja ... da war die Schlacht in vollem Gang«, sagte sie.

»Wie entsetzlich!«, platzte Semilla heraus und zog mich an sich. »Wie entsetzlich das alles ist!«

»Ach was, so schlimm ist es gar nicht«, sagte der Tod und nahm sich noch ein Stück Kuchen, dieses Mal eins mit Mandeln.

»Bist du verrückt?«, sagte Semilla. »Wie kannst du so etwas in Gegenwart dieser armen Kinder sagen?«

»Meine Liebe, hier bei uns ist das anders«, entgegnete der Tod. »Die Eltern dieser Kinder haben sich schon viele Male gegenseitig die Schwerter in den Leib gerammt.«

»Das ist mir egal!«, sagte Semilla. »Siehst du nicht, dass ihnen das trotzdem Angst macht?«

Oh, ich genoss diesen harten Ton in ihrer Stimme. Ich wünschte mir so sehr, dass der Tod auch böse werden würde, dass sie anfangen würden, sich zu streiten – und dass Semilla das Ganze beenden würde, indem sie aufstand und sagte: »Wenn das *so* ist, dann will ich nie mehr mit dir Kuchen essen!«

Der Tod nahm sich ein Stück Apfelstrudel und biss hinein. Er bemerkte, dass sein Ärmel in die Kaffeetasse hing, seufzte kurz und tupfte ihn mit dem Tischtuch ab. Semilla starrte ihn empört an, wartete auf eine Antwort. Als er beharrlich weiterschwieg, sagte sie:

»Und was ist mit Sasja? Lässt es dich etwa auch kalt, dass sie ihn zurück in diesen furchtbaren Kerker stecken wollten?«

»Natürlich nicht!«, sagte der Tod und machte große Augen. »Bei der nächsten Gelegenheit werde ich diesen Vorfall ansprechen, und glaub mir, ich werde nicht zimperlich sein!«

Die Prinzessin holte kurz Luft.

»Könnte der Herr Tod nicht eine Botin aussenden und unseren Eltern befehlen hierherzukommen?«, fragte sie.

»Ja!«, sagte Trine und stand so hastig auf, dass sein Stuhl umkippte.

Der Tod schaute sie bedauernd an.

»Nein, das geht nicht. Ich finde so eine Feier in kleiner Runde viel angenehmer.«

»Doch, Herr Tod!«, sagte Höder, der gerade so eben mit dem Schnabel über die Tischkante reichte. »Bitte! Wir machen uns solche Sorgen!«

»Ihr solltet euch nicht so darüber aufregen, dass sie kämpfen, Kinder«, sagte der Tod. »Ihr wisst doch, dass am Ende alle gesund werden, nicht wahr?« Er biss in seinen Strudel, und den Mund voller Blätterteig breitete er die Arme aus und sagte: »Ist es nicht wunderbar, dass wir hier so nett zusammensitzen?«

Weder Trine noch die Prinzessin oder Höder sagten etwas.

Trine hob seinen Stuhl auf und ließ sich auf den Sitz sinken. Er schlug die kleinen Klauen vors Gesicht. Erst hörte man ihn ein paarmal geräuschvoll die Nase hochziehen, dann drang der erste helle Ton aus seinem Hals.

»Papa«, schluchzte er.

Der Tod seufzte und legte seinen Strudel zurück auf den Teller. Es wirkte auf mich, als hätte er Situationen wie diese schon viel zu oft erlebt: dass Spartaner, Hildiner und Harpyren sich in die Haare gerieten und dass es, früher oder später, an ihm war, die Sache wieder in Ordnung zu bringen.

Semilla legte ihre Hand auf seine.

»Wieso gehst du nicht einfach nach draußen und redest mit den Botinnen?«, schlug sie vor. »Schick doch ein paar von ihnen los.«

Der Tod lutschte sich etwas Strudelteig von den Zähnen.

»Dafür reicht ihr Grips nicht«, entgegnete er. »Nein, wenn ihr absolut darauf besteht, dass ich einen Boten zum Dreifelsgipfel schicke, dann müssen wir nach unten gehen, um mit der Dienerschaft zu sprechen. Seid ihr dann wieder fröhlich?«

Trine, die Prinzessin und Höder nickten eifrig und Semilla lachte und sagte:

»Das weißt du doch.«

Ich sagte nichts. Natürlich wollte ich, dass meine Freunde fröhlich waren. Aber es gefiel mir nicht, dass Semilla so mit ihm reden konnte. Es gefiel mir nicht, dass er, mit einem belustigten Glitzern in den Augen, so tat, als hätte sie in seinem Haus das Sagen.

Die Dienerschaft

Die Dienerschaft halte sich für gewöhnlich im Kellergeschoss auf, erklärte der Tod, und so gingen wir alle sechs nach unten. Erst die breite Treppe hinunter, quer durch die Diele und dann noch eine Treppe hinunter, die sich hinter einer Tür versteckte. Sie war ziemlich schmal und endete in einem Flur. Mit wehendem Morgenrock übernahm der Tod die Führung und marschierte voraus.

»Banke!«, rief er ein paarmal und schließlich antwortete eine Stimme hinter einer geschlossenen Tür:

»Hier, Herr Tod!«

Der Tod öffnete die Tür und wir traten ein. Wir mussten uns ein bisschen drängen, um alle Platz zu finden, denn der Raum war ziemlich klein, vollgestellt mit Schränken und Kommoden. Die meisten standen offen, in den Fächern stapelten sich Silbersachen: Schüsseln, Kerzenleuchter, Löffel, Tabletts, Brieföffner und jede Menge andere Dinge. In der Mitte war ein Tisch, auf dem große Gefäße mit Scheuerpulver und eine Kanne mit Wasser bereitstanden. Daneben saß ein Hildin mit einer fleckigen Schürze. Er hatte eine kurze Oberlippe und lange Zähne – und er war gerade damit beschäftigt, die schwarzgrüne Sulfidschicht von einem prächtigen Silberbecher zu reiben.

»Guten Tag, Banke«, sagte der Tod.

»Guten Tag, Herr Tod«, antwortete Banke, ohne von der Arbeit aufzuschauen.

»Ist es schon wieder so weit, Banke?«

»Ganz genau, Herr Tod«, antwortete Banke zufrieden. »Zeit, das Silber des Herrn Tod zu putzen. Alles, was da ist.«

Der Tod nickte, schob die Hände in die Taschen.

»Wie du siehst, haben wir Besuch bekommen, Banke.«

»Aber ja«, sagte Banke und blickte ganz kurz hoch. »Guten Tag, Kinder.«

»Guten Tag«, sagten wir.

Der Tod wippte auf den Fersen.

»Hmm, wir hätten eine kurze Frage an dich.«

»Ja?«, sagte Banke und wischte sich den Schweiß von der Stirn. Seine Klaue hinterließ einen schwarzen Streifen.

»Könntest du vielleicht rasch zum Dreifelsgipfel laufen und dort eine Kleinigkeit für mich erledigen?«, sagte der Tod.

Banke stellte den Becher ab und legte den Lappen auf den Tisch. Er schaute den Tod an und seine Miene erinnerte vielleicht am ehesten an einen strengen Lehrer.

»Zum Dreifelsgipfel, Herr?«

»Nun, es ist so, dass sich die Eltern dieser Kinder in die Haare bekommen haben und eine Ermahnung benötigen«, erklärte der Tod. »Und ich selbst kann nicht reisen.«

»Nicht?«

»Nein«, sagte der Tod. »Ich muss mich ja um meine Gäste kümmern.«

Banke lachte gekünstelt.

»Und ich mich um das Silber, Herr Tod.«

»Kann das Silber nicht warten?«, fragte der Tod.

»Nein«, antwortete Banke, nahm den Lappen und widmete sich wieder seinem Becher.

Der Tod stand ein bisschen unentschlossen da. Offenbar war er der Ansicht, dass das Silber durchaus warten konnte, doch ihm fiel wohl kein geeignetes Argument ein.

»Aber«, sagte Banke, »ich mache mich natürlich gern auf den Weg zum Dreifelsgipfel, wenn der Herr Tod solange das Silber putzt?«

Der Tod sah sehr missmutig aus, als er den Blick über die Berge von schwarz angelaufenen Töpfen und Kerzenständern schweifen ließ. Er schüttelte den Kopf.

»Nein, nein, das geht nicht, Banke«, murmelte er. »Ich hasse es, Silber zu putzen.«

Banke nickte vielsagend. Er polierte gründlich, wirklich sehr gründlich, an dem Becher herum und nach einer Weile sagte er:

»Wenn der Herr Tod Pyrrhus bitten würde, zum Dreifelsgipfel

zu reisen, dann könnte der Herr Tod ja so lange Pyrrhus' Posten übernehmen?«

Pyrrhus, so hieß also der Torwächter, der schlafend vor seinem kleinen Häuschen gesessen hatte, als wir angekommen waren. Der Tod kratzte sich am Kopf und sagte, dass er die Wache *eigentlich* übernehmen könne, dass er aber bedauerlicherweise ein klein wenig zu gesellig sei, um dort allein herumzusitzen.

»Dann bliebe noch Svava«, sagte Banke.

»Und was macht Svava?«, fragte der Tod.

Banke unterbrach seine Arbeit und lächelte.

»Svava spült, Herr Tod.«

Der Tod seufzte tief. Man hörte den Luftzug in seinen Nasenhaaren.

»Gehen wir zu Svava und reden mit ihr«, sagte er.

»Tut das, Herr Tod«, flötete Banke und widmete sich dann wieder mit großer Freude dem Silberputzen.

Wir verließen den Silberraum und folgten weiter dem langen Flur. Dann stieß der Tod eine neue Tür auf und nun standen wir in der Küche. Die Wände waren gemauert und überall hingen glänzende Kupferkessel. Es gab einen langen Tisch und reihenweise Gewürzregale. Darüber hingen Geschirrregale, in denen hübsche Teller mit Blumenmuster standen. Es duftete nach Rauch, nach Brot und Kerbel. Über der großen Kochstelle wölbte sich eine weiß gekalkte Haube.

Neben einer Schüssel mit Spülwasser stand eine kleine Harpyre auf einem Stapel Kuchenteller. Sie hielt eine Spülbürste im Fuß.

»Svava!«, trompetete der Tod.

Erschrocken zuckte Svava zusammen und wäre fast vom Tellerstapel gefallen.

Der Tod breitete die Arme aus, als wollte er eine alte Freundin umarmen, die er seit Jahren nicht mehr gesehen hatte.

»Meine liebe, gute, bezaubernde Svava! Du Perle der Lüfte!«

»Verzeihung, Herr Tod?«, sagte Svava verwirrt.

»Ach, ich wollte nur ein Späßchen machen.«

Svava, die nicht so richtig wusste, was daran lustig gewesen war und was sie darauf antworten sollte, verbeugte sich kurz und sagte: »Ja?«

Der Tod räusperte sich und stemmte die Hände in die Hüften.

»Svava, du musst auf der Stelle zum Dreifelsgipfel fliegen, wo der König von Sparta, Kapitän Tvefot und Vingmor mit ihren Truppen aneinandergeraten sind. Du sollst ihnen ausrichten – in meinem Namen –, dass sie mit diesen Dummheiten aufhören und umgehend hierherkommen sollen. Ich lade alle zu Kaffee und Kuchen ein.«

Svava nickte. Sie dachte kurz nach und dann sagte sie:

»Verzeihung, Herr Tod, aber was wird dann aus dem schmutzigen Geschirr?«

»Über den Abwasch musst du dir keine Gedanken machen«, sagte der Tod.

»Nicht?«

»Nein. Der Abwasch kann warten, bis du zurück bist.«

»Also wirklich!«, sagte Semilla.

Mit Unschuldsmiene blickte der Tod sie an.

»Was ist denn?«

»Svava«, sagte Semilla, »der Tod wird den Abwasch übernehmen, solange du unterwegs bist. Das hat er versprochen.«

»Ach ja? Wenn das so ist«, sagte Svava, »dann fliege ich gleich los. In Ordnung?«

»Tu das, Svava«, sagte Semilla. »Und sei vorsichtig.«

Svava nickte und flog direkt vom Tellerstapel zu dem kleinen Kellerfenster, knallte gegen die Scheibe, es war nämlich gar nicht offen, stürzte ab und landete in einer Staubwolke auf dem Boden. Schnell lief Semilla zum Fenster und öffnete es, und als Svava sich berappelt hatte, verbeugte sie sich zum Dank und verschwand nach draußen in den warmen Sonnenschein. Semilla schloss das Fenster. Dann drehte sie sich um und sah den Tod an.

»Wie schön«, sagte sie lächelnd. »Nun haben wir ja doch eine gute Lösung gefunden.«

Der Tod hob seinen langen, bleichen Zeigefinger und machte ein strenges Gesicht.

»Ab sofort ist es verboten, sich für jedes Stück Kuchen einen frischen Teller zu holen. Und keine Widerrede!«

Die Terrasse mit Meerblick

Später am Abend kam Wind auf. Der Tod saß im Salon und unterhielt seine Gäste. Banke hatte den Kamin eingeheizt und warmen Saft serviert und nun saßen sie alle auf schimmernden Kissen vor dem Feuer und lauschten mit rosigen Wangen den großartigen Geschichten des Todes, ganz berauscht von seiner Herrlichkeit.

Ich war stattdessen nach draußen gegangen. Hinter dem Haus, mit Blick auf das Meer, gab es eine gekieste Terrasse, die von einer niedrigen Mauer umgeben war. Die steinernen Bänke waren rissig und von Flechten überzogen. Die Terrasse grenzte an eine Wiese, auf der kleine Büsche wuchsen, ich glaube, es waren Rhododendren. Ein wenig abseits befand sich das Plumpsklo und daneben der Müllhaufen. Banke war noch nicht dazu gekommen, die Gartenlaternen anzuzünden, aber das machte nichts, denn durch die Fenster fiel genug Licht aus dem Haus nach draußen.

Der Wind wühlte das Meer auf. Ich stand da und schaute auf die tosenden Wellen, spürte die feuchte, salzige Luft im Gesicht. Ich war vollgestopft mit Kuchen, fühlte mich ekelhaft satt und dieses nagende Gefühl in mir wollte einfach nicht verschwinden. Dass es dem Tod schwerfallen würde, Semilla zu verwandeln, das hatte ich mir ja schon gedacht. Aber dass es so ausgehen würde, damit hätte ich nicht im Traum gerechnet.

Plötzlich legte mir jemand die Hand auf die Schulter. Erschrocken fuhr ich herum.

Es war Semilla. Sie lächelte.

»Hallo«, sagte sie. »Ich habe mich weggeschlichen.«

»Mm, ich auch«, sagte ich.

Sie zögerte, sah mich an. Fragend. Oder flehend? Ihre Augen waren wie kleine blaue Sonnen. Ihre Lippen schmal. Wenn ich ihr früher gesagt hatte, dass sie schön war, dann hatte sie immer gelacht und gesagt: »Papperlapapp, das finden nur du und dein Vater.« Ja, und jedes Mal hatte ich gedacht, dass es wohl genau so sein sollte.

»Wollen wir uns setzen?«, fragte sie und nickte zu der Bank, die am nächsten stand.

»Ja, klar.«

Semilla setzte sich. Ich kletterte auf ihren Schoß und legte die Stirn an ihr Schlüsselbein. Endlich allein mit ihr. Und doch so weit von diesem Gefühl entfernt. Dem Gefühl, nichts anderes auf der Welt zu brauchen.

»Du bist traurig«, sagte sie.

»Ich dachte, es würde anders sein. Das ist alles.«

Sie betrachtete den Stock, der seit Anbeginn meiner Reise im Gummibund meiner Schlafanzughose steckte.

»Was für ein schönes Schwert.«

»Ach, na ja«, antwortete ich.

Dann sagte ich nichts mehr.

Semilla hob mich von ihrem Schoß, setzte mich auf die kalte Steinbank. Sie ging an die Mauer, stellte sich so, dass sie das Meer sehen konnte, die weißen Schaumränder, die an Land getrieben wurden. Ich beobachtete sie, sah ihren Rücken durch den dünnen, schmutzigen Stoff, sah ihre ungekämmten Haare, die Strähnen, die wie Tentakel um ihren Kopf wehten. Die schimmernde Mondscheibe hing riesengroß über dem Horizont. Zu Hause über dem Kalkberg, dachte ich, ist der Mond so klein. Nicht größer als eine Münze. Es war, als würde der Tod alles ein bisschen besser machen als wir anderen.

»Wusstest du, dass ich kommen würde?«, fragte ich.

»Ich habe dich in jener Nacht rufen hören«, antwortete sie und drehte sich um. »Am Anleger. Ich habe gehört, dass du ›Mama‹ gesagt hast, Sasja. Das hat mich so glücklich gemacht. Es war so lange her.« Sie lächelte, aber ich wich ihrem Blick aus.

»Und der Tod?«, sagte ich. »Stört es ihn nicht, dass ich gekommen bin?«

»Ich habe ihn gebeten, dich nicht daran zu hindern, und er hat auf mich gehört. Er liebt mich, weißt du.«

Eiskalt wurde mir bei diesen Worten. Eiskalt und übel, ich bekam eine Gänsehaut. Ich konnte nichts sagen, starrte nur meine Hände an, die auf meinen Knien lagen, versuchte, an nichts anderes zu denken als an diese Hände. An die zehn gespreizten Finger, die zehn rosa Nägel. An nichts anderes, nur daran.

»Jedenfalls sagt er, dass es so ist«, fuhr Semilla fort. »Er sagt, er sei einsam gewesen. Und ich bin ihm dankbar.«

»Wofür denn?«, fauchte ich.

Sie breitete die Arme aus, drehte sich einmal um sich selbst, als glaubte sie, ich wolle sie tanzen sehen.

»Siehst du nicht, wie gesund ich geworden bin?«

Ich nickte widerwillig. Natürlich konnte ich sehen, dass diese papierdünne, schwer atmende Semilla verschwunden war. Der Körper, der auf dem Krankenbett gelegen hatte, hatte wieder Farbe bekommen, war nicht mehr nur Haut und Knochen. Sie hatte sogar wieder Sommersprossen.

»Das war er, Sasja! Das war seine Liebe! Sie hat mich gesund gemacht! Die Ärzte haben sich geirrt!«

»Und was ist mit Papa?«, schrie ich, plötzlich außer mir vor Wut. »Und mit mir? Warum konnte unsere Liebe das nicht?«

»Ich weiß es nicht«, antwortete Semilla leise und nun liefen ihr Tränen über die Wangen und ihr Mund verzog sich zu einer hässlichen, weinenden Fratze. »Ich weiß nur, dass ich mich verändert habe, als …«

Sie schaute zu Boden, flüsterte, als sie den Satz beendete: »… als er mich geküsst hat. Mit einem Mal war ich stark und voller Leben! Bitte, Sasja, verzeih mir.«

Nein, dachte ich. Niemals werde ich diesen Kuss verzeihen. Niemals werde ich mich über diese Heilung freuen. Lieber hätte ich gesehen, dass er dir diese Hülle abgenommen hätte! Lieber hätte ich sie in der Erde vergraben, unter einem Stein mit deinem Namen!

Ich verbarg das Gesicht in den Händen, versteckte meine Tränen, die sie nicht sehen sollte.

»Aber du hast doch gesagt, dass du es willst«, sagte ich.

»Dass ich was will?«

»Dass ich ihn überliste.«

»Ja, das habe ich gesagt. Aber ich kann ihn ja nicht verlassen. Wenn ich wieder krank werde, dann sterbe ich. Und wer stirbt, der vergisst, das weißt du doch.«

Ich wischte mir die Tränen in der Armbeuge ab, zog die Nase hoch.

»Ja, das weiß ich.«

Sie kam zu mir, kniete sich vor mich, vor die Bank, nahm meine Hände und hielt sie ganz fest.

»Ich will dich nicht vergessen, Sasja. Mit allem anderen kann ich mich abfinden, aber damit nicht. Verstehst du?« Sie schüttelte mich. »Du? Überleg doch – du könntest mit mir hierbleiben!«

»Nein!«, schrie ich.

»Bitte, Sasja, bleib hier! Mir zuliebe! Der Tod ist einverstanden! Bitte!«

»Und was soll aus Papa werden?!«

»Vielleicht musst du dich entscheiden?«, sagte Semilla. »Vielleicht geht es einfach nicht anders?«

»Nein!«, schrie ich wieder und hielt mir die Ohren zu. Ich trat wie wild um mich. Wollte sie treffen, wollte ihr wehtun. »Nein, nein, nein, nein!«

Hastig stand sie auf.

»Verzeih mir«, sagte sie. Sie blickte auf das schwarze Meer. Ihre Augen flackerten, als würde sie dort zwischen den Wellen nach einer Antwort suchen. »Darf ich mich zu dir setzen?«, fragte sie.

Ich antwortete nicht. Semilla setzte sich, ganz vorsichtig, auf die Bank. Nur einen Fingerbreit und doch einen Abgrund tief von mir entfernt.

»Verzeih mir, bitte, Sasja, lass uns nicht mehr darüber reden«, sagte sie gefasst. »Du? Wir waren so lange voneinander getrennt. Lass uns einfach eine kleine Weile zusammen glücklich sein und nicht an die Sorgen denken.«

»Ich kann hier nicht glücklich sein«, antwortete ich.

»Doch, das kannst du«, sagte sie. »Ich habe am Anfang genauso gedacht, aber der Tod … Er ist ein sehr guter Gastgeber. War es nicht nett, dass er deinetwegen die Botinnen nach draußen geschickt hat? Haben dir die Kuchen nicht geschmeckt?«

»Kann schon sein, aber es war alles zu viel.«

»Er will einfach, dass sich jeder wohlfühlt«, sagte sie. Sie nahm meine Hand. »Lass uns das tun. Lass uns eine schöne Zeit miteinander verbringen. Du? Mit dir zusammen macht alles mehr Spaß.«

Ich starrte auf den Kies vor meinen Füßen. Unser Kies sah genauso aus, zu Hause, auf dem Hügel. Vielleicht saß Papa gerade jetzt draußen auf der Treppe? Die Füße im Kies, den Blick auf die

Straße gerichtet. Saß da und fragte sich, was geschehen war. Fragte sich, warum er so grausam beraubt worden war.

»Bitte, Sasja«, flüsterte Semilla. »Kannst du es nicht versuchen? Für mich?«

Ich schluckte den dicken Kloß in meinem Hals herunter. Und weil ich sie so sehr liebte, weil alles andere Lüge war, antwortete ich.

»Doch, na klar. Ich versuche es.«

Krocket

Die Krocketspiele im Garten des Todes waren eine langatmige, lautstarke Angelegenheit. Spielregeln waren dabei total unwichtig. Wenn jemand zum Beispiel weit zurücklag, dann konnte der Tod ihr oder ihm einen Haufen Freischläge spendieren, und wenn jemand mit der Kugel, sagen wir, eine Dachschindel oder ein Saftglas traf, dann bestimmte der Tod, dass das als sofortiger Sieg gewertet wurde, und das Spiel fing von vorn an.

Er selbst spielte ziemlich gut. Leider. Außerdem kannte er eine Menge besonderer Krocketworte, die er hier und da einstreute, und jedes Mal, wenn ich an der Reihe war, rief er auf diese nette Art: »Sehr schön, Sasja!«, die ich einfach abscheulich fand. Und immerzu war der Himmel blau und Banke brachte alle paar Minuten Saft und Kuchen, ja, es war schrecklich.

Das Krocketset des Todes hatte sechs Farben. Semilla war Grün, der Tod Gelb und Trine Rot. Die Prinzessin war Schwarz und Höder Orange. Ich selbst war Blau. Ich stand gerade am mittleren Bogen, der Krone genannt wurde, und war an der Reihe. Ein wenig abseits im Schatten standen der Tod und Semilla und unterhielten sich.

»Ich schlage jetzt!«, sagte ich laut.

Da kam der Tod im gestreckten Galopp angerannt. Sein Morgenrock flatterte hinter ihm her.

»Ich zeige es dir, Sasja«, sagte er.

»Ich kann das allein«, antwortete ich.

Aber da hatte der Tod mich schon von hinten umarmt und nach dem Schläger gegriffen. Er roch nach Herrenparfüm und Schweiß.

»Pass auf«, sagte er mit gedämpfter Stimme. »Von hier aus kannst du ihre Kugel ganz einfach treffen.«

Er streckte einen Finger aus und zeigte auf Semillas grüne Kugel, die nicht weit von meiner blauen lag.

»Du musst ganz vorsichtig schlagen«, sagte er. Er schwang den Schläger – und mit einem leichten Kuss traf meine Kugel Semillas.

»Schau dir das an!«, sagte der Tod. »Nicht schlecht! Jetzt kannst du sie krockettieren!«

»Heja, Sasja!«, sagte die Prinzessin. »Du schaffst es!«

»Na, dann krockettiere ich mal«, sagte ich.

Ich hielt meine Kugel mit dem Fuß fest und zielte. Semilla ließ mich nicht aus den Augen. Sie guckte sehr streng und zugleich sehr belustigt.

»Eins, zwei, drei, bei vier ist es vorbei«, flüsterte der Tod. »Und jetzt zack!«

Und da tat ich es. Und Semillas grüne Kugel schoss davon und landete in der großen Hecke.

»Oh, nein«, seufzte sie.

»Ha, ha, du bist im Gebüsch gelandet!«, sagte ich.

Der Tod stemmte die Hände in die Hüften und sah sie auffordernd an.

»Jetzt heißt es suchen«, sagte er.

Semilla ballte die Faust und drohte mir, aber das war natürlich nur Spaß, und eigentlich konnte sie ein bisschen Gegenwind wirklich vertragen. Nach dem Tod war sie nämlich die Zweitbeste. Sie ging in die Hocke und kroch mit ihrem Schläger in die Hecke. Angenehm war das natürlich nicht, im ärmellosen Nachthemd und so.

Der Tod setzte sich auf eine der Gartenbänke. Er schlug die Beine übereinander und angelte die Tabelle aus seiner Tasche, in die er all unsere Punkte eintrug. Er kramte auch einen Bleistiftstummel heraus, klemmte ihn sich zwischen die Zähne und versank in tiefes Nachdenken.

»Fühlst du dich inzwischen wohler, Sasja?«, fragte Höder.

»Ich weiß nicht«, antwortete ich. »Eigentlich finde ich es besser, mit normalen Regeln zu spielen.«

Die Prinzessin streckte die Nase in die Sonne, schloss die Augen und holte seufzend Luft.

»Wisst ihr, was ich am Tod so herrlich finde?«, fragte sie. »In seiner Gesellschaft *kann* man gar nicht traurig sein.« Sie schaute zu Trine und Höder. »Habe ich nicht recht?«

Trine zuckte mit den Schultern.

»Doch«, sagte er. »Also, glaube ich.«

»Ich finde, der Tod gibt einem das Gefühl, dass alles wieder gut wird«, sagte Höder.

»Genau!«, sagte die Prinzessin nickend. »Ganz genau das habe ich gemeint.«

Trine ging zu dem grünen Gartentisch und trank einen Schluck Saft.

»Was glaubt ihr, warum das so ist?«, fragte er.

Niemand, nicht einmal die Prinzessin, hatte eine Antwort auf diese Frage.

Da dachte ich, dass ich mich immer genau so gefühlt hatte, wenn ich bei Semilla war. Also bevor sie krank wurde. Ganz egal, was mich bekümmerte, sie konnte mir die Last von den Schultern nehmen. Sie sagte einfach nur mit einem Lächeln, ich solle mir keine Sorgen machen, und da machte ich mir keine mehr. Ja, daran dachte ich und dann dachte ich daran, was Spartacus in seinem Rosengarten zu mir gesagt hatte. Wie er mir seine nie versiegende Liebe erklärt hatte.

»Vielleicht liegt es daran, dass der Tod euch gemacht hat?«, sagte ich. »Weil ihr ihm gehört?«

Alle drei dachten kurz darüber nach – und die Prinzessin nickte.

»Ja. Vielleicht hast du recht,« sagte sie.

»Aber mich hat er nicht gemacht«, sagte ich. »Wahrscheinlich empfinde ich deshalb anders.«

Ich schaute zur Hecke, sah Semillas Nachthemd durch die Zweige schimmern, die schaukelten, wenn sie sich bewegte.

Dann schaute ich zum Tod, der darüber nachdachte, wie er die Punkte verteilen sollte, damit alle zufrieden waren. Vielleicht konnte ich ihm verzeihen, dass seine Liebe sie gesund gemacht hatte? Vielleicht konnte ich ihn dafür mögen?

Denn hatte Semilla nicht recht damit? Dass ich mich entscheiden musste? Gab es einen anderen Weg?

Nach Hause fahren, zu Papa.

Oder bleiben, beim Tod und bei Semilla.

Wie sollte man sich dazwischen entscheiden?

»Nei-iin, ich glaube, jetzt muss doch jemand kommen und mir helfen!«, rief Semilla aus der Hecke.

»Kommt nicht infrage!«, antwortete der Tod und zwinkerte mir zu. »Jeder ist für seine Kugel selbst verantwortlich!«

Semilla seufzte und knurrte. Offenbar schlug sie ziemlich wild mit dem Schläger um sich, denn die Zweige wackelten immer heftiger. Plötzlich stieß sie einen lauten Schrei aus.

»Oh, helft mir! Ich sitze fest! Hilfe!«

Der Tod ließ seine Liste fallen und rannte los und ich schleuderte meinen Schläger weg und rannte hinterher. Ohne nachzudenken, stürmten wir in das Gewirr aus grünen Zweigen und braunem, trockenem Gestrüpp. Ja, diese Hecke war fast so etwas wie ein eigenes Wesen.

Ein langgestreckter Körper aus lebendigem und totem Holz. In einer geraden Reihe, jeweils mit ein paar Fußbreit Abstand, standen die Fichten nebeneinander. Links und rechts davon hatte sich entlang der Stämme ein schmaler Hohlraum gebildet, ein muffiger Tunnel aus hängenden Zweigen und modrigem Waldboden.

»Wo bist du?«, rief ich. »Semilla!«

»Hier drüben!«, antwortete sie und zappelte, um den Busch in Bewegung zu setzen, an dem sie hängen geblieben war.

»Hab keine Angst, meine Liebe!«, rief der Tod. »Ich befreie dich!«

Er nahm den Tunnel auf der einen Seite der Stämme, ich den auf der anderen. Schnell krochen wir weiter, nebeneinander durch den Dreck. Zweige schlugen mir ins Gesicht, Nadeln rieselten mir in die Kleider – *aber er durfte nicht als Erster ankommen.* Nein, *ich* wollte derjenige sein, der Semilla aus der Klemme half, und deshalb kroch ich, so schnell ich konnte, durch diesen dunklen Tunnel.

»Ich bin da!«, rief ich, als ich bei ihr ankam.

Im nächsten Augenblick hatte auch der Tod sie erreicht.

»Gut gemacht, Sasja! Du bist schnell«, sagte er keuchend.

Ein großer Ast hatte sich in Semillas Nachthemd verfangen und nun hing sie fest und kam kaum mit den Zehen auf den Boden. Ich zog an ihrem Fuß, und der Tod, der offensichtlich einen Arm zu fassen bekommen hatte, zog in die andere Richtung.

»Aua!«, jammerte Semilla. »Seid ihr verrückt? Ihr zerreißt mich noch!«

Der Tod ließ los und wischte sich den Schweiß von der Stirn.

»Das wird so nichts«, sagte er. »Wir müssen uns konzentrieren. Ich halte diese beiden Zweige weg, dann kannst du sie losmachen. Bist du bereit?«

»Ja«, sagte ich.

»Jetzt!«, posaunte der Tod und griff beherzt nach den Zweigen.

Ich packte den Ast, der sich in ihrem Nachthemd verfangen hatte, und zog mit aller Kraft.

»Oh, Himmel«, sagte ich. »Das wird schwierig.«

»Beeil dich, Sasja!«, ächzte der Tod. »Ich kann sie nicht mehr lange halten!«

Semilla schrie, weil die Nadeln ihr den Rücken zerkratzten, und ich schrie vor Wut und Verzweiflung und der Tod schrie vor Anstrengung – und genau in dem Moment, als ich sie endlich befreit hatte, ertönte ein Krachen und das war die Hose des Todes, die geplatzt war, und da schrien wir alle vor Lachen.

»Holla! Was ist denn mit euch los?«, rief die Prinzessin von der anderen Seite der Hecke. »Sollen wir euch retten?«

Aber niemand von uns konnte reden, nein, eine halbe Ewigkeit blieben wir dort in der Hecke liegen, lauthals lachend und völlig erschöpft.

Am Ende kamen wir doch noch irgendwie wieder heraus und mussten uns erst mal eine Weile im Gras ausruhen. Trine brachte Saft und die Liste, die der Tod hatte fallen lassen. Der Tod sagte, dass er sich dieses Mal selbst als Sieger eintragen würde, wenn wir nichts dagegen hätten, denn ein kleiner Trost musste schon sein, wenn einem die Hose in der Mitte aufgerissen war.

Zeit für den Abwasch

So sehr er auch mit dem Geschirr geizte, am Ende blieb dem Tod dennoch nichts anderes übrig, als zu spülen. Im Büfett stand schon bald kein einziger sauberer Teller mehr und eines Abends vor dem Kamin stand er vom Sofa auf und sagte, nun würde er sich um diesen vermaledeiten Abwasch kümmern. Er sah mich an und setzte eine besonders freundliche Miene auf.

»Du hast nicht zufällig Lust, mir zu helfen, Sasja?«

»Doch, das kann ich schon machen«, antwortete ich. Eigentlich wäre ich lieber mit den anderen im Salon geblieben, aber es war schwer, ihm etwas abzuschlagen, wenn er so fragte.

Der Tod kramte ein Silbertablett hervor und dann holten wir das Geschirr aus dem Festsaal. Danach gingen wir in den Garten, wo eine Menge klebriger Teller auf der Wiese herumlagen. Es war ein ziemlicher Slalom zwischen den Krocketbögen, bis wir sie aufgesammelt hatten. Vier hohe Tellerstapel waren es, als der Tod sagte, dass es jetzt aber wirklich genug sei.

Doch gerade als wir wieder ins Haus gehen wollten, hörten wir ein Surren. Eine Botin kam angeflogen. Vielleicht hatte sie in der Hecke gesessen und gewartet? Der Tod stellte das Tablett ab und streckte einen Finger aus, damit die Botin dort landen konnte. Dann setzte er sich mit ihr auf die Gartenbank.

»Möchtest du meiner Kleinen hier nicht guten Tag sagen?«, fragte er.

Ich schüttelte den Kopf. Ich war froh, dass die Botinnen sich auch vom Garten fernhielten, seit der Tod sie aus dem Haus gescheucht hatte. Meinetwegen hätten sie gern ganz verschwinden können.

»Sasja, sie tut dir nichts«, sagte der Tod. »Komm und setz dich.«

Erst zögerte ich, aber dann setzte ich mich ganz an den äußersten Rand der Bank. Mit der freien Hand zog der Tod seinen Morgenrock enger. Der Stoff hatte ein Muster, das schwer zu deuten war – entweder waren es Tannen, die ihre Zweige in den Himmel streckten, oder es waren Flugzeuge im Sturzflug. Eigentlich mochte ich solche Muster nicht. Mir gefiel es besser, wenn man sofort sah, was gemeint war. Liebevoll betrachtete der Tod das Insekt auf seinem Finger.

»Es verwirrt sie sicher, auf einmal unerwünscht zu sein«, sagte er. »Sie verstehen nicht, was sie falsch gemacht haben, die Armen.«

»Stimmt es, dass sie dir melden, wer als Nächstes sterben wird?«, fragte ich. »Ich meine, können sie wirklich sprechen?«

»Nein, nein«, antwortete der Tod. »Ganz so ist es nicht. Meine Kleinen … sie holen mich ab, zeigen mir den Weg. Ihr Surren verändert sich, wenn sie wollen, dass ich mitkomme.« Für eine ganze Weile saß er schweigend da, in Gedanken vertieft. Dann sah er mich an und seine Stimme klang geradezu selig:

»Wenn eine Botin zu mir kommt, mich umkreist, Runde um Runde, eifrig und fröhlich, dann weiß ich, dass ich mich auf den Weg machen muss.«

Ich schauderte, erinnerte mich an diese Fliege zu Hause im Wintergarten. Die es so eilig gehabt hatte, nach draußen zu kommen. Weil sie den Tod benachrichtigen musste. Ihm zeigen, dass es an der Zeit war, Semilla zu holen.

»Ja, aber woher wissen denn *die Botinnen*, wer sterben soll?«, fragte ich.

»Ach, sie haben einen ausgezeichneten Spürsinn dafür.«

»Spürsinn?«

»Natürlich. Sie können Siechtum über Kilometer hinweg wittern.«

»Igitt.«

»Sag das nicht, Sasja. Sie können nichts dafür. Es ist ihnen angeboren. In demselben Moment, in dem sie bei euch Menschen schlüpfen – in Misthaufen, in Wunden, in faulem Fisch auf euren Müllkippen –, erwacht ihr Instinkt: eure Lebenszeit zu messen. Aber glaub ja nicht, dass sie alle gleich schlau sind. O nein, jede Botin ist eine Persönlichkeit für sich. Einige sind sehr pflichtbewusst und fleißig. Andere vergessen alles um sich herum und wollen nur von mir geliebt werden, ohne je etwas dafür zurückzugeben.«

Vieles von dem, was der Tod über seine Botinnen erzählte, erinnerte mich an unsere Hunde zu Hause. Dieses letzte Beispiel, dass nicht alle gleich schlau waren. Warf man ein Stück Wurst ins Gras, dann war es immer Ninni, die es erschnüffelte. Die drei anderen schafften es kaum, Witterung aufzunehmen, da war es schon in Ninnis Magen verschwunden – darum nahm Papa nie einen anderen Hund mit auf die Jagd, immer nur sie. Er sagte, also ganz liebevoll natürlich, die Natur habe Ninni ein Hirn gegeben, während die anderen nur eine sehr kleine Walnuss aus Beton bekommen hätten.

»Nein, in Ruhe lassen sie mich nicht«, seufzte der Tod zärtlich. »Der Schwarm ist immer um mich herum. Jetzt natürlich nicht, nein, nein, keine Angst. Ich habe ihnen gesagt, dass sie sich fernhalten sollen.«

»Mm«, murmelte ich und betrachtete das kleine Krabbeltier, das dort auf dem Finger seines Herrn saß und ihn so sehnsüchtig anschmachtete. »Ich hoffe nur, sie vergessen nicht, was du ihnen gesagt hast.«

»Ach, du musst dir wirklich keine Sorgen machen, Sasja, mir gehorchen sie. Meine Kleinen und mich verbindet ein ganz besonderes Band, weißt du – wobei das, was ich für deine Mutter empfinde, etwas ganz anderes ist.«

Ich seufzte laut, um deutlich zu machen, dass ich auf keinen Fall mit ihm über dieses Thema reden wollte. Der Tod nickte eilig.

»Du hast recht, lassen wir das. Du gewöhnst dich daran, du wirst schon sehen.«

Es wurde still. So unangenehm still, dass es kribbelte.

»Müsstest du nicht eigentlich unterwegs sein?«, fragte ich.

»Wie bitte?«

»Ich meine, hast du nicht unheimlich viel zu tun? Seit wir hier sitzen, sind doch bestimmt eine Menge Menschen gestorben?«

Der Tod riss die Augen auf.

»Sasja, dieser Ort hier ist nicht mehr als ein Sandkorn.«

»Hä?«

»In einem Universum, das vollgestopft ist mit Sandkörnern!«, sagte der Tod.

»Heißt das … es gibt noch andere Orte wie diesen? Andere Totenreiche?«

»Aber natürlich! Frag mich nur nicht, wie die alle aussehen oder was man wird, wenn man dorthin kommt, ich selbst war nämlich noch nie dort. Aber liebe Güte, es ist doch klar, dass ich euch nicht alle holen kann. Nein, nein, das wäre viel zu anstrengend. Die Arbeit muss einem doch auch Spaß machen!«

»Ja, schon«, antwortete ich – und dachte ein bisschen darüber nach, wie diese anderen Orte aussehen könnten. Orte, an denen man vielleicht kein Hildin, keine Harpyre und kein Spartaner wurde – sondern etwas ganz anderes? Palmgren zum Beispiel, vielleicht würde er nach dem Tod ein Ruderboot werden? In einem Reich, in dem alle Bewohner Ruderboote waren? Oder eine Zinnfigur in einem Reich, in dem alle zu Spielsachen wurden?

»Aber … wenn es andere Totenreiche gibt – gibt es dann auch andere Tode?«, fragte ich. »Also … noch mehr wie dich?«

»Davon gehe ich aus«, antwortete der Tod. »Aber ich wette mit dir, dass keiner von denen besser aussieht als ich.«

Er zwinkerte, als erwartete er, dass ich lachen und sagen würde: Nein, also einen attraktiveren Tod kann es gar nicht geben! Aber das tat ich nicht.

»Fliegen die Botinnen auch in die ganzen anderen Reiche?«, fragte ich stattdessen.

Der Tod zuckte mit den Schultern.

»Vielleicht tun sie das. Vielleicht auch nicht. Vielleicht übernehmen in anderen Reichen Schwalben diese Aufgabe? Oder der Wind? Oder Löwenzahnsamen? Ach, könnte ich doch nur mit meinen Kleinen sprechen, dann wäre ich ein sehr weiser Mann, Sasja.« Er betrachtete das Tierchen auf seinem Finger. Plötzlich sah er wehmütig aus. Oder war er sogar traurig?

»Sie sind mir zutiefst ergeben«, sagte er. »Sie würden alles für mich tun. Aber zum Sterben kehren sie immer auf eure Seite zurück.«

»Wirklich? Warum denn?«, fragte ich.

»Tja … es ist ihr Instinkt, weißt du. Sie wollen ganz einfach dort sterben, wo sie geschlüpft sind. Irgendwie ist das ja auch schön, aber es tut mir weh, wenn es zu früh geschieht.«

»Wie meinst du das?«

Er wischte sich eine Träne von der glatten Wange.

»Ich meine damit, dass ich weiß, wie ihr Menschen meine Kleinen behandelt. Weiß, dass sie für euch nicht viel wert sind. Ich habe diese abscheulichen Dinger gesehen, die ihr Fliegenklatschen nennt. Manchmal denke ich … dass ich euch für eure Grausamkeit hassen sollte.«

»W-wirklich?«

»Aber dann denke ich, dass ihr ja nichts für eure Schwächen könnt«, fuhr er fort. »Wie soll ich euch böse sein, wenn ich doch weiß, wie unvollkommen ihr seid.«

Er schniefte ein paarmal schluchzend und ein Tropfen rann aus seiner Nase über die Oberlippe.

»Sollten wir uns nicht langsam um den Abwasch kümmern?«, fragte ich.

»Doch, natürlich, das machen wir«, sagte der Tod und lächelte, mit einem Mal wieder so frohgemut wie zuvor. Er pustete auf seinen Finger und die Botin flog auf und verschwand.

»Was passiert eigentlich mit den Botinnen, die sterben?«, fragte ich, während er das voll beladene Tablett holen ging. »Öffnest du ihre Hülle auch?«

»Nein, ihre Hülle geht mich nichts an. Ich weiß nicht, was aus ihnen wird. Vielleicht bleibt von ihnen am Ende nichts anderes als Staub übrig«, antwortete der Tod – und so marschierten wir zurück durch den Garten, der im Licht der Abendsonne badete und so lieblich nach Pfingstrosen, Primeln, Eisenhut und Mohn duftete.

Als wir nach unten in die Küche kamen, steckte der Tod einen Finger in das graue Spülwasser, das noch von Svava in der Schüssel war.

»Pfui, das ist ja ekelhaft«, sagte er. Er sah sich suchend um, entdeckte im Durcheinander auf der Anrichte eine Spülbürste, aber so sehr er auch suchte, er konnte kein Geschirrhandtuch finden, zumindest kein sauberes. »Ich hole schnell eins aus der Wäschekammer«, sagte er. »Du kannst ja schon mal anfangen.«

»Mm, mache ich«, sagte ich und krempelte die Ärmel hoch. Der Tod verschwand im Flur.

Svavas Wasser war fettig von alten Kuchenresten. Banke verwendete Unmengen von Mandelbutter und Haselnusscreme beim Backen und es war wirklich keine leichte Sache, die Teller wieder sauber zu bekommen. Dummerweise war das Feuer in der Kochstelle ausgegangen, sonst hätte man frisches Wasser warm machen können. Das wäre sicher das Beste gewesen, aber vielleicht würde ein bisschen Seifenpulver auch schon helfen? Ich öffnete die Schranktür der Anrichte, ging in die Hocke und suchte zwischen Kübeln, Nudelhölzern und Staub, doch ohne Erfolg.

Ich hatte mich gerade wieder aufgerichtet und die Tür geschlossen, als ich zusammenzuckte und einen erschrockenen Satz nach hinten machte. Auf der Anrichte saß eine Botin und putzte sich die Beine. War es dieselbe, die der Tod vorhin auf dem Finger gehabt hatte? War sie uns vielleicht unbemerkt ins Haus gefolgt?

»Du solltest doch draußen bleiben!«, sagte ich. »Hörst du nicht? Raus mit dir!«

Das ekelhafte kleine Ding hörte auf, an seinem Bein zu lecken, und schaute mich an. Nein, sie schaute nicht, sie starrte. Ihr Kopf bewegte sich zuckend und mechanisch. Maß sie gerade meine Lebenszeit? Konnte sie an *meinem Geruch* erkennen, wann ich sterben würde?

»Hör sofort damit auf!«, sagte ich. »Verschwinde!«

Die Botin flog auf und fing an, um meinen Kopf herumzusurren. Panik stieg in mir auf. Ich fuchtelte wie wild herum, um sie zu verscheuchen, und als sie plötzlich wieder auf der Anrichte landete, da dachte ich überhaupt nicht nach, sondern holte mit der Hand aus und schlug sie platt.

Schlagartig wurde mir eisig kalt. Ich sah die graue, klebrige Masse in meiner Hand, die abstehenden Beine, sah den Kopf, der nur noch an einem dünnen Faden hing. Es graute mir vor dem Anblick, es graute mir davor, diese Leiche an der Haut kleben zu haben. Aber vor allem graute mir davor, was der Tod sagen würde, wenn er erfuhr, was ich getan hatte.

Nein, das durfte er nicht! Ich musste den kleinen Körper verschwinden lassen, schnell, bevor der Tod zurückkam. Auf dem Boden stand der Eimer mit Abfall. Bis auf etwas gammeliges Obst und einen angebrannten Topflappen war er leer. Ich kniete mich hastig hin, nahm den Topflappen und wischte mir damit die Botin von der Hand. Dann stand ich auf, fand einen ungespülten Kuchenteller, kratzte die Kuchenreste in den Eimer und begrub den Körper unter den Krümeln. Im nächsten Augenblick kam der Tod durch die Tür.

»Ist alles in Ordnung, Sasja?«, fragte er. »Du bist ganz blass.«

»Mir geht es gut«, antwortete ich und tauchte schnell die Hände ins Spülwasser, schrubbte die Reste der kleinen Eingeweide ab. »Hast du ein Geschirrtuch gefunden?«

»Aber natürlich«, verkündete der Tod fröhlich. »Du spülst und ich trockne ab, einverstanden?«

»Gut.«

Der Tod nahm seinen Platz ein, das Handtuch zum Abtrocknen bereit.

»Bist du sicher, dass es dir gut geht?«, fragte er. »Du kommst mir ein bisschen angespannt vor.«

»Gibt es irgendwo Seife?«, sagte ich. »Sonst werden die Teller nicht sauber.«

»Ach, die werden auch so sauber genug. Wir wollen es ja nicht übertreiben, Sasja.«

Der gute alte Tod

Das Schlafzimmer, das ich mir mit Trine, der Prinzessin und Höder teilte, war in kürzester Zeit ziemlich unordentlich geworden. Überall lagen Umhänge, Jacken und Strohschuhe herum und auf dem Nachttisch stand ein Teller mit Mandelkuchen und müffelte vor sich hin. Unsere Betten waren ungemacht – und auf dem Boden unter der Vorhangstange, auf der Höder schlief, lagen jede Menge kleine Federn.

An diesem Tag hatten wir beschlossen, eine Höhle zu bauen. Erst zerrten wir die Matratzen aus unseren Betten und bauten damit unsere Wände. Dann legten wir eine Decke darüber, damit unsere Höhle ein Dach hatte. Als wir damit fertig waren, krochen wir hinein, um zu sehen, ob die Höhle gut geworden war, und das war sie, aber Trine meinte, es würden noch ein paar Kissen fehlen, um sie perfekt zu machen. Er kroch wieder hinaus und dann hörten wir ihn hierhin und dorthin flitzen, um die Kissen einzusammeln, die im ganzen Zimmer verteilt lagen. Aber plötzlich schnappte er hörbar nach Luft und rief:

»Sie sind da!«

Als wir die Köpfe aus der Höhle streckten, sahen wir ihn am Fenster stehen. Er schaute hinaus in den Garten. Die Kissen hatte er fallen lassen. Wir rannten zu ihm und drückten wie er die Stirn an das dünne Glas.

Die Krieger vom Dreifelsgipfel waren angekommen. Der König von Sparta und ungefähr zwanzig seiner Spartaner hatten bereits den Krocketplatz in Beschlag genommen. Der Tod war draußen, um sie zu empfangen, und auch Banke stand auf der Wiese und schimpfte gerade mit einem, der seinen Rucksack im Beet abgelegt hatte. Es war schrecklich, die vielen Verletzungen zu sehen, die sie davongetragen hatten. Mir tat schon beim Anblick ihrer offenen Wunden und des getrockneten Bluts alles weh. Der König von Sparta verzog bei jedem Schritt mit dem linken Fuß das Gesicht. Einem anderen armen Kerl fehlte ein Auge. Einem Dritten war ein Ohr gekappt worden, einfach abgetrennt. Auch Svava war zurückgekommen. Sie landete wie eine kleine Galionsfigur auf der Schulter des Todes, aber er verscheuchte sie gleich wieder und da flog sie auf einen Apfelbaum und schlief ein.

»Willst du nicht runtergehen und deinen Vater begrüßen?«, fragte ich die Prinzessin.

»Ich bin mir nicht sicher, ob er mich überhaupt sehen will«, antwortete sie murmelnd.

Niedergeschlagen sah sie zu, wie der König von Sparta herumhumpelte und anordnete, wo die Lagerfeuer eingerichtet werden sollten. Ja, es fiel uns schwer, an etwas anderes zu denken als: Wir Kinder sind schuld an all diesen Wunden.

Immer mehr Soldaten trafen ein. Viele ließen sich ins Gras sinken, um einen Fuß hochzulegen oder ein schwer verletztes Bein auszustrecken. Die Harpyren landeten auf den Zweigen der Hecke, mit Stichwunden, die sich an manchen Stellen schon gelb und grün gefärbt hatten. Am Gartentisch stellten gerade einige Hildiner ihr Marschgepäck ab. Sie waren ziemlich übel zugerichtet. Ich sah geschwollene Rüssel und aufgeplatzte Lippen, ausgeschlagene Zähne und klaffende Schnitte. Auf manchen Gesichtern hatte das Blut ein richtiges Flussdelta hinterlassen.

Kapitän Tvefot kam in Begleitung von Tjalve über die Wiese. Der Kapitän hatte einen rot gefleckten Verband um den Kopf. Tjalve sah erschöpft aus, aber er schien ohne schwere Verletzungen davongekommen zu sein. Trine klopfte an die Scheibe, winkte, als die beiden nach oben schauten. Und ja doch, Tjalves Gesicht hellte sich auf und er winkte zurück. Aber der Vater sah sehr finster aus, als er Trine sah. Er sagte ein paar mürrische Worte zu Tjalve – und dann gingen sie weiter zu der Stelle, wo gerade ihr Pavillon aufgebaut wurde.

Ich legte Trine eine Hand auf die Schulter.

»Er ist bestimmt nur ein bisschen … na ja, sauer. Das geht wieder vorbei. Meinst du nicht?«

Trine schluckte.

»Doch. Vielleicht.«

Wir blieben am Fenster stehen und schauten hinunter auf all die traurigen Gestalten, die nach und nach den Krocketplatz füllten, sahen, wie groß ihre Schmerzen waren und wie schlimm einige von ihnen für immer entstellt sein würden. Ich musste an die Worte der Königin von Sparta denken. Daran, dass im Spiel jeder ein Sieger war. Aber als Sieger aus einer Schlacht hervorgehen? Nein, wohin ich auch blickte, ich konnte in dem Gewimmel wirklich niemanden entdecken, der das geschafft hatte.

Am allerschlimmsten jedoch war Härfjäders Kopf. Sie kam als eine der Letzten zusammen mit Vingmor an. Begleitet von ein paar anderen Harpyren, die mehrere Säcke und eine kleine Kiste trugen. Wie wir später erfuhren, war Härfjäders Kopf unterwegs wohl ranzig geworden und Vingmor und die anderen mussten umkehren und zur Felsenburg zurückfliegen. Dort hatten sie die alte Naht aufgetrennt, den Kopf gewaschen und schließlich wieder festgenäht, und erst dann waren sie zum Haus des Todes aufgebrochen.

Härfjäder landete auf einer Gartenbank. Vingmor gab einer der anderen Harpyren ein Zeichen, die kurz nickte und zu der Packkiste flog. Sie holte eine Feldflasche heraus, in der vermutlich irgendetwas wirklich Starkes war. Sie tränkte ein Stück Stoff mit der Flüssigkeit und wollte den Lappen um Härfjäders Hals wickeln, aber Vingfar hatte den Kopf wohl nicht ordentlich festgenäht, denn auf einmal löste er sich und hing baumelnd auf halb acht. Was Vingmor sagte, konnten wir durch die Scheibe nicht hören, aber die Harpyre mit dem Stofflappen musste offenbar ein ziemliches

Donnerwetter über sich ergehen lassen, während sie sich verzweifelt bemühte, den Kopf wieder zu befestigen.

Voller Entsetzen beobachtete Höder das Spektakel.

»Das erzähle ich Hrov und Näva lieber nicht«, sagte er – und es war nett von ihm, finde ich, dass er seinen Schwestern diese grausige Geschichte ersparen wollte.

Schließlich flog Vingmor auf und landete auf dem Kiesweg, wo der Tod mit dem König und dem Kapitän sie bereits erwartete. Als Vingmor gelandet war, sprach der Tod ein paar kurze Worte und winkte in Richtung Treppe.

»Sie gehen ins Haus«, sagte Trine. »Wir verstecken uns!«

»Ja!«, sagten wir anderen – und dann krochen wir schnell in unsere Höhle und kauerten uns dort zusammen.

Kurz darauf klopfte es an der Tür.

»Kinder?«, rief der Tod.

Wir schauten uns mit ernsten Blicken an und diese Blicke bedeuteten: Keiner gibt auch nur einen Mucks von sich!

Es klopfte wieder.

»Eure Eltern sind da«, flötete der Tod.

Ein paar Sekunden verstrichen. Ich glaube, wir hielten alle vier den Atem an. Vielleicht waren sie gegangen?

Nein, jetzt hörten wir, wie die Zimmertür geöffnet wurde, ganz vorsichtig. Wir hörten Schritte, die über die knarrenden Dielen gingen. Der Tod streckte den Kopf in die Höhle.

»Sieh einer an«, sagte er. »Kommt raus und sagt Hallo.«

»Wir wollen nicht«, antwortete die Prinzessin.

»Na, na, hier hat der Tod das Sagen, oder etwa nicht?«

»Doch, Herr Tod«, murmelte die Prinzessin. Und sehr widerwillig krochen wir aus der Höhle.

Der König, der Kapitän und Vingmor warteten vor der Tür. Die Prinzessin, Trine und Höder versuchten, sich hinter dem Rücken des Todes zu verkriechen, aber der Tod scheuchte sie nach vorn und verlangte, dass sie sich vor ihren Eltern verbeugten, und da gehorchten sie und sagten ganz leise »Guten Tag«.

Die Eltern sahen grimmig aus. Keiner von ihnen erwiderte den Gruß.

»Acastus«, sagte der Tod zum König von Sparta, »ist es nicht eine Freude, die eigene Tochter endlich wiederzusehen? Willst du uns nicht zeigen, wie ein Lächeln aussieht?«

»Verzeihung, Herr Tod«, sagte der König, »aber ich kann nicht.«

»Ach, nicht? Aber was ist mit dir, Truls Tvefot?«, sagte der Tod. »Hast du deinen kleinen Jungen denn gar nicht vermisst?«

»Kann schon sein, dass ich ihn vermisst habe«, grunzte Kapitän Tvefot. »Aber da er gleichzeitig so viel Ärger verursacht hat, nun ja … hrm.«

»Und was sagst du, Vingmor?«, fragte der Tod.

Vingmor verdrehte ihr gelbes Auge, dann sah sie den Tod entschlossen an.

»Ich denke, der Herr Tod kennt meine Antwort auf diese Frage«, sagte sie. »Dass mein Sohn, der immer ein fleißiger und braver Junge gewesen ist, es gewagt hat, sich der eigenen Mutter zu widersetzen, das ist geradezu niederschmetternd.«

Der Tod legte einen Zeigefinger an den Mund, kaute am Fingernagel.

»Niederschmetternd, ja«, sagte er. Er versank in Gedanken. Dann plötzlich breitete er die Hände aus. »Aber wisst ihr denn nicht, dass Kinder ab und zu ein bisschen ungehorsam sein müssen? Findet ihr nicht auch, wir sollten einfach einen Strich unter die ganze Angelegenheit ziehen, wo wir gerade so nett beisammen sind? Und schon sind alle wieder glücklich.«

»Wie der Herr Tod meinen«, antwortete der König und warf einen verstohlenen Blick in meine Richtung.

»Acastus«, sagte der Tod streng, »hast du etwa keinen Appetit auf Kuchen?«

Da konnte der König nicht länger an sich halten. Seine Augen füllten sich mit Tränen, er legte eine Pfote auf seine große, sabbernde Schnauze und sagte mit zitternder Stimme:

»Verzeihung, Herr Tod, aber wir haben uns alle so schreckliche Sorgen um den Herrn Tod gemacht.«

»Ach herrje, aber das ist doch nicht nötig, das wisst ihr doch!«, entgegnete der Tod. Er nahm den König in den Arm, streichelte ihm über den Rücken und dann trat er ein paar Schritte zurück und breitete wieder die Hände aus. »Seht mich an! Ich bin doch euer guter alter Tod! Nicht wahr?«

Der König nickte und gab sich alle Mühe, das Zittern zu unterdrücken.

»Ja, Herr Tod«, antwortete er.

Und dann umarmte der Tod Vingmor und Kapitän Tvefot –

und ich glaube, die beiden verdrückten auch eine Träne, und danach sah niemand mehr grimmig und finster aus. Aber der Tod sagte streng, dass es erst dann Kuchen gäbe, wenn sich alle, Große wie Kleine, wieder richtig vertragen hätten. Und es war herrlich zu sehen, wie der König von Sparta endlich die Prinzessin in die Arme schloss, herrlich zu sehen, wie Kapitän Tvefot seinen Sohn fest an sich drückte, und es war herrlich zu sehen, wie Vingmor ihre großen, staubigen Flügel um Höder legte. Ja, Sorgen um den Tod hatten sich alle drei gemacht, aber jeder konnte sehen, dass sie sich auch große Sorgen um ihre Kinder gemacht hatten.

Herzlichste Glückwünsche

So zogen wir gemeinsam zum Festsaal und dort angekommen forderte der Tod alle auf, Platz zu nehmen. Trine setzte sich neben seinen Vater und die Prinzessin neben ihren. Höder ließ sich neben seiner alten, zottigen Mutter nieder – und der König sorgte diskret dafür, dass ein dickes Buch auf Vingmors Sitz gelegt wurde, damit sie ein bisschen höher saß. Aber ganz plötzlich klatschte der Tod in die Hände.

»Ich glaube, es fehlt noch jemand«, sagte er und zwinkerte mir zu. »Was auch immer ihr tut, fangt nicht ohne mich an!«, rief er, als er zur Tür eilte und hinaus in den Flur verschwand.

Auf einmal war die gute Stimmung wie weggeblasen. Keiner der Eltern sah mich besonders freundlich an und niemand sagte ein Wort. Um die Wahrheit zu sagen, fühlte ich mich richtig unerwünscht auf meinem Platz zwischen zwei leeren Stühlen.

Aber die Prinzessin, die merkte, wie ich mich fühlte, und die nicht nur ein gutes Herz hatte, sondern auch mutig war, sah ihren Vater, den König an:

»Willst du Sasja nicht Guten Tag sagen, Papa?«

Der Blick des Königs erstarrte. Es war spannend, ihn so aus der Nähe zu sehen. Seine wässrigen Augen, die scharfen Zähne, schaurig und gelb vom Zahnstein, die langen Ohren, das hoch erhobene Kinn – ja, er wirkte wild und adelig zugleich. Seine rote Tunika stank nach Dreck und Schweiß.

»Ich erwarte nicht von dir, dass du das verstehst, Prinzessin, aber auch ich habe Grenzen«, sagte er und sein Ton war sehr vorwurfsvoll, als er fortfuhr: »Der Hofspartaner Antwon war in erbärmlicher Verfassung, als er am Smaragdschloss ankam. Nach drei Tagen Fußmarsch ohne Essen und ohne Wasser ist er wohl zusammengebrochen und kopfüber im Heidekraut gelandet. Es war reines Glück, dass meine Marschälle ihn gefunden haben. Die Marschälle, die ich im Übrigen ausgeschickt hatte, um *dich* zu suchen. Und das alles nur, weil du dich unbedingt mit einem Menschen einlassen musstest.«

»Mama mochte Sasja«, antwortete die Prinzessin.

»Danke, das ist mir bekannt. Antwon hat mir alles erzählt. Wie wir beide wissen, hat deine Mutter ihre ganz eigenen Ansichten. Aber ich …« Der König hob das Kinn noch ein wenig höher und sah so adelig aus, wie man nur aussehen konnte, »… ich ziehe es vor, so zu denken, wie wir es in Sparta und im ganzen Reich schon immer getan haben.«

Kapitän Tvefot ergriff das Wort:

»Und ich möchte dir sagen, Trine, dass ich wirklich zutiefst erschüttert war, als unser Brückenwächter Faxe nach Hilde kam, um mir mitzuteilen, dass sich mein Sohn mit, hrhrm, ihm dort«, dabei nickte er in meine Richtung, »auf den Weg zum Tod gemacht habe. Nun haben wir dem Herrn Tod eben versprochen, uns zu vertragen, und dieses Versprechen werde ich auch halten. Aber was den Jungen von der anderen Seite betrifft, so halte ich ihn nicht für einen angemessenen Spielkameraden.« Und in gedämpfterem Ton fügte er hinzu: »Faxe hat sich das Schlüsselbein gebrochen, bevor es ihm schließlich gelang, diese Kellertür aufzubrechen. Nur damit du es weißt.«

Vingmor plusterte ihr Gefieder auf und sah Höder mit ihren strengen Augen an, das eine gelb wie eine brennende Sonne, das andere schwarz wie ein verloschener Stern.

»Ich muss dir sicher nicht sagen, dass dein Vater zu Hause außer sich war vor Sorge. Und dann stell dir vor, wie ich mich gefühlt habe, als mich inmitten von Blut und Geschrei seine Nachricht erreichte, dass du verschwunden warst. Dieser Menschenjunge gehört nicht hierher. Wer nicht aus seiner Hülle geholt wurde, der hat im Reich des Todes überhaupt nichts verloren.«

Im selben Augenblick ging die Tür auf und herein kam der Tod in Begleitung von Semilla. Sie gähnte herzhaft, hatte offensichtlich bis eben einen Mittagsschlaf gehalten.

»Entschuldigt bitte, dass ich mich verspätet habe«, sagte sie. Sie fröstelte, weil sie ja gerade erst aufgestanden war, und der Tod zog sofort seinen Morgenrock aus und legte ihn ihr über die Schultern.

»Möchtest du ein Stück Mandelkuchen oder Himbeertorte, meine Liebe?«, fragte er.

»Beides«, sagte Semilla und setzte sich auf den Stuhl zu meiner Linken. Sie umarmte mich und vergrub ihre Nase in meinen Haaren, sog den Geruch ein, wie sie es immer schon getan hatte. Dann nickte sie dem König, dem Kapitän und Vingmor zu. »Guten Tag«, sagte sie. »Ich bin Sasjas Mama.«

»Sasjas Mutter – und Sonnenschein meines Herzens«, flötete der Tod, der am Tisch stand und Kuchen schnitt.

Der König von Sparta räusperte sich.

»Verzeihung, des Herrn Todes …?«

»Sonnenschein!«, sagte der Tod. »Meine Blume, mein Augenstern … Meine Verheißung für ein besseres Morgen, Acastus! Ja, ihr dürft gern gratulieren.«

Der König, der Kapitän und Vingmor wussten erst nicht, was sie nun tun sollten – aber dann eilte der König herbei, um Semilla die Hand zu küssen, und Vingmor verneigte sich tief und sagte feierlich: »Meinen herzlichsten Glückwunsch.« Kapitän Tvefot verkündete augenzwinkernd, dass er sich schon die ganze Zeit gedacht habe, dass bei der letzten Überfahrt *irgendetwas* anders gewesen sei. Der Tod habe nämlich gesungen und geturtelt und sich so eigenartig benommen und alle paar Minuten habe er die Decke angehoben, um sich die Person anzusehen, die er im Arm hielt. Ja, je länger der Kapitän darüber redete, desto mehr klang es, als hätte er schon lange gewusst, dass der Tod in jener Nacht jemand Besonderen mitgebracht hatte.

»So ist er, mein guter alter Tvefot«, sagte der Tod. »Nichts entgeht seinem scharfen Blick.«

Er servierte Semilla ihre Kuchenstücke, dann setzte er sich neben mich. Und als wir nun so saßen, ich in der Mitte, Semilla links und der Tod rechts von mir, da waren wir fast wie drei Majestäten. Also, es fühlte sich zumindest so an und der Tod schnitt noch mehr Kuchenstücke und ergriff wieder das Wort:

»Ihr müsst entschuldigen, aber ich konnte nicht umhin, euer Gespräch mitzuhören, als wir eben gekommen sind. Wer, meinte Vingmor, habe in meinem Reich nichts verloren?«

Vingmor fühlte sich sichtlich ertappt.

»Niemand, Herr Tod.«

»Nicht?«, sagte der Tod. »Für einen Augenblick habe ich mir eingebildet, Vingmor hätte von Sasja gesprochen. Ging es dir nicht auch so, meine Liebe?«

»Doch, genau das habe ich auch gehört«, antwortete Semilla in einem sehr strengen Ton, bei dem Vingmor auf ihrem Stuhl den Kopf einzog.

»Nein, nein«, krächzte sie. »Ich meinte nicht Sasja.«

»Bist du sicher?«, fragte der Tod und schob sich ein Stück Kuchen in den Mund. »Wenn ich das richtig verstanden habe, dann wolltet ihr drei den armen Jungen in einen Kerker der Felsenburg werfen? Diese Übereinkunft, die ihr oben auf dem Dreifelsgipfel getroffen habt.«

»Ach, tatsächlich?«, sagte der König von Sparta angespannt. »Also, ich kann mich nicht so richtig erinnern …« Er suchte Kapitän Tvefots Blick. Der Kapitän, der knallrot angelaufen war, schüttelte den Kopf, als wollte er sagen: Nein, also von so einer Übereinkunft höre ich gerade zum ersten Mal.

»Die Kinder haben mir das alles berichtet«, sagte der Tod. »Aber es könnte natürlich sein, dass sie die Situation missverstanden haben. Könnte das sein, Kinder?«

Meine Freunde und ich mussten bei dieser Frage kichern und die Prinzessin tupfte sich den Mundwinkel mit einer Stoffserviette ab und sagte dann:

»Bestimmt war es so, Herr Tod. Ich meine mich zu erinnern, dass es an jenem Tag auf dem Dreifelsgipfel ein bisschen windig war. Wir haben uns wohl ganz einfach verhört.«

»Das freut mich«, sagte der Tod. »Dann sind wir uns also alle einig, dass Sasja bei unserem Festmahl willkommen ist?«

Und da waren der König, der Kapitän und Vingmor ganz seiner Meinung, sogar so sehr, dass sie ihre Kaffeetassen hoben und darauf anstießen. Und als alle ihre Tassen und Saftgläser wieder abgestellt hatten, wandte sich der Tod an Semilla:

»War das so recht, meine Liebe?«, fragte er.

Und Semilla lächelte genauso sanft, wie es sich für eine Majestät gehörte, und sagte:

»Ja. Das war recht.«

Dann erzählte der Tod der ganzen neugierigen Gesellschaft, wie er und Semilla sich begegnet waren. Wie krank sie gewesen sei und wie seine Liebe sie gesund gemacht habe – und als er fertig erzählte hatte, da fragte er, ob schon jemals jemand eine romantischere Geschichte gehört habe.

Nein, es sei wirklich fantastisch, fanden alle – aber Vingmor fügte rasch hinzu, dass das eigentlich niemanden überraschen würde, denn der Tod *sei* nun mal fantastisch und seine Kräfte unergründlich.

»Meine liebe Vingmor!«, sagte der Tod mit Wärme in der Stimme. »Eine klügere alte Dame als dich muss man lange suchen!«

Brutus, der Medikus

Es wurde ein Fest, wie man es sonst nur erlebt, wenn alte Freunde zusammensitzen. Wenn man stundenlang zusammen isst und sich kabbelt, wenn alte Erinnerungen ausgegraben werden, die für den einen oder anderen gern auch ein bisschen peinlich sein dürfen. Das Ganze fing damit an, dass Semilla ans Fenster ging, um nachzusehen, wie es um die Truppen stand, die ihre Lager im Garten aufgeschlagen hatten.

»Du meine Güte, sie sehen ja alle furchtbar aus!«, rief sie erschrocken, kaum dass sie einen Blick nach draußen geworfen hatte.

Sie drehte sich um und schaute aufgebracht den König, den Kapitän und Vingmor an.

»Es sollte sich wirklich jemand um die Wunden eurer Soldaten kümmern.«

»Einverstanden!«, platzte der Tod heraus. »Acastus hat doch einen Medikus. Brutus, wenn ich mich nicht irre. Ist er hier?«

Der König von Sparta schob sich einen Bissen Kuchen in den Mund und kaute so heftig, dass seine Ohren wackelten.

»Nun ja, er ist immer dabei. Aber wegen ein paar Schrammen braucht doch keiner einen Arzt!«

Semilla schaute zu den geschundenen, erbärmlichen Kriegern im Garten hinunter.

»Schrammen?«, sagte sie.

»Meine Liebe, ich habe dir doch schon gesagt, dass es hier anders ist«, sagte der Tod. Er trat zu ihr, öffnete das Fenster und brüllte mit donnernder Stimme: »SCHICKT MIR DEN MEDIKUS!«

Trine, die Prinzessin, Höder und ich verließen unser Plätze und rannten auch zum Fenster, um den Medikus zu sehen. Der Garten war inzwischen vollgestellt mit Pavillons. Die meisten waren hell, aus schlichten Stoffen, aber manche waren bunt und mit Goldtroddeln und bestickten Bändern verziert, die flatternd im Wind tanzten. Über den Lagerfeuern hingen Kessel, bergeweise Gepäck und allerlei Habseligkeiten waren im Garten verteilt und fast überall lagen Schwerter im Gras. Spartaner, Hildiner und Harpyren schienen recht gut miteinander auszukommen, auch wenn ich ein paar sah, die sich darüber zankten, wo die Latrinen gegraben werden sollten.

Ein Spartaner in heller Tunika und mit einem Hut auf dem Kopf drängte sich zwischen den Kämpfern hindurch. Es war Brutus, der

Medikus. Er verschwand eilig in einem der Pavillons und kam mit einer Kiste im Arm wieder heraus. Rasch bahnte er sich einen Weg durch das Lager und stand kurz darauf mit der Kiste im Festsaal. Er sah sehr erwartungsvoll aus.

»Ja?«

»Wir sind der Ansicht, dass einige verarztet werden müssen«, sagte Semilla.

»Selbstverständlich«, sagte der Medikus und nickte. Er stellte die Kiste ab und klappte den Deckel auf. Ich schauderte, als ich die vielen Messer sah, die Nadeln und die Rollen mit dem groben Nähgarn. Ganz zu schweigen von einer Säge mit rostigen kleinen Zähnen und einem Holzgriff, den das getrocknete Blut schwarz gefärbt hatte.

»Mit wem fangen wir an?«, fragte Brutus und griff nach einer Flasche mit einer trüben, braunen Flüssigkeit. *Prima tinctura* stand auf dem Etikett. Ich ging davon aus, dass die Patienten des Medikus diese Tinktur zur Schmerzlinderung verabreicht bekamen – und sie sah nicht gerade verlockend aus.

»Nein, nein, doch nicht wir«, sagte Semilla. »Ich meine die Armen da draußen im Garten. Wie wäre es, wenn du mit dem Spartaner beginnen würdest, der gerade seine Eingeweide vom Boden aufgelesen hat?«

»Ausgeschlossen«, sagte der König und legte seine Kuchengabel energisch auf den Tisch. »Ein Spartaner will nicht verhätschelt werden. Brutus näht nur, wenn es sich um ernste Verletzungen handelt, abgeschlagene Köpfe et cetera.« Er setzte ein spöttisches

Gesicht auf. »Aber Vingmor darf sich gern meinen Medikus ausleihen, wenn sie der Ansicht ist, dass ihre Truppe Pflege benötigt.«

Kapitän Tvefot kicherte hinter seiner Kaffeetasse.

»Nein, danke«, entgegnete Vingmor und griff mit ihrem runzligen Fuß nach dem Kuchenmesser. Sie schnitt sich ein großes Stück Himbeertorte ab, steckte sich einen Bissen in den Schnabel und sagte:

»Wenn ein Volk dafür bekannt ist, alle in Watte zu packen, dann sind das die Hildiner. Ich erinnere mich noch gut, wie Steuermann Barst bei der Schlacht in Skymte Kapitän Tvefot den rechten Arm annähen durfte.«

Der Kapitän lief dunkelrot an.

»Dann weißt du ja vielleicht auch noch, dass du selbst ihn mir abgeschlagen hast«, sagte er eingeschnappt. »Als ich dir *den Rücken zugekehrt hatte!*«

»Zeig uns die Narbe, Papa!«, sagte Trine. »Zeig sie.«

»Oh, ja, tu das!«, sagte der Tod.

Der Kapitän kippte seinen restlichen Kaffee in einem Zug hinunter. Dann öffnete er seinen Umhang, knöpfte die Jacke auf und ließ beides fallen. Dann erhob er sich – und zog langsam das Hemd über den Kopf, bis der ganze schwartige Bauch zu sehen war. Die Narbe war weiß und wulstig und man konnte sogar noch sehen, wo die Nadel sich durch die Haut gebohrt hatte. Semilla schlug entsetzt die Hand vor den Mund und Trine sah ernst und stolz zugleich aus. Der Tod hob respektvoll seine Kaffeetasse.

»Das nennst du Narbe?«, giftete der König von Sparta. »Gleich siehst du, was eine echte Narbe ist!«

»Verzeihung, aber was ist jetzt mit …?«, sagte Brutus und zeigte zu den Instrumenten in seiner Kiste.

»Nicht jetzt, Brutus«, sagte der Tod, der gern sehen wollte, was der König zu bieten hatte.

Und der König schwang seinen rechten Fuß auf den Tisch, dass das Porzellan nur so klirrte, und dann zog er das Hosenbein hoch. An seinem alten, knochigen Knie prangte eine abscheuliche Narbe, die er sich bei der Schlacht von Dunkelfinster zugezogen hatte, als ein Hildin einen Glückstreffer mit dem Schwert gelandet hatte. Stundenlang hatten sie im Matsch nach der Kniescheibe suchen müssen, erzählte der König, bis sie endlich gefunden war und festgenäht werden konnte.

Semilla schob den Kuchenteller von sich.

»Pfui«, sagte sie.

»Prost, alter Junge!«, jubelte der Tod und dann stieß er mit dem König an, aber Kapitän Tvefot sah nicht sehr beeindruckt aus.

Gespannt warteten alle darauf, ob Vingmor auch eine schreckliche alte Verletzung präsentieren würde. Sie ließ sich reichlich Zeit, aß ein paar Bissen Kuchen, dann legte sie die kleine Gabel ab und sagte:

»Die Schlacht bei den Mellriks-Felsen. Ich geriet in einen Zweikampf mit einem spartanischen Marschall, der sich partout in den Kopf gesetzt hatte, mich mit seiner Klinge zu durchbohren.«

»Und?«, sagte der Tod und machte große Augen. »Wie ist es ausgegangen? Hat er es geschafft?«

Langsam hob Vingmor ihren staubigen linken Flügel. Alle schnappten nach Luft, als sie die große, hässliche Narbe sahen.

»Hier ging das Schwert hinein«, sagte Vingmor. Dann hob sie im selben würdevollen Tempo den anderen Flügel und gab den Blick auf ein identisches Mal auf der anderen Seite frei. »Und hier kam es heraus.«

Eisige Stille legte sich über die festliche Tafel. Die Vorstellung von Vingmors Körper, durchbohrt wie ein aufgespießter Apfel, war grauenhaft.

»Aber ich«, sagte Vingmor und nahm noch ein Stückchen Kuchen nach, »habe mich nicht nähen lassen, sondern gewartet, bis es von allein verheilt war.«

Da sagten der König und der Kapitän, dass sie es natürlich auch bevorzugten, eine Wunde selbst heilen zu lassen, und als sie eine Weile darüber gefachsimpelt hatten, da kamen sie alle zu dem Schluss, dass der Medikus eigentlich gar nicht gebraucht wurde. Wenn man nur richtig still im Bett lag, dann wuchs sogar ein abgeschlagener Kopf von allein wieder an.

Brutus war auf einem goldenen Stuhl an der Tür zusammengesunken. Er hielt seine glänzende Kiste im Arm und sah so traurig und enttäuscht aus, dass es einem fast das Herz brach.

Und so vergingen der Tag und der Abend, und ein Kuchen nach dem anderen verschwand in den Mägen. Aber von einer Verarztung der Wunden war zu Semillas Verdruss keine Rede mehr und irgendwann spät in der Nacht bemerkte der König von Sparta, dass Brutus verschwunden war. Die ganze Festgesellschaft musste mithelfen, ihn zu suchen. Mit Öllampen zogen wir von Saal zu Saal und riefen seinen Namen und Trine war es, der ihn schließlich in der Bibliothek entdeckte, wo er sich mehrere Tassen seiner eigenen Tinktur genehmigt hatte und im Lieblingssessel des Todes eingeschlafen war.

Der kurze Augenblick

So vergingen die Tage beim Tod, und die meiste Zeit unterhielten sich die Erwachsenen und wir Kinder spielten. Der Obstgarten war ein perfekter Platz zum Toben. Die Himbeerbüsche waren üppig und dicht, sie standen in langen Reihen, zwischen denen man sich leicht verstecken oder unbemerkt anpirschen konnte. Natürlich bekam man dabei auch mal einen Kratzer ab, aber das störte uns nicht weiter – und außerdem waren die Himbeeren lecker.

An diesem Vormittag waren Trine und ich Hildiner, und Höder und die Prinzessin waren Harpyren. Etwas abseits standen der König, der Kapitän und Vingmor und redeten miteinander. Ab und zu hob jemand die Stimme und sagte etwas Lustiges und dann lachten alle. Von der Kampflust, die auf dem Dreifelsgipfel noch so bedrohlich in ihren Augen gefunkelt hatte, war nichts mehr zu sehen.

Plötzlich bohrte sich ein Schwert in meine Schulter. Die Prinzessin hatte die Gelegenheit genutzt, während ich mit meinen Gedanken woanders war.

»Ergibst du dich?«, fragte sie.

»Niemals!«, sagte ich.

»Gut so, Sasja!«, johlte Trine. »Sie darf nicht gewinnen!«

Das Schwert hoch über den Kopf erhoben, pflügte er brüllend zwischen den Himbeerbüschen hindurch. Aber gerade als er bei der Prinzessin ankam und den Zweikampf beginnen wollte, rauschte Höder herunter und griff ihn aus der Luft an. Trine hatte alle Hände voll damit zu tun, sich die beiden vom Leib zu halten, aber ich eilte ihm natürlich sofort zu Hilfe. Beeren und Blätter flogen in alle Himmelsrichtungen, als wir im Himbeerland des Todes kämpften.

»Gut macht ihr das.«

Wir drehten uns um. Der Tod höchstpersönlich hatte gesprochen. Er saß auf einer Gartenbank unter einem knorrigen, alten Apfelbaum. Die Äste bogen sich unter der Last der Früchte, die Rinde war grau und mit zottigen Flechten bewachsen, die aussahen wie grüne Bärte. Ich weiß nicht, warum, aber mich überkam das Gefühl, dass er schon ziemlich lange dort gesessen und uns beobachtet hatte.

»Was machen wir gut?«, fragte ich.

»Spielen.«

Die Prinzessin sah verstohlen zu den Erwachsenen hinüber. Ihr breitbeiniger Papa hatte die Arme vor der Brust verschränkt und sah wieder so wild und adelig zugleich aus. Mit strenger Miene erwiderte er den Blick der Prinzessin. Sie schaute schnell weg.

»Eigentlich sollen wir nicht spielen«, sagte sie.

»Ach, nicht?«, fragte der Tod.

»Na ja, mein Papa sagt …« Sie biss sich auf die Lippe, zögerte.

»Was sagt dein Papa?«

»Dass es wichtigere Dinge gibt, mit denen sich eine Prinzessin beschäftigen sollte.«

»Ach ja?«, sagte der Tod. »Und was für Dinge sind das?«

»Schönschrift zum Beispiel.«

»Schönschrift?«, wiederholte der Tod und machte dabei ein Gesicht, als hätte die Prinzessin ein Wort gesagt, bei dem ihm schlecht wurde. »Was ist das denn?«

»Das ist die Kunst, schön zu schreiben«, antwortete die Prinzessin. »Prinzessinnen sollten sich auch in der Kunst der Konversation üben und in der Kunst des Speisens. Und am allerwichtigsten ist es, dass sie die edle Kunst des Kämpfens erlernen.« Sie schaute auf den Stock in ihrer Pfote. »Also, mit einem richtigen Schwert.«

»Soso …«, sagte der Tod. Dann schaute er zu Trine. »Und was sagt dein Papa?«

»Mein Papa …«, sagte Trine, »… fände es gut, wenn ich etwas könnte. So wie Tjalve.«

»Und was kann Tjalve?«, fragte der Tod.

»Oh, er kann ganz viel«, sagte Trine. »Er kann Essen kochen, abspülen, putzen, den Kräutergarten jäten … Das liegt daran, dass er größer ist als ich. Ich kann nichts.«

Der Tod lächelte, sagte aber nichts dazu, sondern wandte sich stattdessen an Höder.

»Höder von Harpyrien«, sagte er. »Deine Mutter ist eine kluge alte Dame. Was hält sie von Schwertspielen?«

»Hmm …«, sagte Höder. »Mutter sieht es gern, wenn meine Schwestern mit dem Schwert spielen. Aber sie findet, für mich gehört sich so etwas nicht.«

»Ach, das gehört sich nicht?«, sagte der Tod. »Warum nicht?«

»Bei uns in Harpyrien sind Schwerter eben nichts für Jungs. Und bei uns ziehen Väter ja auch nicht in den Kampf.«

Der Tod schien gründlich über alles nachzudenken, was er gerade gehört hatte. Dann stand er plötzlich auf und ging mit raschen Schritten hinüber zu den Erwachsenen. Wir hörten nicht genau, was er sagte, aber man konnte richtig sehen, wie sie in sich zusammensackten, als würde aus ihren aufgeblasenen Körpern die Luft entweichen, weil jemand mit einer Nadel hineingepikt hatte. Ziemlich lange stand der Tod bei ihnen und schimpfte und dann kam er mit genauso raschen Schritten zu uns zurück. Lächelnd setzte er sich wieder auf die Bank.

»Ich habe mit euren Eltern gesprochen«, sagte er. »Ich denke, sie haben es jetzt begriffen.«

»Was haben sie begriffen?«, fragte Trine.

Der Tod seufzte und lehnte sich mit dem Rücken an den alten Apfelbaum. Er schaute hoch in den Himmel, sah die Wolken, die über den blauen Vorhang segelten. Wie blendend weiße, langsame Schiffe.

»Wisst ihr«, sagte er, »es gibt einen Ort, an dem die Kinder es furchtbar eilig haben.«

»Eilig womit?«, fragte Höder.

»Aufzuhören, Kinder zu sein«, sagte der Tod und rieb sich einen Marmeladenfleck vom Arm. »Und dieser Ort ist die Welt, aus der du kommst, Sasja.« Er zuckte leicht mit den Schultern. »Dabei ist es eigentlich gar nicht ihre Schuld. Nein, meistens sorgen ihre Eltern dafür. Denn es sind die Eltern, die ihre Kinder fragen: ›Was willst du werden?‹« Er strich sich nachdenklich übers Kinn, nickte über seine eigenen Worte. »›Bereite dich vor‹, sagen sie. ›Bald bist du erwachsen, und was hilft dir da ein Stockschwert?‹ ›Du bist eine Prinzessin‹, sagen sie, ›nimm ein richtiges Schwert.‹ ›Du bist klein und nutzlos, lern spülen. Du bist ein Junge, schau dir deinen Vater an! Sei wie er, dann bist du bereit!‹«

Er zupfte am Gürtel seines Morgenrocks. Ich merkte, dass es ihm die Laune verdarb, über diese Dinge zu sprechen. »Diese Zeit, in der Kinder Kinder sind, vergeht wie im Flug. Nur ein kurzer Augenblick und doch treiben ihre Eltern sie zur Eile an. Aber hier bei uns, hier ist das anders. Wenn ich euch mache, dann seid ihr fertig. Ich sage dir, Trine Tvefot, das Einzige, was du je können musst, ist spielen. Und dasselbe gilt für die Prinzessin von Sparta und für Höder von Harpyrien. Doch diese drei«, sagte er und blickte zu den Eltern hinüber, »die erziehen euch, genau wie die Menschen ihre Kinder erziehen. Als ob ihr nichts *seid*, sondern etwas *werden* müsst.«

Er drehte sich um und hob drohend die Faust. Die Erwachsenen hatten sich gerade erst von seiner Schimpftirade erholt, doch als sie den wütenden Blick des Todes sahen, da zogen sie schnell wieder die Köpfe ein.

»Ja, aber«, sagte ich, »ist es denn nicht eigentlich nett von den Menschen? Dass sie ihre Kinder vorbereiten wollen?«

»Doch«, sagte der Tod und seufzte. »Ich gehe davon aus, dass sie das in allerbester Absicht machen. Aber im Grunde hören die Menschen nie auf, sich zu beeilen. Sie machen immer so weiter, viele von ihnen ein Leben lang. Sie wollen unbedingt sagen können, dass sie etwas erreicht haben, wisst ihr?«

»Ist das denn falsch?«, fragte ich.

Er streckte eine Hand nach oben, brach sich einen roten Apfel ab, biss hinein.

»Ob es direkt falsch ist, kann ich dir nicht sagen«, antwortete er. »Aber wenn *ich* komme, dann gibt es viele, die es bereuen. Die sich wünschen, sie hätten sich an den kleinen Dingen erfreut, statt den großen hinterherzujagen. Doch dann ist es zu spät.«

Er lachte, den Mund voll saftigem, weißem Fruchtfleisch.

»Darum, Kinder: Macht da weiter, wo ihr vorhin stehengeblieben seid.«

Er stand auf und schlenderte zwischen Bäumen und Weinreben davon und der Morgenrock schleifte hinter ihm durchs Gras.

Tjalve nimmt sich eine gebrannte Mandel

Die Pavillons schlugen schon langsam Wurzeln im Garten des Todes. Die Wiese war platt getrampelt und hatte kahle Stellen bekommen. Der Müllberg wuchs und die Latrinen stanken.

Eines Nachmittags stromerten Trine, die Prinzessin und ich draußen auf dem Krocketplatz herum. Höder schwebte wie immer mit seinen breiten Schwingen über uns. Eigentlich waren wir auf dem Weg zur Streuobstwiese gewesen, aber dann hatten wir beschlossen, den Weg durch das Lager zu nehmen und uns ein wenig umzusehen. Die Spuren der Lagerfeuer sahen aus wie Meteoriteneinschläge. Tuniken und Hosen hingen zum Trocknen in der Hecke, aber die Harpyren nutzten die Fichten ja als Schlafplatz und waren wahrscheinlich nicht sehr glücklich über die fremde Wäsche in ihren Betten. Jemand hatte einen Tisch aus dem Salon nach draußen getragen, dort saßen zwei Hildiner und ein Spartaner und würfelten und überall flatterten bunte Wimpel in der Luft.

Am Rand des Gartens stand dieses kleine Haus mit der Fahnenstange auf dem Dach. Das war der Stall, wo die geflügelte Sänfte des Todes zwischen seinen Reisen aufbewahrt wurde, wie ich inzwischen erfahren hatte. Auch die acht Harpyren, die den Stuhl flogen, hatten ihre Sitzstangen dort. Höder sagte, dass sich die Ankunft des Stuhles aufgrund der Unruhen am Dreifelsgipfel verspätet hatte. Mehrere der Trägerinnen hatten nämlich Kinder und wollten ihre Familien nicht allein lassen, als sie hörten, dass sich feindliche Truppen in der Gegend aufhielten. Aber inzwischen waren sie wohl eingetroffen, was man daran erkennen konnte, dass die Fahne gehisst war.

Plötzlich blieb Trine stehen. Vor einem der Pavillons hatte er Tjalve entdeckt, der langsam und offenbar ziellos auf und ab wanderte, den Blick fest auf den Boden gerichtet. Er führte Selbstgespräche. Was er sagte, konnten wir nicht hören.

»Hallo«, sagte Trine.

Tjalve zuckte zusammen, er schien ganz in Gedanken gewesen zu sein.

»Hallo«, antwortete er.

Dann standen sie sich schweigend, fast schüchtern, gegenüber.

»Wieso kommst du nie zum Kuchenessen hoch?«, fragte Trine.

Tjalve zuckte mit den Schultern.

»Ich habe keine Lust«, murmelte er.

»Keine Lust?«

»Nö.«

»Guten Tag, Trine!«, rief Bure Barst aus dem Pavillon. Er saß neben einem anderen Hildin, der einen kleinen Schleifstein ankurbelte. Bure schliff die Klinge seines alten, abgewetzten Schwerts. Funken flogen um seine Klauen. »Wie geht es dir?«

»Gut«, sagte Trine.

»Den hier haben wir uns von den Spartanern ausgeliehen«, sagte Bure und nickte zum Schleifstein. »Es ist wirklich nicht zu fassen, was diese Holzköpfe alles durch die Gegend schleppen!« Im nächsten Moment wurde ihm bewusst, dass die Prinzessin neben Trine stand. »Ich meine natürlich steht es jedem frei mitzunehmen, was er will.«

Die Prinzessin lächelte den armen Bure an, der sich mit hochrotem Kopf wieder seinem Schwert widmete.

»Wie kann man keine Lust auf Kuchen haben?«, fragte Trine seinen großen Bruder.

»Ich weiß nicht«, sagte Tjalve mürrisch. »Ist einfach so.«

»Aha«, sagte Trine.

Tjalve seufzte und ließ den Blick über den Lagerplatz schweifen. Bei Härfjäder blieb er hängen. Sie saß ein Stück entfernt und unterhielt sich mit Harpa und Hinder. Das Fleisch an ihrem Hals war blauschwarz verfärbt, man konnte förmlich sehen, wie es roch und wie locker alles saß. Tjalve schluckte.

»Dein großer Bruder ist ein wenig niedergeschlagen seit … na ja, du weißt schon«, sagte Bure zu Trine. »Die Tage auf dem Dreifelsgipfel waren, nun, wie soll ich es sagen … Für jemanden, der noch nie in den Kampf gezogen ist, kann das erste Mal ein bisschen unheimlich sein.«

Tjalve stöhnte genervt, um deutlich zu machen, was er von Bures Gerede hielt. An seinem Gürtel hing das Schwert, auf das er zu Hause in Hyrn so stolz gewesen war.

»Tja …«, sagte Trine. »Wir waren gerade auf dem Weg zum Obstgarten. Wir wollen spielen.«

»Mm«, sagte Tjalve.

Trine zögerte ein wenig, musterte seinen Bruder, der doch so groß war und ihm nun so klein erschien.

»Bis dann«, sagte er.

»Mm«, sagte Tjalve wieder.

Wir setzten unseren Weg fort, aber nach ein paar Schritten kam mir plötzlich die Idee, Tjalve Tvefot etwas zu fragen. Ich drehte mich um.

»Hast du Lust mitzukommen?«, sagte ich.

»Was?«, fragte er.

»Du könntest doch mitkommen. Und mit uns spielen«, sagte ich.

Er rümpfte den Rüssel, musterte unsere Stockschwerter. In diesen bleichen Augenschlitzen konnte man doch etwas Himmelblaues schimmern sehen, dachte ich da. Ja, bestimmt hatten Tjalves Augen dieselbe Farbe wie Trines, auch wenn man sie nicht so gut erkennen konnte.

»Vielleicht«, murmelte er.

Trine war sofort Feuer und Flamme.

»Warte hier!«, rief er und rannte zur Hecke. Er stürzte sich auf einen dünnen Ast und mit viel Mühe schaffte er es, ihn abzubrechen, und dann zupfte er alle kleinen Zweige und Nadeln ab.

»Hier, bitte schön!«, sagte er und gab Tjalve den Stock.

Tjalve hielt ihn vor sich. Sonst tat er nichts, sah ihn nur an. Die Prinzessin machte einen Ausfallschritt und pikte ihn mit ihrem Schwert in die Seite.

»Au!«, brüllte Tjalve.

»Verteidige dich!«, befahl die Prinzessin und machte sich erneut zum Angriff bereit.

»Ja, Tjalve, zeig's ihr!«, sagte Trine. »Keine Gnade!«

Tjalve schaute zu Bure, der im Pavillon saß und alles beobachtet hatte. Der andere Hildin hatte den Schleifstein angehalten. Tjalve wurde rot und warf den Stock weg.

»Das ist kindisch«, sagte er.

»Na und?«, sagte Trine.

»Ich mache nicht mit. Ihr könnt allein spielen.«

Trine schluckte. Er sah so enttäuscht aus, dass mir das Herz blutete.

»Ja, aber du hast doch gesagt, dass du mitkommst«, murmelte er.

»Ich habe *vielleicht* gesagt!«

»Tjalve!«, rief Bure und zwinkerte. »Komm her, dann schauen wir mal, ob ich dir nicht dein Schwert schleifen kann.«

»Nicht nötig«, knurrte Tjalve.

»Ach, Tjalve, nun komm schon her zu mir.«

Widerwillig ging Tjalve in das Zelt. Bure lachte und zog das Schwert aus der Scheide.

»Ich schleife es dir richtig schön glatt«, sagte er und klopfte Tjalve auf die Schulter. »Richtig schön glatt und scharf. Das wird dich aufmuntern, ja?«

Tjalve antwortete nicht. Bure kramte in seiner Tasche, zog ein kleines Blechdöschen heraus und friemelte umständlich den Deckel auf.

»Nimm dir eine gebrannte Mandel, Tjalve«, sagte er.

Tjalve nahm sich eine gebrannte Mandel und setzte sich auf die Packkiste neben Bure, während der Schleifstein wieder anfing, sich zu drehen. Der Funkenregen sah hübsch aus, dort drinnen im Dunkel des Pavillons, und er verwandelte die Gesichter der drei Hildiner in Gold und Schatten.

Tjalve Tvefot kann einem leidtun, dachte ich auf dem Weg ins Himbeerland. Ja, wie traurig, dass er nicht weiß, wie man spielt.

In der Bibliothek

Ein paar Tage später richtete der Tod ein Krocketturnier für die Erwachsenen aus. Damit sie ihre Kugeln nicht um die Lagerfeuer herum spielen mussten, hatte er die Tore auf dem Kiesweg aufbauen lassen und nun war das Turnier in vollem Gang. Die Prinzessin, Trine und Höder fanden es lustig und wollten zuschauen, aber ich war lieber ins Haus gegangen. Es war nämlich so, dass sich neuerdings ziemlich viele Botinnen in der Nähe des Todes aufhielten. Sobald er einen Schritt aus der Tür machte, waren sie da und surrten um ihn herum. Er versuchte, sie zu verscheuchen, aber diese kleinen Biester waren geradezu verrückt vor Liebe und gehorchten ihm einfach nicht, obwohl er mit ihnen schimpfte.

Im Haus dagegen fühlte ich mich sicher – und davon abgesehen fand ich es ganz schön, mal eine Weile allein zu sein. Ich war von Raum zu Raum spaziert und schließlich in der Bibliothek gelandet.

Die Wände waren in einem komischen Rosa tapeziert, irgendwie fleischfarben. Der Lieblingssessel des Todes war durchgesessen und abgewetzt. Es gab einen Aschenbecher für Zigarren. Die Bücher schienen aus der Welt der Menschen zu stammen. Es gab Enzyklopädien über Tiere, Bücher über Medizin und Anatomie. Ein ledergebundener Atlas lag aufgeschlagen auf dem Rauchtisch. Nordafrika.

Plötzlich stand Semilla in der Tür.

»Ich habe mich schon gefragt, wo du steckst«, sagte sie lächelnd. Sie kam rein und zog die Tür hinter sich zu. Eine ganze Weile sahen wir uns schweigend an.

»Gefällt es dir hier inzwischen besser?«, fragte sie schließlich. »Ich will dich auf keinen Fall verärgern, Sasja, aber ich habe den Eindruck, dass du dich ein bisschen eingelebt hast.«

Ich zögerte mit der Antwort. Ja, es war wohl so, dass ich anfing, mich wohler zu fühlen. Vielleicht schämte ich mich dafür? Aber ich war nun mal so erleichtert, weil sie wieder gesund war, und ich konnte ja auch nichts dafür, dass das Spielen so viel Spaß machte – und von den vielen Kuchen wurde mir auch nicht mehr übel, jetzt, wo ich mich daran gewöhnt hatte.

Durch einen Spalt zwischen den Vorhängen sah ich das Meer. Glitzernd blau. Und dort, weit weg auf der anderen Seite, war Papa. Papa, mein Papa. An ihn zu denken tat weh. Wie ein Messer in der Brust, ein Messer, das nur ein Ziel hatte: mich in zwei Teile zu schneiden.

»Liebst du den Tod?«, fragte ich.

»Nein.«

Sie hatte ohne Zögern geantwortet. Ohne eine Regung. Als hätte ich sie etwas ganz Alltägliches gefragt. »Ist es heute kalt? War der Briefträger schon da?«

Sie fuhr mit dem Finger über eines der Bücherregale, betrachtete den kleinen Staubrand, der sich gebildet hatte. Sie seufzte.

»Er ist so unglaublich erfüllt von seiner eigenen Vortrefflichkeit«, sagte sie. »Das stört mich wirklich. Geht es dir nicht auch so?«

Ich nickte. Natürlich hatte ich bemerkt, dass nicht nur Spartaner, Hildiner und Harpyren den Tod großartig fanden. Er selbst fand das auch.

Semilla kräuselte die Oberlippe.

»Und hast du gesehen, wie behaart er ist?«, fragte sie.

»Nein«, sagte ich.

»Das ist dir nicht aufgefallen?«, fragte Semilla und riss die Augen auf. »Wenn er diesen Morgenrock auszieht, dann sieht man, dass er einen richtigen Pelz im Nacken hat. Er erinnert mich immer an eine Hyäne.«

Ich lachte, denn es war lustig, sich den Tod als Hyäne vorzustellen. Eine Hyäne, die in einem langen, roten Morgenrock durchs Haus lief, die Schnauze in den Kuchen steckte und Stuhlbeine zerkaute.

»Andererseits ...«, fuhr Semilla fort, »haben Hyänen natürlich niemals derart große Füße.«

Da lachte ich noch mehr und Semilla stimmte mit ein und es

war herrlich, wieder so mit ihr zu lachen, wie ich es in einer verschwundenen Zeit getan hatte, vor dem Tag beim Arzt, bevor sie ihren neuen Namen bekommen hatte, bevor wir lernen mussten, wie schnell man das Lachen verlieren konnte.

Aber irgendwann wischte Semilla sich die Lachtränen von den Wangen und sagte:

»Nein, also wirklich, wie wir uns hier benehmen, das gehört sich nicht. Für sein Aussehen kann er ja nichts.« Sie wurde still, kehrte zum Ernst zurück. Sie ließ den Blick durch das Zimmer schweifen, über all die vielen Dinge. Vielleicht dachte sie: Hier wohne ich jetzt. Das hier ist jetzt mein Zuhause.

»Die größte Schwierigkeit ist sicher, sich an diese Botinnen zu gewöhnen«, sagte sie. »Du hast ja bestimmt auch schon gemerkt, dass sie nach und nach zurückkommen.«

»Mm«, antwortete ich.

»Aber ist es nicht seltsam?«, sagte Semilla. »Denk nur an die vielen Müllhaufen, Latrinen und Eiterbeulen, die da draußen für sie bereitstehen. Und trotzdem müssen sie unbedingt ständig um den Tod herumschwirren. Banke meint, sie hätten Panik. Sie würden sich nach seiner Nähe sehnen.« Semilla kam zu mir und nahm meine Hand. »Ich weiß, dass du dich schon lange vor den Botinnen fürchtest. Ich erinnere mich, wie du zu Hause zu mir ins Schlafzimmer gekommen bist. Damals konnte ich nicht verstehen, warum diese Fliege dir solche Angst gemacht hat. Aber jetzt weiß ich es. Es war ja diese Fliege, die ihm das Zeichen zum Aufbruch gegeben hat, nicht wahr? Um mich zu holen.«

Ich nickte, Tränen stiegen mir in die Augen. Auf eine seltsame Art ergab es auf einmal Sinn. Auch wenn ich es an jenem Tag ja noch nicht wissen konnte. Und vielleicht hatten auch diese Träume einen Grund gehabt? Vielleicht wollten sie mich vorbereiten?

»Nein, ich liebe ihn nicht, Sasja«, sagte Semilla. »Aber er ist stark und seine Liebe ist es auch. Ich habe die Wahl, entweder alles zu verlieren oder zu bleiben. Und wenn du mit mir hierbleiben würdest, dann könnte ich es ertragen, verstehst du? Dann wäre es jedes Opfer wert. Verzeih mir, dass ich dich darum gebeten habe. Verzeih mir, dass ich dich wieder darum bitte. Es fühlt sich an, als wäre da eine Naturgewalt in mir, die es mir verbietet, dich aufzugeben.«

»Und Papa?«, fragte ich.

»Papa ist das größte aller Opfer, die ich bringen muss. Mein Gewissen wird für alle Zeiten diese Narbe tragen, dass ich dich darum gebeten habe, dich für mich und nicht für ihn zu entscheiden.« Ihre Stimme brach, als sie fortfuhr: »Manchmal habe ich das Gefühl kaputtzugehen, weil ich solche Angst vor dem Vergessen habe. Die kleinen Dinge, weißt du. Seine Stiefel, die mit dem Loch … die Lederjacke, die er von seinem Vater geerbt hat und die ihm so gut steht … die feinen Haare, die ich immer mit meinen Fingern gekämmt habe … ich habe so wahnsinnige Angst davor, all das zu vergessen.« Sie fasste mich an den Armen, war auf einmal wieder so stark und wach wie damals im Schlafzimmer. »Zusammen werden wir uns erinnern! Habt ihr das nicht über mich gesagt?«

»Doch«, sagte ich und spürte, wie die Tränen immer mehr wurden, spürte, wie der harte Kloß im Hals wuchs. »Das haben wir.«

»Er wird nicht weg sein«, sagte Semilla. »Das verspreche ich dir. Wir reden über Papa, du und ich, jeden Tag, wenn kein anderer uns hören kann. Wir werden ihn nie vergessen! Sagst du Ja, Sasja?«

Ich sah ihren flehenden Blick, wünschte, ich könnte das eine Wort aussprechen, das sie so gerne hören wollte. Aber irgendetwas hielt das Wort eisern zurück – und genau da hörten wir ein leises Knarren vor der verschlossenen Tür. Es klang genau wie das Knarren, wenn jemand über Holzdielen schleicht.

»Hallo?«, sagte Semilla.

Stille.

»Ist da jemand?«, rief Semilla, mit strengerer Stimme. »Banke?«

Immer noch Stille.

Semilla schluckte. Mit einem Mal wirkte sie ängstlich, so als würde sie jeden Moment damit rechnen, dass etwas Gefährliches die Bibliothek betrat. Sie starrte zur Tür, dann stürmte sie plötzlich los und riss sie auf.

Niemand.

Sie atmete auf, dann drehte sie sich zu mir um. Sie lachte, als wollte sie den Schreck damit abschütteln.

»Wie albern von mir«, sagte sie. Sie hob ihre schmale weiße Hand. »Schau mal, wie ich zittere.«

Dann legte sie den Kopf schief.

»Es war nicht meine Absicht, dich zu erpressen, Sasja. Ich trete im nächsten Spiel gegen Vingmor an. Ich will sie nicht kränken, indem ich zu spät komme. Wir reden ein andermal weiter.«

Hastig verschwand sie hinaus auf den Flur.

Ich blieb in der dunklen Bibliothek stehen, schaute aus dem Fenster aufs Meer, dachte an dieses Wort, das ich nicht über die Lippen gebracht hatte. An das, was es zurückgehalten hatte. Es war die Lederjacke, die Semilla erwähnt hatte. Papa trug sie immer, wenn er und ich mit dem Boot hinausfuhren, um Hechte zu angeln. Ich wusste ganz genau, wie diese Jacke roch. Wusste mit jeder Zelle meines Körpers, wie es sich anfühlte, keine Lust mehr zu haben, auf Fische zu warten, die Angel auf die Ducht zu legen und sich in seinen Arm zu kuscheln. Zu spüren, wie er mir die schwere Jacke um die Schultern legte, den alten speckigen Ledergeruch einzuatmen. Von alldem hatte Semilla keine Ahnung. Sie fuhr ja nicht mit raus zum Angeln.

Wie sollte sie mir dabei helfen, mich an all die Dinge zu erinnern, von denen sie gar nichts wusste? An all das, was nur Papa und mir gehörte? War ihr denn nicht klar, dass manche Dinge einfach verblassen würden? Begriff sie nicht, dass die Hechtabende eines Tages verschwunden sein würden, ganz gleich, wie oft wir über Papa redeten?

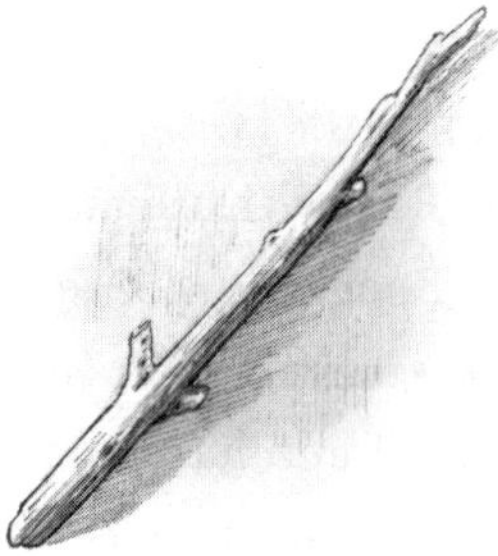

Was dem Tod gefällt

Was dann geschah, nun, ich sollte vielleicht schon jetzt erwähnen, dass es eine ziemlich blutige Angelegenheit war. In der Zeit, die ich inzwischen in dem feudalen Haus auf der Landzunge verbracht hatte, war ich zu dem Schluss gekommen, dass der Tod doch nicht so gefährlich war. Aber es war natürlich ziemlich dumm von mir gewesen, so zu denken. Denn der Tod war schließlich der Tod und auch in ihm steckte so etwas wie eine Naturgewalt.

Es begann am nächsten Morgen nach dem Frühstück. Die anderen Kinder und ich wollten nach draußen gehen, aber unterwegs fiel mir ein, dass ich mein Schwert oben im Zimmer vergessen hatte. Ich sagte zu meinen Freunden, dass wir uns im Obstgarten treffen würden, und rannte zurück. Semillas Frage kreiste immer noch in meinem Kopf – und jedes Mal, wenn ich in Gedanken die beiden möglichen Antworten ausprobierte, schlug mir das Herz bis zum Hals.

Nein, ich wollte ihr nicht antworten, noch nicht. Ich wollte die Entscheidung hinauszögern! Einfach nur spielen, die Frist in die Länge ziehen, den Ernst vergessen.

Als ich mein Schwert geholt hatte und schon wieder auf dem Weg zur Treppe war, hörte ich aufgebrachte Stimmen. Sie kamen aus dem Zimmer zwei Türen weiter, dem Schlafzimmer des Todes. Ich blieb stehen und lauschte. Es waren der Tod und Semilla. Semilla war wütend. Oder traurig, oder beides, aber ich konnte nicht verstehen, was sie sagte. Ich hörte nur, dass sie in demselben Ton fortfuhr, und ich hörte, dass der Tod ihr ins Wort fiel, in einer Art, die keinen Widerspruch duldete.

Dann flog die Tür auf und ich schaffte es gerade noch, mich mit einem Satz in unser Zimmer zu retten und die Tür hinter mir zuzuziehen. Ich weiß nicht, warum ich das tat. Wahrscheinlich wollte ich nicht, dass sie herausfanden, dass ich gelauscht hatte. Semilla rannte weinend den Flur hinunter. Als ich hörte, dass sie auf der Treppe war, trat ich zurück auf den Flur. Ich steckte mein Schwert in den Bund meiner Schlafanzughose und schlich mich leise zur Schlafzimmertür des Todes. Ich steckte den Kopf ins Zimmer.

Er stand am Fenster. Seine grauen Haare zerzaust, sein langer, roter Morgenrock so glänzend und schmuddelig wie immer.

»Hallo, Sasja«, sagte er, ohne sich umzudrehen. Er musste mein Spiegelbild in der Scheibe gesehen habe. Seine Stimme klang hohl und ausdruckslos.

»Hallo«, sagte ich.

Ich trat ein, wartete darauf, dass er noch mehr sagen würde – aber er schwieg.

»Was war denn los?«, fragte ich.

Er hob die Hand, legte sie sanft ans Fenster. Die Botinnen auf der anderen Seite warfen sich verzweifelt gegen die Scheibe. Es waren viele.

»Sie wollen rein«, sagte er. Er drehte sich um und sah mich an. »Normalerweise schlafen sie nachts in meinem Bett, weißt du?«

»A-alle?«, fragte ich und schüttelte mich vor Ekel.

»Ja. Ich mache mir Sorgen um sie. Ich befürchte, dass sie wahnsinnig werden, wenn ich sie noch länger von mir fernhalte.«

Ich wusste nicht, was ich darauf antworten sollte. Am besten wäre es wohl gewesen, wenn ich einfach hätte sagen können: »Ach, lass sie ruhig rein, mich stört das nicht.«

Aber das konnte ich nicht. Niemals durfte er diese Kleinen hereinlassen. Ich schlief ja nur zwei Türen weiter. Nur Semillas Zimmer lag noch dazwischen.

Ich sah mich um. Das Bett war nicht gemacht. Das schimmernde Laken ein wenig zerknittert. Am Kopfende ein Fettfleck auf der Tapete. Der Duft von Herrenparfüm. Kleine Porzellanfiguren auf dem Kaminsims. Ein Pferd, ein Mädchen mit Blumenkorb im Arm, ein Junge, der vor einem riesigen Hund kniete.

»Setz dich ein wenig zu mir«, sagte der Tod und zeigte auf eine schmale Bank mit Kissen, die am Fenster stand.

Ich ging zu ihm, obwohl ich nicht wollte. Das Glas zwischen uns und diesen Insekten war viel zu dünn. Der Tod hatte es sich schon auf der Bank bequem gemacht, und als ich mich neben ihn setzte, schwieg er zunächst. Ich konnte riechen, dass er zum Frühstück Kaffee getrunken hatte. Ich wollte, dass er endlich anfing zu reden, sein Schweigen war mir unangenehm. Ich schaute zu den Figuren auf dem Kaminsims.

»Die Figuren dort«, sagte ich. »Kommen die von unserer Seite?«

»Ja«, antwortete er. »Manchmal nehme ich etwas von drüben mit. Ich weiß auch nicht, warum. Ich kann es wohl einfach nicht lassen.« Er seufzte. »Deine Mama ist wütend auf mich, Sasja.«

»Ja?«

»Sie ist wütend ... weil ich entschieden habe, dass es Zeit für dich ist, nach Hause zu reisen.«

Erst konnte ich es nicht glauben. Ich starrte ihn an und wartete darauf, dass er lachen und sagen würde, dass das natürlich nur ein Scherz gewesen sei. Aber der Tod lachte nicht.

»Aber warum denn?«, fragte ich verzweifelt.

Er seufzte wieder. Anscheinend fand er, dass ich ihm die Angelegenheit unnötig schwer machte.

»Du hast doch gesagt, dass ich bleiben darf!«, sagte ich. »Semilla hat es mir erzählt! Du hast ihr gesagt, es würde gehen!«

»Das habe ich gesagt. Aber jetzt habe ich es mir anders überlegt.«

»Warum?«, fragte ich. »Warum hast du es dir anders überlegt?«

Er musterte seine Hände, die auf den Knien lagen, und antwortete nicht. Er wirkte geradezu trotzig.

»Hast du uns gehört?«, fragte ich. »Gestern in der Bibliothek? Warst du das hinter der Tür?«

»Ja. Das war ich. Und es hat mir vor Augen geführt, nun, wie soll ich dir das erklären … Ich bin einfach daran gewöhnt, alles zu bekommen, was ich will, verstehst du? Die Seelen, die ich von eurer Seite hole, gehören ja gewissermaßen mir. Doch wenn du hierbleibst, dann gehört sie dir und nicht mir. Das ist mir gestern klar geworden.« Er nickte, wie es seine Gewohnheit war, bei seinen eigenen Worten. »Du musst weg.«

Ich fing an zu weinen, hemmungslos und schluchzend.

»Du hast mich betrogen«, sagte ich.

»Ich verstehe, dass es dir so vorkommt, Sasja. Ich möchte mich dafür entschuldigen.«

»Wenn alles nach deinem Kopf gehen soll und du mich so unbedingt loswerden willst, dann töte mich doch einfach!«, schrie ich.

»Auch gut«, sagte er. »Wenn dir das lieber ist?«

Entsetzt sah ich ihn an, denn natürlich war mir das nur so rausgerutscht, weil ich so wütend und verzweifelt war. Ich hatte das doch nicht wirklich ernst gemeint.

»Das würdest du tun?«, fragte ich.

Da trat ein Ausdruck in seinen Blick, den ich noch nie zuvor gesehen hatte. Ein unstillbarer Durst, der mir einen eiskalten Schauer über den Rücken jagte.

»Aber ja, jederzeit gern«, antwortete er und legte seine trockene, starke Hand um meinen Nacken. Sein Griff tat weh. Er atmete schwer, so schwer, dass ich das Rauschen in seinen Nasenhaaren hörte.

»Ich bin nicht wählerisch, Sasja«, sagte er. »Ich schätze das Einfache und das Schöne. Die kleinen Blüten der Heckenrose, diese zarten rosa Blättchen, die schon heruntersegeln, wenn man sie nur leicht anpustet. Den Morgennebel, der so weiß und dicht und verheißungsvoll über meinen Ländereien liegt. Ich genieße den Duft eines neuen Tages und ich mag die Sterne, die wie tausend Augen am Abendhimmel funkeln. Ich liebe den Geruch meines Erdkellers und den Saft, den Svava aus den Himbeeren in meinem Garten kocht. Das sind die Dinge, die mir Freude bereiten. Aber mehr als alles andere ...«, sagte er und bei diesen Worten übermannten ihn so starke Gefühle, dass seine Stimme bebte, »... mehr als alles andere, liebe ich es, euch das Leben zu nehmen.«

In diesem Moment erfüllte mich blankes Entsetzen. Ich wollte aufspringen und weglaufen, aber das ging nicht, weil er mich so fest hielt. Ich wollte schreien, aber das ging nicht, weil die Angst mir die Kehle zuschnürte.

»Die ausgediente Hülle zu öffnen und hineinzugreifen«, fuhr der Tod fort, »dieses Neue mit den eigenen Händen ans Licht zu holen. Das ist das Einfachste und Schönste, was es gibt.«

»Du ... du bist abscheulich!«, sagte ich.

»Ach, weißt du, das habe ich schon oft gehört. Hast du eine Ahnung, wie viele mich schon gebeten haben umzukehren? Sie hatten Schmerzen. Sie wanden sich in ihrem eigenen Blut. Und doch haben sie es gesagt: ›Du bist abscheulich. Verschwinde.‹« Er lachte. Es war ein perlendes, sehr belustigtes Lachen. »Es ist verrückt. Schließlich gibt es doch nichts Natürlicheres, als zu sterben.«

Dann wurde er wieder ernst.

»Bei deiner Mutter war das allerdings anders. In dem Moment, in dem ich sie sah, wusste ich, dass mir all die Zeit etwas *gefehlt* hat. Ich habe es einfach nicht fertiggebracht, sie aus dieser Hülle zu holen. Sie war sehr schwach, als wir übers Meer fuhren, Sasja. Aber so schön. Ich hielt sie in den Armen und war wie verzaubert. Und als wir an Land gingen, da konnte ich mich nicht länger zurückhalten. Ich habe sie geküsst und da … da wurde sie gesund, verstehst du? Mit einem Mal fiel die Schwäche von ihr ab. Mit einem Mal kehrte ihre Kraft zurück, ihr Leben. Es war, als hätte ihr *auch* etwas gefehlt.«

Er verstummte und versank in der Erinnerung. Schließlich sagte er:

»Findest du nicht, dass meine Liebe ihr steht? Gönnst du ihr nicht, gesund zu sein?«

Ich wusste nicht, was ich darauf antworten sollte. Natürlich wollte ich, dass es ihr gut ging. Nichts hatte ich mir mehr gewünscht, als sie sterbenskrank im Bett lag, in unserem gelben Haus auf dem Hügel. Aber es tat weh, so furchtbar weh, dass Papa und ich nicht genügt hatten. Dass die Liebe eines anderen besser war als unsere. Die Tränen hinterließen lange, nasse Streifen auf meinen Wangen, als ich dort auf der Bank saß und mich im Griff des Todes krümmte. Er lächelte versonnen.

»Das klingt fast wie ein Lied.« Er wiegte seinen Kopf hin und her und stimmte summend in mein Weinen ein. »Mmm-mmm!«

»Wieso bist du so gemein zu mir?«, fragte ich.

»Aber Sasja, Sasja, der Tod ist doch nicht gemein«, sagte der Tod. »Also, was ist, willst du nun sterben oder nicht?«

»Nein!«, schrie ich und riss mich los. »Nein! Nein! Nein!«

»Gut, dann stirbst du nicht und fährst stattdessen wieder nach Hause. Sag, ist das nicht nett von mir?«

»Sie wird dich hassen.«

»Für eine kleine Weile wird sie das wohl tun. Aber dann wird sie darüber hinwegkommen und sich besinnen. Sie weiß ja, dass sie mich braucht.« Er stand auf und ging, aber in der Tür blieb er noch einmal stehen. »Ich kann ja Banke bitten, meinen haarigen Nacken zu rasieren. Dann fällt es ihr vielleicht leichter, mich zu mögen.«

»Spartacus, der Gartenmeister, hatte recht«, sagte ich. »Deine Liebe ist egoistisch.«

»Ha! Meine Liebe hat deine Mama geheilt. Wie kann das egoistisch sein?«

»Aber wenn deine Liebe sie nicht an dich ketten würde, wenn sie dich verlassen könnte – würdest du sie dann gehen lassen? Nach Hause, zu meinem Papa?«

»Ach, das meinst du«, sagte der Tod und legte nachdenklich seinen langen weißen Finger an den Mund. »Hmm, auf diese Frage würde ich wohl mit Nein antworten. Ich habe nämlich beschlossen, dass ich nicht länger allein sein will. Und wie ich schon sagte, wenn ich etwas will, dann bekomme ich es auch.«

Bankes Plackerei

»Wo bist du?«

Ich rannte durch die Flure des Hauses, riss Tür um Tür auf. »Wo bist du?«, schrie ich wieder. »Ich will mit dir reden!«

Eine neue Tür, ein neuer Raum. Vergoldete Möbel und glänzende Schränke. Niemand da. Nächste Tür? Samtvorhänge und Gobelins, Trockenblumen an den Wänden. »Wo bist du?«

Da fiel mein Blick durchs Fenster und ich sah sie. Sie stand auf der Wiese vor der Terrasse. Schäumend rollten Wellen über das Meer, der Wind zerrte an ihren ungekämmten Haaren. Ich hämmerte gegen die Scheibe und sie drehte sich um, das Gesicht tränennass und schmerzverzerrt.

»Er hat dich reingelegt!«, schrie ich.

Sie schrie voller Verzweiflung zurück. Ich weiß nicht, was, vielleicht nur, dass sie mich nicht hören konnte. Sie wischte sich mit dem Handrücken die Tränen aus dem Gesicht, aber sofort kamen neue nach.

Ich drehte mich um, rannte aus dem Zimmer, durch die dunkle Diele, riss die Haustür auf und stürmte die Treppe hinunter. Drüben bei den Beeten spazierte der Tod herum und unterhielt sich mit den anderen Eltern. Sie alberten herum und lachten laut, kicherten über ihre Witze. Eine schwarze Wolke aus Botinnen surrte über dem Kopf des Todes. Ich rannte zur Rückseite des Hauses, dorthin, wo Semilla am Strand stand.

»Er hat dich reingelegt«, sagte ich atemlos.

»Ich weiß.«

»Der Tod ist nicht nett, kein bisschen.«

»Ich weiß«, sagte Semilla.

»Diese Liebe, die dich gesund gemacht hat, die ist nicht gut! Sie ist hässlich! Sie ist nichts anderes als Habgier!«

»Sasja, ich weiß!« Sie schlug die Hände vors Gesicht. Ihr Rücken krümmte sich, als sie wieder anfing zu weinen. »Er ist wie ausgewechselt. Sagt gemeine Sachen zu mir. Sagt, ich wäre undankbar und dass er niemals hätte zulassen dürfen, dass du herkommst. Er sagt, dass ab sofort er allein bestimmt, wie man in diesem Haus Spaß haben darf.«

»Wir müssen etwas tun«, sagte ich. »Du kannst hier nicht bleiben! Das geht einfach nicht, das verstehst du doch, Semilla?«

»Etwas tun«, sagte sie und sank ins Gras. »Was kann ich denn schon tun? Soll ich mich ins Meer stürzen? Mir eins seiner Tortenmesser in den Bauch rammen? Fliehen und mich von der Krankheit dahinraffen lassen?« Sie schüttelte den Kopf. »Egal was ich tue, am Ende lande ich doch wieder in seinen Armen. Die Botinnen finden mich für ihn.« Sie blickte lange aufs Meer, dann sah sie mich an. »Ich habe ihm gesagt, dass ich nicht ohne dich leben will. Dass ich lieber sterbe, wenn er dich fortschickt. Aber er lässt mich nicht sterben, sagt er. Er hängt viel zu sehr an meiner Hülle. Aussichtslos, Sasja. Das ist das einzige Wort, das mir dazu einfällt.« Sie richtete den Blick wieder auf die Wellen. Im Sonnenlicht war ihr Nachthemd blendend weiß. Die Marmeladenflecken im Stoff, Spuren eines verlogenen Festmahls. Ja, der Tod hatte uns beide getäuscht, als er sagte, ihm ginge es nur darum, dass wir uns wohlfühlten. In Wahrheit interessierte ihn nur, dass *er* sich wohlfühlte.

Und ich wollte nicht, dass Semilla starb, niemals! Aber ich wollte auch nicht, dass sie gezwungen war, bei *ihm* zu bleiben. Es war, wie sie gesagt hatte. Aussichtslos.

»Komm«, sagte sie. »Setz dich ein bisschen zu mir.«

Ich kuschelte mich an sie, mit zitternden Armen und Beinen, ja, ich zitterte am ganzen Leib. Ich spürte den unbändigen Zorn, der in mir tobte, spürte, wie er die Fesseln des Brustkorbs sprengen wollte, wie ich wüten, schreien und toben wollte.

»Ich kann mir vorstellen, wie sehr es dich gequält haben muss, vor der Wahl zu stehen«, sagte Semilla. »Zwischen mir und Papa. Vielleicht ist es gut, dass das jetzt nicht mehr nötig ist? Dass der Tod dir die Entscheidung abgenommen hat?«

»Nein«, sagte ich und fing an zu weinen. »Das ist nicht gut. Das ist nicht gut! Ich will euch beide!«

»Das weiß ich. Wenn es doch nur einen Weg gäbe. Du? Darf ich dich einfach ein bisschen im Arm halten und so tun, als ob?«

»Als ob was?«

»Als ob es den Tod nicht gäbe. Als würden wir alles bekommen, was wir uns wünschen, Sasja. Als würden wir einfach in der Sonne sitzen und glücklich sein. Darf ich?« Sie vergrub die Nase in meinen Haaren, schnupperte an mir und flüsterte: »Du riechst wie mein Junge. Und diesen Geruch, den liebe ich so sehr.«

Sich einen Augenblick zu stehlen, für einen Moment glücklich zu sein, dachte ich. In einem Raum voller Flammen die Luft anzuhalten. Doch, ich will es versuchen, Semilla. Ich will versuchen, die Dunkelheit für eine kleine Weile zu vergessen, mich an dich zu kuscheln und nicht zu weinen. Für dich will ich das tun!

Und ich schaute aufs Meer, das so groß und blau war, schaute in den wolkenlosen Himmel. Ich sah, wie der Wind das Schilf wiegte, sah, wie er durch die Butterblumen strich, wie er mit Semillas Haaren spielte. Alles, was schön war, sah ich. Und ja, es war schön, sich diesen Moment zu stehlen, es war schön zu vergessen, wenn auch nur kurz.

Aber auf einmal tauchte Banke auf, der ächzend den Abfalleimer zum Müllhaufen schleppte. Der Eimer war bis oben hin voll und Banke war ein ziemlich kleiner Hildin. Er hob den Eimer einen Daumenbreit vom Boden hoch, wuchtete ihn ein paar Schritte weiter, stellte ihn wieder ab, stöhnte vor Anstrengung und dann nahm er einen neuen Anlauf und das Ganze fing von vorn an. Schließlich entdeckte er uns.

»Wie geht es der gnädigen Frau?«, fragte er.

Semilla schüttelte den Kopf.

»Es ging mir schon besser, Banke.«

Er wischte sich die Klauen an der Schürze ab und kam näher.

»Kann ich vielleicht behilflich sein?«, fragte er.

»Ich glaube nicht, leider«, antwortete Semilla.

Banke nickte. Er kratzte sich am Ohr, suchte nach Worten.

»Haben die gnädige Frau und der Herr sich gestritten?«

»Ja, Banke. Wir haben uns gestritten.«

Sie drückte mich fester an sich und ich legte die Stirn an ihr Schlüsselbein. Banke war wirklich nett, aber ich wollte, dass er ging. Er sollte uns nicht stören, nicht jetzt!

Banke setzte sich ins Gras, legte tröstend eine Klaue auf Semillas Schulter.

»Der Herr Tod hat so seine Eigenarten, gnädige Frau«, sagte er. »Mich macht er manchmal auch ganz verrückt.«

Semilla nickte.

»Ja, Banke.«

Er lachte.

»Aber schon im nächsten Augenblick habe ich ihm wieder verziehen. Es liegt nun mal in seiner Natur. Er kann ja nichts dafür, dass er der Tod ist.«

»Wahrscheinlich hast du recht«, flüsterte Semilla.

»Um im Haushalt mitzuhelfen, dafür ist er natürlich viel zu fein, aber das hat die gnädige Frau sicher auch schon bemerkt«, fuhr Banke fort. »Er ist eben davon überzeugt, dass er für Größeres geschaffen ist als Putzen und Backen. Aber Kuchen essen, das kann er, o ja.«

»Banke, ich will nicht unhöflich sein«, sagte Semilla. »Aber Sasja und ich hätten gern ein paar Minuten für uns.«

Da lief Banke puterrot an und sprang sofort auf.

»Aber gewiss doch, gnädige Frau, wo habe ich nur meinen Kopf! Natürlich wollt ihr allein sein. Ich wollte auch gar nicht hier sitzen und plaudern. Verzeihung.« Er verbeugte sich und ging schnell zu seinem Eimer zurück. Stöhnend und schnaufend machte er sich von Neuem an die Schlepperei.

»Uuund-eins! Uuuund-zwei! Bei meinem Ringelschwanz, ist das schwer!«

Semilla seufzte und schob mich von ihrem Schoß.

»Ich bin gleich wieder da«, sagte sie.

Sie stand auf, nahm Banke den Eimer ab und ging damit zum Müllhaufen. Banke lief lamentierend neben ihr her und rief: »Nicht doch, gnädige Frau«, aber da hatte Semilla die Küchenabfälle schon ausgekippt und ihm den Eimer wieder in die Klauen gedrückt. Banke nahm ihn entgegen, verbeugte sich gleich zweimal und bedankte sich demütigst.

Ich sah ihm nach, als er zurück zum Haus eilte. Dann schaute ich zu Semilla hinüber.

»Was machst du da?«, fragte ich, denn sie benahm sich ein bisschen komisch, wie ich fand. Sie war neben dem Müllhaufen in die Hocke gegangen und betrachtete etwas. Runzelte die Stirn.

»Komm mal her«, sagte sie.

Ich stand auf und ging zu ihr. Es roch natürlich nicht besonders angenehm von den ganzen verdorbenen Kuchenresten, dem Kaffeesatz und verfaulten Früchten.

»Was ist denn?«

Sie streckte einen Finger aus und zeigte auf etwas Kleines.

»Schau«, sagte sie. »Ist das nicht seltsam?«

Ich beugte mich hinunter, um besser sehen zu können, was sie mir zeigen wollte. Es war eine kleine zermatschte Botin, die an einem verbrannten Topflappen klebte.

Und ja, etwas an dieser Botin war wirklich seltsam. So seltsam, dass ich große Augen machte. Ich stand eine ganze Weile nur da, starrte das kleine Ding an und versuchte zu verstehen, was ich gerade sah. Und mit einem Mal breitete sich ein wachsendes, warmes Gefühl wie eine Welle in mir aus. Ich riss den Topflappen an mich und stopfte ihn in die Tasche meiner Schlafanzughose.

»Wohin willst du?«, fragte Semilla, als ich Richtung Obstgarten loslief.

»Ich muss mit meinen Freunden reden«, antwortete ich. »Ich glaube, ich habe eine Idee!«

Ein richtiger Krieger

Trine, die Prinzessin und Höder saßen bei den Himbeerbüschen. Ihre Schwerter hatten sie neben sich ins Gras gelegt. Ich ging nicht gleich zu ihnen, sondern blieb noch kurz im Schatten eines Birnbaums stehen, weil ich ihnen so gern zusah. Offensichtlich hatte Trine gerade etwas Dummes und ziemlich Lustiges gesagt, denn die Prinzessin lachte laut auf und tätschelte ihm mütterlich die Schulter. Höder versuchte anscheinend zu vermitteln, aber Trine dachte wohl, Höder würde ihm recht geben, denn nun hob er die Arme und stieß einen triumphierenden Schrei aus und die Prinzessin warf den Kopf in den Nacken und lachte noch lauter.

Es war Höder, der mich schließlich bemerkte.

»Wir haben auf dich gewartet, Sasja«, sagte er. »Wieso hat das so lange gedauert?«

Ich verließ meinen Platz im Schatten und ging zu ihnen.

»Ich glaube, ich habe etwas herausgefunden«, sagte ich.

»Was denn?«, fragte die Prinzessin. Sie pflückte ein paar Himbeeren und warf sie sich in den Mund.

»Etwas Unglaubliches. Vielleicht kann ich Semilla doch mit nach Hause nehmen, ohne dass die Krankheit sie umbringt.«

Als sie das hörte, wurde die Prinzessin ernst. Sie ließ die Himbeeren Himbeeren sein und sah mich an. Ja, alle drei sahen mich mit ernstem Blick an.

»Erzähl, Sasja«, sagte Trine.

Ich setzte mich hin, legte mein Schwert neben die anderen ins Gras und schilderte ihnen, was der Tod in seinem Schlafzimmer zu mir gesagt hatte. Dann erzählte ich ihnen, was ich Seltsames auf dem Müllhaufen gesehen hatte. Ich zog den Topflappen aus der Tasche und zeigte ihnen die kleine zerquetschte Botin. Und zuallerletzt erklärte ich ihnen, wie ich Semilla mit nach Hause nehmen wollte, ohne sie an die Krankheit zu verlieren.

»Es ist nur so«, sagte ich, »dass der Tod sie nicht freiwillig gehen lassen wird. Er muss überlistet werden. *Ich* muss ihn überlisten. Helft ihr mir dabei?«

Und dazu waren sie natürlich alle drei bereit und deshalb rückten wir noch näher zusammen und fingen an, einen Plan zu schmieden. Erst war es schwierig. Aber dann sprachen wir ein bisschen über die Dinge, die der Tod so gern mochte. Diese einfachen und schönen Dinge – und diese eine Sache, die die einfachste und schönste von allen war … und als der Plan langsam Gestalt annahm, da wurden unsere Stimmen immer fiebriger und alle redeten durcheinander.

»Wir müssen jemanden fragen, der schneiden und nähen kann!«, sagte einer.

»Und wir brauchen eine Waffe! Eine echte!«, sagte jemand anders.

»Aber was ist, wenn Sasjas Vermutung nicht stimmt? Zuallererst müssen wir sichergehen, dass das alles nicht nur ein Missverständnis ist«, sagte jemand drittes.

Ja, so klang es, als wir im Garten des Todes in der Sonne saßen und redeten und planten.

Wenig später flog Höder davon. Er segelte fort, zum Lager der Soldaten, und suchte Rat, bei einer Harpyre mit Bernsteinschmuck und feindseligem Blick – und einem Kopf, der nicht ganz so auf dem Hals saß, wie er sollte. Und als er sich ein wenig mit ihr unterhalten hatte, da hob er wieder ab und rauschte zurück und seine gelben Augen leuchteten vor Tatendrang.

»Doch, es sieht so aus, als wärst du auf der richtigen Spur, Sasja«, sagte er. »Zumindest, wenn man dem, was Härfjäder gerade berichtet hat, Glauben schenken kann.«

»Gut«, sagte ich. »Dann kommen wir zum nächsten Schritt. Wir brauchen also Hilfe von jemandem, der ein Messer, Nadel und Faden hat und weiß, wie man damit umgeht. Da gibt es nur einen, den wir fragen können, oder?«

Ja, das sahen die anderen genauso, und schon im nächsten Moment machte sich die Prinzessin auf die Pfoten. Jetzt war sie an der Reihe, schnell ins Lager zu laufen. Dort suchte sie einen Spartaner auf, der eine helle Tunika trug und einen kleinen Hut auf dem Kopf hatte, und dann unterhielt sie sich ein wenig mit ihm – und kurz darauf rannte sie schon wieder zu uns zurück.

»Brutus ist einverstanden«, sagte sie außer Atem. »Er hat sich sogar richtig gefreut.«

»Gut«, sagte ich wieder. »Bleibt nur noch eine Sache. Jeder Krieger hier hat natürlich eine Waffe dabei, aber es gibt bestimmt nicht viele, die bereit sind, ihr Schwert zu verleihen. Wen sollen wir fragen?«

Nachdem wir ein wenig nachgedacht und hin und her diskutiert hatten – da sprang Trine auf und rannte mit schnellen Schritten zum Lager. Er musste ziemlich lange suchen, bis er den gefunden hatte, mit dem er sprechen wollte: einen Hildin, der schmal gebaut und hochgewachsen war und den Kopf höher trug als er selbst. Und nachdem Trine sich ein wenig mit diesem Hildin unterhalten hatte, drehte er sich um und rannte zurück – und hielt ein Schwert in den Händen!

»Er hat Ja gesagt!«, rief er. »Er leiht es dir!«

»Gut«, sagte ich und stand auf, um Tjalve Tvefots Schwert entgegenzunehmen. Mein Herz klopfte. Ja, ich war natürlich froh, dass Tjalve bereit gewesen war, mir sein Schwert zu borgen. Aber ich hatte Angst. Vielleicht hatte ich sogar ganz im Innersten gehofft, dass er Nein sagen würde. Dass unser Plan nicht aufgehen würde? Ich weiß es nicht. Aber eins wusste ich: Wenn es eine Möglichkeit gab, Semilla aus den Klauen des Todes zu retten, dann würde ich sie nutzen. Ich schnallte mir den Gürtel um den Bauch und zog das Schwert aus der Scheide. Es war ganz schön schwer.

Also hielt ich den Griff mit beiden Händen und versuchte, die Klinge ein paarmal hin und her zu schwingen.

»Ich soll dir ausrichten, dass du damit machen kannst, was du willst«, sagte er. »Er wünschte, er hätte es nie bekommen, hat er gesagt. Der Ärmste.«

»Wie sehe ich aus?«, fragte ich.

Die Prinzessin lächelte.

»Sehr gut, Sasja. Du siehst aus wie ein richtiger Krieger.«

Mit zitternden Händen schob ich das Schwert zurück in die Scheide.

»Es wäre gut, wenn ihr drei zu Semilla gehen würdet«, sagte ich. »Jemand muss ihr von unserem Plan erzählen. Sagt ihr, dass ... dass sie sich auf keinen Fall einmischen darf, ganz egal, was passiert.«

»Wir kümmern uns darum«, sagte Höder. »Du kannst dich auf uns verlassen.«

Und dann liefen sie zum Haus, um Semilla zu suchen. Ich selbst holte tief Luft und ging los, um mit dem Tod zu reden. Im Gras lagen die vier Stöcke, mit denen wir hier im Garten so viel Spaß gehabt hatten. Dieses Spiel fühlte sich auf einmal sehr fern an. Das hier war ernst.

Ich fand ihn bei den Pfingstrosen. Mit dem König, dem Kapitän und Vingmor im Schlepptau schlenderte er herum, zeigte und erklärte alles, was er über die verschiedenen Blumensorten wusste. Die drei anderen hörten ihm sehr interessiert zu und niemand bemerkte mich. Ich ekelte mich ganz furchtbar vor der schwarzen Insektenwolke, die über dem Kopf des Todes kreiste, aber ich riss mich zusammen und meine Stimme klang fest und entschlossen, als ich sagte:

»Ich muss mit dir reden.«

Der Tod drehte sich um. Er lächelte.

»Sieh an. Guten Tag, Sasja. Schönes Wetter heute, nicht wahr?« Er zeigte scherzhaft auf die Wolke von Botinnen. »Na, was hast du denn auf dem Herzen?«

»Ich will mit dir kämpfen.«

Sein Blick fiel auf das Schwert an meiner Hüfte.

»Kämpfen?«

»Ja«, sagte ich. »Du und ich.«

Der Tod lachte, dachte sicher, ich wollte einen Witz machen. Aber als ihm klar wurde, dass das *kein* Witz war, dass ich es ernst meinte, da kaute er ein wenig am Nagel seines Zeigefingers.

»Warum sollte ich gegen dich kämpfen?«, fragte er.

»Weil ...«, setzte ich an, aber dann musste ich eine Pause machen, denn ein dicker Kloß in meinem Hals zwang mich, ein paarmal zu schlucken. »Weil du mich gern töten würdest, oder nicht? Hast du das nicht heute früh in deinem Zimmer zu mir gesagt?«

Mit einer leichten Kopfbewegung räumte der Tod ein, dass ich recht hatte.

»Doch, allerdings. Aber ...«

»Aber was?«

»Aber ein Kampf kommt leider trotzdem nicht infrage. Ich muss an meine lieben Freunde hier denken«, antwortete der Tod und nickte zum König, dem Kapitän und Vingmor, die unser Gespräch mit ziemlich gespannten Mienen verfolgten. »Du weißt doch, sie sind immer sehr um mich besorgt und schon die kleinste Schramme an meinem Körper würde sie in Verzweiflung stürzen.«

»Sie müssen sich keine Sorgen machen«, antwortete ich. »Seit ich in dein Reich gekommen bin, habe ich mehr als einmal versprochen, dass ich dir nichts tun werde. Und an dieses Versprechen will ich mich auch weiterhin halten. Ich werde mich nur verteidigen, mehr nicht.«

Der Tod seufzte, wedelte ein paar Botinnen davon, die nur einen Daumenbreit vor seinem Gesicht herumschwirrten. Eigentlich konnte er so etwas nicht ertragen: dass ein anderer die Spielregeln bestimmte. Seine Augen wurden schmal. Er musterte mich, versuchte, mir anzusehen, worauf ich aus war.

»Wir kämpfen, bis die Sonne untergeht«, sagte ich. »Wenn du es schaffst, mich zu töten, dann hast du gewonnen. Aber wenn ich überlebe, wenn du mich bei Sonnenuntergang noch nicht getötet hast, dann habe ich gewonnen. Dann musst du mir einen Wunsch erfüllen.«

Ein spöttisches Lächeln breitete sich in seinem Gesicht aus.

»Und was für ein kleiner Wunsch soll das sein?«

»Das erfährst du dann.«

»Sasja, ich kann verstehen, dass es dir schwerfällt, meine Entscheidung, dich wegzuschicken, zu akzeptieren – und ich verstehe auch, dass deine Verzweiflung dich zu drastischen Mitteln greifen lässt. Aber ich muss dich warnen. Ich bin sehr geschickt mit dem Schwert. Das wird kein lustiges Tänzchen für dich. Wäre es nicht doch das Beste, wenn du einfach nach Hause zurückreisen würdest?«

»Nein«, antwortete ich. »Ich will lieber kämpfen.«

Da sah er mich an, bohrend und kalt, und sein Blick war so hungrig, dass ich Gänsehaut bekam. Und dann sagte er:

»Nun denn. Dann kämpfen wir. Nur du und ich.«

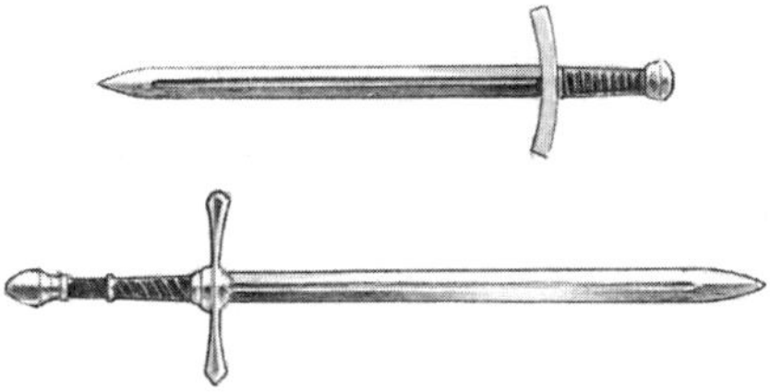

Bis Sonnenuntergang

Der Kampf sollte im Festsaal stattfinden. Banke kam, um die große Tafel an die Wand zu schieben, und brachte die Stühle weg. Er zog die Vorhänge auf, damit wir auch gut sehen konnten, wann die Sonne unterging. Draußen vor den Fenstern drängten sich die Botinnen. Immer mehr von ihnen landeten auf den Scheiben, schmachteten nach ihrem Herrn.

Der Tod ging zu dem offenen Kamin und nahm das Schwert von der Wand, das über dem Sims hing. Ich stand in der Mitte des Saals, hörte die Dielen knarren und sah, wie er das Schwert aus der Scheide zog und den Daumen auf die Klinge legte. Ich hatte Angst vor dieser Klinge. Schreckliche, grauenvolle Angst. Ich stellte mir vor, wie es sich wohl anfühlte, wenn dieser kalte Stahl sich durch die Haut bohrte, durch Knochen und Fleisch, während man vor Schmerz schrie. Oh, ich fürchtete mich so sehr davor.

Der König, der Kapitän und Vingmor standen an der Stirnseite des Raums. Sie waren sehr beunruhigt. Vingmor fragte, ob sie wirklich darauf vertrauen konnten, dass der Tod nicht zu Schaden kommen würde. Der Kapitän fragte, ob Tjalve, der sein Schwert hergeliehen hatte, auch ganz sicher nicht in Ungnade fallen würde, sollte der Tod verlieren. Der König fragte, ob es nicht dumm wäre, mir *egal welchen* Wunsch zu erfüllen, falls ich gewinnen sollte – schließlich konnte ja niemand vorhersagen, auf welch rachsüchtige Idee ich möglicherweise kam. Was, wenn ich mir wünschen würde, ihn, den Kapitän und Vingmor für unbestimmte Zeit in einen Kerker der Felsenburg werfen zu lassen?

Da seufzte der Tod.

»Ich habe ja wirklich viel Geduld mit euch und euren Sorgen«, sagte er, »aber das hier ist lächerlich. Er ist ein Kind.«

Die Tür ging auf und herein kamen die Prinzessin, Trine und Höder. Semilla war bei ihnen. Sie stürmte auf mich zu, packte mich an den Schultern, mit rotgeweinten Augen und voller Verzweiflung.

»Gibt es denn wirklich keinen anderen Weg, Sasja?«, fragte sie. »*Irgendeinen*?«

Ich schüttelte den Kopf.

»Nein.«

Semilla schlug sich die Hand vor den Mund, unterdrückte ein Schluchzen. Dann drehte sie sich zum Tod um, sah ihn an und in ihrem Blick war nichts als Verachtung. Aber der Tod breitete nur entschuldigend die Arme aus:

»Er hat es selbst so gewollt, meine Liebe. Und wie du weißt, tue ich, was ich kann, um es jedem recht zu machen. Du siehst ein wenig blass aus. Wie wäre es mit einem Kuss?«

»Ich verzichte«, antwortete sie.

»Aber verzichte nicht zu lange«, sagte der Tod. »Das ist nicht gut für deine Gesundheit.«

Semilla schnaubte.

»Weißt du, was du bist?«

»Hm, lass mal überlegen ...«, sagte der Tod und zupfte sich am Kinn. »Bin ich furchtbar? Bin ich böse? Oder bin ich einfach nur ein gutaussehender Mann, der seine Arbeit liebt?«

»Du bist ein lächerlicher Lackaffe«, sagte Semilla und trotz meiner schrecklichen Angst war es eine Freude zu sehen, wie sehr diese Worte den Tod ärgerten. Schlecht gelaunt schaute er ihr nach, als sie sich umdrehte und sich zu meinen Freunden stellte. Trine streichelte sie und flüsterte ihr ein paar aufmunternde Worte zu – und die Prinzessin lächelte mich an und ballte die Fäuste, um mir Mut zu machen.

Da sah ich den Tod an und fragte:

»Fangen wir an?«

»Nur damit das klar ist«, sagte er, »wenn du das Handtuch wirfst – das heißt: wenn du den Kampf abbrichst, bevor die Sonne untergeht –, dann bockst du nicht länger herum, sondern reist brav nach Hause und lässt sie mir hier.«

»Natürlich.«

»Fein«, sagte der Tod. »Dann fangen wir an.«

Und das taten wir auch.

Es wurde wahrlich kein schöner Kampf. Ich hatte solche Angst und der Tod war so stark. Das Ganze glich eher einem Walzer, bei dem ich verzweifelt rückwärts tanzte und er hinterherstürmte. Jedes Mal, wenn er sein langes, glänzendes Schwert schwang, hob ich meines, das Tjalve Tvefot mir geliehen und das Bure Barst mit dem Stein der Spartaner geschliffen hatte. Ja, der Tod gönnte mir keine Pause und manchmal versuchte er auch, meine Seite zu treffen, aber ich wich ihm aus und die Zeit verging, die Sonne sank tiefer. Natürlich spielte er mit mir. Zuerst durchschaute ich das nicht. Ich war froh, dass der Kampf sich in die Länge zu ziehen schien, und ich dachte: Vielleicht. Vielleicht kann ich dem Stahl entkommen. Vielleicht muss ich nie erfahren, wie sich diese Klinge im Körper anfühlt.

Aber der Tod genoss die Stunden, die vergingen. Genoss es zu sehen, wie meine Arme schwächer wurden, wie der Schweiß meine Haare verklebte, wie mich die Kraft verließ. Er liebte es zu töten und deshalb wollte er es möglichst lange auskosten.

Semilla hatte sich an eines der Fenster gestellt. Beharrlich flogen die Botinnen gegen die Scheibe, aber sie beachtete sie gar nicht. Sie schaute nur zur Sonne, zu dem großen, brennenden Ball, der langsam zum Meer hinuntersank, um dort zu verlöschen. Noch war es nicht so weit. Noch musste ich tanzen.

Und dann kam der Moment, in dem der Tod mich in eine Ecke gedrängt hatte. Die Gier leuchtete aus seinen kalten Augen, als er seine Waffe hob und leise sagte, so leise, dass es kein anderer hören konnte:

»Lauf du nur, kleines Leben. Bald gehörst du mir.«

»Ich werde dir niemals gehören«, zischte ich.

»O doch, das wirst du«, sagte er. »Ich werde dich mit diesem Schwert durchbohren, und wenn ich das getan habe, dann öffne ich deine Hülle. Ich bin so gespannt darauf zu erfahren, was ich dort finden werde, Sasja. Harpyre, Spartaner oder Hildin – ganz egal. Wer auch immer es sein mag, er wird alles Alte vergessen haben. Und sie wird eine Weile trauern, aber eines Tages, wenn sie genug getrauert hat, wird sie zu mir kommen. Gib mir nur ein wenig Zeit und Kuchen.«

Ganz plötzlich ging er zum Angriff über, aber ich hob mein Schwert und hielt dagegen. Er lehnte seinen großen, starken Körper gegen unsere gekreuzten Waffen und ich zitterte unter dem Gewicht, konnte ihn riechen, hörte das Rauschen in seinen Nasenhaaren.

»Vielleicht sollten wir noch ein Kind bekommen, sie und ich?«, sagte er. »Einen Jungen wie dich?«

Da brüllte ich aus tiefster Tiefe. Ich weiß nicht, woher ich die Kraft nahm, ihn wegzustoßen, aber der Tod musste einen Schritt zurück machen, um das Gleichgewicht zu halten, und als er das tat, da trat er auf den Saum seines Morgenrocks – und dann stürzte er.

Höder rutschte ein »Bravo!« heraus, bevor ihm bewusst wurde, dass es wohl besser war, den Schnabel zu halten.

Der Tod verhedderte sich in seinem Morgenrock, und als er endlich wieder auf den Beinen stand, da schäumte er vor Wut. Er hob sein Schwert.

»Die Zeit ist gekommen, Sasja!«

»Ha!«, sagte ich, so aufgeputscht von diesem Sturz, dass ich neue Kraft geschöpft hatte. »Du schaffst es nicht! Sieh doch, die Sonne!«

Er schaute zum Fenster, wo Semilla stand. Nein, jetzt dauerte es nicht mehr lange! Die Sonne hatte ihr Kinn schon ins Meer getaucht!

Schnaubend stürmte der Tod auf mich zu. Er schwang sein Schwert, schwang es immer wieder, aber ich hielt mit meinem Schwert dagegen, denn ich wollte nicht mehr Walzer tanzen, und ein bisschen was hatte ich beim Spielen doch gelernt. Der Kronleuchter klirrte im Takt unserer Klingen und jetzt gab es auch für Trine, die Prinzessin und Höder kein Halten mehr, sie jubelten und schrien: »Du schaffst es, Sasja! Halte durch!«

Die Augen des Todes waren ernst, beängstigend ernst. Er konnte mit Niederlagen einfach nicht umgehen.

»Es ist mir zu stickig hier drinnen. Wir brauchen Luft.«

Und ehe ich richtig begreifen konnte, was er meinte, sprang er zum nächsten Fenster und machte es auf.

Aber das genügte ihm nicht, nein, er lief auch noch zum nächsten Fenster und machte es auf. Und zum nächsten. Und dem übernächsten. Ja, er rannte von Fenster zu Fenster, reckte die langen Finger hierhin und dorthin, und bald standen sämtliche Fenster im Saal sperrangelweit offen.

Die Botinnen ließen nicht lange auf sich warten. Zu Zehntausenden strömten sie herein und färbten die Luft schwarz. Wie schwirrender, surrender Hagel prallten sie gegen meinen Körper. Panik packte mich, eisig kalt und brennend heiß. Alles drehte sich. Ich ließ die Waffe fallen und fuchtelte mit den Armen.

»Haut ab!«, weinte ich. »Weg von mir!«

Aber nein, sie verschwanden nicht, sie wurden immer eifriger. Und da kam der Tod mit erhobenem Schwert auf mich zu,

»LAUF, SASJA!«

Sie hatte geschrien. Ich tat, was sie gesagt hatte, rannte um mein Leben, rannte, umgeben von einer Wolke aus zehntausend Botinnen des Todes, von meinem schlimmsten Albtraum, der mich schon so lange verfolgte.

Dann stolperte ich und fiel hin. Ich krabbelte weiter, spürte, wie sie überall auf mir landeten. Auf meinen Beinen, meinen Armen, meinem Mund, meinen Augenlidern. Ich spürte, wie sie mit ihren nassen Zungen an meiner Haut leckten, und dann war er über mir. Ja, ich sah ihn inmitten dieser schwarzen Unwetterwolke, sah, wie sich seine Hände fester um den Griff des Schwerts schlossen.

»DIE SONNE!«, schrie einer. Vielleicht schrien auch mehrere? »DIE SONNE GEHT UNTER!«

Der Tod sagte:

»Ich schaffe es.«

Und mit diesen Worten stieß er mir das Schwert ins Herz.

Oh, wie ich schrie. Ich schrie, wie ich noch nie zuvor geschrien hatte, schrie besinnungslos vor Schmerz – und von irgendwoher, weit, weit weg, hörte ich, wie Semilla genauso besinnungslos schrie. Der Tod verscheuchte die Botinnen, warf sich auf die Knie. Da war so viel in seinem Blick: Triumph und Erstaunen, Erregung und Erschöpfung, Seligkeit und Trauer, alles zugleich. Mit der einen Hand hielt er noch immer den Griff des Schwerts, das in meinem Herz steckte, und mit der anderen streichelte er mir über die Wange. Und das Surren der Botinnen klang in diesem Moment fast wie ein Streichkonzert, wie Musiker, die einen langen, lauten Ton für den gefallenen Krieger spielten.

»Jetzt stirbst du, Sasja«, sagte er flüsternd.

»Nein«, keuchte ich. »Ich kann nicht sterben.«

Seine Stirn runzelte sich.

»Was?«

»Ich kann nicht sterben«, wiederholte ich.

Ich schob meine zitternde Hand in die Hosentasche und zog den Topflappen heraus. Den Topflappen, an dem ein kleines, behaartes Insekt klebte. Es war platt gedrückt, seine kleinen Eingeweide glänzten feucht – aber es lebte. Es surrte verzweifelt mit den Flügeln, strampelte mit den Beinen, versuchte loszukommen, um seinen Kopf zu suchen, der irgendwo zwischen Kuchenresten und faulem Obst auf dem Müllhaufen lag.

»Im Reich des Todes kann niemand sterben«, sagte ich, »das hat deine Botin mich gelehrt.«

Voller Entsetzen starrte der Tod auf das Insekt, dann sah er mich an, vollkommen vernichtet. Und während warmes Blut aus meinem Mund blubberte, sagte ich:

»Ich habe dich überlistet.«

Das Erwachen

Angeblich waren ungefähr zwei Kannen Blut aus mir herausgesprudelt, bis Brutus mich zugenäht hatte. Wobei ich nicht sagen kann, ob es stimmt, denn kurz nachdem die Prinzessin den Medikus herbeigerufen hatte, war ich ohnmächtig geworden. Es muss jedenfalls eine ziemliche Rutschpartie gewesen sein, mit dem vielen Blut auf dem Boden, denn Brutus hatte sich beinahe ein Bein gebrochen, als er mitten in der Operation auf die Nase gefallen war.

Als ich die Augen aufschlug, lag ich eine ganze Weile nur da und starrte an die Decke des Festsaals. Ich sah den Feuerschein über die Bilder und den Stuck tanzen, hörte das leise Knistern im Kamin. Ich fühlte mich furchtbar müde und mein ganzer Körper war wie gelähmt. Und natürlich hatte ich Schmerzen. Es pochte und brannte, als wäre mein Brustkorb zuerst in Stücke gerissen und später mit Hammer und Nagel zusammengeflickt worden. Ich hob den Kopf und merkte, dass ich nicht mehr auf dem Boden lag, wie ich zuerst gedacht hatte, sondern auf der großen Festtafel. Tischdecke und Porzellan waren verschwunden. An den Wänden des Saals brannten unzählige Lampen. Semilla saß neben mir auf einem Stuhl. Sie nahm meine Hand.

»Hallo«, flüsterte sie.

»Hallo«, antwortete ich.

»Er ist aufgewacht!«, verkündete Banke aufgeregt und schob mir sofort ein Kissen unter den Kopf. Dann kamen Trine, die Prinzessin und Höder angelaufen. Trine war drauf und dran, sich mit seinem ganzen Gewicht auf mich zu werfen, um mich zu umarmen, aber zum Glück konnte Semilla ihn gerade noch davon abhalten.

»Bitte, Trine, denk an die Wunde!«, sagte sie.

»Entschuldigung«, antwortete Trine. »Ich bin nur so froh. Wir haben darauf gewartet, dass du wieder zu dir kommst, Sasja.«

»Wie fühlst du dich?«, fragte Höder.

»Ich fühle mich ... komisch«, sagte ich.

»Brutus hat dir ziemlich viel von seiner Tinktur eingeflößt«, sagte Semilla nickend.

»Man wird ein bisschen benommen von den Tropfen«, sagte Brutus gut gelaunt und legte mir prüfend die Pfote auf die Stirn. »Aber ohne sie wären die Schmerzen viel schlimmer, das kannst du mir glauben.«

Er summte leise vor sich hin, während er den Verband überprüfte, der um meine Brust gewickelt war. Seine Tunika war blutgetränkt und auf dem Boden stand die kleine Kiste mit dem groben

Garn und den vielen Messern. In diesem Moment war er wohl so glücklich, wie ein Medikus nur sein konnte. Wie viele Hundert Jahre mochte es her sein, dass er das Gefühl gehabt hatte, wirklich gebraucht zu werden?

»Ich habe strikt angeordnet, dass die Botinnen draußen bleiben, bis du wieder genesen bist. Du brauchst jetzt Ruhe und darfst dich nicht aufregen«, sagte er.

»Ja«, antwortete ich und schauderte schon beim bloßen Gedanken an die Biester.

»Die Kleine ohne Kopf konnten wir natürlich nicht rausschicken«, sagte die Prinzessin. Sie senkte die Stimme und fügte leise hinzu: »Seit du ohnmächtig geworden bist, sitzt der Tod da und starrt diesen Topflappen an. Er ist ein bisschen neben der Spur, wie du dir denken kannst.«

Sie warf einen vielsagenden Blick in die Ecke des Saals, wo der Tod saß, umringt vom König, dem Kapitän und Vingmor. Er sah irgendwie zusammengesunken aus. Als hätte ihm jemand das Rückgrat geraubt. Der König redete murmelnd auf ihn ein. Ich konnte nicht alles verstehen, aber ich glaube, es ging vor allem darum, wie wichtig es war, ein guter Verlierer zu sein und immer das Beste an einer Sache zu sehen. Ich weiß nicht, ob der Tod ihm überhaupt zuhörte. Er schaute nur reglos auf den Topflappen in seiner Hand und ab und zu seufzte er schwer.

Semilla streichelte mir über die Wange.

»Du warst so mutig.«

Mutig? Wie sehr hatte ich mich danach gesehnt, für sie mutig sein zu dürfen. Wie laut hatte ich diese Worte geschrien: »Mutig bluten!«, und mir gewünscht, ihr meinen Mut endlich zu zeigen. Aber als ich mit dem Tod gekämpft hatte, da hatte ich mich kein bisschen mutig gefühlt. Ich war ihm und seinem glänzenden Schwert nicht tapfer und aufrecht entgegengetreten. Ich hatte Walzer getanzt.

»Nein«, sagte ich. »Ich habe mich gefürchtet.«

»Als deine Freunde mir erzählt haben, was du vorhast, da habe ich auch Angst bekommen«, sagte Semilla. »Mehr als je zuvor. Aber weißt du was, Sasja? Ist ängstlich wirklich das Gegenteil von mutig? Oder zeugt es nicht viel eher von Mut, das zu tun, wovor man sich fürchtet?«

»Kann sein«, murmelte ich. Ich dachte ein wenig darüber nach und dann sagte ich: »Wenn das so ist, dann warst du auch mutig.«

»Kann sein«, sagte Semilla. »Aber so mutig will ich nie wieder sein müssen. Deine Freunde hatten mir zwar erklärt, dass du nicht sterben kannst – aber in dem Moment, als die Sonne unterging, da war mir das ganz egal. Sie mussten mich festhalten, damit ich nicht losstürmte, um zu verhindern, was dann passiert ist.«

Nun stand der Tod von seinem Stuhl auf und kam mit schweren Schritten zu uns. Die anderen drei begleiteten ihn, der König lieh ihm seinen Arm als Stütze. Ich fand, dass der Tod wirklich übertrieb. Ihm hatte schließlich keiner ein Schwert ins Herz gerammt. Am Tisch blieb er stehen, sah mich lange an. Die Stimmung ließ sich vielleicht am ehesten als gespannt beschreiben.

»Es ist wohl angebracht, dir zu gratulieren«, sagte der Tod.

»Ja, das ist es wohl«, erwiderte ich.

Der Tod schluckte.

»Meinen Glückwunsch.«

»Mm«, antwortete ich. Vielleicht hätte ich mich dafür bedanken sollen, aber ich konnte nicht. Gewisse Worte schienen in mir festzufrieren, wenn ich in diese kalten Augen sah.

Es wurde still. So still, dass jedes noch so kleine Räuspern oder Knacken der Dielen unangenehm war. Aber schließlich wurde dem Kapitän das ganze Geschweige wohl zu viel, denn plötzlich polterte er los:

»Ja, zum Donnerwetter, hat der Junge denn immer noch nichts, um sich die Kehle zu befeuchten? Wir wollen doch hören, wie er das angestellt hat!«

Da rannte Banke los, um Saft zu holen, und Semilla half mir vom Tisch herunter. Die Prinzessin holte den allerprächtigsten Goldstuhl im Saal für mich herbei, stellte ihn vor den Kamin und besorgte sogar einen Schemel, damit ich die Füße hochlegen konnte, wenn mir danach war. Und als ich mich mit einiger Mühe hingesetzt hatte, da versammelten sich alle um mich herum, um zu hören, wie ich eins und eins zusammengezählt hatte – und wie der Plan, den Tod zu überlisten, Gestalt angenommen hatte. Sogar der Tod selbst überwand sich und setzte sich dazu – auch wenn er nicht unbedingt begeistert wirkte.

»Man könnte sagen, dass alles an jenem Abend begann, als wir spülen sollten«, sagte ich. »Der Tod und ich waren in den Garten gegangen, um Teller einzusammeln, und er erzählte mir von seinen

Botinnen. So erfuhr ich, dass sie zum Sterben auf die andere Seite zurückkehren, wenn ihre Zeit gekommen ist. Ich fragte, warum, und bekam zur Antwort, es sei ein Instinkt und genauer könne er es auch nicht erklären.« Ich trank einen Schluck Himbeersaft, spürte, wie gut das nach dem enormen Blutverlust tat. Dann wandte ich mich an den Tod: »Was du allerdings nicht wusstest, war, dass ich kurz darauf eine Botin erschlagen habe. Das heißt – ich *dachte*, ich hätte eine Botin erschlagen. Es ist in der Küche passiert, als du weggegangen warst, um ein Geschirrtuch zu holen. Ich hatte Angst, dass du wütend werden würdest, und deshalb beschloss ich, ihren Körper im Müll zu verstecken. Aber als Semilla und ich diese Botin dann zufällig auf dem Müllhaufen wiederfanden und ich begriff, dass sie gar nicht tot war, ja ... da wusste ich, dass es eine Sache gab, die *du* nicht begriffen hattest: Deine Kleinen kehren nur deshalb zum Sterben zu den Menschen zurück, weil sie hier nicht sterben *können*.«

Der Tod betrachtete den Topflappen in seiner Hand, betrachtete den surrenden, zappelnden Körper, der am Stoff klebte. Sein Blick hatte etwas Vorwurfsvolles. Als hätte dieses kleine Ding ihn verraten.

Aber Banke sagte, dass *er* auch schon so eine Ahnung gehabt hätte, was die Botinnen des Todes betraf. Einmal nämlich, als er noch spät in der Nacht in der Küche stand und backte, weil der Tod am nächsten Tag ein riesiges Fest mit jeder Menge Kuchen veranstalten wollte, da musste er so herzhaft gähnen, dass er dabei aus Versehen eins der Tierchen verschluckte. Natürlich war er davon ausgegangen, dass es nun eine Botin weniger gab. Aber weil der Tod immer sehr böse wurde, wenn jemand nicht vorsichtig genug mit seinen Kleinen war, hatte er sich nicht getraut, dem Tod davon zu erzählen. Eines Morgens jedoch, als Banke auf dem Plumpsklo saß, da surrte es auf einmal in der Grube und heraus kam ein sehr beleidigtes kleines Wesen. Das fand Banke doch recht bemerkenswert. Und außerdem, sagte er, wusste er schließlich, wie oft Svava beim Spülen kleine Körper aus den Saftgläsern angeln musste. Es war ihm schon immer ein bisschen seltsam vorgekommen, dass nie eine Botin ertrunken war. Hätte der Tod ein bisschen weniger gefeiert und ein bisschen mehr im Haushalt mitgeholfen, dann wäre ihm vielleicht selbst aufgefallen, dass seine Kleinen verdächtig zäh waren.

Kapitän Tvefot, der wohl gemerkt hatte, dass der Tod keine weitere Geschichte von Banke ertragen konnte, räusperte sich. »Sollten wir Sasja nicht langsam weitererzählen lassen?«

Banke lief rot an.

»Natürlich«, sagte er. »Ich wollte dich nicht unterbrechen. Verzeihung, Sasja.«

»Ist doch nicht schlimm«, sagte ich und lächelte ihn aufmunternd an – denn ich fand, er hatte ganz recht mit dem, was er gesagt hatte. Vielleicht sollte der Tod, nach allem, was passiert war, in Zukunft tatsächlich ein bisschen mehr mit anpacken. Schaden konnte das jedenfalls nicht, denn Banke rackerte sich wirklich ab.

»Wie auch immer«, fuhr ich fort, »als mir klar geworden war, dass die Botinnen im Reich des Todes nicht sterben können, da kam mir der Gedanke, dass das womöglich für alle galt.« Ich wandte mich wieder an den Tod: »Dabei fällt mir ein – willst du jetzt vielleicht meinen Wunsch hören?«

Der Tod sah sehr mürrisch aus. Dass er meinen Wunsch hören *wollte*, war vermutlich eine Übertreibung, aber er nickte zumindest und sagte mit trockener Stimme:

»Schieß los.«

»Ich will, dass Semilla mit mir nach Hause gehen darf«, sagte ich. »Ich glaube nämlich nicht, dass deine Liebe sie gesund gemacht hat. Ich glaube noch nicht mal, dass sie *gesund ist.*«

»Nicht gesund?«, sagte der Tod verständnislos.

»Wenn du mich fragst, macht sie aber einen sehr gesunden Eindruck«, sagte Vingmor.

»Das stimmt schon. Aber ich vermute, dass der Knoten immer noch da ist«, sagte ich. »Als der Tod in unser Haus gekommen ist, um ihre Hülle zu öffnen, da hatte die Krankheit fast alles Leben aus ihr herausgesaugt. Doch dann verliebte sich der Tod so sehr in ihren Anblick, dass er es nicht fertigbrachte, sie zu öffnen. Stattdessen nahm er sie so mit, wie sie war. Und als er sie in seinem Reich an Land getragen hatte, da musste dieser Knoten alles Leben wieder ausspucken.« Ich schaute Semilla an. »Der Tod hat ja gesagt, dass du am Anleger in Hyrn zu dir gekommen bist. Nachdem er dich gerade geküsst hatte, tja … Man kann schon verstehen, dass ihr dachtet, es wäre sein Verdienst.«

Da räusperte sich Kapitän Tvefot zum zweiten Mal.

»Aber wenn sie nun nach Hause reist …?«

»Dann wird der Knoten wieder gefährlich«, sagte ich und nickte. »Und deshalb werden wir ihn entfernen. Solange sie noch hier ist.«

Semilla nahm meine Hand. Wir lächelten uns an und es war unmöglich zu sagen, wer von uns beiden glücklicher darüber war, dass dieser Kuss sie *nicht* gesund gemacht hatte. Nein, denn obwohl der Tod so groß, so gutaussehend und allmächtig war, obwohl seine Torten so lecker schmeckten und seine Feste so gemütlich waren, war er nicht besser als Papa und ich!

Nun war es ja so, dass der Arzt zu Hause den Knoten nicht hatte entfernen können. So tief in einem Menschen herumzuschneiden, ohne ihn dabei umzubringen, das war ganz einfach nicht möglich. Aber hier war das anders. Wenn man nicht sterben kann, dann stirbt man auch nicht, wie Trine es ausgedrückt hatte. Man konnte einfach so lange schneiden, bis alles weg war. Und natürlich konnte Semilla die Heimreise erst antreten, wenn sie sich erholt hatte und alles verheilt war. Sonst wäre es ja wieder gefährlich geworden.

All das hatte ich mir schon im Kopf zurechtgelegt, als ich meine Freunde im Obstgarten aufsuchte, aber für den Rest brauchte ich ihre Hilfe. Der Tod war habgierig und er war es gewohnt, alles zu bekommen, was er wollte. Wie sollte ich ihn dazu bringen, Semilla gehen zu lassen, obwohl er gesagt hatte, dass er sie um keinen Preis wieder hergeben würde? Konnte ich ihn mit irgendetwas verführen? Gab es etwas, dem er nicht widerstehen konnte? Ja, als wir eine Weile darüber diskutiert hatten, wussten wir, was zu tun war. Und so schlug ich ihm vor, gegen mich zu kämpfen, und alles, was ich im Gegenzug von ihm verlangte, war das Versprechen, mir einen Wunsch zu erfüllen, sollte ich den Kampf überleben. Er stimmte zu, natürlich in dem Glauben, dass er mit Leichtigkeit gegen mich gewinnen würde.

»In meinen Ohren klingt das immer noch nach einem ziemlich waghalsigen Unterfangen«, sagte der König von Sparta. »Deine Vermutung, du könntest nicht sterben, war ja nur eine Vermutung.«

Damit hatte er selbstverständlich recht. Es wäre leichtsinnig gewesen, sich auf einen Kampf mit dem Tod einzulassen, ohne ganz sicher zu sein, dass ich nicht sterben konnte. Aber hatte mich nicht schon auf meiner Reise durch das Reich eine Ahnung beschlichen, wie alles zusammenhing?

Ich trank noch etwas Saft, zögerte den Moment hinaus, denn es war so herrlich, wie sie alle mit großen Augen auf die Fortsetzung warteten.

»Als die Prinzessin, Trine und ich nach Harpyrien wollten«, sagte ich, »da wurden wir von einer Lawine verschüttet. Härfjäder und fünf andere Harpyren gruben uns aus und brachten uns in die Felsenburg. Und als ich aufwachte, hatte ich so ein seltsames Gefühl im ganzen Körper.«

»Was für ein seltsames Gefühl war das?«, fragte Banke atemlos vor Spannung.

»Es fühlte sich an, als wäre ich tiefgefroren, als wäre jeder meiner Muskeln so kalt und hart wie Eis. In meinen wildesten Fantasien hätte ich mir nicht vorstellen können, dass ich *wirklich* eingefroren war. Aber nachdem ich die Botin auf dem Müllhaufen gesehen hatte, fingen meine Gedanken an zu kreisen und ich erinnerte mich wieder an diesen Tag, an die schmerzende Kälte im Körper und meine versteinerten Arme und Beine. Für Höder war es ein Leichtes zu überprüfen, ob mein Verdacht richtig war. Alles, was er dafür tun musste, war, zu Härfjäder zu fliegen und neugierig zu sein. Er fragte sie, was an jenem Tag im Hresagebirge geschehen war – und Härfjäder berichtete bereitwillig. Offenbar war es eine gewaltige Lawine gewesen. Es hatte Stunden gedauert, uns auszugraben. Als sie uns gefunden hatten, konnten sie mir nicht einmal den Sack aus der Hand nehmen, so festgefroren war er. Härfjäder sagte, sie sei sehr überrascht gewesen, als ich die ersten Lebenszeichen von mir gab, aber sie dachte, ich hätte wohl einfach unglaubliches Glück gehabt. Aber dass ich gleich drei Mal solches Glück gehabt haben soll«, sagte ich, »das war dann doch ein bisschen zu schön, um wahr zu sein.«

»Drei Mal?«, sagte Vingmor. »Wie meinst du das?«

»Na ja, schon im Hillefluss war ich davon überzeugt, dass ich sterben würde«, sagte ich. »Ich hätte sterben *müssen*, als ich unter Wasser an einem Ast hängen geblieben bin. Und wenn nicht dort, dann spätestens in der Nebelheide, als ich Unmengen giftiger Galltrauben gegessen hatte. Dass Antwon mir ein paar Liter Nesselsud eingeflößt hatte, war vermutlich weder schädlich noch nützlich. Es scheint, als hätte das Reich des Todes mehrmals versucht, mir etwas mitzuteilen, aber ich habe nicht richtig zugehört.«

Eine ehrfürchtige Stille legte sich über den Festsaal. Ja, alle, die hier am Feuer saßen, waren geradezu stumm vor Bewunderung, wie schlau ich eins und eins zusammengezählt hatte.

»Ja-ha«, sagte der Kapitän und schaute taktvoll zum Tod. »Dann bleibt nur noch … eine letzte Kleinigkeit?«

Der Tod sah Semilla mit traurigen Augen an. Vielleicht überlegte er, einen Haken zu schlagen? Zu erklären, ich dürfe mir alles wünschen, *außer* Semilla mit nach Hause zu nehmen? Aber nun war es ja so, dass alle um uns herum schon gebannt auf seine Zustimmung warteten – und der Tod wusste, dass es Momente gab, in denen sogar er gezwungen war, sich an die Spielregeln zu halten, ganz egal, wie allmächtig und beliebt er auch sein mochte.

»Gewiss«, sagte er seufzend. »Ich werde dir deinen Wunsch erfüllen, Sasja.«

Brutus' große Stunde

So blieb nur noch eine Sache zu tun, bevor wir nach Hause reisen konnten – aber das war natürlich eine sehr wichtige Sache. Genau genommen die alles entscheidende. Meine Wunde heilte gut. Brutus kam ab und zu vorbei, um sie zu reinigen und den Verband zu wechseln – aber die meiste Zeit verbrachte er in der Bibliothek des Todes und vergrub die Nase in einem dicken Buch, das den Titel *Anatomische Studien des menschlichen Leibes* trug. Es war nun mal so, dass er zwar sehr genau wusste, wie ein Spartaner von innen auszusehen hatte, aber von einem Menschenkörper konnte er das nicht behaupten.

Am Tag der Operation war ich sehr unruhig. Erstaunlicherweise wirkte Semilla ganz gelassen, als sie dort auf dem großen Tisch im Festsaal lag und die Deckenmalereien betrachtete. Banke rannte hektisch herum und zündete alle Lampen an, dann holte er einen Stuhl als Ablage für das dicke Buch, damit Brutus es griffbereit hatte, *falls* er zwischendurch etwas nachlesen musste.

Semilla nahm meine Hand.

»Hab keine Angst«, sagte sie.

»Aber ich habe Angst«, antwortete ich und weinte. »Was ist, wenn es zu sehr wehtut?«

Brutus öffnete quietschend den Deckel seiner Kiste. Für ein oder zwei Sekunden wurde mir schwarz vor Augen, als ich die Messer wiedersah. Sogar Semilla fiel es schwer, bei diesem Anblick weiter Zuversicht auszustrahlen. Aber sie fasste sich schnell und sagte lächelnd:

»Es ist noch reichlich Tinktur übrig.«

Das Erste, was Brutus tun musste, war nachzusehen, ob mein Verdacht stimmte und der Knoten noch in ihrem Körper war. Wenn es so war, dann würde er ihn wegschneiden, damit Semilla nach Hause zurückkehren konnte, ohne dabei ihr Leben zu riskieren.

Aber damit Brutus überhaupt erkennen konnte, was ein Knoten war und was nicht, musste er wie gesagt wissen, wie der menschliche Körper von innen aussah. Sonst bestand ja die Gefahr, dass er glaubte, einen Knoten gefunden zu haben, und etwas wegschnitt, was dorthin gehörte – und deshalb hatte er so viele Stunden in der Bibliothek gesessen, gelesen und sich am Kopf gekratzt.

Vor der Tür des Festsaals warteten meine drei Freunde. Der König, der Kapitän und Vingmor waren auch da. Während der vielen Kaffeestunden und Krocketspiele war ihnen Semilla ans Herz gewachsen und nun wollten sie natürlich wissen, wie die Operation verlief.

Brutus wirkte nervös, fand ich. Als er die Flasche und den kleinen Becher aus der Kiste nahm, um Semilla die Tinktur zu geben, da verschüttete er den ersten Schluck, weil seine Pfoten wie Espenlaub zitterten – und als Banke ihm seine Hilfe anbot, da knurrte Brutus nur, dass er wirklich nicht wisse, wobei ausgerechnet Banke ihm hilfreich sein könnte.

Banke stammelte betreten eine Entschuldigung, aber Brutus seufzte nur laut und sagte:

»Ich bitte alle, die nicht aufgeschnitten werden wollen, den Raum zu verlassen!«

Ich nahm Semilla fest in den Arm und dann ging ich schnell mit Banke aus dem Saal. Als Brutus hinterherkam, um die Tür hinter uns zuzumachen, da hielt ich ihn fest.

»Bist du wirklich ganz sicher, dass du das schaffst?«, fragte ich.

Erst wollte er mir keine Antwort geben. Er schluckte.

»Das Buch macht einen ziemlich alten und überholten Eindruck«, sagte er mit gesenkter Stimme.

»Ja? Woran merkt man das?«, fragte ich.

»Es empfiehlt Aderlass als Heilmittel für Fußpilz und schlechte Laune. Und außerdem ...«

»Außerdem was?«, fragte ich und musste mich sehr anstrengen, um einigermaßen ruhig weiterzuatmen.

»Außerdem fehlen ein paar wichtige Seiten«, fuhr Brutus fort. »Ich fürchte, dass das Bild des ...« Er machte eine Pause und gestikulierte rund um sein eigenes Zwerchfell, »... des Mittelteils ... die Seite ist verloren gegangen.«

»Warum hast du das denn nicht früher gesagt?«, jammerte ich verzweifelt.

»Es war nicht so leicht dahinterzukommen!«, sagte Brutus und klang fast genauso verzweifelt wie ich. »Ich habe ja erst heute kapiert, dass diese schwarzen Flecken, die sie auf nahezu jedes Bild gemalt haben, keine Körperteile sind, sondern eklige kleine Dinger, die Blutegel heißen. Was um alles in der Welt soll das?«

»O nein«, sagte ich und merkte, wie mir wieder Tränen in die Augen stiegen. »Das wird nicht gut gehen.«

»Kannst du mir nicht helfen?«, flüsterte Brutus. »Vielleicht könntest du dich danebenstellen, meine ich. Mich anleiten und mir ab und zu ein paar Anweisungen geben?«

Ich schüttelte den Kopf.

»Ich würde sofort ohnmächtig werden«, antwortete ich. »Und außerdem kenne ich mich ja auch nicht aus, wir haben kein solches Buch zu Hause, weder ein altes noch ein neues.«

»Sollten wir nicht langsam mal anfangen?«, rief Semilla aus dem Festsaal. »Worüber redet ihr beiden denn noch?«

»Nichts Wichtiges!«, antwortete Brutus. »Ich bin gleich da!« Er sah mich an. »Also, wie machen wir es? Du musst wissen, wie es um diesen Knoten steht, bevor du deine Mama mit nach Hause nimmst, alles andere ist zu riskant.«

Ich schaute der Reihe nach den König, den Kapitän und Vingmor an.

»Kann nicht einer von euch einspringen?«, fragte ich. »Weiß denn niemand, wie ein Mensch von innen aussieht?«

Vingmor verdrehte ihr gelbes Auge und sagte, sie habe keinen blassen Schimmer. Der König sagte, wenn er versuchen würde zu helfen, dann würde er mehr Schaden anrichten, als nützlich zu sein. Und der Kapitän sagte zwar, er habe eine ungefähre Vorstellung davon, wie so ein Menschenkörper aussah, aber »ungefähr« klang für mich auch nicht gerade beruhigend.

»Ich weiß alles darüber«, sagte da eine Stimme hinter meinem Rücken.

Es war der Tod. Er sah zerknautscht und auch ein bisschen kläglich aus in seinem Morgenrock. Seine Haare standen in alle Richtungen ab. Die letzten Tage hatte er fast nur im Bett zugebracht und mit niemandem reden wollen, doch nun hatte der ganze Wirbel ihn wohl aus den Federn getrieben. Und hier stand er nun und bot seine Hilfe an, für die, wie er sich ausdrückte, »gute Sache«.

Natürlich war mein erster Gedanke, Nein zu sagen. Nein, der Tod durfte nicht helfen, wenn Brutus Semilla aufschnitt. Ich wollte ihn am liebsten überhaupt nicht mehr in ihrer Nähe haben, und wenn er von der guten Sache sprach, dann war ich mir nicht so sicher, was er damit meinte. Nein, man konnte ihm nicht trauen, nicht nach allem, was er gesagt und getan hatte.

Nun war es ja aber so, dass der Tod bei seiner Arbeit schon ziemlich viel gesehen hatte. Ja, je länger ich darüber nachdachte, desto weniger konnte ich mir jemanden vorstellen, der mehr Menschen von innen gesehen hatte als er. Und deshalb sagte ich:

»Nur, wenn du uns versprichst, dass du nichts anstellst!«

Der Tod breitete die Arme aus, als wollte er sagen: Bin ich hier etwa derjenige, der ständig für Ärger sorgt? Und dann gingen sie in den Saal, um anzufangen.

Oh, ich hatte solche Angst, dass man es kaum beschreiben kann. Ich wanderte vor dieser Tür auf und ab und kaute an den Fingernägeln. Mein Herz klopfte so sehr, dass ich fürchtete, der harte Puls könnte die Nähte wieder aufreißen. Die Prinzessin, Trine und Höder gaben sich alle Mühe, mich auf andere Gedanken zu bringen, und das war natürlich lieb von ihnen. Aber je länger es dauerte, umso ängstlicher wurde ich.

Die Tür ging auf und der Tod streckte den Kopf heraus.

»Ich bin entschieden der Meinung, dass der Knoten noch da ist«, sagte er.

»Ja?«, antwortete ich. »Und was sagt Brutus? Kann er ihn herausschneiden?«

Denn es ist ja klar, dass irgendwo ganz hinten in meinem Kopf die Worte des Arztes widerhallten, der gesagt hatte: »Diesen Knoten kann niemand entfernen.« *Niemand.* Und ich selbst hatte doch keine Ahnung. Ich war nur davon ausgegangen, dass Brutus bestimmt eine Lösung finden würde – aber in diesem Moment hatte ich einfach nur schreckliche Angst. Schreckliche Angst zu hören, wie der Medikus ein verzweifeltes Heulen anstimmen und schreien würde: Ich habe mich geirrt, es geht doch nicht!«

Aber der Tod lächelte sein warmherzigstes Lächeln und sagte:

»Sasja, Sasja, natürlich kann er das. Er ist schon dabei!«

Ja, denn nun waren wir ja nicht zu Hause, sondern im Reich des Todes, in dem fast nichts unmöglich war – außer zu sterben. Ich wusste nicht, warum das so war. Lag es an der Luft, die wir atmeten, oder am Wasser, das wir tranken? Oder an den Maisfladen, die wir aßen, den Mandelkuchen, den Eintöpfen mit Liebstöckel? Oder war es die Sonne? Die ihre Strahlen über den Schummerwald breitete, über die endlose, rote Nebelheide und die hohen weißen Gipfel des Hresagebirges? Vielleicht machte sie uns unsterblich?

Aber vielleicht spielte das auch gar keine Rolle. Wichtig war nur, dass man Knoten einfach wegschneiden konnte, bis nichts mehr davon übrig war, selbst wenn sie so groß wie Kürbisse waren. Man musste nicht einmal besonders geschickt mit dem Messer sein, was, um die Wahrheit zu sagen, ein Glück für Brutus Medikus war. Aber als ich ihn rufen hörte, dass seine kleine Kiste gleich auf einer Welle aus Blut davonschwimmen würde, wenn Banke nicht endlich mit Handtüchern käme – ja, da war ich wirklich kurz davor, ohnmächtig zu werden. Doch die Prinzessin packte mich entschlossen am Arm, drückte mich auf einen der goldenen Stühle im Flur und befahl mir, dort sitzen zu bleiben, bis alles vorbei war. Für eine lange Zeit passierte nichts mehr, wenn man davon absah, dass Banke, der losgelaufen war, um Handtücher zu holen, nun schnaufend zurückgerannt kam. Er knurrte irgendetwas in die Richtung, dass man es dem Medikus wohl nie recht machen könne. Dann öffnete er die Tür zum Saal und schlüpfte hinein. Für uns andere hieß es dagegen weiter warten. Warten und bangen.

Als die Tür endlich wieder aufging, da sprang ich vom Stuhl auf. Der Tod kam heraus. Er wischte sich seine roten Hände am Morgenrock ab.

»Das wäre geschafft. Du kannst reingehen, wenn du willst.«

Es hatte ihm offenbar gutgetan, etwas Gutes zu tun, denn dieses Klägliche, Zerknautschte, das hatte ganz deutlich nachgelassen. Er war schon fast wieder der Alte.

Leise und vorsichtig schlich ich in den Festsaal. Semilla lag ganz still auf dem Tisch. Ihre hellbraunen Haare waren blutverschmiert. Ihre Augenlider glänzten. Sie sah aus, als würde sie schlafen, aber als sie mich hörte, lächelte sie. Sie machte die Augen auf.

»Diese Tinktur wusste, was sie zu tun hat«, sagte sie.

»Wie fühlst du dich?«, fragte ich. »Denkst du, dass es gut gegangen ist?«

»Ich denke … dass ich nur noch eines will«, antwortete sie.

»Was denn?«

»Nach Hause fahren.«

Da wurde ich so froh, dass ich nicht anders konnte, als sie zu umarmen, aber nur ganz vorsichtig, um ihr nicht wehzutun. Schließlich wusste ich nur zu gut, dass man sich nach so einem Eingriff des Medikus ein wenig mitgenommen fühlen konnte.

Brutus summte vor sich hin, während er all seine blutigen Messer zurück in die Kiste packte. Banke hatte die benutzten Handtücher auf einen großen Haufen geworfen und nun stand er da, die Klauen auf seinen dicken Schürzenbauch gelegt, und sah ganz fröhlich und vergnügt aus.

»Soll ich der gnädigen Frau vielleicht ein Glas Saft holen?«, fragte er.

»Ja, bitte. Das wäre lieb«, antwortete Semilla.

Banke nickte und machte sich sofort auf den Weg.

»Was hast du da in der Tasche?«, fragte ich.

»Verzeihung?«, sagte Banke und drehte sich um.

Ich zeigte auf seine ausgebeulte, fleckige Schürzentasche.

»Was hast du da?«

»Ach, das ist nur der Knoten«, sagte Banke. »Oder wolltet ihr ihn behalten?«

»Nein, nein, Banke«, sagte Semilla ein bisschen erschrocken. »Mit dem wollen wir ab sofort nichts mehr zu tun haben.«

»Dann werfe ich ihn in den Abfalleimer«, sagte Banke und verschwand auf seinen flinken, kleinen Klauen, um genau das zu erledigen und um Saft zu holen.

Abschied

Natürlich mussten wir danach noch ziemlich lange bleiben, denn Semilla musste ja erst ordentlich gesund werden und Kraft für die Reise sammeln. Aber eines Morgens, als sie mit gutem Appetit gefrühstückt hatte und als der Nebel dick und weiß und verheißungsvoll über den Ländereien des Todes lag, da war es endlich so weit!

Viele hatten sich auf dem Kiesplatz vor dem großen gelben Haus versammelt, um uns zum Abschied zu winken. Trine, die Prinzessin und Höder natürlich, Kapitän Tvefot, der König und Vingmor. Banke war da, genau wie Brutus und die kleine Svava.

Sonderlich viel Gepäck hatten wir ja nicht dabei. Nur mein Stockschwert und ein paar Stücke Kuchen, die Banke in ein Handtuch eingeschlagen hatte. Er hatte mein Schlafanzugoberteil geflickt, das beim Kampf mit dem Tod kaputtgegangen war. Und außerdem hatte er meine und Semillas Sachen gewaschen, sodass wir gar nicht mal übel aussahen, als wir dort in der Morgensonne standen.

Der König, der Kapitän und Vingmor hatten versprochen, sich um den Transport zu kümmern. Schon im Morgengrauen war die Botschaft nach Sparta und Hilde gegangen – und im Stall, in dem die geflügelte Sänfte stand, waren die Trägerinnen bereits mit den Vorbereitungen beschäftigt. Federn mussten geputzt werden, Krallen geschnitten – und dann gab es offenbar noch eine Sicherheitskontrolle, bei der sämtliche Nägel und alle geleimten Stellen überprüft wurden. Schließlich hatte sie schon einiges mitgemacht, diese alte Sänfte.

»Sie könnten langsam wirklich mal fertig werden«, schimpfte Vingmor.

»Ach, sie kommen immer auf die Minute pünktlich, das weißt du doch«, sagte der König. »Aber ich wüsste zu gerne, wo der Tod abgeblieben ist.«

»Er hat sich nach dem Frühstück aus dem Haus geschlichen«, sagte der Kapitän. »Seitdem habe ich ihn nicht mehr gesehen.«

Sie sahen alle so nett und harmlos aus, wie sie dort standen. Man konnte sich gar nicht mehr vorstellen, dass sie mich in diese schreckliche Kerkerhöhle hatten werfen wollen – und es war ja auch sehr aufmerksam, dass sie sich um unsere Reise kümmerten. Ich hatte das Bedürfnis, ihnen noch etwas Freundschaftliches zu sagen, bevor wir aufbrachen, und deshalb ging ich zu ihnen.

»Ich weiß, dass ihr Angst davor habt, was möglicherweise passieren könnte, wenn Semilla und ich wieder zu Hause sind«, setzte ich an. »Dass ihr fürchtet, die Menschen könnten zu Tausenden bei euch eindringen, um ihre Toten zurückzuholen. Aber ihr müsst euch wirklich keine Sorgen machen, denn … mir wird sowieso niemand glauben, wenn ich von meinem Abenteuer hier erzähle.«

»Nicht?«, sagte der König.

»Was soll daran denn so außergewöhnlich sein?«, fragte Vingmor und klang fast ein wenig beleidigt.

Ich wusste nicht, wo ich anfangen sollte. In Vingmors Augen war überhaupt nichts eigenartig daran, dass Fliegen Nachrichten in ein weit entferntes Reich brachten, oder an einem Mann im roten Morgenrock, der die Leute aus ihrer Hülle holte und neue Geschöpfe aus ihnen machte, oder an einem Kopf, der durch die Gegend flog und ohne großes Tamtam einfach wieder angenäht wurde. Deshalb sagte ich nur: »Vertraut mir einfach, wenn ich euch sage, dass ihr auch in Zukunft eure Ruhe haben werdet.«

Und damit schienen alle drei sehr zufrieden zu sein. Dann fingen sie an, mit Semilla zu plaudern, wie man es in aller Höflichkeit vor einer Abreise so macht. Semilla erkundigte sich, ob sie ebenfalls vorhatten, bald mit ihren Truppen und Kindern nach Hause zurückzukehren. Der Kapitän antwortete, dass sie selbstverständlich schon *längst* hätten abreisen müssen. Aber so war es nun mal mit den Festen des Todes, sie dauerten immer länger als geplant. Es war eben nicht leicht, sich von all den Kuchen und diesen überaus unterhaltsamen Krocketspielen loszureißen. Aber lange konnten sie trotzdem nicht mehr bleiben, schließlich hatten ja alle einen Beruf, dem sie nachgehen mussten, vom Tod ganz zu schweigen.

Ich beschloss, sie weiter plaudern zu lassen. Bei den Beeten, diesen verwilderten, honigsüß duftenden Beeten, in denen Pfingstrosen, Primeln, Eisenhut und Mohn blühten, da standen Trine Tvefot, die Prinzessin von Sparta und Höder von Harpyrien. Sie waren die besten Freunde, die man haben konnte, fand ich. Und was für eine Reise wir zusammen erlebt hatten, wir vier! Durch das Reich des Todes, im Spiel, im Ernst. Oh, ich würde meine Freunde sehr vermissen, das wusste ich, als ich zu ihnen ging, um mich zu verabschieden.

»Mach's gut, Sasja«, sagte Höder.

»Es hat Spaß gemacht, mit dir zu spielen«, sagte Trine.

Und die Prinzessin sagte:

»Heja, Sasja.«

Und das sagte sie natürlich, weil sie sah, dass ich gerade sehr traurig war. Ja, ich war so traurig, dass ich gar nichts erwidern konnte, obwohl es tausend Dinge gab, die ich hätte sagen *wollen*. Aber umarmen, das ging, und als ich sie alle gedrückt hatte, da zog ich mein Schwert, das ich in den Bund meiner Schlafanzughose gesteckt hatte. Ich reckte es so hoch in den Himmel, wie ich nur konnte, und rief:

»Mutig bluten!«

Und die Freunde zogen ihre Schwerter und antworteten:

»Mutig bluten!«

Dann sagten wir nichts mehr. Aber ich dachte, dass ich sie genau so in Erinnerung behalten wollte, mit erhobenen Waffen, und dass ich hoffte, dass sie sich genau so an mich erinnern würden.

Dann ging ich zu Banke, Brutus und Svava, um mich von ihnen zu verabschieden, und als ich damit fertig war, da sah ich, dass Tjalve Tvefot an der Hausecke stand. Ich weiß nicht, ob er nur zufällig vorbeigekommen war oder ob er Tschüss sagen wollte, aber jedenfalls ging ich zu ihm.

»Hallo«, sagte ich.

»Hallo«, sagte er.

»Ich fahre jetzt nach Hause.«

»Mm.«

»Willst du dein Schwert nicht doch wiederhaben?«

Er rümpfte die Rüsselnase.

»Ne.«

»Ach so, na dann. Aber es hängt drinnen am Haken, falls du es dir irgendwann anders überlegst«, sagte ich.

Keine Antwort. Ich musterte sein borstiges Gesicht. Den zusammengekniffenen Mund, die hellen, schmalen Schlitze, hinter denen sich seine Augen versteckten. Blau wie der Himmel.

»Willst du wirklich nie spielen?«, fragte ich. »Es ist echt nicht schwer.«

»Für dich vielleicht nicht«, brummte Tjalve mürrisch.

Ich dachte ein wenig nach und sagte dann:

»Du könntest es ausprobieren, wenn dich niemand dabei sieht.«

Seine Wangen liefen dunkelrot an. Erst verstand ich nicht, warum, aber dann kam mir der Gedanke, dass er vielleicht genau das längst getan hatte. Vielleicht hatte er spätabends hinter irgendwelchen Büschen gestanden und heimlich einen Stock geschwungen? Vielleicht würde er eines Tages doch noch begreifen, wie es ging?

Ja, früher oder später wird er bestimmt dahinterkommen, dieser Tjalve Tvefot, dachte ich. Aber das sagte ich nicht laut, denn ich wollte ihn nicht noch mehr in Verlegenheit bringen. Stattdessen sagte ich:

»Ich weiß, dass Trine sich sehr freuen würde, wenn du ihn irgendwann mal an den Strand begleiten würdest. Auch wenn du nur mitgehst, um ein Auge auf ihn zu haben und dafür zu sorgen, dass er pünktlich zum Essen nach Hause kommt.«

»Mm«, sagte Tjalve und schien die Idee gar nicht so schlecht zu finden.

Da drang vom Stall ein Quietschen und Knarren herüber, und als ich den Hals reckte, sah ich, dass die Harpyren dabei waren, das Tor zu öffnen. Mit schweren Flügelschlägen brachten sie die Sänfte ins Freie. Als ich sie sah, da durchströmte mich solche Freude, dass ich laut lachte.

»Es ist so weit, Semilla!«, rief ich. »Endlich ist es so weit!«

»Das wurde aber auch langsam Zeit«, grollte Vingmor.

Vor dem Stall stellten die acht Harpyren die Sänfte für einen Augenblick ab. Eine von ihnen, vermutlich die Befehlshaberin, rief den anderen etwas zu. Eine schloss das Tor, eine andere zupfte die Vorhänge zurecht. Dann trugen sie die Sänfte hoch in die Luft über die Baumwipfel, segelten mit ihr in unsere Richtung und setzten sie ganz vorsichtig vor uns ab. Als sie den Boden berührte, war kaum ein Knirschen im Kies zu hören. Da stand sie nun, so wunderschön, wie ich sie in Erinnerung hatte! Ein schimmernder Kokon aus feinstem Siebensterntuch. Ja, sie war schön – aber gar nicht mehr traurig, wie ich fand. Wie sollte sie das auch sein, wo sie uns doch ein Stück nach Hause bringen würde?

Plötzlich schoss mir der Gedanke durch den Kopf, wie es wäre, wenn nicht einmal Papa uns glauben würde, was wir von unserer Reise ins Reich des Todes zu berichten hatten. Dann wäre ich schon ein bisschen enttäuscht. Wobei – sobald ich ihm die frisch verheilte Wunde auf meiner Brust zeigen würde, bliebe ihm ja gar nichts anderes übrig, als uns zu glauben. Und wenn er dann sah, dass Semilla genauso eine Narbe am Bauch hatte, wenn er erfuhr, dass der Knoten weg war, dann würde er … Oh, was würde er dann sagen?

»Komm endlich!«, rief ich. »Die Reise geht los!«

Semilla sagte allen ordentlich Lebewohl und Brutus bekam sogar einen Kuss auf die Wange, weil er ihr mit dem Knoten geholfen hatte. Dann nahm sie das Päckchen mit den Kuchenstücken und eilte zur Sänfte.

»Es sieht aus, als würde der Tod uns nicht Tschüss sagen kommen«, sagte ich.

Semilla sah sich suchend um, aber nachdem sie ihn nirgends entdeckte und die Harpyren schon ungeduldig schnaubten und mit den Köpfen schlugen wie halbwilde Pferde, zuckte sie mit den Schultern.

»Dann brechen wir wohl ohne Abschied auf«, sagte sie.

Doch just in diesem Augenblick hörten wir jemanden rufen:

»Wartet! Bitte, wartet!«

Und tatsächlich, da kam der Tod mit großen Schritten herangestürmt. Er winkte und rief und der Morgenrock peitschte um seine langen Beine. Über seinem Kopf schwirrte die ekelhafte Botinnenwolke. Als er den Kiesplatz erreicht hatte, fiel mir auf, dass er obendrein nach altem Müll stank. Sein Morgenrock war schmutzig und nass.

»Was für ein Glück, dass ich euch noch erwische«, japste er völlig außer Atem. »Ich hatte einen furchtbaren Morgen.«

»Was hast du gemacht?«, fragte Semilla und hielt sich die Nase zu.

Der Tod zog ein ovales Messingdöschen aus seiner Tasche. Er klappte es auf und zeigte uns den Inhalt: ein paar kleine braune Krümel, vermutlich alter Tabak – aber vor allem die zerquetschte Botin, die noch immer so verzweifelt mit ihren gestutzten Flügeln surrte, und dazu ihr kleiner Kopf, der auf dem Müllhaufen zurückgeblieben war.

»Wie ihr euch sicher denken könnt, war es keine einfache Sache, ihn zu finden«, sagte er Tod. »Ich hätte mich beinahe übergeben. Aber ich wollte so gerne beide Teile dabeihaben, wenn ich dich darum bitte, Sasja.«

»Wenn du mich worum bittest?«

Mit einem leisen Klicken ließ der Tod den Deckel wieder zuschnappen. Dann reichte er mir die Dose.

»Das hier kann Brutus nicht in Ordnung bringen, selbst wenn er sich noch so sehr bemüht«, sagte er. »Kannst du meine Kleine mitnehmen, damit sie endlich Frieden findet? Würdest du mir diesen Dienst erweisen? Immerhin hast du sie ja auch erschlagen.«

Es war wirklich erstaunlich, wie sehr er sich verwandeln konnte. Hier stand er nun und war fröhlich, selbstsicher und charmant. Aber an jenem Tag, als wir im Festsaal gekämpft hatten, da war er groß, dröhnend und furchterregend gewesen. Und ganz besonders furchterregend war er in dem Moment gewesen, als er mir das Schwert ins Herz gestoßen hatte. Als ich voller Verzweiflung schrie und er sich neben mir auf die Knie fallen ließ, zitternd und verzückt. Ich wusste, dass sich dieser Moment für immer in mein Gedächtnis gebrannt hatte. Nein, niemals würde ich vergessen, wie es war, als ich dem Tod ins Auge sah.

Aber seine Botinnen kamen mir inzwischen gar nicht mehr *so* unheimlich vor. Dieses kleine zerquetschte Geschöpf tat mir sogar wirklich leid. Und so steckte ich die kleine Dose in meine Schlafanzugtasche, und als Semilla und ich in die Sänfte gestiegen waren, da sagte ich zum Tod:

»Ich werde sie nach Hause bringen, das verspreche ich dir.«

»Du bist eine ehrliche Haut, Sasja«, antwortete er. »Einer von den Guten.« Er beugte sich ein wenig näher und fügte leiser hinzu: »Weißt du, ich habe mich immer für eine vortrefflich Person gehalten. Für einen, den alle lieben. Es war schwer für mich, dass sie mich nicht geliebt hat, verstehst du? Das hat nicht gerade meine beste Seite zum Vorschein gebracht, das muss ich wirklich zugeben. Ich möchte mich bei dir für mein harsches Auftreten entschuldigen.«

»Mm, ist schon in Ordnung«, murmelte ich.

Der Tod zwinkerte mir zu.

»Wir sehen uns wieder, Sasja. Das weißt du ja.«

»Ja, das weiß ich. Aber ich hoffe, dass es noch lange dauert«, antwortete ich. »Obwohl ich natürlich unheimlich neugierig bin.«

»Worauf?«

»Darauf, wer ich bin, ganz tief drinnen. Gibt es nicht vielleicht eine Möglichkeit, das jetzt schon herauszufinden?«

»Tja-a«, sagte der Tod und kratzte sich am Kinn. »Wie schade, dass du nicht früher gefragt hast. Vielleicht hätte ich den Kopf reinstecken und nachsehen können, als Brutus dich auf dem Operationstisch liegen hatte. Sollen wir ihn fragen, ob er bereit ist, dich noch mal aufzuschneiden?«

Da sagte ich freundlich, aber bestimmt Nein und dachte mir, dass man sich manche Dinge wohl doch besser für später aufheben sollte. Dann verabschiedeten sich Semilla und der Tod voneinander und der Tod fragte, ob sie seine Feste wirklich *so* schrecklich fand. Und Semilla sagte Nein, manchmal wäre es ja auch wirklich richtig nett gewesen. Und da schien der Tod sich zu freuen. Aber einen Kuss, den bekam er nicht!

Dann winkten wir allen, die dort vor dem großen gelben Haus standen, und der Tod gab der Sänfte einen ordentlichen Klaps und rief mit dröhnender Stimme: »Hinfort!«

Und dann stiegen die acht Harpyren in die Luft.

Eine verschlungene Reise

Und so stiegen wir auf, hoch über Harpyrien, Semilla und ich. In dieser Sänfte zu schweben, in diesem Kokon aus schimmerndem Siebensterntuch, das war so herrlich und schön, dass alles in mir jubelte. Der Wind zerrte an meinem karierten Schlafanzug, als ich auf den Grüngrund hinunterblickte. Ich sah die Espen und Birken, die von hier oben ganz klein aussahen, sah die Wälle aus totem Holz, die nicht höher zu sein schienen, als dass man mit einem Satz über sie hätte hinüberspringen können. Dann sah ich von fern die weißen Baiserhauben auf den Gipfeln des Hresagebirges, und als wir näher kamen, sah ich die Felsenburg, die wie ein Buckel aus dem Berg ragte. Ich sah das spitze Dach mit den Schindeln und ich sah, wie dunkel und düster es hinter den Fenstern war. Als wären die Bewohner dort drinnen sehr traurig. Armer Vingfar, dachte ich. Aber bald kommt Höder zurück.

Semilla vergrub die Nase in meinen Haaren, atmete tief ein.

»Du riechst wie mein Junge«, sagte sie. »Und das ist der beste Geruch, den ich kenne.« Dann schwieg sie, aber ich merkte, dass sie etwas auf dem Herzen hatte. Etwas, das ihr schwerfiel.

»Ich würde meinen Jungen gern etwas fragen«, sagte sie schließlich. »Meinst du, dass ich meinen alten Namen jetzt vielleicht wiederbekommen könnte?«

Ich blickte über die schneebedeckten Gipfel, über die wir schnell wie der Wind hinwegflogen, so schnell, dass meine Augen tränten.

»Ja, bald«, antwortete ich. »Ganz bald bekommst du ihn zurück.«

Wir landeten am Fuß des Hresagebirges, dort, wo Karos kleines Häuschen stand. Es war ein hübsches Haus aus Stein. Es erinnerte mich sehr an das, in dem Spartacus wohnte, aber es gab keinen Rosengarten, sondern Erbsenspaliere und Kürbisbeete und gleich zwei Rübenäcker. In einem Nebengebäude schliefen die sechs Zugspartaner, aber jetzt waren sie natürlich wach und standen bereits an der Deichsel. Triefäugig und sabbernd schlugen sie mit den Köpfen, dass ihre Ohren tanzten und die Spucke nur so durch die Luft flog. Oh, dieser Wagen war so schön – mit seinen vier großen goldenen Rädern, mit den bestickten, glänzenden Kissen, mit den Edelsteinen und den hübschen Lampen. Und das Verdeck, das so wunderbar nach Rosenwasser duftete, das war das Allerschönste daran.

»Na dann«, sagte Karo, der auf dem Kutschbock saß. »Worauf wartet ihr?«

Auf nichts warteten wir, nein, wir stiegen schnell ein und hielten einander fest, als Karo mit den Zügeln schnalzte und sich der Wagen in Bewegung setzte.

Ich juchzte vor Vergnügen, als wir in wildem Galopp durch die wogenden grünen Weiten fuhren. Es kribbelte richtig im Magen. Semilla musste sogar zwischendurch die Augen zumachen, weil sie Angst hatte, wir würden umkippen, so schnell stürmte das Gespann mit uns davon. Schon bald hatten wir die Fortmark erreicht und dort gab es einen Weg, der gerade breit genug war, dass der Wagen Platz fand. Die Räder hatten tiefe Spuren in die schwarze Erde gegraben, denn hier fuhr Karo seit ewigen Zeiten mit den Toten entlang. Links und rechts standen die Fichten mit ihren fransigen Kleidern und ab und zu sahen wir große Felsen, überzogen von grünen und grauen Moosen, und die hellen Kappen der Fichten-Reizker.

Und weiter ging die Fahrt durch die große Nebelheide, wo sich unzählige Inseln aus blühendem Heidekraut im roten Gras drängten, umgeben von grauen Flechten und Moosen, die aussahen wie riesige Landkarten eines unbekannten Kontinents. Wir jagten durch die Galltrauben, dass ihr Saft nur so spritzte, und als ich in der Ferne das Rubinschloss sah, das wie auf einem spiegelblanken Tablett im Wasser stand, da winkte ich, obwohl mir natürlich klar war, dass die Königin von Sparta mich nicht sehen konnte.

Die arme Königin, dachte ich. Aber bestimmt zieht sie bald ins Smaragdschloss zurück.

Am Rand der Nebelheide erwarteten uns Felder voller Weizen

und Roggen und die Räder des Wagens rollten donnernd über einen alten, holprigen Weg, der sich wie ein schmales weißes Band durch die Felder schlängelte. Und dann kamen die Rosenplantagen von Skrim, ein riesiges blutrotes Meer. Noch nie hatte ich so viele Rosen auf einmal gesehen! Und der Wagen fuhr weiter und die Sonne wanderte leuchtend hell über den Himmel, doch die Spartaner, die uns zogen, schienen nie müde zu werden.

Es dämmerte, als wir den glänzenden Hillefluss sahen und den Rauch, der aus den Schornsteinen von Hyrn aufstieg.

»Jetzt?«, fragte Semilla und nahm meine Hand. »Sagst du jetzt meinen alten Namen? Ich habe solche Sehnsucht danach, ihn zu hören, weißt du?«

»Noch nicht«, sagte ich. »Du musst noch ein bisschen warten. Bis ich ganz sicher bin.«

Wir verabschiedeten uns von Karo und bedankten uns für die Fahrt. Karo ließ die Zügel schnalzen und zog davon wie ein Gewittersturm am Abend.

Die Brücke, die zum Nordtor des Dorfes führte, war breit, viel breiter als die Brücke, die Faxe an der Schummerwaldpassage bewachte. Auf beiden Seiten des Flusses war je ein gemauerter Wachturm. Vor dem ersten stand ein Spartaner. Er trug eine Jacke mit glänzenden Knöpfen und hielt eine Hellebarde in der Pfote. Er hatte eine kleine Liste, auf der er notierte, dass Semilla und ich seinen Wachturm passiert hatten, und das war es auch schon – aber auf der anderen Seite, da standen gleich sechs Hildiner mit grimmigen Gesichtern. Ihre weißen Hauer glänzten nass, ihre Rüssel waren haarig und bedrohlich gerümpft. Sie trugen Schwerter und prachtvolle Umhänge, deren Futter in den schönsten Farben leuchtete; Gold, Purpur, Kupfer und Kobaltblau. Das große Tor, das nach Hyrn führte, war verschlossen.

»Wir sind auf dem Weg nach Hause«, sagte ich. »Ist das Schiff bereit?«

Die Antwort war Schweigen. Dann öffnete einer von ihnen den Mund und sagte: »Bald.«

Von der anderen Seite des Tores hörten wir Stimmen, hörten Rufen und Fluchen, hörten jemanden schimpfen, dass ein Knoten nicht hielt, und dann hörten wir, wie jemand, wer auch immer es war, in Windeseile zurücklaufen und das in Ordnung bringen musste.

Die Dunkelheit wurde immer dichter, die ersten Sterne leuchteten auf. Wie weißer, glitzernder Staub, auf die schwarze Samtdecke des Himmels gestreut.

Da brüllte jemand ein Kommando und wir sahen, wie sich zwei mächtige Ketten strafften, bevor das Tor mit einem leisen Knacken zum Leben erwachte und sich langsam hob. Es dauerte lange, und als das Tor ganz hochgezogen war, sahen wir, dass sich vier sehr große Hildiner mit der Winde abgemüht hatten. Dann wurden wir in die Stadt eingelassen – und sofort umgab uns eine Duftwolke aus Rauch und Mist. Semilla trat in verfaultes Kartoffelkraut und musste sich den Matsch an einer Treppenstufe vom Fuß kratzen. Diese Treppenstufe gehörte zu einem wirklich hübschen kleinen Haus aus Lehm mit rot gestrichenen Holzbalken. Ja, es sah haargenau so aus, wie ein Haus in Hyrn aussehen sollte, und oben auf dem Dach wuchs dickes grünes Moos.

»Hier entlang«, sagte der Hildin, der uns zum Schiff bringen sollte. Es war nicht weit. Schon kurz darauf standen wir im Hafen, wo es überhaupt nicht mehr nach Mist roch, sondern nach Glockenblumen, und wo Teeröfen zwischen schwarzen, klebrigen Pfützen standen.

Und dort war das Schiff des Todes und schaukelte in all seiner Pracht auf dem Wasser! Mit vergoldeten Ruderscharten und einer Reling, die verziert war mit Blumen, Schwertern und finsteren Hildin-Gesichtern. Die Ruderer saßen schon bereit; grunzend, dampfend und voller Ungeduld warteten sie darauf, endlich in See zu stechen. Das Segel war gehisst und schlug leicht im Wind – und wir hatten Palmgrens Ruderboot im Schlepp! Wie gut, dass sie es geholt hatten, denn Palmgren hing doch so sehr an seinem kleinen Kahn und war sicher sehr froh, wenn er ihn wieder zurückbekam.

Hand in Hand gingen wir über die Laufplanke an Bord. Zweiunddreißig Ruder! Und zweiunddreißig starke Hildiner, die uns das letzte Stück nach Hause rudern würden. Ja, man durfte wohl davon ausgehen, dass uns eine schnelle Überfahrt erwartete. Auf der Backbordseite an der Reling saß eine Hildin, die mir bekannt vorkam. Sie trug eine einfache braune Jacke und war groß und dick wie eine Tonne.

Die arme Mama von Trine, dachte ich. Aber bald würde sie ihren Knirps wiedersehen.

Wobei, warum eigentlich nicht? Warum sollte ich nicht einfach

Hallo sagen und mich ein bisschen mit ihr unterhalten? Ich ließ Semillas Hand los und ging zu ihr, tippte ihr vorsichtig auf die Schulter. Sie sah ein bisschen überrascht aus – aber wohl nicht böse, oder? Ihr Gesicht erinnerte mich an eine blasse, warzige Rübe.

»Ja, also, ich wollte nur sagen, dass Trine bald nach Hause kommt«, sagte ich. »Und sein Papa auch. Und Tjalve natürlich.«

Sie nickte und grunzte kurz.

»Ich dachte, dass du das vielleicht gern wissen würdest«, fuhr ich fort. »Falls du dir Sorgen gemacht hast.«

Sie grunzte wieder, eintönig und grimmig. Ich hatte erwartet, dass sie sich ein bisschen mehr über diese Nachricht freuen würde. Vielleicht fand sie mich dumm? Oder ungezogen?

»Ich heiße übrigens Sasja«, sagte ich und streckte ihr meine Hand hin.

Da entzündete sich ein kleiner Funke in ihren schmalen blauen Augen.

»Ich weiß«, sagte sie und nahm meine Hand. Und wie ich ja schon gemerkt hatte, war es überhaupt nicht komisch, jemandem die Hand zu geben, der gar keine Hand, sondern eine harte, haarige Klaue hat. Es fühlte sich ganz normal an.

»Mittlerweile weiß jeder hier, wie der Junge heißt, der in einem kleinen Kahn von der anderen Seite zu uns gekommen ist«, sagte Trines Mama. »Und wir werden deinen Namen auch bestimmt nie wieder vergessen.«

Dann lächelte sie und ich konnte sehen, wie glänzend weiß und scharf sie waren, die Hauer in ihrem Mund. Doch, sie sah wirklich abscheulich aus, aber für Trine Tvefot war sie schön. Und bestimmt fanden sein Papa und sein großer Bruder das auch. Und genau so soll es wohl sein, dachte ich, als ich aufs Achterdeck ging, wo Semilla auf mich wartete. Hier gab es schimmernde Polster und jede Menge Kissen; auf der Überfahrt saß man auf jeden Fall weich und bequem, so viel war klar.

Da Kapitän Tvefot nicht hier war, um den Befehl zu führen, holte nun Trines Mama tief Luft und brüllte:

»Leinen los!«

Die Schiffs-Hildiner lösten die Taue und der Steuermann wendete den Bug hin zum offenen Meer. Das dauerte natürlich eine Weile, aber dann riefen die Ruderer im Chor: »Heee-Hooo!« Und schon beim ersten Ruderschlag flog das Schiff förmlich über die Wellen!

Schwarz und glänzend sah das Meer jetzt aus. Die Nachtluft wehte mir um die Nase, ich saß auf Semillas Schoß und ihre strähnigen Haare kitzelten mich am Hals. Alles, was man hörte, war das Schlagen der Ruder.

Aber das Meer blieb nicht lange so ruhig, denn dann kam der Wind und mit ihm die Dünung. Und die Dünung nahm zu und wurde zu Wellen. Und als die Wellen nicht nachließen, sondern zu großen Brechern wurden, so hoch wie ein Haus, da klammerte ich mich an sie und sagte:

»Mama, mir ist schlecht!«

Und sie sagte:

»Leg dich hin, ich passe auf dich auf.«

Und das tat ich. Ich legte mich auf die Polster und spürte, wie sie ihre schmalen, weichen Arme um mich legte. Sie seufzte tief – und bevor wir es richtig gemerkt hatten, waren wir eingeschlafen.

Palmgrens Steg

Als ich die Augen wieder öffnete, lag ich auf einem grauen, sonnenwarmen Bootssteg. Ich spürte das raue Holz an der Wange. Eine Libelle saß nur einen Daumenbreit von meiner Nase entfernt. Kaum hob ich den Kopf, flog sie auf und schwirrte davon.

Das Meer glitzerte blau, sacht strich der Wind durch das Schilf. Ich setzte mich auf. An einem der Stegpfosten hing Palmgrens Schilfsense an einem Nagel. Sein Kahn war mit zwei Knoten festgebunden, aber es waren keine gewöhnlichen Knoten, so wie Palmgren sie immer machte, sondern hildinische Knoten, die ziemlich kompliziert aussahen.

Semilla lag neben mir auf dem Steg. Semilla, die nicht mehr Semilla hieß, sondern ihren alten Namen zurückbekommen hatte, als wir über das wogende Meer gefahren waren. Eigentlich war er mir mehr oder weniger rausgerutscht, als mir so schlecht geworden war. Noch fand ich es ein bisschen ungewohnt, sie so zu nennen, doch das würde sich mit der Zeit schon legen.

Aber warum rührte sie sich nicht? Atmete sie noch? Eiskalt wurde es mir, als mir der Gedanke kam: Was, wenn Brutus etwas Wichtiges in ihrem Körper zerschnitten und zerstört hatte und sie es nicht geschafft hatte? Ich schüttelte sie – und da seufzte sie lange und zufrieden, so, wie man es tut, wenn man nach einer langen Nacht aufwacht. Sie versuchte, die Augen aufzumachen, aber das ging nicht, weil das Sonnenlicht so grell war.

»Sind wir an Land?«, fragte sie.

»Ja«, sagte ich. »Wir sind an Land. Und du ... geht es dir gut?«

Sie hielt sich schützend den Unterarm vors Gesicht und sah mich an.

»Ich glaube, es geht mir so gut, wie es einem Menschen nur gehen kann«, sagte sie und lachte.

Da fiel ich ihr um den Hals und lachte mit und ich spürte, wie sich die Wärme der Sonne bis in meinen Bauch ausbreitete.

Wir standen auf und machten uns auf den Heimweg. Das letzte Stück Kuchen war wohl an Bord zurückgeblieben, aber das machte nichts, denn ich hatte überhaupt keine Lust mehr auf Kuchen, sondern freute mich auf ein belegtes Brot. Ja, ich freute mich auf alles, was normal war – und es war so herrlich, normale Hummeln auf den Butterblumen zu sehen. Und normale Ameisen am Straßenrand und normale Spinnweben im Gras. Und da taumelte ein Zitronenfalter durch die Luft, als wäre es nichts Besonderes!

Plötzlich fiel mir ein, dass ich nachsehen musste, wie es der kleinen Botin ergangen war. Ich schob meine Hand in die Tasche und zog die kleine Messingdose heraus. Vorsichtig klappte ich den Deckel auf. Und ja, das verzweifelte Surren der Flügel war verstummt. Reglos lag der Körper zwischen den Tabakkrümeln. In dem Kopf, kleiner als der einer Stecknadel, war alles still. Die Kleine hatte Frieden gefunden. Ich ging am Straßenrand in die Hocke und grub mit meinem Stockschwert ein kleines Loch. Es hatte wohl ordentlich geregnet, während wir fort waren, denn die Erde war weich und schwarz.

Aber nun schien die Sonne mit aller Kraft, und als ich die Dose mit der Botin in das Loch gelegt und mit Erde bedeckt hatte, da setzten wir unseren Spaziergang fort, Hand in Hand.

»Du«, sagte ich. »Ich habe über etwas nachgedacht. Wir wissen ja jetzt, dass im Reich des Todes niemand sterben kann. Was wäre, wenn das bedeuten würde, dass auf unserer Seite *jeder* sterben kann, auch der Tod? Was, wenn er eines Tages jemanden aus dem Schlafzimmer im ersten Stock holen soll und auf der Treppe stolpert und stürzt? Was, wenn er sich dabei das Genick bricht?«

»Bei dem Gedanken wird einem ja schwindelig«, sagte sie. »Aber vielleicht wäre es dann einfach vorbei mit den Reisen in dieses Reich. Eigentlich eine traurige Vorstellung, findest du nicht? Ich meine, es ist doch wirklich schön dort, oder?«

»Ja, schön ist es schon«, sagte ich. »Und es ist gut, dass man dort der sein darf, der man tief im Innersten schon ist.«

»Ja, das ist gut. Also hoffen wir einfach, dass der Tod auf seine Füße achtet, wenn er auf unserer Seite ist.«

»Mm«, sagte ich. Und nur weil wir gerade von Füßen gesprochen hatten, fingen meine Füße auf einmal an, ein bisschen zu tanzen, einfach so, weil es so schön war. Und dass unsere Hände schwitzig wurden, als wir so Hand in Hand durch die Sonne gingen, störte mich nicht, weil es so schön war, diese schmale, helle, *gesunde* Hand zu halten.

»Ich bin glücklich«, sagte ich. »Du auch?«

»O ja, das bin ich«, sagte sie lachend. »Aber vielleicht habe ich auch ein bisschen Angst ...«

»Wovor?«

»Dass Papa enttäuscht ist. Wenn er alles erfährt.«

»Na ja, aber du wurdest ja hereingelegt.«

»Ja, ich *wurde* hereingelegt. Aber es war nicht richtig, dass ich dich überreden wollte, mit mir dort zu bleiben.«

»Vielleicht müssen wir ihm das gar nicht erzählen?«

Sie ging schweigend weiter.

»Doch, ich erzähle es ihm«, sagte sie. »Mach dir keine Sorgen. Papa ist klug. Er wird es verstehen.«

»Ja«, sagte ich – denn Papa *war* klug. Und lieb und ziemlich klein und nicht besonders gutaussehend. Ja, er war auf viele Arten anders als der Tod. Und darüber war ich froh!

»Aber wir sagen ihm nicht, dass der Tod dich geküsst hat«, sagte ich.

»Nein«, sagte sie und drückte meine Hand noch fester. »Diese Kleinigkeit können wir vielleicht wirklich auslassen.«

Dann gingen wir noch ein Stück und kamen an Kajs Haus vorbei, wo die Schweine wie immer in ihrem Pferch lagen und leise grunzten.

»Als du krank geworden bist, da habe ich unser altes Leben vergessen.«

»Wie meinst du das?«

»Na ja, ich meine … Ich wusste plötzlich nicht mehr, wie es davor gewesen ist. Ich konnte mich nicht mehr daran erinnern, was ich den ganzen Tag gemacht habe.«

»So ist es manchmal mit großen Veränderungen«, sagte sie. »Man findet sich in einer neuen Wirklichkeit wieder, die so überwältigend ist, dass alles, was vorher war, im Schatten versinkt.«

»Aber als ich ins Reich des Todes gekommen bin«, sagte ich, »da habe ich mich wieder erinnert. Als ich Trine am Strand von Hilde gesehen habe, da war auf einmal alles wieder da. Und als ich oben auf dem Dreifelsgipfel dachte, dass ich sterben würde, da ist mir der Bach eingefallen, der hinter unserem Haus vorbeifließt.«

»Meinst du den Laubbach?«

Ich nickte.

»Mir ist eingefallen, dass ich früher dort gespielt habe«, sagte ich.

»Ach ja? War es lustig?«

»Ja, das war es. Wenn ich nach Hause komme, dann gehe ich wieder dorthin.«

Semilla … nein, *Mama*, ließ den Blick über die wogenden, grünen Felder schweifen, atmete tief ein, als wollte sie all das Schöne, das vor ihr lag, in sich aufsaugen.

»Tu das, Sasja«, sagte sie. »Geh an den Bach.«

Jetzt konnte ich unser gelbes Haus auf dem Hügel sehen. Ich konnte sehen, dass die Rollos in dem Zimmer, in dem Papa für gewöhnlich schlief, heruntergelassen waren. Lag er im Bett, obwohl die Sonne so hoch am Himmel stand? Oder zog er die Rollos gar nicht mehr hoch? Vielleicht war er so traurig, dass er es einfach nicht schaffte? Oh, ich *sehnte* mich nach Papa, sehnte mich danach, mich in seine Arme zu werfen und »Wir sind wieder da!« zu rufen.

Jetzt war es nicht mehr weit, nur noch den Berg hinauf und das kleine Stückchen Straße hinunter, das bis zum Gartentor führte. Ich sah das Laub der Ahornbäume tanzen und ich sah unsere Fliederbüsche, unsere Ligusterhecke, sah die Apfelbäume, Birnbäume und Pflaumenbäume – und ich dachte, wenn *ich* eines Tages sterbe, dann bin ich vielleicht sehr alt und sehr grau. Dann liege ich vielleicht in meinem Bett, irgendwo in einem Haus, und das Fenster steht einen Spaltbreit auf, damit die Botinnen des Todes mich finden können. Und Mama und Papa, die gibt es nicht mehr. Nein, es ist lange her, dass sie beide gestorben sind und ihre Reise antreten durften. Aber ich werde mich an sie erinnern, wenn ich dort liege und warte. Und ich werde mich an die Zeit erinnern, als ich ein Kind war, das in ihrem Garten gespielt hat. Ja, ich werde mich an diesen kurzen Augenblick erinnern, und auch an mein dünnes Schwert. Und wenn ich großes Glück habe, dann öffnet der Tod meine Hülle und findet darin jemanden, der wieder spielen darf!

Inhalt